La séptima lápida

Igor De Amicis

La séptima lápida

Traducción de
Mercedes Fernández Cuesta

Papel certificado por el Forest Stewardship Council®

Título original: *La settima lapide*

Primera edición: junio de 2019

© 2018 Publicado originalmente en Italia por DeA Planeta
Esta edición se publica por acuerdo con Grandi & Associati
© 2019, Penguin Random House Grupo Editorial, S. A. U.
Travessera de Gràcia, 47-49. 08021 Barcelona
© 2019, Mercedes Fernández Cuesta, por la traducción

Printed in Spain – Impreso en España

ISBN: 978-84-9129-324-8
Depósito legal: B-7767-2019

Impreso en Rodesa
Villatuerta (Navarra)

SL93248

Penguin
Random House
Grupo Editorial

A Paola,
con todo mi amor

En aquel momento estaba vivo ante mí, más vivo de lo que nunca lo había estado, una sombra insaciable de espléndidas apariencias y de aterradora sustancia. Una sombra más oscura que las sombras de la noche, noblemente envuelta con los pliegues de su magnífica elocuencia. Fue como si aquella visión entrase conmigo en aquella casa: la camilla, los fantasmales porteadores, la multitud de obedientes adoradores, la oscuridad de los bosques, el centelleo de aquel tramo de río que corría entre dos orillas tenebrosas, el redoblar de los tambores, regular y apacible como los latidos del corazón; el corazón de las tinieblas victoriosas.

El corazón de las tinieblas
Joseph Conrad

1

El corazón de las tinieblas victoriosas

Lunes, 18 de enero de 2016,
Santa Margarita de Hungría, princesa y monja

1

El aire de la mañana era frío y una lluvia fina caía sobre el pequeño cementerio de pueblo. Una tenebrosa isla de dolor en la provincia de Nápoles. Filas alineadas de tumbas, letras de bronce, rostros, lamparillas trémulas y flores marchitas. Una verja herrumbrosa que había visto días mejores, grava sobre el adoquinado, sonidos atenuados y nadie rezando. La cotidiana procesión de viudas inconsolables no había comenzado aún: siempre el mismo camino, los mismos gestos, paso tras paso hasta acercarse al momento en que encontrarían su lugar entre los muertos.

Gran cosa, la fe.

Rodeadas de silencio, siete losas de mármol reluciente hincadas a la fuerza en la tierra negra, dientes mellados en una boca abierta de par en par.

Tendido a los pies de su lápida, el primer afortunado ya estaba allí. Brazos y piernas extendidos sobre el cieno del camposanto, la cabeza caída hacia atrás, la garganta cortada de un tajo, la expresión congelada en un grito mudo. La sangre que fluía de la herida había manchado la medalla de oro del padre Pío y había impregnado la hierba. Un gato había venido a lamerlo para desayunar.

«Vitaliano Esposito, 27 de octubre de 1963 - 14 de enero de 2016», decía la inscripción.

Sobre las otras seis sepulturas únicamente los nombres y las fechas de nacimiento. Para la muerte, había tiempo. Aquellas eran lápidas para el futuro, en espera.

2

El talego es el talego.

Una observación de mierda pero absolutamente verdadera. Hasta el último metro de los patios de paseo, hasta el último recuento de la noche, hasta la última reja que se cierra.

Puedes colgar en la pared los carteles de tetas y culos entre el padre Pío y el Papa, jugarte a las cartas los únicos cinco cigarrillos, frecuentar el taller mecánico o hablar con los asistentes sociales hasta que se te seque la lengua, pero todo es inútil. El talego es siempre *lo peor*. El talego es acero y hormigón, corredores de luces de neón y peste a cebolla, ruido de rejas y llaves, y tú allí esperando a que el tiempo pase. Los segundos, los minutos, los días..., los años.

El talego es el talego. Y si lo ves de otra manera es que nunca has estado allí.

Michele Vigilante estaba tumbado en el catre de la litera de arriba, suspendido a medio camino entre el suelo y el techo, mirando las manchas de moho. Ahora cada vez dormía menos, ni siquiera cinco horas de noche. No es que le importara no dormir, los horarios o llegar tarde; allí dentro si algo le sobraba era tiempo. Pero siempre despierto, el talego todavía se hacía más largo. Ya llevaba más de veinte años.

Una luz clara se filtraba a través de los barrotes y las rejas, el cielo estaba blanco y una brisa cortante entraba por la ventana entornada. El aire frío en la cara era una sensación agradable, la piel tiraba y te sentías vivo. Los corredores de la sección todavía estaban en silencio, los demás dormían o al menos estaban callados, lo que ya era un acontecimiento.

Michele encendió el primer cigarrillo del día y una nube gris se arremolinó hasta las manchas de moho. Llevaba años mirando aquel techo, se conocía de memoria cada lamparón y grieta de un enlucido que jamás podría olvidar.

Oyó el ruido de las llaves de latón al fondo de la sección, las rejas abriéndose, un quedo vocerío y las pisadas de las botas reglamentarias sobre el pavimento. Más que de costumbre. Enseguida comprendió de qué se trataba.

—Vigilante, registro.

El inspector de la policía penitenciaria abrió el cierre automatizado de la celda mientras Michele bajaba del catre, un pie sobre un peldaño y el otro en el suelo. Estuvo por tirar el cigarrillo por la ventana, pero todavía lo tenía a la mitad. Lo alzó frente al madero en muda interrogación. El hombre hizo un gesto imperceptible de asentimiento y Michele salió fumándose su Marlboro. Uno de los pequeños privilegios de llevar allí tanto tiempo.

El registro se desarrolló según el ritual: los internos encerrados en la sala de socialización de la sección y los agentes rebuscando en las taquillas y en las bolsas, bajo los colchones y fuera de las rejas.

Michele se puso junto a la ventana a dar las últimas caladas mirando el paisaje: colinas verdes y un cielo claro se perdían hasta el horizonte.

Aquel sitio no estaba tan mal... Cárcel aparte, claro está.

Los demás hablaban en voz alta, atropellándose sin respeto y sin sentido. Recitaban su continua letanía siempre igual, una cantinela obsesiva que le martilleaba el cerebro cada día más: el que habían arrestado o al que habían disparado; al que habían traicionado y el que quería vengarse, luego que si la familia, los hijos, el abogado, el juez, el proceso, la apelación, la libertad, los maderos, pero sobre todo los soplones, los arrepentidos, la escoria de la tierra que los había condenado allí dentro.

Uno se había aburrido y había empezado una partida de cartas.

Michele permaneció en silencio. Hacía años que no tenía nada que decir.

Al cabo de media hora sintió unos golpes amortiguados, cadenciosos y rítmicos, uno tras otro, goma contra metal. Eran martillazos. Un pesado martillo golpeaba con fuerza los barrotes para comprobar que estaban íntegros y que nadie había intentado pasarse de listo, tal vez incluso con un par de sábanas atadas desde la ventana. Evasión de manual, jodida si quieres, pero a veces se lograba, aunque el chorra de turno en un par de días se dejara pillar en casa de amigos o parientes.

Los martillazos eran la señal de que el registro había terminado y podían volver a la jaula. Les hicieron salir uno a uno por orden de número de celda. Michele se colocó en la fila para regresar a su amena morada de diez metros cuadrados con vistas a la colina, colocar de nuevo las cosas en su sitio y fumarse otro cigarrillo, mientras la cafetera moka hacía su trabajo.

Un policía se le acercó:

—¡Vigilante, tú no! Charla con el psicólogo.

A duras penas reprimió una blasfemia.

Qué coño, tan temprano no.

Aquel día no tenía ganas de escuchar a un niñato contarle cómo era el mundo, insistiéndole en que tenía que hacer una «revisión crítica de su vivencia criminal», con sonrisa de falsa comprensión y juicio implícito. De juzgarlo ya se había encargado la magistratura y con eso había tenido de sobra.

—Cabo, ¿puedo hacerme antes un café?

El policía se lo pensó un momento.

—Cinco minutos, *Vigila'**, que si no luego se me cae el pelo.

Michele le dio las gracias y fue hacia su celda.

Café fuerte, solo y amargo, como le gustaba a él. Un sutil aroma llenó la celda y aspiró profundamente aquel aire denso y perfumado, un modo como otro cualquiera de llevar su mente fuera de allí. Cerró los ojos y trató de no pensar en nada, de borrarlo todo: el ruido de las botas por el corredor, el registro, la cárcel, su vida. Pero no sirvió de nada, todo en torno a él seguía siendo concreto, real, pesado. Los muros y los barrotes, la peste a sudor, el zumbido omnipresente, las voces confusas de los televisores encendidos y el psicólogo que le esperaba presuntuoso en el piso de abajo, en la sala de terapia.

---

* Modo coloquial del dialecto napolitano que acorta los nombres añadiéndoles un apóstrofo. *[N. de la T.]*

Apagó el hornillo y se tomó el café observándose en el espejito sobre el lavabo. Parecía uno de esos duros del cine, rostro afilado y mirada malvada; los chavales más jóvenes a veces le llamaban Vincent, porque según ellos era clavado a Vincent Cassel. Pero él le había visto en televisión y de eso nada, intentaba poner cara de matón y solo conseguía poner cara de idiota. Aunque se follaba a la Bellucci, o sea que en el fondo tan idiota no debía de ser.

Se fijó en sus ojos; eran oscuros, casi negros. Parecían hundirse sobre los pómulos, entre el gris de la piel y las finas arrugas de los años. Esos ojos que tantas preguntas hacían, pero para las que jamás tenía respuestas. Y, en el fondo, tampoco tenía muchas ganas de buscarlas.

Salió de la celda y se encaminó apático por el corredor de la sección, resignado a dejarse tocar las pelotas por un jovencito presuntuoso que quería darle lecciones de vida a la fuerza, cuando su única experiencia vital había sido masturbarse en la universidad. Como dejar un coño en manos de un niño, según un famoso proverbio napolitano. Intercambió un par de saludos con los internos que se dirigían a las duchas y, al llegar ante la última celda antes de la rotonda, echó un vistazo para ver qué hacía *chillu guaglione**.

No había nadie. La reja de barrotes estaba cerrada, la celda vacía. Lo mismo estaba en el patio. Michele iba a seguir su camino indiferente cuando notó un olor inconfundible, el del cartucho de gas butano con el que funcionaban los hornillos, un olor a camping y a cárcel. Esta vez era demasiado fuerte y sabía bien lo que eso quería decir.

---

* «Aquel chaval» en napolitano coloquial. *[N. de la T.]*

Actuó instintivamente, se movió rápido. Abrió de par en par la reja y entró, el chaval no estaba. La puerta metálica del baño estaba cerrada. Agarró el picaporte y empezó a tirar con todas sus fuerzas. Dio un tirón, luego otro, el pestillo tembló y chirrió. Blasfemó entre dientes, un empujón más y la puerta se abrió de golpe.

Michele entró corriendo en el baño y lo vio. Estaba sentado en la taza del váter, tenía una bolsa en la cabeza y dentro de la bolsa el cartucho del gas abierto. Un modo como otro cualquiera de colocarse cuando la metadona y el subutex ya no bastaban. Era la droga de los pobres y los presidiarios, un método fácil y de bajo coste, con el único e insignificante problema de que la puedes diñar. Se te acelera el corazón hasta volverse loco y estallar, y mueres así, sentado en el váter, con la cabeza en una bolsa de basura.

Trató de sacarle la bolsa, pero el chico la sujetaba fuerte con las dos manos, aspirando como un loco, la boca jadeante como un pez en la orilla. Estaba decidido a acabarse su dosis, pero Michele Vigilante, apodado el Impasible, era un viejo presidiario cuya paciencia se había agotado hacía un siglo. Rasgó el plástico para que saliera el gas, retiró la bolsa liberando la cabeza del muchacho y agarró el cartucho y lo tiró por la ventana del baño.

El muchacho lo miraba con los ojos perdidos y la mente ofuscada, la expresión alucinada y una peste a vómito que le subía de la garganta mezclada con el butano. Estaba pálido y temblaba, un fino hilo de saliva le caía por la barbilla.

—Y tú qué cojones quieres... —susurró a duras penas.

Michele le golpeó en plena cara con el dorso de la mano. Una bofetada intencionada y dolorosa. El muchacho se tambaleó, casi estuvo a punto de desvanecerse. Michele le cogió de los pelos levantándolo pesadamente de la taza del váter. Estaba decidido a hacerle daño. Lo arrastró hasta la ventana y le golpeó la cara contra los barrotes de acero.

—¡Respira, cojones! ¡Respira!

El chico intentó oponer resistencia, dar patadas, gritar. Michele apretó más los puños, sintió entre los dedos cómo le arrancaba el pelo. Seguía sacudiéndole la cabeza para romper su resistencia.

—¡Abre la boca! ¡Respira por la boca, cojones!

Por fin *chillu guaglione* se rindió y empezó a inspirar oxígeno a pleno pulmón. Michele oyó los conatos de vómito que le salían del estómago, cómo arrojaba por la boca babas y otras porquerías, su respiración empezó a ser regular. Soltó su presa y el cuerpo del muchacho cedió y cayó al suelo.

Michele se enderezó, la adrenalina y el corazón bombeaban a lo grande y los brazos le temblaban por el esfuerzo. Permaneció unos segundos mirando a aquel joven gilipollas tirado en el suelo y a duras penas se reprimió las ganas de emprenderla con él a patadas en el culo. El muchacho se limpió con la mano la comisura de los labios en tanto de la frente abierta le brotaba un reguero de sangre. Escupió y tosió. Todavía tenía la mirada ausente, pero empezaba a recuperarse.

—¿Y tú qué coño quieres? ¿A ti quién te ha llamado? —gruñó.

Los buenos propósitos de Michele, de haberlos tenido alguna vez, se hicieron añicos como un jarrón de porcelana. Se abalanzó sobre él emprendiéndola a patadas, las manos aferradas a los barrotes de la ventana, apretadas con tanta fuerza que los dedos se le pusieron blancos. El muchacho, pateado en el suelo, pateado contra la pared, recibió su lección de vida.

Y sin pasar por el psicólogo.

Los gritos retumbaron en el estrecho baño y se propagaron por la sección. Las botas de la policía penitenciaria acudieron rápido por el corredor.

Michele sintió unas manos que lo aferraban, tiraban de él y lo arrastraban. Soltó sus manos de los barrotes y no opuso resistencia.

Mientras los maderos se lo llevaban, Michele pudo oír todavía los gritos del muchacho y luego la voz apremiante de uno de los agentes.

—¡Rápido, llamad a la enfermería!

A Michele se lo llevaron a la Unidad de Observación. Encerrado en una celda sin objetos para evitar que pudiera autolesionarse. Cosa que en realidad no tenía la menor intención de hacer.

Tras unos minutos se abrió el cierre automatizado y apareció el inspector general de vigilancia penitenciaria, el suboficial que se ocupaba de todo cuanto sucedía en las secciones de los reclusos. Un buen tipo, que hacía su trabajo y conocía la cárcel y la vida. Y sin necesidad tampoco él de ir al psicólogo.

—*Vigila'*, en un par de horas.

—Está bien, jefe.

—¿Tienes para fumar?

—No, me lo he dejado todo arriba.

El inspector le dejó un cigarrillo en el barrote de la reja y se fue. El cierre automatizado volvió a accionarse y Michele se tumbó en el catre de acero clavado al suelo. Encendió el cigarrillo y se puso a mirar las manchas de moho en el techo.

Estas no las recordaba.

Dos horas después, el cierre automatizado se abrió de nuevo y el interno de Alta Seguridad Michele Vigilante fue escoltado al piso inferior a través de escaleras y rejas y luego por el corredor de la oficina de registros hasta el despacho del comandante. Los dos agentes a su lado no dijeron una sola palabra, tampoco él tenía ganas de hablar, sabía cómo comportarse y no había nada que no conociera ya. Le hicieron entrar, sin llamar y sin esperas.

—Vigilante Michele, este es el Consejo Disciplinario relativo a los hechos acaecidos en el día de hoy, según informe realizado por el agente a cargo de la sección, y que se le imputan en esta sede.

La voz del comandante comisario era una cantinela conocida. Impasible, asintió, lanzó una mirada veloz al resto de los miembros del Consejo, el director de la cárcel, el médico de turno y la educadora, y se volvió otra vez al oficial de la policía penitenciaria. El comandante y él se miraron y se comprendieron sin necesidad de más palique. Eran dos hombres que se habían hecho en la cárcel, cada uno a su modo, a uno y otro lado de los barrotes. Pero el talego era el talego.

—Se le acusa de una pelea con el interno Ascienzo Roberto sucedida esta mañana en la celda de este último, en el interior del espacio del baño. ¿Nos quiere contar cómo sucedieron los hechos? ¿Tiene algo que decir en su descargo?

—No.

Simple y claro.

—¿Perdón, cómo puede ser que no tenga nada que decir?

El director y el comisario se volvieron hacia el médico joven. Un novato primerizo de camisa blanca perfectamente planchada, estetoscopio al cuello, nombre plastificado y bolígrafos de colores en el bolsillo. Un chaval que nunca antes había pisado el talego, ni tan siquiera para mear.

—Habrá razones que le han inducido a semejante comportamiento —consideró el doctorcito—. El interno Ascienzo ha sido trasladado de urgencia a la enfermería y yo mismo le he prescrito al menos diez días en observación, salvo complicaciones. ¿Le han dado al menos quince puntos de sutura en la frente y el arco superciliar y nos va a decir que no sabe por qué le ha golpeado?

Vigilante le miró sorprendido, como si observara a un animal raro, una broma de la naturaleza, un perro con tres cabezas y seis patas. Se volvió hacia el comandante en busca de ayuda, pero el oficial permaneció imperturbable, consciente de su propio deber institucional.

—Doctor, no digo que no lo sepa, digo que no se lo quiero decir.

Otra vez, simple y claro.

—Pero el suyo es un comportamiento cómplice, es absolutamente intolerable que se presente aquí, en sede disciplinaria, y manifieste semejante actitud. Tiene el derecho y el deber de aclarar su posición, tiene la obligación de comportarse de modo civilizado en la sección. ¿Dónde cree que está? ¿Y con quién cree que está hablando? En este Consejo Disciplinario tenemos el deber de...

Michele no aguantaba más y decidió inventarse la madre de todas las chorradas.

—Doctor, me ha llamado soplón.

«Arrepentido» o «soplón» son los máximos insultos que te pueden llamar en la cárcel, solo superados por «pedófilo». Una marca indeleble que te hace ser odiado y despreciado por los demás internos, que te convierte en el paria entre los parias, y, si el asunto resulta ser verdad, es necesario que te trasladen a la sección de los Protegidos, el único modo de garantizarte que puedas salir incólume.

El comandante reprimió una leve sonrisa, ni por un momento le creyó. Era un cuento chino, nadie se hubiera atrevido a llamar soplón a Michele Vigilante. Pero también sabía que jamás cambiaría su versión de los hechos y que insistir era inútil.

—¿Y le parece motivo para agredir de ese modo a otro interno? —El doctorcito seguía sin comprender un carajo. Demasiado poco talego te vuelve estúpido.

—Doctor, yo soy una persona seria.

—¿Usted, una persona seria? ¿Con el currículum criminal que se gasta? ¿Con los muertos que tiene sobre su conciencia y los que puede que aún no conozcamos...?

—Doctor, aquello era una guerra. Si yo no les hubiera disparado, ellos me habrían disparado a mí. —La voz de Michele se había vuelto cortante. Una cuchilla tensa y peligrosa a punto de partirse. Su mirada dura estaba fija en el doctorcito, que empezaba a sentirse a disgusto, a tener miedo.

—¿Quiere hacerme creer que es usted un misionero? ¿Que nunca se ha cruzado en su camino un inocente?

Michele puso los ojos en blanco y sintió que la sangre le subía a la cabeza, pero permaneció inmóvil mirando fijo al doctorcito, con la mandíbula rígida y los dientes apretados.

—En cualquier caso, Vigilante —intervino el director con tono tranquilo—, en los últimos años ha tenido un comportamiento correcto y respetuoso, y por lo que sé no le queda ya mucho para el final de la pena. Le sugiero que, para el futuro, se avenga a las reglas internas de convivencia civil para que no vuelvan a repetirse episodios semejantes. No obstante, este Consejo Disciplinario le impone la sanción de quince días de exclusión de las actividades de la comunidad.

Vigilante no respondió. Sabía lo que le esperaba y el aislamiento no le había asustado ni recién entrado en el talego.

—Puede irse. —El director no tenía más tiempo que perder.

Michele fue a darse la vuelta, pero el comisario tenía algo que añadir.

—Una cosa más, Vigilante. Después de los hechos he subido a la celda de Ascienzo a hacer un control y he notado un extraño olor. *Cierto* olor. Un olor concreto, para entendernos. ¿Usted no sabrá nada? —Había dicho las últimas palabras recalcándolas para estar seguro de hacerse entender.

Michele se alzó de hombros mostrando la palma de las manos, una interpretación digna de la mejor comedia napolitana.

—Yo no he olido nada.

—Estaba seguro de ello. En todo caso, el muchacho está bien.

Michele asintió.

—¿Cómo que está bien? —El doctorcito había recobrado el valor y quería decir la última palabra—. Pero si acabo de señalar que le he prescrito diez días en observación... Y luego están los puntos de sutura, podría haber complicaciones...

El comisario le ignoró completamente. Vigilante y él se intercambiaron una mirada de despedida mientras el médico continuaba su inútil monólogo cargado de presunción y lugares comunes. Michele salió de la habitación y se dirigió tranquilamente hacia el pabellón de aislamiento.

Martes, 19 de enero de 2016,
San Mario, mártir

3

Quince días de aislamiento no son para tanto, especialmente después de llevar toda la vida en el talego. Es más, son una ocasión para estar un poquito en paz, sin tocacojones pidiéndote un cigarro ni colgados pegándose por la metadona, sin las habituales conversaciones ni el amadísimo psicólogo. No era la primera vez que terminaba allí y no sería la última, al menos eso creía.

En el fondo no se estaba tan mal.

Antes de que lo trasladaran, Michele había pedido pasar por la biblioteca de la cárcel y había cogido prestados tres libros: una buena novela negra italiana que iba de un detective-gorila que no dormía porque tenía doble personalidad, *y luego decían que era él quien necesitaba un psicólogo;* un *thriller* sueco de mil páginas de los que te duermes en el primer capítulo, y un clásico, de esos que lees una vez y lo recuerdas toda la vida, de esos libros que dan sentido a tantas cosas. Una historia oscura y brillante que hablaba de una expedición por un río de África, que en realidad se transforma en un viaje a la locura y la ambigüedad del hombre.

Michele había devorado el primero, había apartado enseguida el segundo y ahora se encontraba dejándose llevar por las aguas de aquella serpiente negra a través de la seducción del mal.

Se abrió el cierre automatizado y apareció el inspector general de vigilancia penitenciaria.

—Vigilante, levántate que te vas.

Michele bajó del catre buscando los zapatos.

—Jefe, tiene que haber un error, llegué ayer.

—Nada de error, debes ir a la oficina de registros, tienes que firmar unos documentos.

El inspector abrió también la reja. Las pesadas llaves de latón eran uno de los símbolos absolutos del reino del talego, brillantes y voluminosas, pulidas y desgastadas por los años, con un gran anillo en el extremo. Hacían un ruido característico e inconfundible cada vez que abrían la cerradura, un chasquido seco, casi un reclamo; quien lo haya oído nunca podrá olvidarlo.

Michele salió de la celda, dio unos pasos y se volvió hacia el inspector con gesto inquisitivo.

Él comprendió y adoptó una expresión entre arrogante y divertida.

—No, *Vigila'*, esta vez vas tú solo. Tranquilo.

Michele sintió un escalofrío por la espalda, en la cárcel nunca estabas tranquilo. Se sentía confundido, tenía ganas de fumar, pero no había cogido los cigarrillos y ya no podía volver. Miró hacia el fondo del corredor y echó a andar tratando de mantener un paso regular. En la cárcel está prohibido correr.

Dejó atrás las rejas y los barrotes de la sección de Alta Seguridad, la parte de la cárcel dedicada a los AS3, los miembros del crimen organizado. Mafia, camorra, *'ndrangheta* y los cuatro supervivientes de la *Sacra Corona Unita*. Todos entusiastamente juntos. Las manzanas podridas en un único cesto y el cesto bien profundo en el fondo del pozo.

Bajó las escaleras de la sección, luego otros peldaños y varias rejas, y en cada una el consabido ruido seco de las llaves al girar y en cada barrera la consabida pregunta.

—¿Y este?

Y la consabida respuesta.

—Vigilante, oficina de registros.

El inspector de la oficina de registros se movía frenético, con la chaqueta del uniforme perfectamente abotonada pero la corbata negra aflojada. Pequeño y delgado, con el rostro afilado y la barba gris, parecía un relámpago enloquecido entre el fax, el teléfono y la fotocopiadora. De origen apulio, era un hombre práctico y de pocas palabras, uno de esos que si tienes razón la tienes y si estás equivocado lo estás y punto. Sus compañeros lo llamaban «Sereno», porque a todos los que se alteraban o se enfadaban les respondía invariablemente: «Estate sereno».

Michele entró llamando y el inspector lo fulminó con una mirada atravesada.

—Vigilante, tiene que firmarme unos cuantos documentos.

—¿Qué documentos, inspector?

El inspector se interrumpió y colgó el teléfono. Aguardó un instante, mirando al interno a los ojos.

—¡Los días!

Michele trató de mantener la calma. Sentía de nuevo ese breve escalofrío en la espalda, un estremecimiento que le subía hacia la nuca.

Se trataba de los días de libertad anticipada. El descuento de cuarenta y cinco días por cada semestre de pena transcurrido con buena conducta, o sea, sin expedientes disciplinarios y habiendo participado en las actividades de reinserción y reeducación. A él las actividades de reinserción y reeducación siempre le habían importado una mierda, pero en los últimos años, a excepción del pequeño contratiempo de hacía poco, había dejado de hacer el cretino y el talego había transcurrido sin más aislamiento ni consejos disciplinarios.

Había cursado la petición de los días al juez de vigilancia penitenciaria hacía varios meses, en parte por ser como los otros presos y en parte porque el inspector de la oficina de registros había insistido. Y los había pedido todos de golpe, años y años de prisión, sin saber exactamente cuántos le correspondían ni los que le concederían. Y ahora había llegado la respuesta con el fin de su pena reevaluado.

El inspector le pasó una serie de folios, todos iguales e incomprensibles, donde aparecían números, artículos del código y normas de ley. Michele los firmó casi sin mirarlos, uno tras otro. Era como si una bolita de *pinball* le rebotara en la cabeza, no lograba concentrarse en nada, de pronto el mundo se movía demasiado veloz a su alrededor. Imágenes, palabras, recuerdos, pensamientos, se agolpaban y se confundían, mientras comenzaba a notar una sensación extraña. Algo que no sentía desde hacía años.

Miedo.

—Inspector, ¿cuándo salgo? —La pregunta se le escapó casi sin darse cuenta.

El otro alzó la vista de los folios. La mirada dura como siempre, pero esta vez en los labios tenía una leve sonrisa. Forzada y seca, pero al fin y al cabo sonrisa.

—Hoy.

Michele salió de la oficina de registros con una indescifrable sensación de flojera. Le volvió con fuerza la imagen de aquel oscuro río africano y del viaje en busca de un hombre maldito. A su cerebro le costaba asimilar la noticia de su excarcelación.

El cabo de la sección le abrió la reja.

—¿Estás bien, *Vigila*'? Tienes una cara...

Asintió al cabo con la cabeza y fue derecho a su celda. Todo le parecía de pronto diferente, desenfocado y trémulo, como si alguien durante su ausencia hubiese descolocado cada cosa y las hubiera vuelto a poner en su sitio. Igual a sí mismo, aunque diferente. La misma celda le parecía ahora más grande y espaciosa, más acogedora, más segura. Un lugar sencillo, con reglas claras y una vida programada, horarios establecidos y tareas asignadas: apertura de celdas, registro, martillazos, patio, socialización, recuento, patio, paseo al comedor, paseo a psicoterapia, recuento, cierre de celdas. Todo medido y sabido, lo mismo cada día. ¿Y ahora?

Con la mente confusa y las manos temblando se preparó un café en el hornillo. Fuerte, oscuro, amargo. El último. Encendió la televisión, ollas y colchones en la teletienda, «una batería de cocina de doce piezas con base de fundición de un centímetro de espesor...», y mientras la cafetera se calentaba decidió afeitarse. Tenía necesidad de rutinas, de gestos verificados y seguros. Una manera cualquiera de conservar la calma, de mantener a raya la cabeza antes de que llegara el batacazo. Es como con la cocaína: estás bien, estás bien, estás bien y de golpe empieza a dar vueltas el carrusel y subes y luego bajas. Michele sentía como si fuera a subirse a un carrusel, como si fuera a ser arrastrado por la marea: alegría, miedo, euforia, terror. Consciencia. En un instante vendrían a llevárselo. «Y solo para las primeras diez llamadas, de regalo un set de cuchillos de acero de hoja japonesa...».

Michele se fijó en la cuchilla de plástico blanco. Temblaba. Su mano temblaba. Se detuvo, para no cortarse en la garganta. Habría sido el colmo. Una leyenda que Radio Talego habría transmitido durante generaciones y generaciones. Accidente doméstico, después de veinte años en prisión y en el día de su excarcelación, propio de gilipollas. «Y con el colchón, un cubrecolchones antialérgico..., láminas de madera..., fundas..., almohadones..., llame..., llame..., llame...». Suspiró profundamente, tiró a la basura la cuchilla y se miró en el espejito sobre el lavabo. No vio al casi cincuentón pálido y marcado que era, sino al chaval joven y moreno de muchos años atrás. De una vida pasada. Un chaval que había hecho carrera. Que sabía hacerse respetar. Que tenía un par de pelotas.

El café había subido y se estaba quemando. Apagó el hornillo y se sirvió el líquido oscuro en el vasito de plástico, se lo bebió de un sorbo sin saborearlo, solo para espabilarse. Se sentó en el catre inferior y sacó de debajo de la litera dos bolsas de lona grandes y gastadas, las mismas de veinte años atrás, y empezó a guardar su ropa.

El tiempo había pasado. Se había acabado.

Había llegado el momento de salir.

Lo metió todo dentro a la buena de Dios, no tenía ni tiempo ni paciencia, tiró lo que estaba para tirar y dejó en la celda lo que no quería o podría ser de utilidad a quienes se quedaban.

Miró una vez más la estancia. Veinte años. Cinco de aquí para allá por Italia, un traslado tras otro, y luego casi quince allí, en aquellos diez metros cuadrados. Miró la alta ventana, larga y estrecha, los barrotes azules y desconchados, luego el paisaje, su gajo de mundo, su promesa de libertad. Durante quince años la misma colina verde o gris según las estaciones, el mismo pueblo a lo lejos del que no había querido saber ni siquiera el nombre y luego las casas aparecidas como setas en mitad de aquellos prados, las había visto construir y después habitar. Encenderse las luces de noche y por la mañana y él pensar en las personas que vivían en el interior de aquellas paredes. ¿Quiénes serían? ¿Qué harían? ¿Vivirían bien? De algún modo se sentía parte invisible de sus vidas.

Apartó la mirada de aquella porción de paisaje y observó el doble catre clavado al suelo, los tubos de acero pintados de azul, el colchón de goma ignífuga, años y años pasados allí acostado esperando, y luego la mesa y la banqueta fabricadas por otros internos en otras cárceles, la televisión encastrada en una estructura metálica para impedir que pudiera usarse como arma, y los armaritos del baño, que había hecho con cartón y cola blanca. Había necesitado seis meses para hacerlos y ahora casi le disgustaba tener que dejarlos allí. Por último, los viejos libros amontonados en un rincón, silenciosos y presentes.

Se puso uno bajo el brazo, levantó del suelo los dos bolsones con su vida dentro, alzó la vista para echar una última mirada a las manchas de moho del techo, salió y atravesó la sección por última vez.

Los demás lo miraban en silencio dentro de sus celdas, aferrados a los barrotes. Al principio con ojos de asombro, incrédulos, un tímido saludo y un irreprimible murmullo, luego sonrisas y un aplauso forzado. Un estrechón de manos, un «¡suerte!» mientras el cabo esperaba en la reja. Alguien le pidió que llevara un mensaje fuera, otro le ofreció un cigarrillo y otro esperaba en secreto ser el próximo.

Michele se paró delante de la última celda antes de la rotonda. *Chillu guaglione* estaba de pie junto al cierre automatizado. Ocupaba todo el campo visual, oscureciendo la luz de la ventana. Camiseta blanca ceñida, músculos esculpidos y bronceados, tatuajes en los brazos y el cuello, cejas cuidadas y pelo largo y sedoso. El prototipo del joven camorrista. Un cruce entre pitbull y tronista. Pero no era tan guapo de cara como antes, le quedaban las marcas de los puntos, el ojo derecho lo tenía inyectado en sangre y el amarillo y violeta de los cardenales todavía no le había desaparecido. Pero a fin de cuentas tampoco estaba tan mal, el comandante tenía razón: «el muchacho está bien».

El *guaglione* parecía cohibido, tenía la mirada baja y aferraba fuerte los barrotes de la reja.

—¿Entonces, *Zio**, es verdad que sales?

Tras tantos años en el talego Michele se había ganado el título de *Zio*, sinónimo de reverencia y admiración, respeto y reconocimiento. O sea que al final el chiquito aquel había aprendido. Alguien había debido de susurrarle al oído algunas palabras sensatas confidencialmente, lo justo para hacerle comprender quién era en realidad Michele Vigilante.

El Zio *Michele merece respeto.*

Dentro y fuera de la sección.

—Sí, *guaglio'*, se acabó. —Miró fijamente la cara marcada del chico. Se iba a curar, necesitaba un poco más de

---

* «Tío», en italiano. *[N. de la T.]*

tiempo, pero se iba a curar. Entonces puso el libro entre los barrotes de la reja.

El chico lo miró con curiosidad.

—¿Y esto qué es?

—Qué va a ser, *guaglio'*. ¡Un libro!

—¡Ya lo veo, *Zio!* Gracias, pero no me gusta leer. No tengo paciencia...

—¡Pilla el libro y léelo!

—Que no, *Zio*, que no es para mí.

—¡Te digo que pilles el libro y lo leas! —El tono de Michele se había vuelto peligroso y tenía la mirada dura. El chico cogió el volumen y se puso a mirarlo. Lo hojeó y leyó la portada.

—*El corazón de las tinieblas,* de Joseph...

—De Joseph Conrad —terminó por él Michele.

—Gracias, *Zio* —dijo tímido.

—De nada, *guaglio'*. Y no te olvides. De la primera a la última página.

—¿Y cuando lo termine?

—Cuando lo termines, empiezas otra vez.

El chico miró a Michele tratando de adivinar si estaba bromeando. No, el *Zio* no bromeaba.

Chillu guaglione le había faltado al respeto una vez y no pensaba volverlo a hacer. Era una orden y por tanto había que obedecer. Rápido y sin preguntar, sin peros que valieran.

El *Zio* volvió a mirarlo un instante y le pareció ver al joven que él había sido hacía mucho tiempo. La misma cara, la misma cabeza, la misma arrogancia, la misma jodida convicción de saberlo todo.

—Y acuérdate, *guaglio'*, la cárcel es siempre *lo peor.*

—Lo sé.

—No, tú no lo sabes. —De nuevo aquella voz dura y peligrosa.

Se miraron a los ojos. Entre ambos, los barrotes de la celda. Un largo, único, momento de silencio.

—¡Vigilante, muévete! —gritó el cabo en la reja.

El chico buscaba las palabras, pero no eran su fuerte. Al final, le salió de los labios como un soplido tembloroso, casi imperceptible:

—Gracias, *Zio*.

Michele asintió, no necesitaba más. La cháchara era cosa de mujeres. Esas dos palabras eran más que suficiente para decirse muchas cosas, eran un signo de respeto, una esperanza impalpable. Eran todo un discurso. Una vida entera.

Michele alzó la mano para despedirse y recorrió la sección arrastrando las bolsas de lona.

El cabo tenía abierta la reja azul y lo estaba aguardando.

—Vigilante, esperemos que no nos volvamos a ver demasiado pronto —dijo sonriendo el hombre del uniforme.

Michele lo miró serio.

—Aquí no vuelvo más.

—¿Estás seguro?

El cabo también era de Campania y la ocasión merecía que usara su lengua materna.

—*Superio', io ccà nun c' torn' cchiù* —repitió Michele.

El otro se sacó el manojo de llaves de latón del cinturón de camuflaje. Lo levantó mirando a Michele. Ambos sabían el significado de aquel gesto y no era poca cosa.

El preso excarcelado Michele Vigilante, llamado el Impasible, asintió en silencio y el cabo dejó caer al suelo el pesado manojo de llaves. El ruido de metal retumbó en la sección.

El grito resonó inmediatamente en las celdas:

—¡Eh... al jefe se le han caído las llaves!

La última tradición carcelaria se había respetado. Cuando el agente dejaba caer las llaves era señal de que el que salía no iba a volver más. Nunca más.

Esta vez el aplauso fue ensordecedor, un estruendo que resonó por el estrecho corredor. Alguien empezó a golpear una cacerola contra las rejas y en un momento fue todo un pandemonio de cantos y gritos. El cabo de la sección ni se inmutó, no era nada que no hubiera visto ya otras veces.

Michele sonrió a su antiguo adversario y se dirigió a la reja de las escaleras. Las puertas de acero se cerraron pesadamente tras él.

Más firmas en la oficina de registros, con el inspector que seguía corriendo entre faxes y teléfonos fingiendo que no había reparado en él. Luego a consigna para recoger sus cosas: una cadena de oro con la imagen del padre Pío, un reloj con la correa de cocodrilo parado a las 11:27 del 12 de octubre de 1996. Se lo puso en la muñeca, inútil y precioso, sin saber si volvería a funcionar. En parte como él. Por último, la cartera con los documentos caducados, un par de fotos chafadas, un manojo de llaves y una, dos, tres, cuatro fichas de teléfono.

—Ah, Vigilante, hay esto también.

El encargado del almacén sacó del sobre de papel amarillo una segunda cadenita de oro, fina y elegante, con un pequeño crucifijo colgando.

Michele lo miró en silencio. Sabía que estaba allí, no podía olvidarlo. Había tratado de esconderla en un rincón de la memoria, pero había sido absolutamente inútil, incluso en aquel antro oscuro seguía brillando, un pequeño e intenso punto luminoso, lejano pero siempre presente.

Una piedra de dolor encerrada en unos gramos de oro.

La sostuvo en las manos, levísima, intangible, daba la impresión de ir a romperse de un momento a otro, de convertirse en polvo.

Michele sintió un nudo en el estómago que le subía a la garganta y se volvía amargo y maligno, un sabor desagradable y real que le nublaba la mente y le hacía temblar las piernas. Le ardían los ojos y tenía frío.

—*Vigila'*, la emoción para luego, que tengo cosas que hacer. Si no falta nada, firma y vete.

Michele escribió su nombre. Lo pensó un momento y se puso la cadenita fina al cuello, mientras guardaba la del padre Pío en una de las bolsas. Cogió las cuatro perras que había ganado trabajando en la sección, se despidió del asistente y se dirigió a los corredores. Dejó atrás las últimas barreras y cruzó el muro de hormigón. Un agente joven lo acompañó hasta la puertecita abierta en la pesada reja de acero. El último obstáculo, el de la barrera interior, se movió lentamente ante sus ojos, las rejas se deslizaron y frente a él se abrieron de par en par las puertas del aparcamiento de la cárcel.

Un uniforme azul se le acercó por detrás. Michele reconoció los pasos y se volvió; era el comandante comisario. Expresión marcada y mirada de cabreo. La mitad de un puro toscano entre los dedos. Llevaba más tiempo en el talego que Michele, ya solo por eso merecía respeto. Se intercambiaron una mirada de despedida. Tantos años los habían llevado a una especie de paz armada, una guerra fría en la que cada cual respetaba el papel del otro. Y no necesitaban muchas palabras.

—Vigilante. Que no te vuelva a ver por aquí.

Michele asintió y ambos se estrecharon la mano.

Era libre.

4

La cafetera se había vuelto a romper. Alguien había pegado el habitual y lacónico cartel: ESTROPEADA. Un folio reciclado, por supuesto, porque papel en la oficina había poco o nada.

El inspector Carmine Lopresti volvió a guardarse el cambio en el bolsillo, juró en dialecto apulio y echó a andar por los pasillos de la jefatura de policía.

Aquel lugar, encajonado entre via Medina y via Diaz, siempre le hacía sentirse un poco cohibido, incluso después de tanto tiempo. El enorme edificio, fruto de las dos décadas fascistas, tenía un aire severo e imponente y su gigantesca fachada de mármol blanco, hecha de líneas pulidas y a escuadra, destacaba como un diamante en el vientre de Nápoles.

El inspector estaba tratando de ignorar el feroz dolor de cabeza que le martilleaba las sienes, después de la noche de excesos y de haber dormido solo dos horas. Vio su reflejo en una de las puertas de cristal de la oficina y, a pesar de los signos evidentes de la resaca, no logró reprimir una sonrisa complacida. Treinta y nueve años espléndidamente llevados. Alto. Tez morena. Atlético. Bronceado. Un tremendo hijo de puta, con la mirada perennemente cabreada de las series de televisión.

Se quitó las gafas de sol con estudiada desenvoltura para deleite de las empleadas próximas a la jubilación. Sabía atraerse las miradas de las mujeres y la cosa no le disgustaba en absoluto; las ojeras, por lo demás, contribuían a su encanto de guapo misterioso. Sin embargo, jaqueca aparte, el inspector sabía también cuándo era el momento de no hacer el gilipollas y comportarse como un madero de verdad.

Saludó a un par de viejos conocidos y se dirigió deprisa hacia el despacho del director. Llegaba tarde. No mucho, pero tarde. El comisario jefe Taglieri era un tipo con mala hostia. Con él, tal vez, haría un poco la vista gorda, sabía que era su preferido; pero mejor no tirar demasiado de la cuerda.

Al llegar a la puerta del despacho llamó rápido y entró farfullando en voz baja una serie de excusas preparadas. La reunión había empezado ya y nadie le prestó demasiada atención, así que se plantó de pie junto a la puerta mirando a su alrededor.

En el despacho ya estaba media Brigada Móvil. A Annunziati y a Morganti los conocía, valientes y preparados, gente que venía de la calle, más de hechos que de palabras, sabían cuándo era momento de sonreír y cuándo de morder, habían trabajado juntos más de una vez y sabía que se podía fiar de ellos. A Disero y Cozzolino, por el contrario, no los conocía en persona, pero le habían hablado bien de ellos, hacían el trabajo de todos los días sin tocar los cojones, lo que ya era mucho. Luego estaba Corrieri, pero sobre este pobre hombre mejor era correr un tupido velo: grueso, descuidado, vago, a todas luces un rajado, un chupatintas cuya única pretensión era llegar cuanto antes a la jubilación; había hecho carrera lamiendo culos a diestro y siniestro, yendo de comisaría en comisaría. Un tipo que, como decían por allí, «llamaba con los pies», porque tenía las manos demasiado ocupadas llevando cajas de fruta, embutidos, quesos y muchas otras cosas. Le habían trasladado hacía unos años de no recordaba dónde, y en poco tiempo, con su calva reluciente y la cara mofletuda siempre sudada, se había convertido en el hazmerreír de la comisaría. Las gafitas redondas le conferían a su mirada la expresión de un cerdo, así que antes o después cualquier compañero sardo terminaría haciendo con él un buen cochinillo de los que se comían en su tierra.

Lopresti no pudo evitar una mueca al verlo. No podía soportarlo. Eran demasiado diferentes. Le parecía un coñazo y no tenía ningunas ganas de disimular.

El comisario jefe Taglieri se percató y lo fulminó con la mirada, sin interrumpir siquiera su exposición:

—... han levantado las lápidas. La Científica ha inspeccionado el terreno y el cuerpo está en el depósito. El informe de la autopsia es claro como el agua, aunque tampoco es que haya mucho que entender. Le han rajado el cuello de oreja a oreja.

El inspector sabía bien de lo que hablaban. La noticia del cementerio había corrido por toda la provincia en un instante. La imagen de las tumbas vacías esperando a ser llenadas había hecho sonar las campanas de alarma en las fiscalías de media Italia. El miedo y la curiosidad se habían propagado incontrolables como el hedor a alcantarilla. La policía quería respetar el secreto de la instrucción, mantener lejos a los periodistas..., pero el Destripamuertos, el Sepulturero, había inflamado de pronto la imaginación de la gente y en los bares ya no se hablaba de otra cosa. A cambio, las informaciones no eran muy precisas, a las habladurías se añadían nuevas habladurías y el caso empezaba a adquirir tintes épicos de leyenda. En el relato popular las lápidas habían aumentado de siete a nueve y, más tarde, a trece. La última noticia hablaba de quince, si no más.

¡Joder, lo grande que era el cementerio!

En cuanto a los nombres, se estaba reuniendo lo más granado, una especie de fantasía napolitana. Aparte de Vittoriano Esposito, apodado el Mariscal —pequeño *boss* de uno de los clanes de la camorra de la zona, con un pasado de traficante de drogas y un presente de extorsión y comercio de armas, que se hallaba tendido buenamente en el depósito de cadáveres esperando a que le abrieran las tripas—, para los otros había dado comienzo la quiniela de las lápidas. En la lista habían acabado todos, pero absolutamente todos: desde el *boss* al delincuente de medio pelo, desde el sicario al camello de los suburbios, del vecino tocapelotas al cornudo del pueblo, incluidos el alcalde, el cura y la amante del cura. Al margen de bufonadas o cháchara de bar, Lopresti estaba seguro de una cosa, simple y clara como solo la verdad puede serlo: quien realmente contaba algo, conocía los nombres, y sabía que eran exactamente esos.

—... por lo que respecta a los otros seis, hay que ponerse a trabajar. Todos son gente maravillosa, pertenecientes al crimen organizado, *bosses* y segundos, currículums criminales de distinto género y nivel, pero en todo caso siempre involucrados con los clanes. Gennaro Rizzo, prófugo, sabemos que sigue controlando los cargamentos de cocaína de Sudamérica, pero nadie tiene ni idea de dónde está. La Interpol lo busca desde hace cinco años y se ha emitido una orden de arresto europea, pero sin resultados, simplemente se ha desvanecido en el aire. En caso de detenerlo es un 41-bis seguro. Luego están los hermanos Surace, Antonio y Ciro, contenta tiene que estar su madre. También prófugos, pero son criminales de poca monta y con un poco de suerte y el soplo de alguien los encontramos. Giovanni Morra, en cambio, está en arresto domiciliario, estamos procediendo interviniéndole el teléfono y tiene una patrulla a la puerta de su casa; si hay que moverlo lo llevamos directo a la cárcel, que mal no le va a hacer. Giuseppe Notari en cambio está libre y...

—¿Y quién coño es ese Giuseppe Notari?

Bravo por la sinceridad de Disero y su dialecto catanio.

—Peppe el Cardenal —aclaró Cozzolino.

Disero asintió satisfecho. El inspector Lopresti anotó mentalmente que aquellos dos compañeros conocían los «nombres de guerra», los verdaderos, los de la calle y los de los bajos fondos, y no los oficiales, solo válidos para el ministerio y el papel impreso. Buena señal, hablaban la misma lengua.

—Decía que Notari está libre y se mueve tranquilamente como si fuera el amo de su pequeño pueblo, San Giuseppe Campano. Sale a la calle los domingos para que la gente le adore. La procesión de la Virgen tiene parada fija bajo su casa y en las ceremonias públicas se deja ver como si fuera el gobernador.

Lopresti se quedó pensando amargamente que quizá en parte lo fuera. Si el gobernador es el representante del gobierno y del Estado en el territorio, Peppe el Cardenal era el representante de los clanes y del anti-Estado. Dos perros que se miran gruñendo, dispuestos a adentellarse el cuello.

—En este caso también necesitamos un plan de escuchas y de vigilancia, un trabajo bien hecho y discreto. Tenemos que tratar de identificar las diferentes tarjetas telefónicas que usa y no perder de vista a los chinos y a los gitanos que se las suministran. Y luego está Michele Vigilante, pero al menos este está en la cárcel y no es nuestro problema...

—Mmm, jefe, perdóneme —intervino Corrieri con su vocecita reverente.

Taglieri resopló. Odiaba ser interrumpido y ya era la segunda vez.

—¿Qué pasa, inspector?

—Vigilante ha salido esta mañana.

Las palabras quedaron flotando en la estancia en un silencio irreal de santuario mariano. El jefe de la Móvil se había quedado sin palabras, acontecimiento único en la historia de aquella comisaría, y miraba duramente a su subordinado. Nadie tuvo el valor de intervenir.

—¿Qué coño significa que ha salido?

—S... significa que el juez de vigilancia le ha concedido los días de libertad anticipada, lo que ha modificado el final de la pena y esta mañana ha salido de prisión. He hablado con el inspector de la oficina de registros, ha sido excarcelado a las 9:22. —Corrieri sería un chupatintas, pero al menos en eso resultaba extrañamente eficaz.

Taglieri se pasó una mano por el rostro flaco, casi esquelético. Sintió la barba hirsuta y los huesos prominentes. Su pasión por las carreras y este trabajo lo estaban consumiendo. Todavía no era la hora de comer y ya estaba cabreado como un mono. Sentía punzadas insoportables en la nuca y las venas del cuello cada vez le latían más fuerte. Tenía ganas de romperlo todo, de coger aquella porquería de ordenador prehistórico que ocupaba su mesa y tirarlo al suelo o lanzarlo contra la ventana para sentir el maravilloso ruido de los cristales destrozados y su estruendo contra la acera. Pero no podía, era el jefe y tenía que comportarse.

Suspiró ruidosamente mientras los demás permanecían en silencio.

—Bueno. Entonces nos toca controlar a uno más. No hay problema, de alguna forma lo haremos. Solo hay que pedir más hombres de refuerzo. Eso es todo.

El inspector Lopresti miró a su jefe y lo vio cansado. Nervioso como nunca. Se conocían desde hacía varios años y se apreciaban mutuamente. Había sido él quien le había convencido de pasarse a la Móvil. En privado, y lejos de ojos indiscretos, ambos se trataban de tú, aunque siempre con el debido respeto por su parte.

—Debemos poner en marcha inmediatamente el procedimiento de las escuchas, las órdenes están preparadas —continuó Taglieri—. Llamad a vuestros contactos. Buscad. Encontrad. Haced llorar a la Virgen o haced el milagro de San Gennaro. Inventaos lo que os parezca, pero tenemos que descubrir qué está sucediendo.

—Pero, jefe, ¿no estamos exagerando? Al fin y al cabo, no es más que otro al que han asesinado —dijo Cozzolino.

El jefe lo miró con dureza.

—*Cozzoli'*, no has entendido un carajo. ¿Alguien se ha tomado la molestia de montar esta carnavalada en el cementerio y crees de verdad que se va a quedar ahí? ¿Crees de verdad que para liquidar a un canalla como este hay que montar esta comedia napolitana? *Cozzoli'*, para matar bastan dos segundos, dos tiros. Pum, pum y se acabó. Entras y sales del bar sin que dé tiempo a que se enfríe el café; total, nunca nadie ve nada. Coges la moto y te vas. Si alguien ha montado este cristo, si alguien se ha tomado la molestia de degollar al Mariscal a mano alzada... —El comisario jefe Taglieri hizo el gesto de un pintor pintando una tela imaginaria—. Quiere decir que no ha terminado aquí.

Todos parecían reflexionar. Pero una cosa estaba clara. Si el siempre formal comisario jefe Taglieri se había dejado llevar y había recurrido al dialecto, quería decir que la situación era más grave de lo previsto.

—Ahora vamos a establecer los equipos de intervención. Quiero información actualizada dos veces al día, informes diarios y, ante todo, resultados. Annunziati y Morganti, vosotros os ocupáis de la zona de San Giuliano Campano, de Peppe el Cardenal y de los inútiles de los hermanos Surace. Encontradlos. Disero y Cozzolino, vosotros...

El inspector Carmine Lopresti sintió un escalofrío subirle por la espalda y el dolor de cabeza hacerse más agudo. *No. No. No.*

—... interrogáis a Giovanni Morra y a vuestros contactos en la zona.

Hijo de puta. No le podía hacer esto por solo cinco minutos de retraso.

—Lopresti y Corrieri, nos traéis información sobre Gennaro Rizzo. Y buscad a Michele Vigilante, aunque haya salido del talego todavía debe de estar agilipollado.

Y una mierda.

—Jefe, yo en realidad preferiría trabajar solo. Ya sabe, para preservar mis fuentes de información y mis contactos en la zona... —Lopresti intentó una última y desesperada baza.

Pero Taglieri era mejor jugador que él y no tenía ganas de que le tomaran el pelo.

—Inspector, me importa una mierda el secreto de la investigación. Aquí las pesquisas las dirijo yo y usted va a trabajar en pareja con su compañero Corrieri, que, créame, tiene recursos insospechados de los que usted seguro que va a poder aprender mucho.

Corrieri miraba al suelo y Lopresti quería estar en otro lugar. Otro cualquiera. Pero lejos de allí. Lejos de la peste de ese tío mierda.

Probó un último y desesperado intento.

—Jefe, yo no pongo en duda las cualidades de mi compañero. Pero debe comprender que mi *modus operandi* no contempla que...

—¡Basta! Me importa una mierda tu *modus operandi*. ¿Quieres comprender o no que nos podemos estar enfrentando a una nueva *faida**de Scampia?

De inmediato se hizo el silencio. Las protestas murieron en la garganta de Lopresti. Los demás también se quedaron mudos.

Recordaban bien la *faida* de Scampia. Muchos de ellos habían estado allí. Entre octubre de 2004 y febrero de 2005. Más de setenta muertos en menos de seis meses. Disparaban por las calles, en las casas, en los locales, entre la multitud. Disparaban a toda prisa, sin mirar, sin saber, sin buscar. Sin tener en cuenta nada ni a nadie. Víctimas inocentes, policías, mujeres, niños, nada era un problema, no había obstáculos. Se apuntaba a los amigos de los enemigos, los parientes, los hijos, los vecinos de tal o cual barrio, solo para que salieran de sus escondites los verdaderos objetivos. Por un lado, la familia que controlaba el mercado de la droga de Nápoles y sus alrededores, por otro los que se querían escindir para lograr una parte del pastel mayor. Un motivo trivial, pero siempre válido para matarse.

------

* Guerra entre clanes de la camorra. *[N. de la T.]*

Un primer disparo, casi al azar, sin hacer ruido, al salir de un bar con los amigos. El primer homicidio, un cuerpo que cae al suelo. Sangre y sesos sobre el asfalto del barrio y luego empezó todo.

Sangre que llama a la sangre. Sangre que se mezcla con la sangre.

Homicidios y torturas. Incendios y funerales.

Las mujeres del barrio lanzando los tiestos de geranios contra los vehículos de los *carabinieri* que efectuaban los arrestos. Tres cadáveres en un coche incendiado. Un cuerpo decapitado e irreconocible. Los fuegos artificiales en el arresto del *boss* rival. Los tres homicidios el día de la visita del presidente de la República a Nápoles. El asesinato de madres e hijos, de culpables e inocentes, de demonios y ángeles. Un hervidero de sangre y odio en nombre del poder, la droga, el dinero, la venganza.

Y luego la paz con un beso.

Un beso entre los dos *bosses* rivales en una sala de Tribunal, en espera de una sentencia que los iba a condenar a veinte años de cárcel. Fue la señal de que la guerra había terminado y se podían dejar las armas. Todo debía volver a ser como antes. Los enemigos ya no eran enemigos, la sangre debía olvidarse y los negocios volvían a ocupar el primer plano.

Como siempre había sido, en el fondo. Incluso en los momentos más crueles, en los días más agitados, el trapicheo de droga había continuado impertérrito y frenético, entre los enormes y monstruosos bloques de viviendas de Las Velas en el degradado barrio de Scampia y las plazas de Secondigliano, en los portales de los edificios y en los retretes de las discotecas. La droga había seguido cambiando de manos. La droga tenía vida propia, su propio camino, era un río en crecida que no se detenía jamás. La droga viajaba y circulaba, llenaba del mismo modo las esquinas de las calles que las casas de la gente importante, las venas de los desesperados y la nariz de los ricos: todos para sentirse alguien y luego no sentir ya nada. El dinero circulaba y crecía. El dinero seguía corriendo. Y mandando.

El dinero siempre manda en todo.

Con aquella sencilla alusión el comisario jefe Taglieri había logrado su objetivo, un silencio pesado y grave que cortaba la respiración y se extendía por su despacho como un manto denso y uniforme. Annunziati y Morganti se contemplaban los pies. Disero y Cozzolino miraban sin ver la larga fila de calendarios e insignias colgados en la pared. Corrieri fingía buscar algo en un expediente y Lopresti se sentía humillado.

—Cada cual sabe lo que tiene que hacer. Espero poco palique y más resultados.

Todos asintieron en silencio.

La reunión había terminado.

5

Michele se paró a mirar las nubes bajas. El cielo era un cúmulo de matices grises que se perdía a lo lejos. El aire era frío y un ligero viento ponía tirante la piel del rostro. Era una sensación agradable y quería disfrutarla al máximo. Había dejado la cárcel a la espalda bajando por la colina y pasando junto a las casitas que había visto construir y habitar año tras año. Había buscado a alguien con la mirada, como si pudieran reconocerlo, como si él hubiese formado parte de sus vidas. Pero no había nadie. Las puertas estaban cerradas, las ventanas vacías y él solo había sido una sombra mirándolos desde la cima de la colina.

Caminaba como un autómata, la cabeza baja y paso rápido, con el único objetivo de poner la mayor distancia posible entre él y las rejas de acero. Pero ya empezaba a sentirse cansado, todavía no había fumado y todo aquel espacio abierto le daba una sensación de aturdimiento.

En el talego pasaba cuatro horas al aire libre, dos por la mañana y dos por la tarde. El patio era un cubo de cemento armado, muros altos y macizos, suelo desnudo, un grifo para el agua en la esquina de la derecha y la garita de los guardias a la izquierda. En invierno, con el cielo bajo y pesado, parecía una enorme caja de hierro fundido. Cientos de internos agolpados hablando y fumando. Unos caminando de un lado a otro con ritmo obsesivo, como hámsteres en la rueda de sus jaulas, para estirar las piernas y respirar aire fresco. Otros sentados a pesar del frío sin hacer nada, fumando y esperando a que el tiempo pasara. Él bajaba poco al patio, prefería quedarse en su celda, tumbado, en compañía de las manchas de moho del techo. Ya no le gustaba oír el continuo vocerío de la cárcel, el ruido incesante de pasos apresurados caminando arriba y abajo, las conversaciones todas iguales, las caras que parecían repetirse hasta el infinito como reflejo de mil espejos. Prefería escuchar música, leer y pensar en sus propios asuntos.

O quizá pensar en Don Ciro Squillante, conocido como Pinochet.

Cinco años hacía ya que llevaba muerto.

Descanse en paz.

Lo había conocido después del enésimo traslado por «necesidades penitenciarias», del enésimo consejo disciplinario, del aislamiento, de hacerse respetar. Una vez más.

Lo habían trasladado cerca de su casa, por «vinculación familiar», aunque él ya no tuviera familia. Una justificación elegante y burocrática para pasarse la patata caliente entre una cárcel y otra. «Sujeto difícil de gestionar, intolerante con el reglamento intramuros», era su definición favorita. Un modo como otro cualquiera de decir que se estaba volviendo loco. Llevaba años yendo de acá para allá por todas las penitenciarías de Italia: Opera, Rebibbia, Le Vallette, luego Terni, Livorno, Frosinone, Fossombrone y por último Campania. Su casa. Otro viaje, otro trayecto. Y siempre con billete solo de ida.

Otra vuelta de carrusel.

Esperaban que el aire de su casa pudiese tranquilizar a Michele Vigilante, apodado el Impasible, camorrista, traficante, asesino, chantajista y tantas otras lindezas. Pero Michele no tenía el más mínimo deseo de tranquilizarse. Allí dentro no podía aguantar. Los corredores de la sección, las luces de neón, los horarios y reglas que respetar, una norma para cada cosa, los barrotes azules contra el cielo gris, todo aquello le hacía enloquecer. Era una olla a presión sin válvula de escape, día tras día resultaba más peligroso, a punto de explotar.

Recordaba perfectamente su primer encuentro con Pinochet.

El sargento lo había acompañado a la planta segunda norte, la sección de Alta Seguridad, celda número 43. Había entrado con la cabeza alta, sin familiaridades con nadie, arrastrando tras de sí sus bolsas de lona y el estuche de plástico negro con almohada y funda del almacén, dispuesto a encontrarse de frente con el famoso *boss*, un hombre de honor, una leyenda del tráfico de drogas. Por fin alguien a su altura, alguien que procedía de la calle y llevaba dentro la rabia de la calle.

Se encontró frente a un viejo sonriente. Pequeño y delgado, desaparecía dentro del viejo pijama gris. Tenía gafas redondas de montura fina de oro, una calvicie incipiente de empleado del catastro y una hirsuta barbita blanca. Más que un jefe del narcotráfico parecía el ayudante lelo de Papá Noel.

Michele miró a todas partes. Creyó que era una broma y se volvió al sargento.

—Jefe, me da que te equivocas.

—De equivocarme nada, *Vigila'* —dijo el guardia cerrando la reja.

—Pero se suponía que iba a compartir celda con Don Ciro Pinochet.

—¡Él es Pinochet!

Michele miró otra vez al viejo. Seguía sonriendo.

—Buena estancia, Vigilante —dijo irónico el sargento—. Y buen día, Squillante.

—Buen día también a usted, jefe —respondió amable el viejo.

El sargento sonrió cerrando el cierre automatizado de acero.

Michele seguía mirando al cielo anémico mientras el recuerdo de Don Ciro se desvanecía en su mente. Se volvió a izquierda y derecha, el paisaje a su alrededor no acababa nunca. Todo era muy extraño. Un dolor sordo y rítmico le golpeaba las sienes. Dejó en el suelo las pesadas bolsas, llevaba horas cargando con ellas y había llegado el momento de encenderse un cigarrillo. El primero como hombre libre.

Aspiró profundamente. El humo acre y caliente le llenó los pulmones. Espiró con los ojos cerrados buscando un sentido profundo a aquel momento, una reflexión digna de tal nombre.

Pero no lo tenía.

No tenía frase alguna al respecto. Ni consideraciones filosóficas.

Solo estaba cansado.

El cigarrillo y el humo eran los mismos dentro y fuera de la cárcel.

Le dolían los brazos y con tanto frío le daban ganas de mear.

Dio otras tres caladas. Tiró la colilla y cogió las bolsas de lona. Había que moverse, aún tenía mucho camino por delante.

Su casa seguía allí, donde la había dejado. En el barrio de Secondigliano, a unos pasos de la iglesia de La Dolorosa. Michele pasó frente al Santuario. Con el rabillo del ojo había reconocido la fachada gris y los escalones que de niño había subido tantas veces detrás de su madre. Pero ahora ya no era un crío e ignoró el pasado con la mente puesta directamente en el futuro.

El portal de su casa solo estaba un poco más viejo y achacoso. Como él, por otra parte.

Se buscó en los bolsillos el juego de llaves, entre las fichas de teléfono y los nuevos y relucientes euros que jamás en su vida había visto. Dio vuelta con esfuerzo a la llave y entró. El zaguán olía a cerrado y a moho, y de alguna parte llegaba peste a rata muerta. A lo largo de las escaleras se habían acumulado polvo y cascotes y crujían bajo los pies. Subía en silencio, mirándolo todo alrededor como si fuese a desmoronarse ante sus ojos.

Llegó al cuarto de estar en el primer piso, estaba inmerso en la penumbra, dejó sus pertenencias en el suelo y recorrió de memoria el espacio entre el sofá y la mesa baja. Abrió las ventanas y los viejos postigos de par en par, que rechinaron al girar los goznes. Se habían transformado en un montón de telarañas y herrumbre, madera agrietada y barniz desconchado.

La luz de las primeras horas de la tarde irrumpió en la casa de sus padres.

Se volvió, con menos decisión, a observar la estancia. Era la exultación del mobiliario de los ochenta: un sofá con motivos florales desvaído, gastado y sin cojines, una mesa redonda con un frutero vacío, cuatro sillas apiladas en un rincón, un aparador con vidriera y un juego de platos y vasos, pañitos amarillentos y algunas fotos con marco, una góndola de plástico dorado y el papel de las paredes hecho jirones.

Su familia había muerto hacía más de diez años, su madre de un cáncer, su padre de un disparo por la espalda. *Cosas que pasan.* Había llorado en la celda, sin que nadie le viera, y luego había ido a sus funerales. Un permiso obligatorio concedido por el juez de vigilancia. Iglesia y cementerio escoltado por la policía penitenciaria. Cuatro hombres de escolta, furgón blindado y esposas. Tres horas y de nuevo a la jaula.

En cambio, su hermano pequeño se había matado con la droga. De la coca a la heroína, pico tras pico. Brazos, pies, cuello, cuajados de agujeros. Le habían dicho que había terminado en la ratonera de Scampia, unos sótanos rebosantes de yonquis y desesperados que se colocaban entre ratas y mierda. El lugar más cercano al infierno que se pueda conocer.

Esta vez no había querido ir al funeral.

Había rechazado el permiso. Mejor en el talego.

Miró a su alrededor. Tenía la impresión de que sobre cada objeto había caído una pátina transparente, un velo impalpable y borroso. Pero en el fondo todo estaba igual que antes. Viejo y raído, era cierto, pero también idéntico a como lo recordaba. Por un momento tuvo la absurda sensación de que nada había cambiado, que aquellos años no habían transcurrido, que él era todavía el *guaglione* lleno de esperanzas que robaba motos y daba vueltas por las azoteas de Nápoles. Sin droga y sin muertes, sin talego y sin conciencia. De un momento a otro aparecería su madre desde la cocina, con el delantal de flores y las zapatillas desgastadas, arrastrando ligeramente los pies, con el rostro cansado de quien lleva trabajando toda una vida y la mirada cabreada de quien no aprueba las amistades de su hijo. Un chillido en dialecto, un ya está bien cargado de rabia. Que la mesa estaba puesta y que fuera a buscar a su hermano.

Pero nadie apareció.

En la mesa no había nada y su hermano ya era abono.

El silencio era ensordecedor. Un silencio grave y profundo al que ya no estaba acostumbrado. Sentía el latido de su respiración, el pulso en las venas.

Estaba solo.

Buscó otro cigarrillo. Pero se contuvo. Su madre no quería que se fumara en casa. La estupidez del recuerdo le hizo sonreír, pero en cualquier caso decidió encenderlo en el balcón.

No había andado dos pasos cuando por la ventana oyó el estruendo de un motor trucado y el chirrido de unos neumáticos, el golpe de las portezuelas al cerrarse y el destello de uno de esos nuevos cantantes melódicos en la radio de un coche.

Abrieron el portal.

Tenían las llaves.

Radio Talego ya había cumplido su cometido, eficaz y directa como solo saben serlo los cotilleos de los presos. La noticia de la excarcelación se había difundido rápida y ampliamente, como la peste a estiércol. Un maravilloso tsunami de mierda. No había pasado medio día desde que había salido y ya había quienes habían pensado en él.

Qué cosa más maravillosa los amigos.

El comité de recepción entró sin pedir permiso, con la arrogancia que dicta la estupidez. Puerta descerrajada y caras de cabreo. Dos *guaglioni* como tantos otros, rondando la veintena, con la prepotencia con que entraban en el talego: eran la fotocopia de *chillu guaglione*. Pero estos tenían todavía la cara tersa y lampiña de quien no ha visto el otro lado de las rejas ni para mear.

Se sintió un poco ofendido de que después de tantos años a la sombra mandaran para recibirle a dos meones, creía que merecía mayores miramientos. Puede que después de tanto tiempo se hubieran olvidado de quién era y de lo que había hecho.

Odiaba la falta de respeto.

—¿Tú eres Michele Vigilante?

Michele lo miró de arriba abajo, dudando si echarse a reír o partirle la cara. Era una versión inverosímil del muñeco Cicciobello en su modalidad camorrista. Gordo y fofo, no mucho más alto que él, la cara redonda y mofletuda, enorme papada colgante, barbita escasa de niño y la cabeza afeitada. Ostentaba con orgullo un vientre prominente, como lo haría una vaca en la feria. Iba vestido con el consabido chándal de marca y una cazadora de piel abierta. Detrás de él estaba su amigo el silencioso, pequeño y achaparrado, con un cuello de toro de gimnasio y las venas hinchadas de esteroides.

Dos tarados de primera categoría. Pero Michele no dudaba de que iban armados.

—Te he preguntado si eres Michele Vigilante —repitió cabreado.

Michele sonrió indulgente. Empezaba a divertirse.

—¿Quién lo quiere saber?

—Amigos.

—Lo siento, pero yo no tengo amigos. He estado fuera muchos años y no conozco a nadie.

—*Guaglio'*, ¿es que tienes ganas de broma?

Michele puso los ojos en blanco. No creía lo que oían sus orejas. Aquella bola de grasa y de mierda se había permitido llamarle *guaglio'*. No, aquello no podía ser. Su cerebro se negaba a aceptar tal cosa, pero sus orejas le decían que había oído bien.

—Oye, *Miche'*, no te vayas a hacer el gracioso. No tenemos mucho tiempo que perder y hemos dejado el Mercedes en mitad de la calle.

El gordinflón no paraba de hablar, pero Michele estaba como en trance. El estupor lo había trastornado. El estupor lo tenía abrumado. En el cerebro se le habían cruzado los cables y en su cabeza solo resonaba una palabra.

Guaglio'. Guaglio'. Guaglio'. Guaglio'.

—Te estamos buscando porque hay alguien que te quiere ver, que te quiere conocer, al que tal vez todavía puedas echar una mano, y nosotros no olvidamos a los que han estado en el talego, aunque ya no cobren la mensualidad y se hayan olvidado de los amigos...

Michele miraba la boca del gordinflón. Las palabras le llegaban lejanas y atenuadas, un eco imperceptible al que ya no hacía caso. Sus ojos estaban fijos en aquella boca, fijos en aquel horno oscuro del que salían hogazas de inmundicia. Y en medio de aquella repugnancia brillaba una cosa..., un diamante. Un diamante engastado entre los incisivos de aquel gordinflón.

¿Pero qué es esa asquerosidad?

—... y este amigo nuestro es una persona de corazón grande que sabe castigar y perdonar, que tiene caridad cristiana. Don Peppe el Cardenal quiere hablar contigo...

Aquel nombre sacó a Michele de su entumecimiento. Apartó la vista de la boca con diamante del gordinflón para mirarlo fijamente a los ojos.

—¡Qué bonita cloaca de amistad la vuestra!

Fue como un latigazo. El gordinflón se calló y abrió enormemente los ojos. El silencioso mazas se puso rígido, las venas del cuello se le hincharon un poco más.

Son quisquillosos los muchachos.

—¿Pero cómo te atreves? —Cicciobello avanzó un paso—. ¡Tú no eres nada al lado de *Zì Pepp!* —Y otro paso.

Uno de más—. Y si hemos venido aquí, por una mierda como tú... —Alzó un brazo y lo empujó.

Lo que definitivamente fue demasiado.

Michele se abalanzó. Nada de palique. Nada de amenazas. Nada de preavisos. Un cabezazo en plena cara. Espalda y cuello rígidos para imprimir fuerza. Un gruñido mudo entre los dientes apretados.

Sintió el ruido de un tabique nasal partiéndose. Un chasquido seco y fatal. Un grito de dolor y el Cicciobello camorrista se llevó las manos al rostro.

Michele se movió rápido hacia el mazas. Inexorable y silencioso. Al joven no le dio tiempo a sacar la pistola. Le golpeó en la garganta. Una feroz compresión en la nuez que te corta el aliento y te aturde, luego otro golpe más, siempre en la garganta, intencionado y fuerte. Con un poco de suerte le había roto la carótida.

El viejo camorrista se volvió hacia el gordinflón que aullaba de dolor, la cara era una máscara ensangrentada y la nariz un amasijo informe de huesos rotos. Se movía torpe hacia Michele, cegado por la rabia y el dolor. Michele sin embargo estaba lúcido, perfectamente dueño de sí, tranquilo y sin ira. Después de veinte años de cárcel y quién sabe cuántas riñas con otros internos chulos o yonquis con síndrome de abstinencia había aprendido dónde golpear, a moverse en los espacios estrechos de las celdas, pero sobre todo a cómo hacer daño.

Le asestó una patada frontal. La planta del pie contra la rodilla de la pierna de apoyo. De nuevo el ruido seco y fatal. Cartílagos y tendones rompiéndose. La rodilla doblándose hacia atrás de manera antinatural.

Un estertor de dolor llenó la estancia y el gordinflón cayó al suelo. Michele se acercó con calma. El chico gritaba sujetándose la pierna destrozada. Ofrecía la cabeza al descubierto.

Michele pensó que en el fondo era demasiado fácil. Le asestó un puñetazo en la sien. Descargó el golpe de arriba abajo, con toda su fuerza y el peso de su cuerpo. El chico vio solo una sombra entre las brumas del sufrimiento, no tuvo tiempo de moverse mientras los nudillos le hundían la pared blanda del cráneo. El gordinflón quedó tendido en el suelo como un saco vacío, por fin callado.

Verlo desplomarse fue como ver un flan mustio sobre un plato. Daba un poco de asco.

Michele volvió al mazas que estaba de espaldas en el suelo, boqueando con las manos en la garganta y tratando inútilmente de respirar; la cara se le había puesto morada y las venas del cuello se le habían hinchado por la falta de aire. Parecía un pez sacado a la fuerza del acuario, debatiéndose antes de morir.

Vigilante le lanzó una patada a los huevos.

Odiaba dejar el trabajo a medias.

Dio un par de pasos y abrió el aparador de sus padres. Una mirada rápida entre platos y vasos y encontró lo que buscaba, la bombonera de la primera comunión de su hermano. Uno de esos animalitos de cristal Swarovski, inútiles y horteras, cuyo único fin es llenarse de polvo guardados y olvidados en cualquier lugar. Un osezno de cara ridícula, pesado y con aristas.

Calibró el peso.

Perfecto.

El mazas había recuperado a duras penas la respiración, pero el dolor en los huevos lo tenía doblado. El primer golpe lo recibió sobre la oreja y le abrió un profundo tajo. La cabeza cayó al suelo con un batacazo antinatural. Michele se inclinó hacia adelante para continuar el trabajo. El segundo golpe fue en la frente. Más sangre en el suelo. Su madre se hubiera enfurecido por tener que limpiar toda aquella porquería. Pero ahora era tarde, ya no estaba allí, estaba muerta y enterrada, y él no tenía ganas de pensar más, suspendió el pensamiento y siguió en automático, como le habían enseñado muchos años atrás.

Más golpes y más sangre. El mazas tuvo un último temblor y luego se desmayó definitivamente. Michele le hurgó en los bolsillos y encontró la pistola. Una calibre 9 milímetros Parabellum de fabricación yugoslava, marca Zastava. La conocía, en el pasado le había tocado usarla, era un arma de mecanismo sencillo y eficaz, indestructible y precisa como todos los hierros de aquel calibre. Miró el cañón, no tenía número de registro. Regalo sin duda de cualquier delincuentucho albanés. Probablemente de poca monta, putas y hachís, con un pequeño regalo para los amigos italianos.

También registró al gordinflón, pero estaba desarmado. Extraño, quizá se considerase realmente intocable. Errores de juventud.

Lo miró de nuevo. Tenía la boca abierta y parecía besar el suelo, la lengua le asomaba entre los dientes. Un reguero de sangre le salía de la oreja dibujando una fina línea a lo largo del cuello. Tenía los ojos en blanco. Pero todavía respiraba.

El leve brillo entre los labios. El diamante.

Michele se puso de pie y reflexionó sobre el hecho de que aquella le estaba resultando una jornada demasiado laboriosa y él en el fondo ya no era un niño, empezaba a sentirse cansado. Tomó aliento, resopló con fuerza y lanzó una patada a aquella boca de mierda que le había llamado *guaglione*. Los incisivos resistieron.

Necesitó otra y otra más, pero al final los dientes se soltaron y el diamante cayó al suelo. Lo cogió y lo miró en la penumbra de la estancia. No entendía nada de joyas, pero de todos modos se lo metió en el bolsillo.

Sentía cómo le temblaban los brazos por el esfuerzo y la adrenalina. Todavía sujetaba la bombonera de cristal, estaba cubierta de sangre, al igual que sus manos. Pero la cosa no le alteraba. Nunca le había alterado.

Dejó en su sitio el osezno ensangrentado, entre las tazas y los platos del aparador, con cuidado de no romper nada. Su hermano hubiera apreciado el gesto.

En el fondo la familia es siempre la familia.

Pero todavía no había terminado. Su madre había tratado de inculcarle cierta educación y sabía que era el momento de ordenar y sacar la basura.

Arrastró el cuerpo del gordinflón por los pies, atravesó el salón y lo bajó por las escaleras. Le salían de la boca hilos de sangre que manchaban el suelo, dibujando un rastro que parecía seguirlo. La cabeza rebotaba en cada uno de los escalones al bajar, batacazos sordos y rítmicos, y él, que solo tenía ganas de un cigarro. Dejó el cuerpo al final de las escaleras mientras el joven todavía emitía un débil lamento.

Con el mazas fue más sencillo. Era delgado y fibroso, resbalaba sobre el suelo que era un gusto, pero la estela de sangre era más densa y oscura, las heridas abiertas en el cráneo seguían manando. También en este caso oyó los reafirmantes batacazos en los escalones. Estuvo a punto de sonreír, pero solo un momento. No quería faltarle al respeto a nadie, ni siquiera a aquellos dos cabrones. Habían pasado demasiados años desde que se comportaba con arrogancia e insolencia y no quería volver atrás.

Dejó los cuerpos ante el Mercedes aparcado en doble fila. Alguien se ocuparía de ellos. Un vigía desde las azoteas o un transeúnte amable daría la alarma. Después de todo todavía estaban vivos.

Maltrechos pero vivos.

Michele reflexionó sobre el hecho de que años antes, hacía una vida, probablemente los hubiera rematado con un disparo de pistola en la nuca y habría tirado sus cuerpos a cualquier acequia. Pero ahora ya no. Las cosas cambian y también las personas. Los años pasados le pesaban y se estaba haciendo viejo.

Volvió a entrar en casa y trancó el portal, no sin antes haber partido la llave de los chicos dentro de la cerradura. Nadie podría entrar. Al menos por el momento.

Subió de nuevo las escaleras. El polvo y los cascotes seguían allí, esta vez hechos un engrudo con la sangre de los dos *guaglioni*.

Se sentía muy cansado, con una debilidad nueva y desconocida. Un leve estremecimiento le recorrió el cuerpo. Los brazos y los hombros le pesaban, tenía el cuello rígido y dolorido y todavía le palpitaba la cabeza desde que le había roto la nariz al gordinflón. Se encendió por fin el cigarrillo y decidió fumar en casa.

Mamá me perdonará por esta vez.

Volvió a su antiguo cuarto y dejó la pistola sobre la mesilla. Fuera estaba oscureciendo y la casa no tenía electricidad, la habían cortado hacía años después de que todos hubieran muerto. Se tumbó vestido en la cama, entre polvo y telarañas.

Se puso a mirar el techo y sintió cómo el cuerpo se le relajaba. Tenía las manos manchadas de sangre y la garganta le ardía por el humo. Pero estaba demasiado cansado. Tiró el cigarrillo en un rincón y se durmió.

6

El pequeño bar tenía un aire gastado y cansado. Silenciosamente acomodado sobre sí mismo, parecía una esquirla del pasado clavada en el corazón de Milán. A unos cientos de metros de la cárcel de San Vittore, a fin de que todo tuviese su lugar en el mundo.

La larga barra opaca y abollada, las baldosas a cuadros blancos y negros, la máquina del café humeante y perfumada, las mesas de formica gris y una larga lista de licores nacionales: Fernet, Cynar, Branca Menta, Amaro del Capo. Nada de ron o whisky de marca, nada de preparados para cóctel de frutas. Aquel era otro tipo de bar.

El viejo de la mesa bebía con calma su café en vaso.

Era por la tarde, pero ni sabía ni quería renunciar a su café, de cualquier modo tampoco iba a poder dormir. La edad, los pensamientos y la responsabilidad de *capo* lo mantenían despierto y él ya se había acostumbrado.

El camarero, corpulento y silencioso, colocaba las tazas y ordenaba la barra, el paño húmedo apoyado con indiferencia en el hombro. Movimientos habituales y repetidos, sin prisa y sin pensar en nada. Era casi la hora de cerrar, los últimos clientes ya se habían ido despidiéndose mientras doblaban la *Gazzetta dello Sport*. Solo quedaban el viejo y su taza de café.

Pero él podía quedarse cuanto quisiera. Él era Don Aldo. Él era un *Mammasantissima.*

Era un *santista.* Uno de los treinta y tres hombres de la *Santa.* La organización dentro de la *'ndrangheta* cuyos miembros podían tener relaciones y contactos con los no miembros y con los que pertenecían a otras organizaciones. Su tarea era sencilla y necesaria: entretejer relaciones, corromper a los incorruptibles, sacar adelante los negocios, obtener el poder, cumplir las venganzas. Sus palabras eran veneradas y seguidas, sin objeciones y sin atajos, con la oscura y absoluta garantía que da la sangre.

Eran las palabras de la *Santa.*

Don Aldo estaba allí, en Milán, desde hacía años, a cientos de kilómetros de su Calabria, precisamente para eso. Para gestionar y controlar. Decidir y condenar. Siempre en cualquier caso por el bienestar de su organización, de la *Onorata Società,* como les gustaba llamarla.

Toda la vida había tenido como único fin la *'ndrangheta* y el respeto a sus reglas. Una carrera hecha de devoción absoluta y sangre, nacido de familia seria y honrada. A los catorce años tuvo su bautismo y entró en una *'ndrina,* los clanes donde se inician los muchachos de la organización. Se abrió paso como un joven voluntarioso a finales de la Segunda Guerra Mundial, entre americanos ebrios a los que robar y alemanes infames a los que enterrar. Aprendió el oficio en los años cincuenta, cuando llegó el dinero de los emigrados al norte y los negocios se hacían con el cemento y las contratas, y, obviamente, con las extorsiones. Luego fue efractor, su tarea era recaudar las mordidas, una tarea que ejecutaba con absoluta diligencia y mal disimulada alegría, era joven y la violencia le hacía sentirse vivo. Le provocaba un estremecimiento de puro placer. Un hormigueo de gozo hasta el último rincón de su cuerpo. Amaba la absoluta sensación de miedo que inspiraba en los otros. Amaba la voz que temblaba y la mirada baja de quienes estaban ante él, hombres y mujeres, jóvenes y viejos. Su miedo lo llenaba y lo nutría, lo envolvía y lo destrozaba como la droga.

Pero pasaron los años y las cosas cambiaron. Creció y comprendió que el poder no es nada sin el respeto, y si la sangre se podía lavar, el miedo, en cambio, permanecía pegado a la persona para siempre. Era como una sombra en la cara, una luz gris en los ojos que él nunca había tenido, pero sabía reconocerla en los demás. Se convirtió en jefe máximo de la *'ndrina*, en *capobastone*, cuando la primera guerra de la *'ndrangheta* de los años setenta llenaba los cementerios y abonaba la tierra con más de trescientos muertos. Pero las guerras comienzan y acaban, las alianzas nacen y mueren, los muertos callan y los negocios prosperan. Llegó el gran tráfico de cocaína, los viajes a Sudamérica, los ríos de dinero que lavar y los negocios que gestionar, habían cambiado muchas cosas, el mundo ya no era el mismo, así que él también volvió a cambiar.

Se hizo *santista*.

Pero no se había parado ahí. Don Aldo había ostentado en sus años de juventud ferocidad y crueldad, pero en los de la madurez había demostrado saber usar también el cerebro y no tener nunca piedad por quienes se oponían a la *Società*. Y así había seguido ascendiendo de rango en la asociación, fue reclamado en Calabria y, en un caserío abandonado, ante los hombres de honor, fue nombrado «Vangelista» y luego

«Quartino». Y al final, tras la muerte de quien lo precedía y con el beneplácito del Consejo, él mismo se había convertido en «Asociación».

El grado último y máximo. La cúspide en una organización criminal.

El poder absoluto.

El inconsciente y ajetreado hombre del bar no sabía hasta dónde había llegado el poder de Don Aldo y él tampoco tenía mucho interés en que lo supiese. No todos los hombres eran capaces de conocer y comprender, no eran dignos de ello; y la *'ndrangheta* consideraba que había que mantener un perfil bajo, mandar en silencio, mucho ruido y estrépito son malos para los negocios, y el poder no se ostenta, se ejerce.

Pero el hombre del bar en el fondo era un buen cristiano. Respetuoso y silencioso. Dos grandes cualidades para un principiante.

Don Aldo le sonrió mientras removía otra vez más el café. Era tarde. Se sentía cansado y había llegado el momento de irse. Por hoy había terminado con sus asuntos.

En el local se había producido la habitual procesión de afiliados que venían a pedirle consejo y a recibir órdenes. Él había tomado sus decisiones: un nuevo cargamento de cocaína desde Ecuador y el homicidio de un miembro en Alemania. El chico se había equivocado y había que castigarlo para dar buen ejemplo. Nada de particular. Gestión ordinaria.

Don Aldo terminó de un sorbo su café. Bueno, con mucho azúcar, como le gustaba a él. Dejó la taza y se disponía a levantarse atento al dolor de espalda y los achaques de la edad, cuando se abrió la puerta del bar y entró un nuevo cliente.

El camarero trató de protestar diciendo que estaba cerrado, pero vio que no debía.

Sabía cuándo callarse.

Giovanni Treccape ni siquiera se dignó a mirarlo, fue directamente a Don Aldo. Un leve gesto con la cabeza para mostrar el debido respeto. Don Aldo le indicó la silla delante de él. Si Giovanni necesitaba hablarle era algo serio y hacía falta otro café.

—Don Aldo, perdone la hora y la molestia.

El viejo hizo un gesto de fastidio con la mano, casi como alejando aquellas palabras. Entre ellos no había necesidad de tanta formalidad, se conocían de toda la vida. Don Aldo lo había bautizado, a él y a sus hijos. Una familia de honor, hijos y padres hombres honorables. Giovanni era un *capobastone* y en pocos años seguramente se convertiría en un *santista*. No era mucho pero era seguro. Palabra de Don Aldo Terucci.

—Tenemos un problema —continuó Giovanni mientras el camarero se afanaba con la máquina de café. Siempre silencioso, siempre en la caseta del perro, su rinconcito detrás de la barra—. Impasible ha salido de la sombra.

Don Aldo arqueó una ceja. Con la condena a muerte dictada unas horas antes había permanecido imperturbable, pero ahora la cosa era diferente. Esta vez la cuestión era personal.

—¿Pero no le quedaba todavía?

—Los días.

Don Aldo asintió, no necesitaba mayores explicaciones. Llegó su café. Lo bebió con calma mientras Giovanni permanecía en completo silencio. Ambos conocían la payasada de unos días antes en el cementerio. Cierto que no era en su casa, no eran sus hombres, no eran sus asuntos, pero la noticia les había llegado.

—Yo no creo en las coincidencias.

Una frase que podía ser una sentencia. El viejo *'ndranghetista* no era hombre de demasiadas palabras y a veces las alusiones son más claras que todos los discursos.

—¿Tengo que regalarle zapatos nuevos? —Un modo como cualquier otro de preguntar si tenía que matarlo. Giovanni estaba buscando la autorización de la *Santa*.

—No lo sé —respondió tranquilo el viejo—. La gente es esa, pero todavía no sabemos si él es oveja o lobo.

—Pero si él es lobo, yo soy oveja. —Giovanni pensó en muchos años atrás, en el único error en su brillante carrera de hombre de honor. Un error que ahora salía del talego.

—No. Tú no eres oveja. Eres *santista* —dijo el viejo crispado.

Giovanni abrió mucho los ojos.

—O seguro que lo serás pronto. Así que debes estar tranquilo y no hacer nada. Los napolitanos no han querido resolver la cuestión en tantos años de talego y no vamos a ser nosotros los que hagamos el trabajo por ellos —sentenció Don Aldo.

Giovanni parecía desilusionado. No le gustaba esperar sin hacer nada. Quería resolver la cuestión, quería dormir tranquilo.

Quería matar a Michele Vigilante.

—Claro que si los amigos de Campania te piden un favor... Sería de mala educación no echarles una mano. Es cuestión de buena vecindad. —Don Aldo había hablado y Giovanni sabía leer entre líneas. La organización no mandaba nada, pero tampoco iba a protestar. El mensaje estaba claro. Si ciertas cosas tienen que suceder, es justo que así sea. Nadie iba a pedir cuentas. Giovanni le dio las gracias a su padrino de bautismo.

El viejo sonrió levantándose de la mesa.

—Y ahora vamos, que ya es tarde y aquí van a cerrar.

El día amanece de modo siniestro. Un triste blancor entró en el cobertizo. Era el alba glacial. Esa lividez, que esboza en una realidad fúnebre el relieve de las cosas afectadas por una apariencia espectral durante la noche, no despertó a los críos, profundamente dormidos. En el cobertizo hacía calor. Se oían sus respiraciones alternarse como dos olas tranquilas. Fuera, el huracán había cesado. La claridad del crepúsculo iba apoderándose lentamente del horizonte. Las constelaciones se apagaban como velas, una tras otra. Todavía resistía alguna estrella grande. Del mar salía el profundo canto del infinito.

El hombre que ríe
Victor Hugo

2

El día amanece de modo siniestro

Miércoles, 20 de enero de 2016,
Santos Sebastián y Fabián

1

Giovanni Morra era un asesino. Un hombre del clan. Un gilipollas de criminal que había medrado matando yonquis desesperados y lamiéndole el culo al *capo* de turno. Uno de esos fuertes con los débiles y débiles con los fuertes. Era capaz de morder y hacer daño, pero fundamentalmente era un perro adiestrado que sabía permanecer en la perrera y mover el rabo a petición. No le tenían ni consideración ni respeto en la organización, pero no dejaba de ser un hombre del clan.

La noticia de ser uno de los afortunados poseedores de una lápida en el cementerio le había llegado estando bajo arresto domiciliario, donde estaba terminando de cumplir una condena de cinco años por tráfico de armas y estupefacientes. Un médico miembro de la organización y sus certificados habían hecho el milagro. «Razones de salud graves». De modo que había vuelto felizmente a su casa. Por supuesto en perfecta forma.

Es verdad que cada tanto tenía que soportar las visitas de control de los *carabinieri,* aunque ya casi le gustaban, se habían convertido en su pasatiempo personal. Los recibía con esa sonrisa suya de gilipollas estampada en la cara y con cierto aire de arrogancia les preguntaba si les apetecía café. Él notaba que les costaba, que les carcomía por dentro y les ponía los nervios de punta verle fuera de la cárcel, en su casa. Pobres estúpidos. Ellos y sus sueldos de mierda.

Vida de madero, vida miserable.

Una de las grandes verdades de la vida que había aprendido desde *guaglione.*

Ante la duda, hasta que aquella historia se aclarase y alguien de la organización apareciera para decirle que no pasaba nada, había matado la tensión con mucha cocaína, y la omnipotencia de la euforia le había hecho reírse de las lápidas del cementerio.

Pero ahora le había bajado el cuelgue y se sentía aturdido, la idea de Vittoriano el Mariscal degollado le martilleaba en la cabeza.

Miró la mesita del cuarto de estar con los últimos restos de polvo blanco, los recogió sin ganas con el índice de la mano derecha y se lo pasó por las encías, emitió un pequeño bufido y la cara redonda se le relajó, a punto de caerse a pedazos. Tenía cincuenta años y ya no se podía permitir ciertas historias. Esta amarga y sincera reflexión le hizo sonreír mientras se tocaba la barriga blanda. Consideró la posibilidad de una puta rumana para la noche o de una nueva raya de coca, pero se sentía cansado y al final decidió ponerse dos dedos de grapa e irse a dormir.

Y a tomar por culo todos. Cementerio incluido.

Encontraron el cuerpo unos vecinos exasperados.

La música había estado sonando toda la noche. Retumbaba en el descansillo y los acordes atravesaban las finas paredes. Nadie había tenido el valor de protestar. Sabían de dónde venía aquel estruendo, pero nadie se había levantado de la cama para gritar o golpear la pared, nadie había llamado a los guardias, nadie había rechistado. Aquel no era un barrio como los demás.

Aquello era Scampia y su bloque, fruto de la urgencia posterior al terremoto, llevaba allí treinta años, entre viviendas ocupadas y construcciones ilegales, pasado el parque dedicado a Ciro Esposito, el hincha del Nápoles asesinado en un partido de fútbol, a poca distancia de Las Velas, que con su blanca y voluminosa mole oscurecía el horizonte y la vida de tanta gente.

Allí no se podía protestar. Aunque se hubiera querido llamar a alguien, nadie hubiera acudido. Si la policía entraba en aquella zona lo hacía en bloque, con equipamiento militar y a toda sirena y solo para grandes operaciones: droga, armas, algún prófugo. Además, ¿en qué posición quedaba cualquiera si se llegaba a saber que alguien del barrio había llamado a los maderos? Era como acusarse a uno mismo de soplón y a eso nadie se arriesgaba. La gente aspiraba a vivir, sin descrédito ni elogios, solo a vivir. En conclusión, el concepto básico era que Giovanni Morra, apodado Bebè, podía hacer lo que quería y ellos tenían que estar callados. Punto en boca. Y sanseacabó.

La música seguía llenando el descansillo de la escalera. Siempre la misma canción, a un volumen altísimo. Una. Dos. Tres veces. En bucle toda la noche.

Todos la conocían y a todos les gustaba.

Porque así debía ser.

Era el amanecer cuando el viejo vecino de enfrente, exasperado pero temeroso, se aventuró a asomarse a la puerta entornada. Empujó la hoja pidiendo obsequioso permiso para entrar. Alzó la voz para hacerse oír sobre la melodía de Gianni Celeste, que con voz emocionada cantaba la triste historia de un prófugo obligado a dejar a sus amores más queridos para huir de los maderos.

Y esos ojos de niño no comprendían
la razón de que solo partieras tú.
Se abrazaron a ti muy fuerte,
y ya no te han vuelto a ver.

El viejo a duras penas contuvo una mueca. No era cuestión de crearse problemas. Pero sintió que algo dentro de él se retorcía. No podía soportar aquella canción, al igual que no podía soportar a los que eran como Giovanni Bebè, pero allí, en aquel edificio, aquella calle, aquel barrio, había que cumplir las normas y disimular, como cuando hizo la mili. Tenía hijos y nietos y lo último que quería era meterse en problemas. Él para aquella gente era invisible, una sombra sin importancia que pasa deprisa, y así quería seguir. Una sombra.

Pidió de nuevo permiso. Nada. Solo respondía Gianni Celeste.

Un prófugo no tiene nada más,
lejos del lugar donde ha nacido.
Qué importante tener un amigo,
un regalo para quien espera a papá.

El viejo entró en el amplio salón. La luz se filtraba a través de las persianas metálicas y la estancia era un alternarse de claroscuros.

El cuerpo de Giovanni Morra, apodado Bebè, colgaba del techo.

Un prófugo es una hoja en el viento,
no puede gritar soy inocente,
no puede llamar y decir solamente
ahora es Navidad, quisiera volver.

Lo habían colgado con un nudo corredizo de acero. Como los que usan los cazadores furtivos para capturar a los animales en el bosque. Uno de esos lazos que cuanto más tiras más aprieta, sin posibilidad alguna de escapatoria. Tenía la piel del cuello profundamente desgarrada, la cabeza casi cercenada. La sangre había manchado el pijama de seda azul, resbalando por el amplio pecho y la barriga prominente. Tenía los ojos en blanco fijos en el vacío, miles de capilares habían reventado y la sangre los hacía brillar. Tenía la boca totalmente abierta y negra, la lengua hinchada asomaba entre los dientes.

No había sido una muerte rápida. No se le había partido el cuello, el aire había ido escapándosele lentamente de los pulmones, hasta el último aliento, como el de un globo agujereado. El dolor en la garganta debía de haber sido atroz. Giovanni Bebè tenía las manos cubiertas de sangre. Había tratado de aflojar el lazo hasta destrozarse las uñas, pero había resultado del todo inútil. El lazo se había ido estrechando cada vez más mientras su cuerpo subía a los cielos. Hasta el gancho de la lámpara estaba a punto de caerse. Giovanni había coceado como una bestia en el matadero, pero ahora estaba perfectamente inmóvil, colgado y silencioso, como una de esas plomadas que se usan para levantar paredes.

El viejo con sonrisa sádica notó que se había meado encima.

Un prófugo no tiene nada más.

Fue hasta el aparato de estéreo y lo apagó. Por fin un poco de silencio. No soportaba más aquella música. Pensó enseguida que debía decirle a su mujer que gritara y llorara, se diera golpes de pecho y se tirara de los pelos, preferentemente en público. Debían mostrar respeto por el muerto. Era lo que todos esperaban y era lo que debían hacer para no tener problemas.

Se dio la vuelta y lentamente volvió a su casa arrastrando las zapatillas gastadas.

El café ya estaba.

2

Michele se despertó creyendo que le faltaba el aliento y se moría.

Miró a su alrededor aturdido, tratando de recordar dónde se encontraba. Su vieja habitación estaba envuelta en la penumbra, un fino hilo de luz se filtraba por las ventanas. La cama era un montón de mantas enredadas y el polvo del colchón se le había pegado a la garganta. Se pasó una mano por la cara concentrándose en el techo de la habitación y volvió a su ser. A los veinte años de cárcel, a los dos *guaglioni* sin respeto, a aquella casa abandonada, sin luz y sin agua, donde había pasado la noche. Refugio del pasado. Las ruinas de su vida.

Aquello ya no era para él.

Deglutió, sentía la boca áspera y un sabor a metal seco. Se levantó de la cama, quería salir de allí, de aquellas mantas arrugadas y sudadas, de aquel silencio que seguía retumbándole en la cabeza. Necesitaba aire, volver a respirar. Se puso de pie tratando de estirarse la ropa, pero era inútil. Estaba hecha una porquería.

La novedad de la libertad y la adrenalina de la lucha se le habían pasado y ahora se sentía hecho trizas. A punto de desmoronarse bajo el peso de la vida. Como si el talego fuese lo último que lo había mantenido entero, que le había hecho seguir adelante, para bien y para mal, pero siempre adelante. Ahora en cambio solo tenía ganas de dormir, desaparecer en un mundo silencioso y oscuro, reposar. Se sentía cansado, un cansancio profundo que emanaba de los huesos y lo volvía todo lento y doloroso. Quería reposar, pero no volverse a meter en aquella cama. La miró con repugnancia y decidió dejar para siempre aquella habitación.

Cogió la pistola del mazas de la mesilla, presionó el botón sobre la culata para sacar el cargador y comprobó de cuántas balas disponía. Siete. No estaba bien metido y podía ser un problema. Volvió a colocar el cargador en su sitio con un golpe seco, se puso el arma a la espalda con cuidado de esconderla con la camiseta y volvió jadeando al salón.

De pronto sintió un olor penetrante a moho y a quemado. En el suelo había manchas de sangre coagulada. La idea de limpiarlas ni siquiera se le pasó por la cabeza. Tenía hambre y sed, le dolía la cabeza y llevaba encima el olor acre de su propio sudor. Se encendió un cigarrillo, el sabor cálido y denso le hizo volver a la realidad. Aspiró profundamente, sentía que la mente se le despejaba.

Cogió la bolsa del talego y buscó un jersey decente. Probó a arreglarse, pero sirvió de poco. Evitó la pesada cadenita de oro, accesorio imprescindible del pasado, y encontró el viejo libro chafado. *El hombre que ríe*, de Victor Hugo. Era un ejemplar leído y releído, lo había robado de la biblioteca de la cárcel, o mejor, nunca lo había devuelto. No era su peor crimen.

Era la historia de un joven marcado por una larga cicatriz que le torcía la boca, condenándolo a una mueca perenne. Una sonrisa amarga y cruel, que lo acompañará desde el primero hasta el último día de su vida. Un huérfano que se convierte en fenómeno de feria al lado de un inverosímil padrino y una niña ciega, que descubre su ascendencia noble de unos aristócratas de Inglaterra y encuentra la verdadera y profunda crueldad del mundo, el desprecio de quienes no lo aceptan y un trágico final entre las olas del mar. En una noche cerrada y sorda, ya solo en el mundo, se tira en mitad del oleaje y se hunde mientras «el barco sigue navegando y el río sigue su curso». En resumen, un dramón decimonónico de literatura de la grande, una de esas historias que cuando las lees te arrasan y te trastornan, te llevan en volandas como una marioneta vacía, entre espacio y tiempo, amor y dolor, vida y muerte, hasta la última devastadora emoción, hasta la última y maldita página.

Michele sonrió, aunque su mueca no tuviera nada que ver con la de su querido y desafortunado protagonista.

Sonrió y pensó en Pinochet.

Estaban en la celda juntos desde hacía algo menos de tres meses y la convivencia transcurría por cauces serenos. Se llevaban bien, no hubiera podido decirse lo contrario. Michele, impulsivo y dinámico, agresivo con los otros internos y desdeñoso con los guardias; Pinochet, modesto y educado, silencioso y rutinario. Habían encontrado un extraño equilibrio y la vida en sus diez metros cuadrados discurría apacible. Se repartían los cigarrillos y compraban juntos las provisiones extra. Don Ciro le seguía pareciendo el ayudante lelo de Papá Noel, pero continuaba teniéndole respeto, en parte porque había oído hablar mucho sobre él y en parte porque le caía bien. Le daba tranquilidad. Era como si no estuviera en el talego, como si aquella mierda hecha de cemento y acero no tuviera nada que ver con él. Michele en su compañía se relajaba, ya no era un muelle a punto de saltar contra todo y contra todos. Sentía que los hombros le pesaban y un hormigueo en la base del cuello, estaba tranquilo aunque estuviera en el talego. Él ponía el café mientras Don Ciro no levantaba la cabeza de las páginas de los libros.

A Pinochet le gustaba leer. Es más, *adoraba* leer, era una verdadera obsesión. Cogía los libros prestados de la biblioteca de la cárcel, se los mandaban de fuera, se los regalaban los otros internos y él los leía y los metía debajo de la cama, luego los releía y volvía a dejarlos en cualquier parte. Los guardias fingían no darse cuenta y a Michele no le importaba. En el fondo el hombre leía y no jodía a nadie. Una situación perfecta.

—Don Ciro, ¿va a querer un café?

Pinochet estaba acostado en su catre. Levantó por un momento la vista del libro.

—Claro, *guaglio'*. Un café es un café.

Michele sonrió, a veces le parecía que Don Ciro había salido de una de esas comedias de Eduardo De Filippo que su madre veía por televisión, hacía una vida. Y no había problema si lo llamaba *guaglio'*. Podía ser su padre.

Michele apagó el hornillo y sirvió el café en dos vasos de plástico. Alcanzó uno a su compañero de celda y se sentó en la banqueta de madera. Mobiliario oficial estándar de la administración penitenciaria, manufactura no pagada de otros internos en otras cárceles.

—¿Es bonito el libro? —preguntó Michele señalando el volumen abierto sobre la cama.

Don Ciro lo miró por encima del vaso mientras soplaba el café.

—Vaya, *guaglio'*, has tardado tres meses en hacerme esa pregunta. Pero no importa, sí, es bonito.

—¿Y de qué habla? —Michele bebía su café.

—Pues no te lo puedo decir.

El joven camorrista le miró con curiosidad.

—Los libros no se cuentan, se leen —añadió el viejo *boss.*

—Yo no lo he hecho nunca. No me gusta leer. No soy capaz. No tengo paciencia. No es para mí.

Don Ciro lo miró sonriendo.

—Cuántas excusas. Si no quieres leer, no hay problema. Pero el libro es bonito. Te gustaría.

—No, Don Ciro, no me gustaría. Me harto pronto.

—Está bien, *guaglio'*, da igual, y gracias por el café.

—De nada, Don Ciro, faltaría más.

Michele volvió a sus cosas y Don Ciro a las páginas de su libro. El día transcurrió tranquilo e idéntico a los otros. Michele salió al patio y luego a contarle unas pocas gilipolleces a una psicóloga, un modo como otro de pasar el tiempo. Antes del cierre de las celdas volvió acompañado por un guardia. Don Ciro dormía en el catre de abajo, una siesta a media tarde, tenía más años y empezaba a cansarse pronto.

Michele subió a la cama de arriba, decidido a dormir una media hora antes de que el interno de las provisiones llegase con el carrito de la cena. Se echó sobre el viejo colchón y notó el libro en la espalda.

Y qué coñ...

Don Ciro debía de haberlo puesto allí por equivocación. O puede que le quisiera hacer un regalo. Michele lo hojeó, estaba deteriorado, la portada doblada y amarillenta, las páginas marcadas con miles de dobleces.

El hombre que ríe, de Victor Hugo.

Lo que me faltaba, uno que me quiere dar por culo.

Michele sonrió y abrió la primera página.

Habían pasado quince años.

El libro seguía siendo el mismo, solo un poco más gastado. También Michele se sentía así, cascado, doblado, marcado por los años. Pero él, al menos él, al contrario que el libro, había cambiado. Sobre el bien y el mal no tenía ni idea ni tampoco le importaba nada, eso era cosa de los psicólogos de la cárcel, solo sabía que a aquel *guaglione* de hacía tantos años, arrogante y chulo, ni lo reconocía ahora ni quería volver a verlo.

Tiró el libro sobre la mesa del cuarto de estar, entre los pañitos amarillentos y el frutero desportillado, metió sus cuatro trapos en las bolsas de lona y dejó a su espalda aquella casa.

Las escaleras eran un amasijo de polvo, revocado y sangre. Abrió el portal y una vaharada de humo y hollín lo envolvió.

Tuvo que sonreír. Debía esperárselo.

Las buenas costumbres se transmiten de padres a hijos.

Aquella noche alguien había incendiado el portal de su casa. Había ardido como una cerilla. Un trabajo concienzudo y serio, una botella de gasolina, nada más, no se había dado cuenta de nada. Un encargo sencillo para un *guaglione* de grandes aspiraciones que quería destacar. El olor acre a quemado se había extendido por la calle llenando los recovecos de los callejones. Una advertencia clara para todo el mundo. Una advertencia para él.

La calle estaba despejada, alguien se había llevado el Mercedes y los cuerpos de los dos jóvenes irrespetuosos. Pero nadie había tenido huevos para ir a recibirle después de tantos años, aparte de los dos *guaglioni* tarados. Tampoco los vecinos de la casa que lo habían visto crecer o que habían conocido a sus padres, nadie quería mezclarse.

Miró a su alrededor. Portales y ventanas cerrados a cal y canto, ojos sellados en fila uno tras otro. No ver, no oír, no hablar, como monitos amaestrados. Pero a pesar de aquella ensordecedora soledad, Michele sabía que estaba siendo observado por ese súbdito diligente que desde detrás de una persiana estaba dispuesto a delatar cada uno de sus movimientos, sentía en él su mirada. Murmullos y susurros llenaron su fantasía poblándole la mente. Sacudió con fuerza la cabeza para desechar aquellos pensamientos. Miró por última vez la calle para no olvidar aquellas ventanas selladas. Para grabárselas en la mente una a una.

Cerró el portal incendiado y se marchó.

3

La ciudad era la misma de entonces. Habían cambiado las motos y los coches, los escaparates de las tiendas y la vestimenta de los jóvenes, pero las caras no. Las caras seguían siendo las mismas. Michele las miraba asombrado. Eran los rostros de su juventud y de sus recuerdos, las caras de su gente. A cada paso tenía la impresión de reconocer a alguien, un viejo compañero del colegio —del poco tiempo que había ido al colegio—, un amigo de cuando tenía doce años y trabajaba de camarero en una pizzería, otro de cuando hacía de vigía del trapicheo o de la época de la buena vida en los locales. Pero habían pasado veinte años y aquellas caras, en realidad, eran solo unos desconocidos. Los rostros de sus recuerdos, los verdaderos, estaban en otra parte, los más afortunados en el talego, los otros en el cementerio. Daba igual que hubiera sido de un disparo o por la droga, la calle se los había llevado y siempre los había conducido al mismo sitio, bajo tierra.

Michele caminaba lentamente, sabía que alguien desde las azoteas lo estaba vigilando y no quería complicarle demasiado el trabajo, no todavía. Al clan seguro que no le había gustado su respuesta a la invitación del día anterior. Pero se sentía tranquilo, era demasiado pronto para que tomaran una decisión, él era conocido y antes de dictar una condena a muerte tendrían que reunirse para decidir, lo que le daba al menos un par de días de margen.

Se dio cuenta de que seguía mirando a las personas con las que se cruzaba, trató de no hacerlo, pero no lo lograba, era más fuerte que él. Toda aquella gente, diferente, nueva, desconocida. Los ruidos de la ciudad, los colores de los escaparates, los olores penetrantes y densos, cada cosa bullía en su mente, todo demasiado veloz y confuso para poder comprender algo.

Solo un día antes se había sentido cansado y desentrenado, sorprendido y cabreado, como si todo le estuviese sucediendo a otra persona y él fuera un mero espectador de su vida. Imágenes desenfocadas de una película ya vista, desde las puertas de la cárcel abriéndose a la sangre de los dos *guaglioni* en las escaleras de su casa. Se había movido como un autómata, había hecho lo que tenía que hacer, tratando de no pensar. Pero ahora era diferente, ahora empezaba a comprender que el que caminaba libremente por las calles de su barrio era realmente él. Había esperado aquel momento mucho tiempo, había fantaseado sobre ello en el patio durante el tiempo de paseo, incluso en el catre de la celda, y en los últimos años había llegado siempre a la misma conclusión, tomando todas las veces la misma decisión. Pero una cosa era pensar y decidir entre las paredes de una celda, con las rejas en las ventanas y la vida programada y otra hacerlo como hombre libre y sin futuro.

Se encendió un cigarrillo, entre el claxon de los coches y el ir y venir de la gente. Buscaba algo de consuelo en los gestos conocidos, cerró los ojos concentrándose en el humo caliente de la boca, el olor acre del propio cuerpo y el aullido del estómago hambriento. Quizá no era la mejor situación para reflexionar sobre la existencia, pero no tenía otra. Aquel metro cuadrado de acera, entre peatones apresurados y el escape de los coches, era lo que le había reservado la vida y aquello le debía bastar. Buscó dentro de sí mismo el significado de muchas cosas: la libertad, el pasado, el presente, los pecados, el perdón. Como de costumbre no encontró nada y comprendió que quizá lo único que le quedaba era dejarse arrastrar de nuevo. Volver a mirar su vida como si fuera el final de una mala película, las últimas escenas de una historia sin sentido, de argumento confuso y final señalado y solo esperar a los títulos de crédito. Ya no tenía sentido cambiar las cartas de la mesa, la partida estaba empezada y había que terminarla. Y perderla no iba a ser un problema.

Tiró el cigarrillo al suelo y alzó la vista al cielo. No vio que nadie le estuviera observando desde las azoteas, pero estaban allí. Sabía qué tenía que hacer, lo había decidido hacía años y ahora había llegado el momento.

Echó a andar rápidamente por el mercadillo del Rione Berlingeri, una manzana de la ciudad hirviendo de gente, con los puestos de ropa de marca y CD falsificados, los gritos de los comerciantes y la divertida cháchara de las mujeres en busca de gangas. Lo atravesó entero, ocultándose entre las lonas blancas de los comercios, cambiando a menudo de dirección, volviendo sobre sus pasos, avanzando, acelerando de pronto y parándose para mirar a su alrededor. Sonrió a las mujeres que lo observaban como a un loco mientras tiraban del carrito de la compra.

Salió del mercado y siguió por las calles de la ciudad, subiendo y bajando de los autobuses al azar, entrando en los patios y saliendo por la puerta de servicio, robó un jersey y un sombrero de una tienda de ropa, tiró los suyos en un callejón, comió algo y se pidió un café con el poco dinero que le habían dado en la cárcel. Cargaba con una de las bolsas de lona, pero la llevaba medio vacía, había cogido lo estrictamente necesario y muy pronto también se desharía de ello.

Cruzó calles y callejones, en dirección a donde había comenzado su suerte. Donde Peppe el Cardenal nunca lo hubiera buscado.

En su reino.

Las Velas de Scampia eran visibles desde lejos y Michele tuvo una vaga sensación de aturdimiento, un *déjà vu* doloroso que le hizo añorar la cárcel. Tenían la forma de una pirámide blanca que bajaba del cielo a la tierra en sucesivos escalones anchos y hundía sus cimientos en la mierda y en la sangre. Eran una colmena de cientos de pisos encastrados unos en otros, con largos pasillos y balcones corridos, terrazas y escalinatas, una obra arquitectónica audaz e innovadora que se había transformado en el mayor punto de trapicheo de Europa. Un fortín inexpugnable hecho de miradores en las azoteas y rejas en los zaguanes, pisos búnker y basura por todas partes, con escondites para la droga y las armas, y un desfile ininterrumpido de colgados que llegaban de toda la ciudad con la certeza de que tras sus puertas blindadas podía encontrarse de todo. De vez en cuando irrumpía la policía, hacía unos cuantos arrestos, requisaba lo que fuera, al tiempo que los bomberos cortaban barrotes y rejas con el soplete, pero aquella misma noche verjas y portales se cambiaban y se reclutaban nuevos traficantes. Era una gigantesca tela de Penélope que se deshacía por el día y se rehacía de noche, y así una vez, y otra, y otra.

En el talego Michele había leído en alguna parte sobre las pirámides de los mayas, en cuya cúspide ejecutaban el sacrificio humano de los enemigos capturados en la batalla, cuyos cuerpos, cabezas y sangre rodaban por los escalones. Ahora, con la distancia de los años, era inevitable pensar en aquella imagen. Miraba la cúspide de Las Velas esperando que, de un momento a otro, hiciese su aparición un hechicero vestido con plumas dispuesto a matarlo para aplacar la ira de un dios loco, o por simple sed de venganza.

Se alejó de Las Velas sabiendo que le habría sido imposible entrar, le habrían identificado y le habrían señalado antes incluso de poner un pie. Evitó con cuidado todas las zonas conocidas y las plazas donde era más frecuente el trapicheo, lo que buscaba estaba en otra parte. Lo encontró donde sabía exactamente que iba a estar, apoyado en el último pilar del puente elevado, entre un par de ruedas quemadas y un sofá roto.

El chico miraba a su alrededor tranquilamente como si lo de ser camello fuese la ocupación más normal del mundo, y sin duda para él lo era. Tenía cierto aire de aburrimiento, como si estuviese cansado de estar allí esperando al enésimo yonqui.

Michele se acercó calándose hasta el fondo el sombrero, arrastrando ligeramente los pies. La ropa arrugada y el aspecto descuidado le daban el aire de alguien que tenía mucha necesidad de ponerse.

El chico lo miró cuando se acercaba.

—¿Qué quieres? —preguntó.

Michele alzó la cabeza.

—¿Tú qué crees?

La expresión del chico se transformó de inmediato. Primero fue de estupor, luego una sonrisa maravillada y por fin un gesto de preocupación.

—*Zì Miche'*, ¿eres tú de verdad?

—Pues claro, *guaglio'*, ¿quién iba a ser?

El chico se puso a mirar a todas partes nervioso. Michele comprendió enseguida.

—*Guaglio'*, ¿por qué no nos quitamos de en medio?

El chico asintió y ambos se apartaron de la calle, sorteando las ruedas y el sofá. Cruzaron y se dirigieron a paso rápido hacia un caserón abandonado, una edificación de cemento tosco con las paredes tapizadas de grafitis, basura y escombros por todas partes, sin puerta y con unas escaleras semiderruidas que bajaban al piso inferior. Michele comprendió enseguida que debía de ser «la base», el lugar donde el chico escondía la droga. Primera regla: no llevar nunca la mercancía encima, el yonqui paga, tú desapareces y al poco vuelves con la dosis. Dinero y droga nunca en el mismo sitio.

El muchacho se llamaba Sabatino, pero le llamaban Pepè, por su forma de hablar que te recordaba al sonido de una bocina corneta y te hacía reventar de risa. Era un buen chico, crecido en medio de la droga y que jamás había pensado en hacer en la vida nada que no fuera ser camello, pero se había mantenido lejos de los clanes y de la violencia. Eso no era para él. Vendía lejos de la zona de las diferentes familias, se le toleraba porque pagaba el porcentaje de los beneficios y no molestaba, a lo sumo de vez en cuando recibía una patada en el culo y lo echaban de allí, pero él soportaba en silencio los golpes y seguía con su trabajo bajo los pilares de la carretera de circunvalación, y mantenía a su madre y a sus tres hermanos pequeños. Del padre ni rastro. Desconocido.

Había pasado un tiempo en el talego, no demasiado, lo justo, pero lo había hecho de mala manera, se había puesto en contra al jefe de los albaneses por una idiotez. Un asunto de tabaco y provisiones. Y al tercer o cuarto incidente que había tenido el chaval en las duchas, en las escaleras o en el patio Michele había tenido que intervenir, le había dicho unas palabritas al albanés al oído para que le dejara en paz, *que el chico era joven y había aprendido la lección.* Pero, sería por el aire viciado de la celda o las dificultades con la lengua, el caso es que el albanés no había comprendido, y durante un breve e inútil instante en su vida había creído que podía tratar a *Zio* Michele del mismo modo. El asunto acabó con el pequeño *boss* del Este en la enfermería para que le cosieran la cara y una cuchilla de afeitar ensangrentada lanzada desde la ventana de la sala de socialización. Y nadie había visto nada.

—*Zio,* ¿cómo estás?

La voz de Pepè era la misma de siempre y Michele no pudo evitar sonreír.

—Estoy bien, *Sabatì.* Estoy bien. ¿Y tú?

El chico hizo una medio mueca que Michele no comprendió y cambió rápidamente de conversación.

—*Zio,* te están buscando.

El viejo camorrista asintió mientras el joven camello continuaba impertérrito.

—Dicen que Peppe el Cardenal está más cabreado que un mono, uno de los que has machacado era su ahijado, así que le has hecho quedar en ridículo delante de todo el barrio. Dicen que el Consejo se va a reunir hoy mismo y que la sentencia está dictada, solo falta decidir quién hará el trabajo.

Nada que Michele no imaginara ya, pero el chico parecía preocupado.

—*Zio,* soplan malos vientos para ti. Dicen que el Cardenal te la tenía guardada, que estaba esperando a que salieras del talego porque quería resolverlo cara a cara, y además...

—Y además, ¿qué? Sigue, *guaglio',* que no me asusta.

—Y además, *Zio,* está el lío del cementerio. Todo el mundo habla de ello. En el cementerio de San Giuliano Campano han puesto seis o siete lápidas. No sé seguro. Y dicen que una es para ti.

Michele sonrió.

—Nadie sabe quién ha sido. Nadie conoce al Destripamuertos que se ha tomado la molestia de dejar las lápidas de mármol con los nombres escritos. Pero..., pero..., no te rías, *Zio,* por favor, no es una tontería, va en serio, han encontrado a Vittoriano el Mariscal con un tajo en la garganta y se dice que esta noche han ahorcado en su casa a Giovanni Morra.

Michele soltó una carcajada.

—¡Y yo que pensaba que no había tenido un buen día...!

—*Zì,* no te lo tomes a broma, por favor.

—*Guaglio',* aquí nadie se toma a broma nada. —Su voz había cambiado de repente, se había vuelto dura y seca, estaba dando órdenes—. En cualquier caso, cada cosa a su tiempo. Primero: a mí lo que piensa, dice y hace Peppe el Cardenal me la suda; si tenía algún problema conmigo debería haber venido como un hombre y habérmelo dicho a la cara, y no mandar a dos niñatos que no sabían ni lo que se hacían. Y si, además, se trataba de cuestiones realmente serias, y, sobre todo, si hubiera tenido pelotas, la cosa podría haberse resuelto también en el talego, pero le venía bien que yo estuviera dentro mientras él seguía fuera haciéndose el chulo cuando no es nadie.

Pepè palideció y miró a todas partes preocupado. Esas frases mejor no pronunciarlas en voz alta, nunca y por ningún motivo, a menos que uno quisiera irse derecho al cementerio. Pero, al parecer, a *Zio* Michele se la traía realmente floja.

—Segundo: Radio Talego funciona que es una maravilla. Porque, pocas horas después de haber plantado las lápidas, en la cárcel ya había corrido la voz. Llegó por una llamada a los familiares y luego lo confirmaron en los vis a vis, tampoco allí se habló de otra cosa, y el hecho de que una de las lápidas fuera para mí, créeme que lo sabía ya. Seguro.

Hubo un momento de silencio en que Michele pareció perderse en sus pensamientos, mientras el chico lo miraba.

Impasible sonrió.

—Tú tranquilo, *guaglio'*, no es la primera vez que me quieren matar. Y, de todos modos, confía en mí, yo soy el último de la lista, me da tiempo a descubrir quién me quiere mandar al camposanto a hacer compañía a Vittoriano el Mariscal. Pero ahora tengo cosas más importantes en que pensar, tengo que hacer un viaje y donde yo voy el Destripamuertos no me va a seguir.

—Pero ¿por qué? ¿Quién hay detrás de todo esto?

Michele se encogió de hombros, como diciendo que no sabía nada y que en el fondo se la resbalaba.

—Y yo qué sé. Ayer salí del talego y todavía no entiendo un carajo, y además, *guaglio'*, haces demasiadas preguntas. No es inteligente. No ver, no oír, no hablar. Las normas para vivir tranquilo. Recuérdalo siempre.

El chico se quedó callado en señal de respeto.

—Y, bueno, ¿tú qué te cuentas? —siguió Michele en tono más conciliador—. Saliste hace tres años y te encuentro en el mismo sitio, haciendo lo mismo. ¿No hablamos de dejar toda esta mierda? ¿No me dijiste que querías buscarte un trabajo para irte de aquí?

—*Zio,* ¿qué quieres que te diga? No hay trabajo y yo tengo que llevar dinero a casa. Pero no pienses que me gusta lo que hago ni dónde vivo ni lo que pasa, traficar con esta mierda ni juntarme con esta gente. *Zì,* créeme, no aguanto más, a veces querría desaparecer, no morir y escapar, simplemente desaparecer, como si nunca hubiese existido, como si nunca hubiese sucedido nada, como si nunca hubiese nacido. —La voz de bocina del chico se había vuelto temblona y cargada de dolor. Michele enseguida comprendió que decía la verdad.

—*Guaglio',* ¿qué ha pasado? —le dijo tajante el *boss.*

—Nada, *Zì.* Nada.

—No me tomes el pelo, que te conozco. Dime enseguida qué ha pasado. —Voz tajante, orden directa, respuesta inmediata.

—La mierda de siempre, *Zì.* Hace tres meses vino a verme una mujer, la madre de uno al que le vendo la droga, un yonqui de mierda, un zombi. Me pidió que no le diera nada a su hijo, que lo echara. Le respondí que no. Que si no se la vendía yo lo haría cualquier otro, pero ella no quería entenderme, no sabía nada de estas cosas, siguió suplicándome, hasta se puso de rodillas, y entonces para quitarme a la mujer de los cojones le dije que lo iba a pensar. Esa misma noche llegó su hijo, estaba hecho una mierda, sudaba, en pleno síndrome de abstinencia, yo le eché a patadas diciéndole que le faltaba dinero, que había subido el precio y que se fuera a tomar por culo. Tres horas después volvió todo sonriente, blanco como un cadáver, sudaba y temblaba porque estaba con el mono y tenía que ponerse, pero seguía sonriendo como un cretino. Me puso en la mano trescientos euros pidiéndome la mercancía. ¿Sabes lo que había pasado entretanto? Había vuelto a casa, había cogido un bastón y...

La voz del chico se quebró y por un momento le faltaron las palabras. Michele escuchaba en silencio.

—Zì, la mató como a un perro. Mató a su madre a bastonazos porque no le quería dar el dinero. La dejó muriéndose en el suelo de la cocina y vino aquí todo sonriente a comprarse la heroína.

El chico tenía los ojos brillantes. Bajó la cabeza y se puso frenético a buscar algo en los bolsillos de la cazadora. Le temblaban las manos. Michele cayó en la cuenta y le ofreció un cigarro. Lo encendió, dio una calada rabiosa y luego expulsó el aire intentando calmarse.

—Zì, la mujer era clavada a mi madre. La misma cara, las mismas manos, el mismo modo de vestir, hasta en el pelo se parecían.

El chico se puso a mirar alrededor, con los ojos perdidos en la basura y en los grafitis del caserón abandonado.

Se hizo un silencio que Michele interrumpió.

—*Guaglio'*, tengo que desaparecer. Enseguida. Antes de que llegue Peppe el Cardenal, de que llegue la policía o de que llegue el Destripamuertos.

El chico asintió sorbiéndose la nariz.

—¿Qué te hace falta, *Zì?*

—Dinero, *guaglio'*. Dinero y un coche.

Sabatino no dijo nada y se alejó unos pasos hacia el cuarto de los contadores: estaba cerrado con un candado y era lo único nuevo en mitad de aquella ruina. Se sacó del cuello de la camiseta una cadena de oro con la Virgen, el crucifijo y una llavecita. Usó la llave para abrir. Había un pequeño fajo embutido en un sobre de plástico, escondido entre los contadores. Lo sacó y se buscó en los bolsillos el resto del dinero junto a las llaves de un coche. Se volvió y se lo dio todo a Michele.

—¿Y tú, *guaglio'*?

El chico se encogió de hombros, pero continuaba callado. Michele comprendió que estaba cansado, con un cansancio de los que no se arreglan con un buen sueño. Uno de esos que no se arreglan, sin más.

—¿El coche dónde está?

—Detrás del último pilar del paso elevado. Es un Fiesta azul con la puerta abollada, pero el motor está bien y tiene gasolina.

Michele cogió el dinero y las llaves.

—Si quieres, *Zì*, te puedo dar también la mercancía, tengo bastante, la puedes vender. Es bastante dinero.

—No, eso no me interesa. —Michele echó el sobre con el dinero dentro de la bolsa de lona, se metió las llaves en el bolsillo y volvió a mirar a Sabatino. Tenía cara de espectro, ojeras oscuras y labios tensos como cuchillas, pero con todo trató de sonreír.

El *Zio* pensó que aquel chaval estaba en las últimas y que de un momento a otro iba a derrumbarse para no levantarse más.

—¿Te fías de mí? —le dijo.

—Siempre, *Zì*.

Michele le dio un puñetazo en plena cara. Un golpe seco y decidido, aunque sin malicia. Vio cómo la cabeza se le inclinaba a un lado y daba contra la pared. Un estertor de dolor salió de su garganta.

—Pero... *Zì...* —intentó protestar.

—Aguanta, *guaglio'* —fue el único comentario de Michele mientras le seguía pegando. Otro golpe en la cara, junto a la boca, y luego en la nariz, sin emplearse a fondo. De todas formas, sintió el chasquido de algo rompiéndose, luego la sangre brotó abundante sobre la boca de Sabatino.

El muchacho no reaccionó, siguió inmóvil como un saco de boxeo. Aguantó de pie hasta el tercer puñetazo, pero al cuarto cayó al suelo con una larga herida abierta sobre el arco de la ceja. Estaba de rodillas y miraba al *Zio* con ojos de espanto, esperando el KO. Michele descargó con fuerza el brazo, de arriba abajo, pero en el último instante se paró. Podía bastar. En poco tiempo la cara del chico se hincharía y al día siguiente estaría totalmente tumefacta, tendría el ojo cerrado y los cardenales color violeta le pondrían de colores como un payaso. Mucha apariencia y poca chicha, ningún daño grave, pero parecería que le habían dado una zurra terrible. Impasible estaba satisfecho, había hecho un buen trabajo, como el profesional que era.

Sabatino seguía mirándolo mientras escupía una baba rosa. Michele se acuclilló a su lado, le cogió por la nuca y acercó a él su cara.

—*Guaglio'*, la historia es así: yo he venido a buscarte y te he robado, tú has intentado reaccionar, pero yo te he inflado a palos. Te he robado el coche, el dinero y la droga. No sabes de dónde venía ni adónde iba. Tú no sabes nada, eres solo un pobre desgraciado que se ha cruzado en mi camino por equivocación, te ha pasado a ti como podría haberle pasado a cualquiera.

El chico asintió en silencio mientras Michele seguía:

—Quédate con la droga y vete de aquí. Pensarán que la tengo yo y vendrán a buscarme. Véndela poco a poco y guarda el dinero, luego coges a la *mamma* y a tus hermanos y te largas. Te los llevas de aquí. No te despidas de nadie, no avises a nadie, no digas dónde vas ni con quién. A nadie. Desaparece sin más, de un día para otro. Subís a un tren y os vais, a un lugar donde nunca hayas imaginado, de Italia o del extranjero, donde quieras, pero que sea muy lejos. *Fujtevenne**. Aquí no hay nada para ti. ¿Me has entendido?

Sabatino, conocido como Pepè, había entendido perfectamente.

Michele se incorporó, se limpió la mano sucia de sangre, cogió las bolsas con sus cosas y el dinero del chico y se dirigió a la puerta del caserón.

—Y tú, *Zi*, ¿qué vas a hacer? —masculló el chaval con los labios hinchados y rotos.

Michele se volvió sonriendo.

—No te preocupes, yo sé lo que tengo que hacer.

Y desapareció tras los pilares del paso elevado.

4

El inspector Lopresti estaba sopesando seriamente si pegarle un tiro a su compañero. Llevaban en el coche casi una hora y no había habido más que un solo tema de conversación, la jubilación.

---

* Famosa frase atribuida al dramaturgo Eduardo De Filippo en referencia a Nápoles: «Huye de aquí». *[N. de la T.]*

Corrieri le había repetido al menos siete veces que le quedaban veinte meses, porque considerando el año del servicio militar, los tres en la fábrica antes de ingresar y los años de descuento, los de cotización y la reforma, el plan de pensiones y otras vainas, *voilà*, la cuenta estaba echada: un par de inviernos más y podría tumbarse felizmente a la bartola.

Lopresti había respondido asintiendo con monosílabos, las manos aferradas al volante y los ojos fijos en la carretera, tratando de no oír las palabras de su compañero, casi como si se tratara de una música de fondo, una interferencia en su cabeza. Pero todo era inútil. Corrieri estaba tan pendiente de su futuro inmediato hecho de parrilladas con los amigos, excursiones a pescar y vacaciones con la mujer que no se percató ni lo más mínimo de cómo a su compañero se le hinchaba la vena del cuello.

Lopresti volvió a pensar en la mirada del jefe de la Móvil y en el ridículo que había hecho en la oficina, por eso decidió mantener la calma, aflojó la presión sobre el volante, lanzó un largo suspiro para aclararse la mente y se volvió a Corrieri tratando de interrumpir su soliloquio pensionista.

—¿Tú qué idea te has hecho de toda esta historia?

Fue un clamoroso fracaso.

—... para la pensión de jubilación hay que reunir ciertos requisitos, que son tener cincuenta y siete años y tres meses de edad, y treinta y cinco años de cotización, o bien cincuenta y tres años y tres meses y el máximo de años cotizados, que luego el derecho al cobro se calcula tras doce meses desde el cumplimento de los requisitos y...

Lopresti lanzó un segundo suspiro en menos de diez segundos, se esforzó en no pensar en la posibilidad de utilizar el arma de servicio y alzó la voz.

—¿Tú qué idea te has hecho de toda esta historia?

Corrieri se interrumpió y dejó en el aire su meticulosa valoración. Lo pensó un momento, mirando fijamente un reflejo en el parabrisas.

—A mí me parece una enorme gilipollez —dijo.

—Bueno, al menos en eso estamos de acuerdo. —Lopresti agradeció la capacidad de síntesis de su compañero—. Pero dime tu opinión sobre el asunto.

Corrieri dejó a un lado los planes de futuro y decidió hacer de madero al menos cinco minutos.

—No lo sé. La puesta en escena de las lápidas no me convence. Durante la *faida,* al principio se trataba de trabajos limpios, un disparo y nada más, porque era cuestión de dinero, después de los primeros muertos las cosas se complicaron, se convirtió en un asunto personal y llegaron las venganzas, los mensajes sangrientos y los asesinatos feroces. Ahora en cambio han comenzado de repente con las muertes. Primero Esposito degollado en el cementerio y luego ese otro cabrón colgado de la lámpara de su casa. Han matado, pero también han querido decir algo. A mi juicio no se trata de negocios, esto es una cosa personal, quieren matar, pero también meter miedo. Quieren que el que muera sepa por qué.

Lopresti quedó sinceramente impresionado. El razonamiento no tenía desperdicio y apartó la vista de la calle para echar un vistazo a su compañero. Quizá el comisario jefe Taglieri no estuviera equivocado y Corrieri no fuera un gilipollas completo. Se relajó aflojando de nuevo la presión sobre el volante.

—Entonces, vuélvemelo a contar, ¿cómo era lo del Instituto Nacional de Previsión Social?

Corrieri volvió satisfecho a su soliloquio pensionista.

El local estaba en el barrio de San Pietro en Patierno, en la parte norte de la ciudad, a la debida distancia del aeropuerto de Capodichino, en la entrada de una retícula de calles inconexas y descampados, entre talleres mecánicos y fábricas abandonados. En el exterior, el edificio parecía un cobertizo maltrecho que sin embargo se esforzaba por asemejarse a un hangar, alguien incluso se había tomado la molestia de pintar dos hélices gigantes en la fachada. Pero, con el tiempo y la intemperie, las paredes se habían desconchado y el barniz se le había ido; ahora parecía un garabato sin sentido. De letreros o nombres no quedaba ni rastro.

Los dos policías llegaron tras otros veinte minutos de cháchara monotemática y aparcaron en la parte trasera, junto a unos contenedores de basura llenos a rebosar. Un par de chicos descargaban cajas de licores de una furgoneta blanca y entraban por la puerta de emergencia entreabierta sin dignarse a echarles un vistazo.

—¿Dónde estamos? —preguntó Corrieri.

—Es el local de uno que conozco. Puede que nos ayude a entender algo de esta historia.

—¿Una de tus famosas fuentes confidenciales?

Lopresti reprimió una mueca y por un momento casi tuvo la tentación de pedir perdón a su compañero por haber dudado de él, pero lo dejó estar. No lo conocía todavía lo bastante como para admitir que se había equivocado, y además, Corrieri, aunque de vez en cuando razonaba bien, no dejaba de tener cara de pelota rajado. Así que se limitó a encogerse de hombros.

—¿Qué es? ¿Una discoteca?

—Más o menos.

—¿En qué sentido? No te sigo, compañero.

—En el sentido de que si hace falta que sea una discoteca se convierte en discoteca. Si hace falta que sea un *nightclub,* se transforma en *nightclub,* con sus *stripteases* y sus putas moldavas. Este sitio puede ser lo que te parezca: un almacén seguro para guardar lo que sea con puertas blindadas y cámaras de seguridad, un garito..., pero si quieres puedes celebrar aquí la fiesta de cumpleaños de tu hija, basta con que pagues.

—Mmm... —Corrieri parecía perplejo. En el fondo, pensó Lopresti, seguía siendo un madero de oficina y había mucho de la calle que no podía conocer.

—Creo haber comprendido. ¿El propietario es amigo tuyo?

—Más o menos.

—Otra vez más o menos —protestó Corrieri con ironía.

—Colega, las cosas nunca son blancas o negras, en lo nuestro el color predominante es el gris, entiéndeme. Al igual que las personas no son nunca totalmente buenas o malas, son personas nada más. Así que, si me preguntas si el propietario es amigo mío, te vuelvo a responder: más o menos.

—Esta vez te he entendido.

Lopresti asintió satisfecho.

—Vamos a entrar, venga.

El local visto por fuera era una porquería, con las paredes cubiertas de grafitis y los cristales del piso de arriba rotos a pedradas, pero cuando entrabas cambiaba radicalmente el rollo. Todo estaba en penumbra, a pesar de lo cual se distinguían claramente los sofás de piel rosa adosados a los muros, en las esquinas de la pista de baile destacaban las barras americanas, en el techo había un maremágnum de focos y luces estroboscópicas, que en el momento oportuno podían transformar aquel lugar en un gigantesco árbol de Navidad. Al fondo de la sala, el garito destinado al DJ, a los cantantes o a quien coño condujera la velada. Corrieri no dudó de que en alguna parte hubiera los oportunos reservados para los clientes vips, rinconcitos secretos para ir a lo tuyo con toda tranquilidad. A la izquierda había una larga barra con luces azules que rompían la oscuridad y la hacían parecer el puente de mando de un barco. Detrás de la barra los dos chicos de la furgoneta descargaban las cajas llenando los frigoríficos de montones de botellas: ginebra, ron, Martini, Bacardi, Curaçao Blu, Campari. Tampoco ahora se dignaron a dirigirles la mirada.

Los maderos observaron a su alrededor tratando de orientarse. Resonó una voz en la sala.

—¡Estamos cerrados! ¡Abrimos a las once! Esta noche velada burlesque con Tamara de Glichy. Hombres veinte euros, incluida la primera consumición, mujeres entrada gratuita. No podéis faltar. —El hombre se acercó atravesando la penumbra de la gran pista central.

—Y yo que pensaba que la primera consumición me iba a salir gratis —dijo Lopresti.

El hombre avanzó con una sonrisa de circunstancias en el rostro, abrió los ojos de par en par al reconocer al policía, pero la sonrisa siguió siendo fría y falsa.

—Carmine, ¿pero eres tú?

El inspector asintió exhibiendo una cordialidad no menos falsa. Parecían dos tiburones a punto de liarse a dentelladas.

—¿Pero qué hará..., tres años que no nos vemos? —preguntó el hombre.

—Por lo menos.

—¿Y cómo me has encontrado? Hace seis meses que abrí el local.

—Qué quieres que te diga. En las actividades de los amigos siempre estoy al día.

—Me parece lo suyo —admitió el otro, tirando otra vez de la sonrisa de anuncio—. Pero, amigo mío, ven aquí.

Ambos se abrazaron con sus correspondientes palmadas en la espalda y posteriores formalidades sobre qué había sido de ese o aquel viejo conocido, sobre lo bien que se veían mutuamente y todo lo demás.

Pasados unos instantes, Lopresti decidió cortar el flujo de chorradas.

—Te quiero presentar a mi compañero, el inspector jefe Nicola Corrieri.

Cuando oyó la palabra «inspector» el hombre logró no dejar traslucir ninguna emoción, aunque la mención del cargo era la señal definitiva de que no se trataba de una visita de cortesía, cosa que, por otra parte, en absoluto había creído.

—Querido colega, el que tienes delante es nada más y nada menos que el gran Gennaro Battiston, llamado Genny B, animador de la noche napolitana, gestor de este local y de tantos otros antes de este, afamado seductor de mujeres.

—Exageran. En cualquier caso, mucho gusto —dijo Genny tendiendo una mano engalanada con anillos y pulseras de oro.

—Encantado —contestó Corrieri.

El inspector lo examinó de arriba abajo, feliz de que en el local no hubiera mucha luz. El hombre que tenía delante parecía salido de una película de bajo presupuesto de gánsteres italoamericanos. Vestía un terno negro con camisa blanca abierta hasta el pecho y una joyería completa repartida entre los dedos, los brazos y el cuello. Lucía la corpulencia de un gorila y barriga de bebedor. El pelo largo y rizado peinado hacia atrás, engominado y pegado a la cabeza. Tenía las sienes grises, la cara con profundas ojeras y arrugas acentuadas por el bronceado de centro estético.

Aunque Corrieri fuera un madero de despacho, enseguida advirtió la nariz ligeramente retraída y las gruesas venas del cuello. Lo primero era fácil: cocaína; para lo segundo tenía más dudas, aunque vistas las espaldas se inclinaba a pensar que se trataba de esteroides.

Ambos se estrecharon la mano y Corrieri no logró contenerse.

—¿... Battiston? ¿No es un apellido del norte?

Genny B esta vez sonrió sinceramente, estaba acostumbrado a aquella pregunta.

—Mi padre era véneto y mi madre de Salerno. Al final para el nombre de pila, Gennaro*, se impuso ella, e hizo bien, porque yo soy napolitano por los cuatro costados.

Corrieri asintió satisfecho.

—Y ahora vamos a lo importante. ¿Qué os puedo ofrecer de beber? —dijo Genny B desde detrás de la barra del bar.

—Una tónica —respondió Lopresti.

El hombre le miró sorprendido alzando una ceja.

—Una tónica —confirmó el inspector.

—Otra para mí —dijo Corrieri.

* San Gennaro es el patrón de Nápoles. [N. de la T.]

—Pues que sea una tónica —se resignó el gestor.

Los tres hombres vaciaron sus vasos conscientes de que aquella era la última formalidad prevista por el protocolo.

—Así que ¿a qué debo el placer de vuestra visita?

Lopresti decidió ser claro y directo, no era un tipo que se anduviera con medias tintas, y se le estaban hinchando las pelotas de tener delante a Gennaro.

—¿Qué sabes tú de las lápidas del cementerio de San Giuliano Campano?

Genny B abrió los ojos de par en par pero no apartó la mirada del inspector.

—*Guaglio'*, tenéis que apartar la furgoneta —dijo después.

Los jóvenes interrumpieron su trabajo y salieron rápidos y silenciosos del local, cerrando tras ellos la puerta de seguridad. Battiston se encendió un cigarrillo, largo y fino, un Davidoff.

—Sé lo que saben todos. Nada.

—*Genna'*, por favor, no me des por culo, sé quiénes frecuentan tu local y estoy seguro de que en estos días aquí no se ha hablado de otra cosa. ¿Me quieres hacer creer que alguien como tú esta vez no sabe nada? —Lopresti seguía todavía tranquilo, había que hacer primero un poco de paripé, era consciente de ello.

—Carmine, esta vez de verdad que no sé nada. Si aquí ha habido habladurías han sido habladurías de bar y a mí esas me la sudan. Así que si no hay nada más... —Hizo ademán de retirarse de la barra.

—Pues no, *guaglio'*, no te la puede sudar lo que te pregunto. Porque si en el pasado te he hecho favores, si te he quitado de encima a los albaneses que te querían romper los brazos, tú ahora no puedes hacerte el gilipollas y tienes que corresponder. —El tono del inspector de pronto se había vuelto amenazante.

—Lo siento, Carmine... —Genny B esta vez apartó la mirada, empezaba a sentirse incómodo.

—Pues no. No vamos bien —le apremió Lopresti meneando la cabeza—. ¡Tú no puedes hacerte el gilipollas! —El inspector agarró el vaso vacío y se lo lanzó. Le rozó la sien y fue a estrellarse contra el espejo a sus espaldas. Los cristales saltaron por todas partes provocando un gran estruendo.

Genny B se apartó de sopetón, alzando las palmas de las manos.

—Qué coj...

Corrieri intervino rápido poniendo una mano sobre el antebrazo de su compañero, lo que fue suficiente para frenarlo, luego añadió con tono tranquilo:

—A ver si nos entendemos, señor Battiston, si usted no nos dice lo que queremos este local se va a convertir en un manicomio. Ponemos todas las noches unas patrullas ahí fuera controlando a los que entran y salen y les mandamos la visita, día sí día también, de los bomberos, el servicio de salud, el control de higiene, la oficina de recaudación, todos vendrán a joderle. Además, mi cuñado es inspector de Hacienda y puedo ordenarle tantas inspecciones que al final algo seguro que encuentran. En dos semanas tendrá el local embargado, y si confía en abrir otro, usted o cualquiera de sus testaferros, iremos allí otra vez y vuelta a empezar. Dos semanas y cierra de nuevo. Así que, si no quiere terminar vendiendo avellanas y altramuces frente a San Paolo, es mejor que colabore.

Lopresti permaneció en un admirado silencio mientras Genny B palidecía de repente. La trituradora de la burocracia le horrorizaba mucho más que el lanzamiento de un vaso a la cara. Miraba mudo al fondo del local valorando los pros y los contras de lo que iba a decir, luego se encendió otro cigarrillo y comenzó.

—Ante todo tengo que precisar que solo son rumores. Habladurías de bar, literalmente. Parece que no se trata de cuestiones actuales, ninguna afrenta entre las familias, ni por tráfico, ni por zonas, ni por extorsiones diversas. Nadie sabe con seguridad qué está sucediendo, pero los nombres que figuran sobre las lápidas no tienen problemas entre sí, es más, en el pasado han hecho negocios juntos. Sin embargo, ahora a todo el mundo le ha entrado la paranoia. No saben de dónde viene el pepino y tienen miedo de que acabe en su culo. Después de que degollaran a Vittoriano hubo tensión, pero cuando esta noche han matado a Bebè se ha desatado el pánico. Siguen sin comprender un carajo, por eso tienen miedo. No solo los de las lápidas, también todos los demás; cuando se juega con mierda uno se mancha.

Lopresti admiró la delicadeza de las metáforas de su informador.

—¿Y los de las lápidas?

—Esos están ya que ni cagan, de lo apretado que tienen el culo. —Genny B se rio, sirviéndose un medio ron. Se lo bebió chasqueando la lengua y continuó—: Se dice que los hermanos Surace se han marchado de Nápoles porque tenían que hacerse cargo de unos asuntos en la zona de Salerno, pero en realidad se han ido a la zona de Terracina. Se ocupan de la coca que llega a la capital y utilizan los mercados de frutas y verduras de la región baja del Lazio como tapadera, así que allí tienen varios amigos que les pueden echar una mano. Los nombres no los sé, es inútil que me lo preguntéis. Están en un sitio seguro esperando a que la situación se calme y se sepa algo o incluso a que la policía arreste a los culpables.

Battiston obsequió a los agentes con una sonrisita de mierda, una carita de circunstancias que merecía el segundo vasazo. Lopresti refrenó el impulso, Corrieri simplemente pasó, como hacía siempre.

—Peppe el Cardenal está nervioso. Ya no sale de casa, pero no puede huir, ¿cómo iba a quedar delante de la gente? Mandó un mensaje a Michele Impasible, que acaba de salir de la cárcel, pero el asunto terminó mal.

—¿En qué sentido? —intervino Corrieri.

—En el sentido de que los dos *guaglioni* que debían llevar el mensaje están en el hospital, los ha dejado para el arrastre. Huesos rotos, conmoción cerebral y no sé cuántos puntos en la cara y la cabeza.

—¿Y Michele?

—Qué sé yo. No creo que esté en casa esperando al Destripamuertos.

—Venimos de allí. El portal está incendiado, la llave partida dentro de la cerradura y no hay ni rastro de él.

—Habrá huido él también, si es una persona inteligente. Y os aseguro que Michele Vigilante es una persona inteligente. —El hombre recalcó con fuerza las palabras para remachar su convicción—. No lo encuentras si él no quiere.

Los policías se miraron en silencio. La cuestión se complicaba cada vez más. No solo tenían que encontrar al Destripamuertos que estaba llenando los cementerios sino que ahora se había convertido en un problema también encontrar a los futuros cadáveres. Unos corriendo hacia un lado, otros corriendo hacia el otro y los que no encerrados en un búnker.

—Aquí el único que está tranquilo es Gennaro Rizzo. Ese se escapó hace muchos años y ahora se da la buena vida, tranquilo y dichoso.

Lopresti lo intentó, a pesar de que sabía que no lo lograría.

— ¿Y dónde está escondido?

Genny B se rio en su cara buscando de nuevo la botella de ron.

—Pues eso, fíjate, no lo sabe nadie. Se fugó hace ya quince años y desde entonces nadie sabe dónde está, o mejor, lo saben todos, pero siempre es un lugar diferente. Hay quienes dicen que está en Sudamérica y que colabora con los colombianos y los calabreses para hacer llegar los contenedores con la droga. Otros dicen que está en Alemania y que controla las pastillas y las drogas sintéticas del norte de Europa. Otros en cambio que está en España, también allí para controlar los contenedores de cocaína; otros que está muerto y enterrado desde hace años, bajo nombre falso, en el cementerio de San Giuliano Campano.

Los policías aguzaron el oído.

—Es originario de ese pueblito. ¿No lo sabíais? Luego estuvo fuera, no sé dónde, emigró con su familia, hasta que regresó aquí para mandar. Pero, en todo caso, eso de que está muerto es una gilipollez, os lo puedo asegurar, porque sigue mandando desde fuera. Antes con los mensajitos de la «protección» llevados en mano por los correos, ahora con cualquier diablura electrónica, tipo e-mail que no se puede rastrear y, si se puede, te lleva hasta un ordenador dentro de un armario en una taberna de Cuba, mientras tú estás en Suecia contando pingüinos.

Corrieri se contuvo de decirle que en Suecia no había pingüinos, si acaso algún reno congelado. Genny B estaba lanzado y no quería interrumpirlo. Pero él al parecer tenía de nuevo la garganta seca.

—Otra cosa no os puedo decir, sobre todo porque no hay más. Nadie sabe nada y el que sabía huyó. Así que eso es todo.

—¿Tú crees que nos bastan cuatro gilipolleces? —dijo rabioso Lopresti.

—No sé si os bastan, pero no sé más. A no ser que quieras que me ponga a inventarme historias para dejarte contento. —Esta vez era sincero y el inspector comprendió que sería inútil insistir.

—Quedemos así —intervino Corrieri sin perder la calma, imperturbable—, usted hace unas cuantas preguntas discretamente o por lo menos pone la oreja para oír lo que se comenta y en un par de días nos llama y nos cuenta los nuevos cotilleos que haya oído en el bar. Y, se lo advierto, dos días como mucho, porque al tercero llamo a mi cuñado el de Hacienda. —Corrieri escribió un número de teléfono en una de las servilletas de papel y se lo pasó a Battiston, que sin mirarlo lo hizo desaparecer en un bolsillo de la americana.

Los policías estaban a punto de marcharse, pero Genny B quería recuperar algunos puntos perdidos; a un hombre como él ciertas amistades siempre le eran muy útiles.

—Intentaré hacer lo que pueda. Y tú, Carmine, por favor, no pongas esa cara y no la tomes conmigo. Nos conocemos desde hace mucho, anda que no la hemos corrido juntos. ¿Te acuerdas de cuántas noches, y de las mujeres?

¿Esa tipa alta con cola de caballo, cómo se llamaba? Martina. ¿A Martina ya no la ves? Hace tiempo erais uña y carne.

Lopresti hizo como si no se enterara y se limitó a negar con la cabeza apretando los labios. Habían vuelto a las frases de circunstancias y no tenía ganas de confianzas. Battiston no esperó la respuesta y salió de detrás de la barra para acompañarlos fuera del local. Sonreía haciéndose el jovial, como el más experto de los vendedores de coches, un auténtico vendedor de chorradas tratando de allanarse el camino por su bien, antes de mandarlos a tomar por culo en cuanto salieran por la puerta.

Al llegar al aparcamiento, el hombre estrechó la mano a Corrieri asegurándole la máxima colaboración, como si hablaran entre colegas, y abrazó con ademán fraternal a Lopresti, que permaneció frío y rígido. El inspector sintió una mano ligera y experta volar rápido al bolsillo de su cazadora, una sensación leve e impalpable, pero sabía bien lo que significaba.

Subieron al coche y se fueron.

Esta vez se había sentado al volante Corrieri y parecía que la charla con Genny B le había puesto de buen humor, soltándole la lengua.

—Bueno, no ha ido tan mal, estoy seguro de que ese nos vuelve a llamar para decirnos algo. Poca cosa, faltaría más, pero seguro que algo nos dice. Tenemos que informar al comisario jefe Taglieri, y luego deberíamos contactar con nuestros compañeros de Terracina para ver si localizamos a los Surace. En cuanto a Vigilante, estoy seguro de que todavía nos falta indagar un poco, aunque cada vez estoy más convencido de que se trata de un asunto personal ya viejo. Si es cierto que Rizzo lleva desaparecido quince años, está claro que se tiene que tratar de algo de antes.

—Yo no me fío de Gennaro —dijo Lopresti lapidario.

—Pero si es cierto que sois amigos...

—¡No, *Nico'*, y una mierda va a ser amigo mío! Battiston no es más que una vieja furcia, si hoy ha cantado con nosotros mañana cantará con cualquiera, lo que le importa es poder sacar provecho. —El inspector lo había dicho casi gritando y ahora miraba recto a la carretera con los puños crispados y la mandíbula contraída—. Es un cabrón. Y, como todos los cabrones, siempre flota. Ahora, si no te molesta, párate en algún lado que tengo que mear.

Corrieri condujo lentamente unos minutos más y luego aparcó frente a un bar. Había enmudecido. No lograba comprender la rabia de su compañero. Una cosa era interpretar el papel de poli bueno y poli malo para hacer cantar a Battiston y otra alzarse la voz entre ellos, no tenía sentido. Lopresti salió dando un portazo, se metió en el bar y sin pedir nada a nadie fue hasta el baño del fondo y echó el pestillo. Corrieri entró y pidió un café mirando la puerta cerrada del baño.

Lopresti estaba frente al espejo con la cabeza baja, las manos aferradas al lavabo sucio. Jadeaba y estaba cabreado. Cabreado como un animal. Por lo que no había dicho Gennaro, por lo que este había hecho sin que Corrieri se diera cuenta, pero sobre todo por aquella idea de los cojones que ahora le rondaba en la cabeza. Una idea que venía de lejos, un destello inesperado y luminoso. Y por eso le había cogido desprevenido, le había sorprendido con la guardia baja sin poder defenderse, alejarse, esquivarlo. Le había alcanzado.

Sin más. Y ahora ocupaba su mente, una carcoma que se le comía vivo, que le había puesto un velo de sudor en el rostro.

Se soltó del lavabo y metió la mano en el bolsillo de la cazadora. La sacó y vio la papelina de celofán. Redonda y blanca. Al menos dos gramos. El regalo de Genny B para mantener buenas relaciones, el regalito para excusarse por haber sido un cabrón. Como en los viejos tiempos.

Le dio vueltas en las manos pensando en cuánto tiempo había pasado desde la última vez. Casi un año. Había sido duro, pero lo había conseguido. Sin publicidad y sin contarlo en jefatura. Cierto es que algunos habían sospechado de sus veladas, de ciertas visitas no oficiales, pero se habían quedado en meras dudas, habladurías. Había logrado decir basta, aunque le llevara su tiempo, aunque le costara Martina. Que se había ido sin decir ni una palabra, tras una enésima noche desastrosa, dejando en su casa la bolsa vieja del gimnasio y un cepillo usado. Le había quitado importancia, la había mandado a tomar por culo, convencido de que era una cabrona que no le merecía, luego se había hundido en una noche de la que no recordaba prácticamente nada. Pero ahora, después de todo aquel tiempo, volvía a pensar en ella, por culpa o por gracia de Genny B, pero volvía a pensar en ella.

Miraba la papelina de celofán, indeciso sobre qué hacer, indeciso de si ponerse o no, cuando llamaron a la puerta del baño.

—Carmine, ¿va todo bien? ¿Te encuentras mal? —Corrieri parecía preocupado y le había llamado por su nombre de pila.

—No, estoy bien. Un momento, ya salgo. Pídeme un café que me han entrado ganas.

—Está bien.

Lopresti respiró profundamente, se volvió a la taza del váter y arrojó la papelina con la droga apuntando al centro de la meada. Tiró de la cadena dispuesto a mandar por el sumidero la coca, a Genny B y a Martina.

Se lavó rápidamente la cara y se sintió mejor, se secó las manos en los vaqueros y salió. Se tomó el café al vuelo, sin azúcar y sin esperar a que se enfriase, dejó un euro en la barra y se reunió con su compañero fuera. Tenía unas ganas enormes de irse de allí. Se sentó en el coche en silencio mientras Corrieri maniobraba y se incorporaba al tráfico.

Comprendió que tenía que decir algo para aliviar la tensión.

—¿De verdad tu cuñado es inspector de Hacienda?

—Qué va, hombre... Mi cuñado tiene un puesto de pescado en el mercado central.

Lopresti se rio con ganas, sintiéndose menos solo.

—Oye, *Nico'*, el otro día en el despacho de Taglieri, cuando hice el capullo con la historia del *modus operandi...* Bueno, perdóname.

Corrieri le sonrió mientras daba el intermitente para girar a la derecha.

—No pasa nada.

5

Michele estaba pensativo. El Ford Fiesta de Pepè era una porquería, un auténtico trasto con el motor que se ahogaba, el embrague lento y el cambio que rascaba. *Increíble.* El muy tonto era el único traficante incapaz de ganar dinero, desde luego ese mundo no era para él.

Michele meneó la cabeza al tiempo que el asfalto de la autopista fluía rápido bajo las ruedas del coche. Velocidad constante y regular. Respetando escrupulosamente los límites, o mejor unos kilómetros por debajo, solo para estar seguro de que nadie le iba a incordiar. Si lo paraban, iba a tener que explicar quién era y qué hacía con aquel coche. Lo primero, porque Michele no tenía documentos, o mejor, los tenía pero estaban caducados desde hacía bastantes años, carné de conducir incluido. Y luego, porque el seguro era falso, la habitual fotocopia en color para dar el pego; habría apostado a que el coche era robado, o había pertenecido a algún yonqui que se lo había dado a Pepè a cambio de una pequeña dosis de heroína. El único documento válido que tenía era un certificado de la oficina de registros de la cárcel, una hoja A4 con cuatro firmas, dos sellos y una foto de hacía la tira de años, doblado y vuelto a doblar y metido en el bolsillo del pantalón de los vaqueros. No lo había tirado porque podía serle de utilidad. Resumiendo, si lo paraban habría tenido que explicar un montón de cosas, decididamente demasiadas, y por algún lado debía empezar.

Pero por el momento prefería no pensar en las explicaciones que hubiera tenido que dar. Estaba concentrado en conducir. Después de veinte años sin ponerse al volante no había resultado fácil, sobre todo con aquella chatarra; tras calársele en casi todos los stops o en los semáforos, ahora por fin empezaba a cogerle el tranquillo. Se había parado en un autoservicio a comer algo y a tomar un café decente, seguido de un cigarrillo aún más decente. No tenía una gran destreza con los euros, así que había tenido que detenerse unos segundos a comprobar las monedas para saber lo que tenía que pagar. La chica de la caja, con sombrerito rojo y ojos de sueño, había sonreído pensando que se debía al cansancio por la duración del viaje. Y quizá, en el fondo, así era.

Conducía por la autopista del Sol desde hacía más de dos horas, había dejado atrás la capital en dirección al norte. Por unos instantes se le había pasado por la cabeza la idea de pararse en Roma, allí había alguien que podía echarle una mano, un viejo compañero del talego de su breve estancia en Rebibbia. Cosa de poco, seis meses antes de ser trasladado por sus habituales problemas para «gestionar la ira»: una expresión que había aprendido de los diversos psicólogos que le querían enseñar a vivir, y que para ser sinceros le gustaba bastante, porque le daba la impresión de ser un animal en una jaula, una fiera peligrosa. Era una especie de advertencia, «manipular con cuidado».

Ese tarado de Vittoriano Esposito que se había dejado degollar en el cementerio, que en paz descansara, siempre decía de él que tenía la mecha corta. *Que no tenía paciencia.* Que si alguno le tocaba las bolas, la liaba parda en un instante. O al menos era así al principio, cuando se sentían jóvenes y fuertes.

Lo pensó una vez más. La última. Y luego descartó la idea de pararse en Roma. Demasiado cercana. Una opción predecible. El primer lugar donde le buscarían. Quería ir más lejos, donde aún le quedaba una cosa por hacer. Iba viendo correr el cuentakilómetros, paso a paso, un número tras otro, y la idea de abandonar su tierra le producía una leve euforia, un escalofrío en la espalda, como si hubiera logrado dejar el pasado atrás. Sabía que no era así, aunque en ese momento quisiera disfrutar de esa ilusión. Pero era inútil. El pasado no estaba dispuesto a olvidarse de él. Y así, mientras se alejaba, se encontró pensando en Nápoles. En su Nápoles de tantos años atrás, que de ciudad olvidada se había convertido en el centro del mundo. La Nápoles de los ochenta, que no era profesional y triunfadora como Milán, pero les importaba un carajo porque ellos tenían a Maradona. Recordaba todavía su llegada, los cánticos en un San Paolo abarrotado y entusiasta, los desfiles de coches pintados de azul, las figuritas del belén a imagen y semejanza de Diego. La primera liga, el *scudetto.* La apoteosis y la locura en las calles. El buen ambiente que enloquecía los locales, la absurda convicción de que podían tenerlo todo y enseguida, que finalmente después de tantos años había llegado su momento. Aquel fue el comienzo. El comienzo del periodo más frenético y sobrecogedor de su ciudad y de su vida. Su vida que había empezado demasiado pronto.

A los trece años estaba en las azoteas. Hacía de vigía para los negocios del clan: quién entraba o salía del barrio, guardias, soplones, enemigos. Un grito desde las azoteas y luego otro y otro, el aviso pasaba de boca en boca, sin necesidad de móviles ni otras gilipolleces, el que tenía que escapar, escapaba, el que tenía que esconderse, se escondía y los maderos se iban a tomar por culo de vacío. Cuando no estaba en lo alto de los cielos controlando las entradas, se ocupaba de suministrar a los traficantes. Iba volando con la moto trucada, se detenía el tiempo suficiente para entregar el cargamento y volvía a marcharse, cocaína, hachís, heroína, a veces una pistola. Lo que le daban lo entregaba preciso, silencioso y puntual. Se aprovechaba de que todavía no había cumplido los catorce y, si lo cogían, no podían hacerle nada. Un chollo. Moto, dinero en el bolsillo e impunidad. Pero luego había crecido y una vez más había demostrado su valía. A los quince años ya sabía ser un hombre. Le habían hecho jefe de un grupo, poca cosa, todos entre los catorce y los diecisiete años, lo que los telediarios habrían llamado una *baby gang*, aunque él, si alguien le llamaba *baby*, como mínimo le metía un tiro en la cara. Su cometido era sencillo, hacer la ronda por las tiendas del barrio y cobrar; por las buenas o por las malas, pero siempre cobrar. Los maderos lo llamaban «extorsión», ellos lo llamaban «protección». La contribución necesaria para la tranquilidad del barrio, un pequeño impuesto en pro de la serenidad. Si tenías un comercio y no pagabas la luz o el agua, te los cortaban; si no pagabas los impuestos, el Estado te mandaba a sus cobradores; si no pagabas la protección, el clan te mandaba a Michele.

Simple.

Alguien al principio había sonreído al ver a un chiquillo alto y delgado, casi esquelético, presentándose a cobrar de parte de la familia. Pero Michele supo ser preciso y puntual también en su nuevo trabajo. Hizo comprender con voz firme y mirada dura que él no estaba allí para sí mismo sino en representación de otro, y que faltarle al respeto a él significaba faltarle al respeto a toda la organización.

Por lo general no había problemas, las sonrisas de los incrédulos se congelaban de golpe cuando comprendían que aquel muchachito imberbe estaba dispuesto a matarlos si faltaban aunque solo fuera diez mil liras. Era una cuestión de principios. Pero a veces alguno no se enteraba y seguía sonriéndole, lo que no era buena cosa. Alguien intentó reírse en su cara y lo echó a la calle de su tienda de ultramarinos. Michele no se inmutó, mantuvo la calma y se fue prometiendo que volvería a por él. Y eso hizo...

Era un viejo de sesenta y tantos años, con la cabeza pelada y dificultad para respirar, un tipo que de joven había estado en la guerra de África y quizá por eso se creía más fuerte y más en forma que él. Los hermanos Surace lo sujetaron por los brazos mientras Michele lo golpeaba. Entretanto, Peppe el Cardenal, que entonces era solo Peppe y tenía miedo hasta de su sombra, se reía de él y rompía todo lo que se podía romper en una tienda, cristales, muebles, botellas, todo. Los otros se quedaron fuera para estar seguros de que nadie los molestara, pero era una precaución innecesaria. La gente había comprendido lo que estaba sucediendo y no tenía la más mínima intención de meterse por medio. Se alejaban raudos como hormiguitas aterrorizadas.

Michele en cambio se lo tomó con calma, era muy escrupuloso, le gustaba hacer las cosas bien. Con el viejo se aplicó a fondo. Le golpeó en el estómago y en los riñones para cortar respiración y quejas, pero era un cretino y siguió hablando, insultando, y sobre todo riéndose. Riéndose de él. Lo que de ninguna manera podía aceptar. Así que le obligó a parar. Cogió un bote de conservas de uno de los estantes. Lo sopesó con las manos, era pesado, de hierro y con el borde afilado. Perfecto. Los hermanos Surace habían comprendido y lo estaban disfrutando, tumbaron al viejo sobre una caja y le echaron atrás la cabeza. También el anciano había comprendido, porque de pronto había dejado de reír. Michele le golpeó de arriba hacia abajo con el borde reforzado de la lata de tomate triturado. Oyó de inmediato el ruido de los dientes al romperse, un crujido doloroso mezclado con los gritos del hombre. Este intentaba volver la cabeza, cerrar la boca. Peor para él. Además de los dientes le partiría la mandíbula, le arrancaría la piel del rostro. Y eso hizo. Golpe tras golpe. Hasta excavarle una caverna en la cara, hasta hacerle escupir los dientes en el suelo del local. El viejo se desmayó y lo dejaron allí, para que todos lo vieran. Cada uno de ellos cogió un diente como recuerdo de la hazaña. Peppino meó en una esquina de la tienda y se marcharon satisfechos, conscientes de haber hecho un buen trabajo. Desde aquella vez no tuvieron más problemas a la hora de recaudar la protección a los comerciantes.

El Michele adulto estaba llegando a los alrededores de Florencia. Apretó los puños sobre el volante del coche roto. Vio sus manos marcadas y despellejadas. Llevaba dos días pegando a la gente, primero a los dos estúpidos *guaglioni* y luego al bobo de Sabatino, y ahora las sentía entumecidas. Le parecía haber vuelto a su juventud.

Quería dejar de recordar y concentrarse solo en la carretera, pero ahora la cabeza iba a su aire. Una bola de *pinball* corriendo enloquecida entre luces y sonidos, presente y pasado. De nuevo un resplandor, un destello de su vida. Y otro más, y otro. Cada vez más rápido, cada vez más deprisa...

Recordaba perfectamente la primera vez que había matado. Tenía diecisiete años, el año del *scudetto* del Nápoles. Fue en aquella ocasión cuando se ganó el apodo de Impasible. No fue en un robo, ni en un tiroteo..., *fue un asunto de justicia.*

Había un muchachito. Un camello de poca monta. Un *guaglione* de mierda. Se había metido a traficante por su cuenta, había sisado en los negocios del clan..., *quién se creía que era.* Le habían echado el guante en un bar mientras todo el mundo fingía no ver nada y lo habían llevado a un depósito fuera de la ciudad, uno de esos donde se descargan los residuos químicos. Una peste que ni te cuento. Le habían hecho arrodillarse entre los bidones tirados y roñosos. Lloraba como un cabritillo, le goteaba la nariz y pedía piedad. Pero, sinceramente, a Michele le importaban una mierda sus excusas. Le habían encargado un trabajo y tenía que despachar el asunto porque por la noche tenía otros compromisos. Los demás estaban indecisos y se miraban unos a otros.

También para los demás era la primera vez y allí estaban perdiendo el tiempo, y el tipo empezaba a confiar en volver a casa vivo. Michele se hartó, sacó la pistola de la parte de atrás del pantalón y le disparó un tiro en la cara. Un estruendo ensordecedor llenó las paredes del depósito. El cuerpo cayó sobre la basura. Lo dejaron allí, nadie tenía ganas de cavar una fosa. Esa noche se sintió eufórico, lo celebró con dos rayas de coca y una medio puta de Mergellina. Medio porque no lo hacía por dinero sino por que la vieran con él. El nuevo pequeño *boss.* Alguien que merecía respeto. Y solo por eso creía ella que también merecería respeto. *Ah, mujeres.*

A partir de entonces las cosas le fueron cada vez mejor. Cada vez más deprisa. Había traficado y robado. Golpeado y desfigurado. Una etapa tras otra, con feliz diligencia y las ganas de convertirse en adultos, importantes, poderosos. Siempre con dinero en el bolsillo. Un coche como es debido. Todo sucedía a lo grande y él se sentía en el centro del barrio, de su mundo. En el *nightclub* en una noche se dejaba el sueldo de un obrero. Cambiaba de coche, mujer y pistola cada vez que le apetecía. Solo la coca era siempre la misma. Una larga raya blanca que todos los días le llevaba a lo más alto. La consumía y la traficaba. La aspiraba y la vendía. La comía y la amaba. De las pequeñas dosis de camello a los viajes como traficante, de las cápsulas transportadas por cualquier mula desesperada a los paquetes de un kilo, hasta el salto cualitativo..., el gran paso que le cambiaría la vida.

El cargamento de Sudamérica.

El principio del fin.

Michele ya había tenido suficiente del pasado. Necesitaba respirar. Profundamente, cada vez más, llenarse los pulmones hasta estallar. En aquel coche tenía la sensación de asfixiarse, hundirse, ahogarse. Le faltaba el aire y el habitáculo se le hacía cada vez más pequeño, minúsculo, opresivo. Sentía que la mente se le nublaba, entre cansancio y tensión, y era un lujo que no podía permitirse, tenía que mantenerse lúcido. Hasta el final.

Se detuvo otra vez en un autoservicio para tomar otro café, comprar cigarrillos y aspirar una bocanada de oxígeno. Había caído la noche y los faros de los coches eran luces que desaparecían en la oscuridad de la autopista dejando detrás su débil estela de destellos rojos que se apagaban. Se sorprendió mirando el ir y venir de los vehículos, aturdido e inmóvil como un niño. Aquellas luces que no conocía eran en parte como las luces de las casas que veía desde la cárcel: otras vidas, otras historias, otros mundos. Extraños que vivían una vida diferente a la suya, lejana e incomprensible. Una vida que nunca le había pertenecido.

Terminó el primer cigarrillo con tres largas caladas, lo tiró al suelo, allí en el aparcamiento de la estación de servicio, entre camioneros rumanos de cara cansada y desconocidos de viaje que siquiera se dignaban a mirarle. Ser anónimo era una nueva sensación que no le desagradaba en absoluto. Sintió que se iba calmando, que salía del largo pozo negro en el que había caído. Se encendió otro cigarrillo, para no perderse nada. Se miró las manos tras la segunda calada. Todavía las tenía hinchadas y marcadas, temblaban ligeramente, pero era cosa de nada. Por un momento pensó en todo lo que aquellas manos habían hecho. En todo lo que él había hecho. Y en que aún no había terminado.

Le volvió a la mente la historia de Lady Macbeth, que enloqueció tras matar a su marido y seguía viendo sus manos manchadas de sangre. Pinochet adoraba a Shakespeare y le había contado la historia paso a paso.

Volvió a la carretera. Los faros de su coche se mezclaron con otros miles. En la cabeza las palabras y la voz de su viejo compañero de celda.

—*Miche'*, ¿has visto mi libro de Shakespeare?

—¿Que si he visto qué?

—El libro, *Miche'*, con la tapa negra.

—¿El que está escrito raro?

—No está escrito «raro», es un texto de teatro. Una tragedia, de las más grandes que se han concebido nunca.

—Nosotros ya estamos en el talego, ¿tenemos que andarnos con más tragedias?

Don Ciro sonrió.

—Pues no dejas de tener razón, *guaglio'*. En cualquier caso, ¿dónde está?

Michele estaba tumbado en el catre mirando el techo.

—Lo he puesto en su taquilla, antes he estado ordenando un poco el cuarto.

—Mira el *guaglione*, sigue sin leer, pero se nos está volviendo más pulcro —dijo Don Ciro cogiendo el libro de la taquilla.

No había tenido tiempo de sumergirse en las páginas de la tragedia cuando se le presentó la suya propia.

El cabo de la sección se asomó a los barrotes de la reja.

—Squillante, levántate, que tienes una llamada.

Don Ciro lo miró sorprendido.

—Jefe, yo hablé con mi casa ayer, la próxima vez es dentro de una semana, y no he hecho ninguna solicitud.

—Squillante, no eres tú el que llama. Te llaman a ti.

Michele se sentó de golpe en el catre, mientras Don Ciro se levantaba lentamente de la banqueta. Recibir una llamada en el talego es prácticamente imposible, es el interno quien llama tras recibir la autorización del juez instructor o del director, según su posición. De dos a cuatro veces al mes, no más de diez minutos, solo a los familiares, con número controlado y verificado, y solo tras solicitud refrendada por el director. Si Don Ciro recibía una llamada solo podía ser de su hijo mayor, que estaba recluido en otra cárcel en el norte de Italia, y también en este caso la llamada debía ser acordada entre las instituciones y comunicada con mucho tiempo de anticipación. Si llegaba una llamada telefónica de este modo podía ser solo por algo extraordinario y las cosas extraordinarias en la cárcel nunca son buenas.

El viejo camorrista se dirigió por el corredor de la sección hasta el teléfono colgado en la pared junto a la rotonda. Por primera vez Michele le vio desorientado, preocupado. Sacó un brazo a través de la reja de barrotes de la celda con un espejo en la mano para ver qué estaba sucediendo, pero no se veía nada, solo a Don Ciro de pie contra la pared con el auricular en la oreja. Se echó en el catre y encendió otro cigarrillo.

Don Ciro regresó exactamente diez minutos después. Rostro impasible, petrificado. Los hombros hundidos y arrastrando los pies. Parecía totalmente ausente. Su cabeza y él estaban en otro lugar, al otro lado de los barrotes y las rejas de la prisión.

—Don Ciro, ¿todo en orden? —preguntó Michele, pero no obtuvo respuesta. El guardia de la sección cerró la reja y el viejo se tumbó en la cama—. Don Ciro, ¿ha sucedido algo? ¿Está usted bien?

—Ahora no, *guaglio'*. Ahora no. Necesito descansar.

El viejo camorrista se cubrió con las mantas y volvió la cabeza hacia el muro de hormigón. Eran solo las seis, pero, si Don Ciro quería descansar, él no era nadie para impedírselo. El hombre no retiró la bandeja de la cena, se quedó allí en silencio, pero Michele sabía por su respiración que no estaba durmiendo. Solo estaba allí, inmóvil.

A la mañana siguiente Michele lo miró intrigado, pero Pinochet no dijo una palabra, se levantó como todos los días a las siete, desayunó, se afeitó esmerada, impecablemente, se quitó el viejo chándal del Nápoles que utilizaba por comodidad, buscó en su taquilla otra ropa y se vistió. De negro. Pantalones, jersey, zapatos y calcetines. Cuando fue la hora le preguntó al cabo de la sección si podía ir a la sala de socialización y luego al patio. Caminó entre los demás internos sin abrir la boca, muchos se volvieron a mirarlo, porque no era de mezclarse con la chusma, por lo común se mantenía aparte o en la celda leyendo. Esta vez caminó arriba y abajo para que todos lo vieran. Y lo mismo hizo los tres días siguientes.

A Michele no le dijo nada, se limitó a las frases de circunstancias a que la convivencia forzada obligaba, y él no preguntó. Sabía cuándo era momento de estar callado y esperar. Al cuarto día lo supo. La noticia fue transmitida, como siempre, por Radio Talego, una carta de un familiar a otro interno, que explotó como una bomba en toda la sección.

El hijo mayor de Don Ciro Squillante se había arrepentido.

El joven había colaborado con la justicia.

Muchos no dormirían aquella noche. Salvatore Squillante, el hijo de Don Ciro, era un *capo*, había regido los destinos de la familia cuando el padre estaba en la 41 bis, sabía muchas cosas, conocía a todos. Podía hacer mucho daño si hablaba. Estaba cumpliendo en una cárcel del norte, pero las condenas se le acumulaban una tras otra y cada vez veía más lejano el fin de la pena. Al final no había aguantado, y esto era un problema.

Don Ciro no hizo comentarios, ni un aspaviento, sostuvo las miradas perplejas y cabreadas de todos, pero no abrió la boca sobre la cuestión, el mensaje que había lanzado enseguida después de la noticia había sido claro y quien tenía que comprender había comprendido. Se había vestido de negro porque estaba de luto, porque para él su hijo había muerto. Y, si alguien le mataba, él no tendría nada que recriminarle, ni nada de que vengarse. Era su salvoconducto personal.

Los demás comentaban con un murmullo de admiración: *Don Ciro sabía ser hombre.* Pero los demás no eran más que unos pobres imbéciles que solo lograban comprender las cuatro paredes entre las que estaban encerrados. Michele estaba seguro de esto, porque era el único que conocía de verdad a Pinochet. Para él se había convertido en un padre y como tal lo trataba. No habían abordado directamente el tema, no había necesidad; sin embargo, Michele sabía que para Don Ciro la vida fuera, los negocios, la droga, la organización y toda esa retahíla eran cosa pasada. Una obsesión y una fiebre que lo habían quemado y consumido durante años, que tanto le habían dado y que le habían quitado mucho más, diezmando a la familia y matando el futuro. Pero allí, en aquella celda de cemento, día tras día, se habían alejado de él haciéndose borrosas, desenfocadas, inciertas. Había pasado el mono y no quería volver atrás, no quería volver otra vez a la sangre, los asesinatos, la droga, toda aquella mierda. Era viejo y de la vida ya no esperaba nada, se había equivocado y lo estaba pagando, porque así debía ser. No podía recriminar a los jueces y los policías vestidos de azul que lo tenían allí dentro, solo hacían su trabajo. Y si se había vestido de negro no era por Salvatore, siempre sería su hijo y como a tal lo quería. Había sido por Federico, el otro hijo, el menor, el que no se había involucrado en aquel mundo.

Don Ciro le había hablado de él tantas veces que a Michele le parecía conocerlo. Veintitrés años, un buen *guaglione*, iba a la universidad y pronto se licenciaría en arquitectura. El único de la familia que no estaba implicado en nada, el viejo *boss* le había mandado fuera a estudiar para alejarlo de los negocios del clan. Quería que él, al menos él, tuviese una vida normal, sin pistolas ni sangre, sin droga ni muertes. Que tuviera un trabajo, una familia, un futuro normal, hecho de pequeñas y grandes preocupaciones.

Michele había comprendido a Don Ciro. Había comprendido que, con aquel traje negro, con aquel silencioso salvoconducto, el viejo quería que todos los que formaban parte de su pasado se centraran en Salvatore, que estaría protegido por el Estado, que sería una sombra huidiza, difícil no solo de capturar sino también de seguir. Mientras que Federico en cambio se quedaría solo..., una presa fácil.

Pero no sucedió así.

Mataron a Federico tres meses después. En Bolonia, ante el portal de su apartamento de estudiante de intercambio. Le dispararon tres tiros por la espalda, una ejecución rápida y limpia, sin ensañamiento. Una última demostración de respeto hacia Don Ciro.

El viejo no dijo nada. No había nada que decir. La muerte de su hijo fue el comienzo del fin de Don Ciro Squillante, conocido como Pinochet. Michele lo vio apagarse, transformarse en una cáscara vacía en la que resonaban las voces de los demás, cada día más frágil. Impalpable. A punto de romperse en pedazos.

Michele sintió una leve nostalgia al pensar en el hombre que había cambiado para siempre su vida. Se pasó una mano por la cara mientras conducía en la oscuridad de la autopista. Un sabor amargo se le pegaba a la boca, estaba cansado y necesitaba un enésimo café. Decidió pararse en la siguiente estación de servicio, la última. Su viaje casi había terminado.

Menos de una hora y abandonaría aquella mierda de coche en una carretera secundaria.

Menos de una hora y empezaría una nueva etapa.

Menos de una hora y habría llegado a Milán.

Entonces de golpe todo se vuelve sencillo, fantástico, sin dudas, todo lo que era tan complicado un momento antes... Todo se transforma y el mundo, peligrosamente hostil, de golpe comienza a rodar a tus pies como una pelota socarrona, dócil, aterciopelada. Y entonces quizá en ese mismo instante la pierdes, la costumbre agotadora de fantasear sobre aquellos que lo han conseguido, sobre los destinos felices, en vista de que todo ello se puede tocar con la mano. La vida, para quien no tiene medios, es solo una larga negativa en un largo delirio, y uno, en cuanto lo aprende de verdad, se libera solo de lo que posee. Y ya en mi caso, a fuerza de coger o dejar sueños, tenía la conciencia a merced de las corrientes de aire, toda escoriación y resquebrajamiento, arruinada hasta producir espanto.

Viaje al fin de la noche
Louis-Ferdinand Céline

3

Uno se libera solo de lo que posee

Jueves, 21 de enero de 2016,
Santa Inés, virgen y mártir

1

La Beretta calibre 9 es un arma perfecta. Potente, precisa, indestructible. Su fuerza es su aparente sencillez, una masa de aleación de acero de poco menos de un kilo, con funcionamiento semiautomático de corto retroceso y cierre geométrico de bloqueo oscilante. Capaz de lanzar un proyectil a más de un kilómetro, con una velocidad inicial de 380 metros por segundo y una fuerza de penetración sin igual. Un cañón de acero níquel-cromo, pulida en el exterior y cromada en el interior, con seis muescas helicoidales de paso constante que imprimen rotación y potencia al proyectil. La recámara o cargador es bifilar, ahusado en lo alto con presentación unifilar, y puede contener quince cartuchos de calibre 9 milímetros Parabellum.

El hombre dejó la pistola sobre la mesa frente a él. La observó admirado. Siempre le había fascinado. Pero no como arma en sí, nunca había sido un gran aficionado a ellas, sino como objeto mecánico, ejemplo de engranaje perfecto, de organismo y estructura inmejorablemente calibrados y orientados a un fin, un poco como algunos relojes de mesa del siglo XVIII. Miles de minúsculos componentes que se mueven simultáneamente y coordinados solo para ejecutar una acción de modo impecable.

Quince cartuchos de calibre 9 milímetros Parabellum.

Y con la bala en la recámara son dieciséis.

Reflexionó sobre el hecho de que quizá no fueran suficientes. Una consideración lúcida y operativa, como la de un ama de casa que ante un número determinado de invitados para cenar tiene que preparar y dosificar bien los ingredientes antes de empezar a cocinar. Un kilo de esto, un puñado de aquello, sal al gusto.

Negó con la cabeza y decidió llenar otro cargador. Se sentó a la mesa y comenzó a meter los cartuchos, uno tras otro, con movimientos fáciles y expertos, una ligera presión del pulgar y otro más y otro y otro.

En todo momento con absoluta calma.

2

Michele tenía la espalda hecha pedazos. Un dolor sordo que partía de abajo y subía hasta el cuello, como si un peso lo aplastara contra el suelo, como si para él la fuerza de gravedad pesase el doble. Había dormido en el coche, el asiento reclinado y el freno de mano entre los huevos, despertándose cada diez minutos. Parecía increíble, pero había echado de menos el catre de la cárcel y esta vez ni siquiera había tenido las manchas en el techo de la celda para mirar, solo el techo desconchado de la mierda de coche de Pepè. En cuanto había empezado a amanecer lo había abandonado en la zona de un vertedero, entre preservativos usados, pañuelos de papel, botellas rotas y pilas de neumáticos. Le había llevado media hora arrancar la matrícula, deshinchar las ruedas y romper un par de ventanillas, pero el resultado había sido satisfactorio. Ahora solo parecía una vieja chatarra abandonada hacía no se sabía el tiempo, nadie se hubiera dignado a echarle una mirada. En cuanto a las parejas que se ocultaban por allí..., bueno, tenían otras cosas en mente, así que pasarían totalmente de un coche viejo y roto.

Cierto, ahora era un hombre libre, podía moverse a su antojo y hacer lo que quisiera, y, mira por dónde, había pagado su deuda con la justicia, pero en cualquier caso no quería problemas y mucho menos que alguien le identificara: ni policía, ni viejos amigos ni el Destripamuertos ese, necesitaba su tiempo y tenía que ser prudente.

Había saldado su deuda con la justicia. Era la frase que le había dicho hacía solo unas semanas el agilipollado del psicólogo y a Michele le faltó poco para ceder al impulso de emprenderla a golpes con él. Como si algunas cosas se pudieran lavar con una esponja, como si hubiese un interruptor detrás de la cabeza que te apaga los recuerdos, borra los remordimientos y apacigua la rabia. Esas son cosas que no se van, las llevas contigo siempre, se meten bajo la piel, dentro de la carne; puedes fingir que no te das cuenta o convencerte de que no están, pero, si eres honrado contigo mismo, si te detienes un instante a reflexionar, comprendes que están ahí para siempre, inmóviles e inmutables, silenciosas y presentes. ¿Y entonces qué haces? ¿Te escapas y finges que todo está bien? ¿O renuncias, las aceptas y las abrazas hasta el final, hasta el último recuerdo, hasta el último remordimiento, hasta la última gota de rabia y de sangre?

Michele había decidido no apagar el interruptor de su cabeza, había decidido recordarlo todo, ya fuera bonito o feo, y había decidido saldar las cuentas que tenía pendientes; para él no habría esponja alguna.

Había cogido del coche las bolsas de lona de presidiario: la de la ropa y la cadena del padre Pío la había tirado a un contenedor en el arcén de la carretera, la del dinero la había doblado y la llevaba apretada bajo el brazo. Después de caminar más de un kilómetro tiró las llaves del coche por una alcantarilla y se alejó mientras el día empezaba a clarear.

De Milán conocía poco o nada. Había estado un par de veces de *guaglione* por asuntos de negocios y como preso había conocido las prisiones de San Vittore y Opera, breves estancias, después le habían vuelto a enchironar. Pero alguna cosa sí que recordaba aún, quizá porque ahora se encontraba justo en la zona de la cárcel de Opera y reconocía las calles que había visto desde el furgón de la policía penitenciaria mientras lo conducían de un lado a otro de la ciudad, a hospitales o las instituciones que fueran.

Recorriéndola a pie sin prisas llegó a las torres del Vigentino, donde está la cabecera de la línea 24 del tranvía. En el andén de cemento un inmigrante pakistaní vendía su mercancía compuesta por fulares, encendedores, fundas de móvil y chorradas varias. Michele le preguntó las indicaciones que necesitaba, perfectamente consciente de que el hombre nunca iba a hablar con la policía; el mantero fue amable y rápido dándole las respuestas y no intentó venderle ninguna de sus baratijas, porque había comprendido con una sola mirada que el tipo que tenía enfrente, rapado al cero, con la cara marcada por unas ojeras oscuras y un fuerte olor a sudor rancio, no formaba parte de la habitual clientela de pasajeros que acudían al trabajo ni de los estudiantes de secundaria y tenía unos ojos furiosos y profundos que lo miraban de frente taladrándole por dentro.

El pakistaní enseguida se sintió incómodo, una indefinida sensación de inquietud, y habló rápido y fluido. Solo quería que aquel tío se marchara. Michele no le dio las gracias, cogió del puesto un encendedor y se largó por vía Ripamonti.

Era todavía temprano y lo que necesitaba era pasear. Se detuvo en un bar a tomar un café que daba asco y un cruasán que parecía de cartón. Siguió hacia la zona de Corvetto, cruzó el paso elevado y las circunvalaciones, tiendas de árabes abiertas 24 horas y edificios populares sobre los que crecían como hongos antenas parabólicas, *phone centers* y *transfer money centers* para comunicarse y enviar dinero a los rincones más recónditos del mundo y luego pizzerías y kebabs con rostros de Oriente Próximo tras los mostradores, salas de masaje con señoritas chinas dispuestas a todo, salones de apuestas y bares con el último borracho de la noche pasada o quién sabe si el primero del día. Solo faltaban las putas rumanas, pero esas ya se habían retirado y a aquellas horas dormían, tres juntas en un estudio mugriento, con altillo y retrete, para usar por turnos, todo para optimizar la inversión, como si se tratara de cubrir vacas en un establo industrial. Siempre estaban silenciosas y atemorizadas, pero eran sobre todo y obligatoriamente puntuales entregando el dinero al habitual chulo albanés, que luego pagaba el porcentaje a la familia que controlaba la zona, ya fuesen calabreses o de Campania. Una cadena de mando y de intereses en la que las chicas eran el último e insignificante eslabón; por una que desaparecía, moría o escapaba llegaban otras diez de cualquier rincón perdido de África o del Este de Europa. Carne fresca en las calles, jamás faltaba.

Michele llegó a la dirección que buscaba. Era un portal anónimo, con puerta de marco de metal y cristales esmerilados blindados, pero alguno lo había intentado igualmente y el panel de abajo era una telaraña de grietas. Se percibía un vago olor a meados y cerveza, regalito de alguna juerga nocturna, y justo al lado un tío indio barría la acera tratando de limpiar la entrada de su local de trozos de botellas rotas.

Michele buscó a su hombre en la doble hilera de timbres; más de la mitad eran nombres que él no podía leer, muchos directamente en árabe, pero hacia el final de la segunda fila encontró el que buscaba: De Marco, Umberto, abogado.

Llamó al timbre y no obtuvo respuesta. Miró el reloj, eran solo las ocho y media pero no tenía la menor intención de esperar, así que volvió a apretar el telefonillo manteniendo pulsado el botón hasta que lo oyó graznar.

—El abogado no está en el despacho. Pásese más tarde. —Era una voz pastosa y catarrosa. Diferente de la de muchos años antes, pero aun así Michele le había reconocido.

—*Umberti'*, soy Michele Impasible.

Se oyó al otro lado un silencio prolongado, el tiempo necesario para que le volvieran a la mente los fantasmas de las Navidades pasadas. Michele esperó en mitad de la calle mientras el tío indio, escoba en mano, le lanzaba miradas cargadas de aprensión. Pasados unos segundos se oyó por fin abrirse el portero automático. El indio volvió rápido a ocuparse de lo suyo recogiendo los últimos trozos mientras él entraba en el vestíbulo del edificio. La peste continuaba también dentro o quizá era de allí de donde venía, mezclada con olor a especias y a cocina exótica. Como en la mejor y más común tradición de los sitios miserables, el ascensor estaba roto, así que Michele subió por las escaleras hasta el tercer piso.

La puerta estaba entreabierta y una placa de latón sin brillo y arañada indicaba, con grafía historiada y pretenciosa, que aquel era el despacho del abogado De Marco. Michele leyó el nombre grabado enfocando su reflejo distorsionado, sonrió de medio lado y entró. Los olores le asaltaron como una marejada llenándole las fosas nasales: a moho, sudor, cerrado y sobre todo los efluvios dulzones del incienso mezclado con el humo y la peste a quemado, un aroma intenso y penetrante de los que se te meten dentro como la miel echada a perder.

—*Umbe'*, soy yo. ¿Dónde estás?

No obtuvo respuesta, así que siguió el melifluo aroma que llenaba el corredor. Miró a su alrededor y comprendió de pronto que aquel local servía de despacho y de casa para el abogado: caos por todas partes, pilas de libros amontonados en el suelo, revistas en todos los rincones, zapatos, paraguas, viejos chaquetones en un perchero aún más viejo, una impresora estropeada y un PC lleno de polvo amontonados a la buena de Dios. Pasó la puerta de la cocina, donde vio un fregadero hasta arriba de platos, cazuelas sucias y un montón de botellas vacías. Al final del pasillo una última puerta abierta de donde salía la luz natural y el aroma a incienso.

Michele entró con paso decidido, la voz alterada por los nervios y el cansancio.

—*Umbe'*, te digo que soy yo, Michele Impasible.

El abogado estaba sentado detrás de un escritorio de falsa madera maciza tratando de darse pisto con un legajo procesal y un código abierto, fingiendo estar ocupado en quién sabe qué elucubraciones jurídicas, pero era una representación del todo inútil: con el pelo despeinado, la barba crecida, la cara pálida y la ropa arrugada de quien ha dormido con ella, no parecía ni más ni menos que lo que era. Un yonqui. De la peor especie, de los que se colocan con cualquier cosa que tengan a tiro, se van destruyendo poco a poco, día tras día, pasando de una droga a otra como el que bebe agua.

Michele le había conocido muchos años atrás, cuando era uno de los abogados de éxito de las familias de Campania, uno de esos que te pedían millones de liras solo por escucharte, hasta que su dinero se hizo tan excesivo como sus vicios. A Umberto le gustaba la buena vida y había empezado a esnifar coca como si fuese un aspirador. No es que fuese una novedad en el ambiente de los tribunales, pero mientras muchos otros lograban más o menos contenerse, lo controlaban, el abogado De Marco desconocía lo que era la moderación. Pasado un tiempo empezó a cobrar directamente en coca, a las familias no les disgustaba tampoco porque en el fondo así les salía más barato, y él podía vivir a lo grande. Trabajaba como un loco, hasta veinte horas al día, no paraba de coger clientes, cada vez más dinero y cada vez más coca. Esnifaba de la mañana a la noche, entre causa y causa, en los lavabos del tribunal, en el despacho ante los clientes de confianza, poco le faltó para hacerlo en la audiencia y delante del juez. Siempre estaba eufórico, acelerado, hiperactivo, al final se quebró su equilibrio hecho de coca y trabajo y se quedó colgado, a pesar de lo cual siguió teniendo su grupo de clientes afectos, viejos y nuevos *bosses* que lo toleraban, porque cuando estaba lúcido era un verdadero genio del Derecho, lograba revocar sentencias ya dictadas gracias a interpretaciones imprevisibles, encontraba pretextos y sutilezas donde nadie era capaz de verlos... Pero las cosas cambiaron cuando de la coca pasó a la heroína. Los clientes que se habían mostrado benevolentes con el pequeño vicio del profesional empezaron a darle la espalda porque se presentaba colgado y los juicios empezaron a ir de puta pena. Perdió clamorosamente la causa errónea y a un *boss* le cayeron veinte años en lugar de la absolución que tenía garantizada; por su parte, De Marco recibió dos tiros que no le alcanzaron intencionadamente, pero que le hicieron comprender que de la especialidad legal le habían retirado para siempre. El importante despacho en el centro de la ciudad para el que trabajaba le puso en la calle: los colegas podían tolerar que se drogara, pero no que hiciese perder ganancias de muchos ceros. Y así comenzó su descenso imparable, escalón tras escalón; clientes peores, barrios peores, drogas peores, una espiral sin fondo. Su existencia parecía haberse convertido en la descarga de un retrete. Y de la vida de solo unos años antes no quedó ni rastro.

Michele y él se habían conocido en el período dorado de coches lujosos y mujeres con las tetas de silicona. El abogado bajaba a Nápoles con regularidad para atender a sus mejores clientes e informarlos sobre sus inversiones inmobiliarias en el norte. Y así se habían hecho amigos, o al menos algo similar. El abogado le había salvado el culo en alguna causa menor, poca cosa, un par de tíos marcados con la hoja de un cuchillo porque se habían hecho los graciosos con la hija de un *boss,* y él se lo había agradecido con medio hectogramo de colombiana pura, pero De Marco en vez de ponérsela él solo le había invitado a una de sus fiestas privadas, ofreciéndosela en bandeja de plata, en el sentido literal de la palabra, y así había surgido cierto *feeling.* Pero después, la heroína de uno y el talego del otro los habían alejado inexorablemente.

Michele había tenido noticias suyas en la cárcel, seguía siendo un nombre conocido, y seguía representando a un par de traficantes de medio pelo que habían sido lo suficientemente amables como para suministrarle, en el momento oportuno, su nueva dirección a cambio de un par de paquetes de cigarrillos.

Michele lo examinó de arriba abajo y le mintió piadosamente:

—*Umbe',* te encuentro bien.

El abogado esbozó una mueca que quería ser una sonrisa, sabía que era una patraña, pero creerle por unos momentos no le iba a hacer daño. Y le pagó con la misma moneda:

—Yo también te veo bien, Michele. Estás más delgado, pero sigues en buena forma. —Luego se levantó de la silla, se dio un rápido estirón a la ropa arrugada y tendió una mano temblorosa a su viejo cliente y amigo. Michele fingió no notar el temblor, se la estrechó con fuerza y la encontró fría y blanda, como un pez muerto.

—Siéntate. No me esperaba verte, en realidad para ser sincero ni siquiera sabía que estabas fuera.

—Los días.

El abogado asintió.

—Y dime, ¿a qué debo el placer de tu visita?

—Tienes que echarme una mano. Debo alejarme algún tiempo. Desaparecer.

—Perdona, no comprendo. Si estás libre, ¿cuál es el problema? Coges y te vas.

Michele le calibró con la mirada, evaluando si podía fiarse de él o si le estaba tomando el pelo. Milán en efecto estaba lo suficientemente lejos como para que los rumores no hubieran llegado aún, pero el abogado seguramente seguía conservando algunos conocidos en el viejo ambiente. En cualquier caso, no podía hacerse el delicado, necesitaba su ayuda. Suspiró y habló:

—No es de la policía de quien me quiero alejar, al menos por el momento, sino de unos viejos amigos que me están buscando.

El abogado seguía mirándolo con aire interrogativo y entonces Michele le contó lo de las siete lápidas del cementerio de San Giuliano Campano, que dos tumbas ya estaban ocupadas y que otra le estaba amablemente reservada. Le contó también la pequeña desavenencia que había tenido con los dos capullitos enviados por Peppe el Cardenal.

El otro lo escuchó jugueteando con un abrecartas de plástico.

—¿Y quién quiere regalarte un bonito sitio en el camposanto?

—No lo sé —zanjó.

—¿Y cómo es posible que no lo sepas? Alguna idea tendrás. ¿No puede haber sido directamente Peppe el Cardenal, que quiere hacer limpia de los viejos amigos?

Michele negó con la cabeza.

—Peppe no sabe nada de estas cosas, es un chulo de mierda que solo se mete con quien se puede meter, con los demás no tiene cojones. Además... El Destripamuertos también ha pensado en él, una de las lápidas lleva su nombre.

Umberto abrió mucho los ojos, eso sí que era una noticia interesante.

—¿Pero de verdad estás seguro de que no tienes idea de quién puede ser...?

—¡Te he dicho que no lo sé! —Michele alzó la voz y el abogado comprendió que tenía que cambiar de tema. Lo conocía demasiado bien como para no saber que con aquel viejo presidiario no se podía bromear. Nunca.

Se miraron en silencio a ambos lados del escritorio. Michele tenía los ojos fijos en el abogado, decidido a dejar claro que, a pesar de los años pasados, a pesar del talego, a pesar de todo, él seguía siendo Michele Impasible y que ciertas cosas jamás cambian.

Era una prueba de fuerza desigual. El abogado bajó la mirada, plegándose a lo que no había sido una petición de ayuda sino una orden a la que nadie podía negarse. Siguió jugueteando con el abrecartas de plástico.

—¿Qué necesitas? —dijo en un susurro.

Michele asintió en señal de aprobación. El orden natural de las cosas había sido restablecido. Quién manda y quién obedece. Dos categorías bien específicas y distintas, que no guardan relación con nada, sexo, edad, dinero, color de la piel, es algo que viene de dentro, que lo llevas para toda la vida. Él mandaba y los demás tenían que obedecer. Empezando por aquel abogado de los cojones.

—Antes de todo necesito dormir. Estoy hecho un asco y tengo que dormir unas horas. Luego una ducha y ropa limpia, nada demasiado llamativo, nada que haga recordar quién soy. Chaqueta, camisa, pantalones, zapatos. Más o menos tenemos la misma talla, así que busca algo que me esté bien. Y luego necesito un móvil, uno sin GPS y al que se le pueda quitar la batería, la tarjeta tiene que estar limpia, sin usar, estoy seguro de que alguno de tus clientes trafica con ellas, así que te será fácil encontrarla. Pero sobre todo necesito documentos nuevos, carné de conducir, carné de identidad, tarjeta fiscal, tarjeta del gimnasio, del supermercado, en resumen, todo lo que puede llevar en la cartera cualquiera, mete también algún recibo viejo y una foto de los niños...

—Lo siento, pero no tengo ni idea de cómo voy a ayudarte en eso.

Michele no le prestó la menor atención. Se conocía el paño y no tenía ganas de jugar, se sentía cansado y empezaba a cabrearse.

—Mira bien que el carné de identidad sirva para el extranjero, y con la nueva identidad me reservas un vuelo a Valencia. Lo antes posible, que tengo prisa.

Su interlocutor esta vez parecía interesado.

—¿Que te vas a España? —No estaba claro si era una pregunta o una consideración.

—Sí, voy a ver a un amigo.

Al abogado no le gustó el tono de voz ni el sobreentendido que quedó en el aire, pero decidió comportarse como un profesional. Primera regla: no preguntar lo que no es necesario saber. Segunda regla, la misma que la primera: ocuparse solo de los propios asuntos.

Pero el dinero *siempre* era un asunto propio.

—*Miche'*, yo quizá, y digo quizá, podría echarte una mano en algunas cosas, pero en cualquier caso habrá costes. No digo para mí, para mis amistades —el abogado se puso solemnemente la mano en el pecho—, pero en cualquier caso hay gastos en metálico que en este momento no estoy en condiciones de pagar por adelantado. Ya sabes, ciertas inversiones derivadas que necesitan tiempo para volver a estar operativas.

Michele a duras penas contuvo la carcajada. La única inversión que aquel necesitaba era la de una jeringa nueva, en vez de la que usaba todos los días.

—Tranquilo, *Umbe'*. No necesitas pagar nada por adelantado. Yo ya he liberado algunas inversiones. —Y dicho esto Michele tiró sobre el escritorio la bolsa de lona medio vacía.

El abogado la abrió y vio el dinero de Pepè. Notó la peste que emanaba, pero no hizo ni una mueca. El dinero es el dinero, y *pecunia non olet* era su máxima latina preferida, en la que había basado su carrera de abogado. Estimando por lo bajo, calculó que debía de tratarse de al menos cinco mil euros.

—Y esto también. —Michele se rebuscó en los bolsillos de los viejos vaqueros e hizo rodar sobre la superficie de falsa caoba el diamante que había arrancado de la boca del camorrista.

El abogado de renombre notó que tenía sangre incrustada, pero acordándose de sus dos reglas favoritas no hizo preguntas.

Debía de estar en torno al medio quilate, lo que significaba otros dos mil euros, si no más. Permaneció en silencio y Michele aprovechó para subir la apuesta:

—Y si los documentos están bien hechos, a mi regreso de España te traigo un regalito. Uno de esos que te gustan tanto.

La promesa de droga buena y el dinero dejado sobre el escritorio ya habían despejado, si es que las había habido, cualquier duda o incertidumbre del abogado, que, no obstante, parecía querer preservar cierta imagen y tratar de reavivar un poco su trasnochado orgullo.

—Michele, sinceramente, necesito pensarlo.

Al viejo camorrista no le cabía duda de que todo era un cuento, pero, en vez de recordarle que no tenía la posibilidad de decir que no, quiso seguirle el juego buscando dentro de sí una brizna de afecto por los viejos tiempos y por lo que Umberto había sido antes de que la droga se lo comiese vivo.

—Pues claro. Piénsalo si quieres, solo que me corre prisa. Y necesito la respuesta ahora.

De Marco cada vez estaba más pálido y su rostro estaba perlado de un velo de sudor frío, el temblor de las manos iba en aumento. Ya no podía contenerse, abrió de golpe uno de los cajones del escritorio sacando fuera un envoltorio de papel de plata y un encendedor.

—*Miche'*, me permites, ¿verdad?

—Faltaría más. Estamos en tu casa.

El abogado abrió el papel de aluminio con irreprimible frenesí, sin poder contener una sonrisa. Era ya tarde y estaba hecho un asco, no podía esperar. Extrajo del envoltorio dos bolitas de color gris amarronado y las apoyó en el escritorio, otra tercera la dejó en el papel. Estiró bien el papel de aluminio, sacó del cajón media pajita requemada y se la metió en la boca, alzó el papel colocándolo sobre la llama del encendedor. La pajita oscilaba lenta entre los labios, la bolita crepitaba y él esperó la primera voluta de humo.

Michele era de la vieja escuela, de los que solo se metieron cocaína cuando aquello era cosa de unos pocos; ahora que hasta el que se dedicaba a desatascar váteres se ponía hasta arriba para él todo carecía de sentido. Nunca había probado otras drogas, pero enseguida comprendió lo que se estaba metiendo el abogado. Los yonquis viven para la droga, la quieren, la desean, la sueñan, todo su mundo gira en torno a ella y, cuando no la tienen, solo saben hablar de ella: la que es buena, la que es mala, dónde se puede comprar, cómo te la tienes que poner, a cuánto la tienes que pagar.

El abogado se ponía de *kobret,* hecho de descartes de la elaboración de heroína. Económico y devastador. En Scampia circulaba que era una delicia. Sin jeringas ni agujeros, se fuma y ya está, pero te destroza el cerebro como un chute de heroína. Los *guaglioni* empiezan así, pensando que es un poco más fuerte que un canuto, y en nada los ves picándose en cualquier cuchitril. Lo llaman *kobret* porque la primera voluta de humo pestilente sube y se enrosca en espiral como una serpiente.

Michele sintió el aroma dulzón del humo y comprendió por qué la estancia apestaba a incienso quemado. Lo utilizaba para disimular el olor, aunque con escasos resultados.

El viejo camorrista se levantó mientras su amigo seguía aspirando, haciendo una lenta succión, similar a un ligero silbido, decidido a no perderse ni una inhalación de la dosis. Impasible se puso a curiosear apático por el despacho. Muebles de cuarta mano, una alfombra sucia y quemada (alguna bolita de *kobret* debía de haber acabado en el suelo), cortinas echadas y un sillón en una esquina con la toga vuelta del revés, la carpeta de cuero para los expedientes tirada por el suelo y, por último, la librería. Michele estaba mirando distraídamente los códigos y manuales de derecho penal cuando algo le llamó la atención: allí en medio, entre un tomo de procedimiento penal y una revista jurídica de hacía tres años, había un ejemplar amarillento de *Viaje al fin de la noche,* de Louis-Ferdinand Céline. Una copia de librero de viejo, con una esquina arrancada y carcomida y un largo pliegue en mitad de la portada, donde aparecía la triste visión de un hombre solitario bajo una farola. Lo cogió y fue haciendo pasar velozmente las páginas de la novela, siguiendo al protagonista en las trincheras de la guerra y en los territorios de África o las calles en cuesta de una joven América o los suburbios de una gris París, en un carrusel de emociones y de vida que lo empujaban a reírse de sí mismo. Recordó las sensaciones al leer aquel libro, al vivir la vida de Ferdinand Bardamu, hasta deslizarse en el cínico declive de la existencia, sombrío y desencantado, nihilista y oscuro, pero también cómico e irónico, desacralizador y sin pudor. Un viaje que conduce a la noche del hombre, su última y crepuscular sombra desvaneciéndose.

Aquellas páginas sumieron a Michele en un torbellino de emociones. La tensión, el cansancio, el dolor en las manos, el olor acre de su propio sudor, esa vaga e imperceptible sensación que le subía del estómago atenazándole la garganta, el deseo de no estar en ningún lugar. Por un momento sintió los ojos húmedos, cómo se dejaba llevar por la amargura, pero, sobre todo, cómo se abría una puerta de su pasado. Una puerta que debía permanecer cerrada, todavía cerrada, al menos hasta el último viaje al fin de *su* noche. Tuvo el deseo y el temor de desmayarse, caer, ahondar dentro de su alma, revolcarse por aquella alfombra mugrienta, gritar hasta morir, hasta que una oscuridad densa y uniforme le hubiese envuelto como una marea oscura que se lo llevara, que lo arrastrara más allá, hasta donde no hubiera nada más, donde perderse de sí mismo.

Michele sintió que se mareaba. La estancia se hizo confusa y oscura. El suelo osciló bajo sus pies. El libro voló de sus manos mientras él se aferraba con fuerza a uno de los estantes de la librería. Cerró los ojos apretando los párpados y buscando la oscuridad de su mente. Entre las ligeras oscilaciones de su cabeza se abrió paso una voz lejana.

—Michele. ¿Michele, estás bien? ¿Va todo bien?

Abrió de nuevo los ojos y se encontró pegado a la vieja librería del abogado, aferrado como un náufrago a una tabla. Se sentía una mosca sobre un cristal, a punto de ser cazada. Vio que le temblaban los dedos al soltar la estantería de madera falsa. Se volvió y asintió. El abogado estaba de pie tras el escritorio y se mostraba preocupado por él mientras sujetaba en la mano bien firme el sobre con el dinero. Lo veía tembloroso y ofuscado pero las palabras le llegaron claras y directas.

—Creo que conozco a quien puede echarnos una mano.

3

Michele se despertó en la cama del abogado.

Los ojos fijos en el techo. Manchas de moho y grietas en el revocado. Otra vez.

A duras penas contuvo una blasfemia. Empezaba a estar harto, tenía la impresión de haber cambiado solo de celda, pero de seguir en el talego. Había dormido casi seis horas y por primera vez desde hacía tres días no se sentía cansado en exceso. Se dio una ducha, por la peste de sudor que llevaba encima desde el talego, o quizá fuera solo peste a talego. Se puso la ropa que le había proporcionado Umberto, una americana, un par de vaqueros, camisa y zapatos demasiado grandes. No eran nuevos, pero sí estaban limpios, lo que ya era un gran avance. Abrió el armario de las medicinas y, como imaginaba, encontró de todo: psicofármacos y analgésicos como si hubieran llovido, pero también lo que buscaba, una maquinilla de usar y tirar.

Después de afeitarse se miró en el espejo. Un medio busto aceptable, no parecía un delincuente, como máximo un representante de aspiradoras o un testigo de Jehová. Anónimo y gris, hubiera pasado inadvertido para cualquiera a no ser por esos ojos hundidos y oscuros, un pozo negro a punto de chuparte el alma. Pero con eso no podía hacer nada. Por lo demás, mejor así.

Su viejo amigo se rio desde la puerta del baño.

—*Miche'*, no me pareces tú.

—Vete a la mierda.

Y la conversación terminó ahí.

Salieron al aire frío de la periferia milanesa. Había caído la noche y Michele se abrochó el viejo chaquetón que le había dado el abogado, se puso la capucha y encendió un cigarrillo.

—¿Dónde vamos?

—No te preocupes, está aquí al lado.

Mika era búlgaro, o al menos eso le había dicho Umberto. Se dedicaba a clonar cajeros y tarjetas de crédito, pero ocasionalmente preparaba también documentos falsos para los amigos que necesitaban cambiar de nombre o desaparecer un tiempo. El abogado ya había recurrido a él en el pasado, pero no quiso añadir más, y Michele decidió no preguntar, en el fondo le importaba un carajo, él solo quería ponerse en movimiento y seguir su camino.

—Sin duda —le explicó su cicerone mientras se movían rápidamente por las calles de la ciudad—, lo ideal habría sido recurrir a los chinos, son los especialistas en documentación falsa, permisos de estancia, carnés de conducir, carnés de identidad, hasta pasaportes, pero sucede que solo trabajan para sus conciudadanos y es imposible convencerlos de que hagan una excepción. Se pasan los documentos entre los jóvenes que entran clandestinamente en Italia y los viejos que mueren y son repatriados a China para ser enterrados allí, los modifican, los cambian, los arreglan, trabajan los fondos originales y eso hace sus falsificaciones absolutamente perfectas. Y así en el padrón resultan prácticamente inmortales, los permisos de residencia pasan de abuelos a nietos y así sucesivamente, y nunca jamás verás funerales chinos.

Michele iba fumando y aceleraba el paso, no tenía ganas de hablar, pero al abogado, al parecer, se le había soltado la lengua. Se dio cuenta de que estaba intranquilo y de que aquel era su modo de apaciguar los nervios. Su visita y el dinero dejado sobre el escritorio habían roto una rutina compuesta de sordidez y clientela de medio pelo, y ahora era presa de la euforia. Hablaba y gesticulaba sin descanso.

—Mientras dormías he hecho algunas llamadas. Con discreción, obviamente. Y Mika me ha confirmado que puede echarnos una mano. Le he pedido todo lo que me dijiste y no hay problema, solo que requerirá algo de tiempo.

—¿Cuánto?

—Un par de días, no más. Tiene que agenciarse no sé qué sello y necesita dos días y... otros mil euros —lo dijo mirándolo con el rabillo del ojo.

Michele asintió. No había problema. Podía esperar dos días y lo del dinero se lo imaginaba peor. Sabía que tenía que vérselas con pordioseros y todos los pordioseros eran ávidos.

Llegaron a un viejo portal, en un estado aún peor que el del abogado, lo que no era cosa fácil, pero Michele no se dejó engañar y enseguida descubrió la cámara de vigilancia arriba a la derecha. Discreta pero presente. Comprendió que lo habían grabado y que el búlgaro no debía de ser un holgazán. No le pareció mal. Siempre era mejor trabajar con profesionales. Se bajó más la capucha mientras entraban sin llamar. Los estaban esperando.

Descendieron a un sótano oscuro pero limpio. Pasaron una verja ilegal que le recordó a los puntos de trapicheo de Scampia. Se encontraron frente a otro portalón, esta vez nuevo y blindado. El abogado tocó el timbre y tras unos instantes se abrió automáticamente un mecanismo, discreto y silencioso.

Entraron.

La habitación estaba en penumbra. Era amplia y con el techo bajo, se encontraba por debajo del nivel de la calle, así que las luces de las farolas se filtraban por un ventanuco largo y estrecho a la altura de la acera. El resto de la iluminación lo constituían un par de lámparas y los monitores de los ordenadores, cuyos resplandores azul, rojo y verde daban a la estancia un aspecto surrealista de túnel de los horrores. Michele miró a su alrededor distinguiendo lo que debía de ser un plóter profesional, otros aparatos desconocidos y, en una esquina, un plató de fotografía con fondo neutro, trípodes, luces y paraguas blancos; en el lado opuesto, una puerta de metal con cerrojo y candado. Por su mente pasó rápida una observación de profesional: sin escapatoria.

—Ven, abogado.

La voz llegaba de detrás de una serie de monitores extraplanos, en fila de a tres, dispuestos en dos niveles, como los de un bróker. Una figura enorme se levantó del escritorio y fue hacia ellos. Hombros anchos, mandíbula cuadrada, pelo cortado a cepillo de un rubio pajizo, tez pálida y descolorida de quien no ve demasiado el sol. Pero lo que llamaba la atención del búlgaro eran sus ojos, de un azul celeste clarísimo, casi transparentes, e incluso en la penumbra de la habitación la diferencia con Michele era evidente. Los suyos eran oscuros, un pozo negro donde caer, los del eslavo eran acuosos, vacíos e inmóviles, de espejo. Ambos inquietantes.

Los dos se estrecharon la mano, mientras que el abogado continuaba hablando para romper el hielo.

—Mika, este es el amigo de quien te hablaba. Necesita que le echemos una mano para irse, y con cierta prisa, así que si puedes acelerar la cosa... Se lo he dicho y él también está de acuerdo en darte algo más, si le haces el trabajo para mañana. Todo con la discreción que ya sabes.

Impasible y el búlgaro no atendían a las palabras, sino que seguían mirándose, casi como queriendo cerciorarse de a quién tenían realmente delante. Y al parecer su diálogo mudo había tenido resultado porque ambos asintieron imperceptiblemente.

Michele se había asombrado de ver a un experto en ordenadores, un estafador informático, con la corpulencia de un luchador, pero su corte de pelo y su porte pronto le habían hecho comprender que se encontraba frente a un exmilitar. El tatuaje en el musculoso antebrazo le había esclarecido que se trataba de un soldado que había pasado un tiempo en el talego.

En la cárcel los tatuajes se hacen con maquinitas artesanales construidas ensamblando piezas de radio o lectores de CD, y después con baterías y cables, la caña de un bolígrafo, tinta azul y agujas de coser. El resultado es borroso e imperfecto, con grumos de sangre y tinta, pero perfectamente reconocible. El del búlgaro era una cruz rodeada de cadenas, de cuya base descendía una escalinata compuesta por tres escalones. El significado estaba claro: un año de cárcel por cada peldaño.

Michele hizo un ligero gesto de cabeza señalando el antebrazo.

—¿Dónde?

—Lecce.

—Duro.

—Bastante.

El abogado no estaba comprendiendo el sentido de la conversación, aunque tampoco le importaba.

—¿Qué necesitas? —El búlgaro hablaba un italiano perfecto con el habitual fuerte acento del Este.

—Un carné de conducir, uno de identidad válido para el extranjero y todo lo que puede llevar alguien en la cartera, puedes meter incluso la factura del dentista, lo que te salga de la polla.

Mika lo pensó.

—Los dentistas no hacen facturas.

Michele reprimió una sonrisa, solo le faltaba un falsificador humorista. Pero el otro no sonreía y seguía mirándolo con sus ojos transparentes.

—Mete lo que quieras, lo importante es que los documentos parezcan auténticos. Es mejor que parezcan viejos, estropeados o usados, dan mejor el pego. Que estén a punto de caducar.

—Muy bien. Tengo lo que quieres. ¿Los necesitas para el avión?

Michele echó una rápida mirada al abogado.

—Eso no te importa.

—Claro que me importa, y no sabes cómo. Si vas a coger el avión tienen que ser perfectos, tienen que superar los controles del aeropuerto. Si no, no tienen que ser tan perfectos, los hago más rápido y cuesta menos.

—Tú hazlos perfectos.

—Entonces cuesta más.

—No hay problema —mintió Michele. Le había dado todo su dinero al abogado, pero ni él ni el búlgaro lo sabían, así que en cuanto al pago ya lo pensaría en el momento oportuno.

Mika asintió satisfecho.

—¿Cómo te quieres llamar?

—Como cojones te parezca.

Mika se dirigió hacia uno de los escritorios junto al plóter, abrió un cajón y sacó una caja de metal.

—¿Altura?

—Un metro ochenta más o menos.

El búlgaro sacó un fajo de documentos sujetos con una goma elástica verde. Carné de conducir, de identidad, pasaportes. Comenzó a verlos uno por uno para verificar las características físicas. Michele comprendió enseguida que eran el fruto de innumerables tirones de bolso y atracos. Colgados y rateros de la calle levantaban carteras y bolsos, se quedaban con el dinero y luego revendían los documentos.

El búlgaro sabía que quien tenía enfrente no era un cualquiera, se había dado cuenta nada más verlo, era una cosa de piel. Una vaga sensación de peligro, como cuando combatía. Comprendió que era inútil hacerse el misterioso con aquel hombre.

—Los mejores son los gitanos de la Estación Central. Roban a pasajeros y turistas, así se hacen también con algunos documentos extranjeros. Qué sé yo, ¿quieres ser francés, alemán, griego? —dijo, esta vez sonriendo.

—Soy de Nápoles.

Y el asunto quedó ahí.

El búlgaro encontró lo que buscaba. Los datos físicos coincidían, el nombre lo modificaría para evitar que los relacionaran con posibles denuncias por extravío.

—Eres profesor —dijo cerrando el documento de identidad.

Michele asintió.

—Vamos a hacer las fotos.

Le indicó con la cabeza la esquina de la habitación destinada a estudio fotográfico. Encendió los focos y se colocó detrás de la máquina montada sobre el trípode. Michele se encontró cegado por las luces, percibía los contornos vagos de la estancia y la figura oscura del abogado, que se movía nervioso adelante y atrás. El asunto empezaba a impacientarlo.

Terminaron en cinco minutos. El búlgaro sacó una botella de vodka y propuso sellar el acuerdo con un brindis. El abogado por su parte no esperaba otra cosa y Michele pensó que hacía cerca de veinte años que no tocaba el alcohol, a no ser el vino peleón en tetrabrik de la cárcel. Un cuarto de litro de blanco al día durante veinte años. Para volverse locos. Aceptó.

Vaciaron los vasos de un trago, como en la mejor tradición del Este europeo. Michele sintió el ardor del vodka subirle por la garganta. Chascó la lengua contra el paladar mientras una leve sensación de calor le cubría el rostro. El abogado ya había vuelto a servirse de la botella antes de que él hubiera posado el vaso. Reflexionó sobre el hecho de que entre el alcohol y las drogas a su amigo no le quedaba mucho tiempo para reventar. En cualquier caso, en un par de días dejaría de ser algo de su incumbencia.

—¿Otro? —le preguntó Mika sacudiendo la botella.

—No, así está bien, tengo ganas de marcharme.

—Un momento. —El abogado se echó el tercer vodka. Se lo bebía como si fuese agua, pero el hecho era que le calmaba. Había dejado de moverse adelante y atrás y las manos ya no le temblaban.

Michele volvió a mirar a su alrededor fijándose con desgana en uno de los monitores. Las luces de colores se habían hecho más luminosas y tuvo una ligera sensación de aturdimiento. Ya no estaba acostumbrado a las bebidas alcohólicas y, aunque solo hubiera sido un vaso, le estaba afectando. Le pesaba la cabeza como el granito. Estaba cansado. Bajó instintivamente los ojos para mirar el vaso vacío. La mano le temblaba. Veía el cristal desenfocado y brillante. Vio un residuo de polvo en el fondo. Metió los dedos mientras todo a su alrededor comenzaba a dilatarse. Sintió los granos bajo las yemas de los dedos mientras largos flashes lo cegaban bajo los párpados cerrados. El mundo se hizo acolchado, solo las luces lo aturdían. La habitación oscilaba.

—Michele, ¿estás bien?

No es posible...

Comprendió que esta vez no era como en el despacho del abogado. Esta vez era diferente. Y él era un estúpido.

No llegó a responder. Sintió a alguien a sus espaldas. Un brazo. Y después un antebrazo, musculoso y tatuado, que le apretaba con fuerza la garganta. No pudo oponer resistencia alguna mientras le clavaban una aguja en el cuello. Ni siquiera sintió dolor, también estaba atenuado por la droga que le habían dado. Las piernas empezaron a temblarle convulsas mientras sus rodillas cedían y caía al suelo.

Las voces le llegaron desde un lugar muy lejano, un eco confuso que se perdía en aquella habitación subterránea.

—¿Y ahora qué hacemos? ¿Y si se despierta qué hacemos? ¿Qué hacemos? —Era la voz chillona y excitada de Umberto.

—Estate tranquilo, abogado. No se despertará —dijo el búlgaro.

Michele sintió que un manto denso y borroso lo envolvía por completo.

Una sensación agradable antes de deslizarse en la nada.

4

Se había hecho de noche y había comenzado a llover.

De pronto el aire se había vuelto frío, recordando a todos que estaban en invierno. Los transeúntes se movían veloces de camino a casa o a cualquier otro lugar cálido mientras al inspector Lopresti en silencio se le congelaban las pelotas. Estaba parado bajo la cubierta de una marquesina de autobús mirando los siete pisos de piedra blanca de la jefatura de policía, que en la oscuridad de la noche parecía aún más imponente y majestuosa. Estaba fumando el enésimo cigarrillo descansando en un pie y luego en el otro, con una mano en un bolsillo y la cabeza hundida entre los hombros, esperando pacientemente a que su compañero terminara de hablar por teléfono. Habría podido salir andando y dejarlo allí solo, pero él no hacía esas cosas. Ya no.

Tras no pocas dudas y una buena dosis de prejuicios había tenido que cambiar de opinión sobre Corrieri; en el fondo no estaba mal. Estaba educado a la antigua, era moderadamente simpático y sobre todo no le tocaba los cojones con millones de preguntas. Es verdad que la actitud de rajado y el aburrimiento de la charla sobre la jubilación seguían ahí, pero sobre esto estaba dispuesto a hacer la vista gorda, al menos hasta el final de la investigación.

Lopresti se sorprendió con la mirada fija en la estela de las luces rojas de los coches, con la mente vacía y escuchando las palabras de su colega.

—Está bien, amor... No, *chérie,* no hay ningún problema, compro yo la manzanilla y el pan de camino a casa. No hay problema... No, para esta noche nada de particular, como lo que haya, no prepares nada del otro mundo... No te molestes. Trata de descansar un poco...

Lopresti había terminado el segundo cigarrillo seguido y la llamada todavía no tenía visos de acabarse. Cuando de repente varió.

—Sí. ¡Sabes que te quiero! Pero ahora tengo que dejarte, tengo a mi pobre compañero esperando desde hace un rato.

Corrieri siguió otros treinta segundos más con una serie de despedidas y afirmaciones empalagosas. Por fin colgó el teléfono con un ligero suspiro y ojos melosos. Lopresti estaba descompuesto, miraba a su colega con asombro.

—¿Pero me quieres decir cuántos años llevas casado con tu mujer?

—Treinta y siete.

—¿Treinta y siete? —Ahora sí que Carmine estaba de verdad descompuesto.

—Sí, nos casamos a los diecinueve. Pero nos conocíamos desde secundaria. Así que llevamos juntos casi cincuenta años.

—O sea..., ¿me estás diciendo que te casaste con tu novieta de secundaria?

—Sí, ¿por qué? —Corrieri estaba sinceramente sorprendido.

—¿Y después de medio siglo todavía andáis con esas zalamerías por teléfono? ¿Te quiero, te echo de menos, cuelga tú primero, no primero tú?

—Pues sí. —Corrieri parecía azorado por el énfasis de su compañero, así que bajó la cabeza fingiendo buscar algo en los bolsillos del chaquetón.

—¿Pero te das cuenta? Cristo bendito, os deberían exponer en un museo, en una vitrina con un cristal de cinco centímetros de espesor, como la *Gioconda*, para que la gente viniera a veros, por supuesto pagando la entrada, y con un cartel abajo que dijera «Todavía enamorados tras cincuenta años juntos», y luego hacer el *merchandising:* camisetas, postales, bolsas, bolas de nieve de cristal...

—Hum... No lo había pensado, es una buena idea, podría añadirlo a la pensión. —Corrieri sonreía, en primer lugar porque era verdad que todavía estaba enamorado de su mujer después de tanto tiempo y además porque se había dado cuenta de que a su compañero el hecho le gustaba—. En cualquier caso, vámonos ya, que llegamos tarde.

—Eh, no, qué cojones, me he tenido que comer que te magreases por teléfono con tu mujer, ahora espera a que me fume otro cigarro. —Lopresti se lo encendió mientras su colega se reía. Tres largas caladas y había terminado. Por un momento le vino el recuerdo fugaz de Martina, de la historia que compartieron, de su largo pelo castaño, de sus ojos risueños, marchándose para siempre, dejándolo en la cama sin hacer con dos rayas de coca en la mesilla. Pero fue solo un momento, una esquirla de cristal que chirriaba con la feliz vida matrimonial de su compañero. Desechó aquel recuerdo, no quería otra vez malos pensamientos. No ahora.

Tiró el cigarrillo en el asfalto mojado, se subió la capucha del chaquetón y cruzó la calle deprisa junto a Corrieri. Efectivamente llegaban tarde.

Ambos inspectores entraron en la jefatura y enfilaron por el largo pasillo con la calefacción al mínimo, silencioso y semidesierto. Las fans de Lopresti, casi prejubiladas, hacía un buen rato que estaban en casa. Casi mejor. También porque él, en ese momento, no tenía ganas de hacerse el simpático y el complaciente, aquella investigación empezaba a pesarle como el granito. Se había esperado resultados inmediatos, soplos, confidentes, qué sé yo..., una carta anónima. Pero nada. Nadie entendía un carajo. Le habían arrancado cuatro sandeces a Genny B, pero poca cosa, rumores nada más. Nadie hablaba o quizá, por una vez, nadie sabía.

Pasaron ante la puerta cerrada del comisario jefe Taglieri, se miraron en silencio intercambiando una mueca, si no se sacaban un conejo de la chistera les esperaba una reprimenda sin precedentes. Pasaron el ascensor y el baño, confiando que la llamada de Morganti les aportase algo nuevo.

Llegaron a la última puerta al fondo a la derecha, sin indicaciones ni placas excepto la de «Prohibido fumar». Llamaron y entraron sin esperar. Los recibió una nube de humo rancio.

—¿Y para qué demonios está el cartel de prohibido, Morganti? —dijo Corrieri abanicándose con la mano.

—Está puesto fuera —respondió Morganti sin volverse. Estaba sentado al ordenador, cigarrillo en boca y auriculares apoyados distraídamente en el cuello.

Era la sala de escuchas para las interceptaciones, una habitación pequeña con las ventanas oscurecidas, anónima y apartada, con tres mesas y otros tantos ordenadores. A la derecha una estantería de hierro, con máquinas fotográficas y aparatos fuera de uso. Y, para alegría de Corrieri, hasta arriba de ceniceros llenos a rebosar. Los sitios estaban todos ocupados por compañeros que ni se dignaron a mirarle. La vista fija en los monitores y los auriculares en las orejas.

—¿Annunziati? —preguntó Lopresti.

—Hizo el primer turno de escucha —respondió Morganti pasándose la mano por la cara. Estaba cansado y le dolía la cabeza. Señales todas poco alentadoras.

—Me has dicho por teléfono que tenías algo para nosotros —siguió Carmine.

Morganti asintió apagando el cigarrillo.

—Sí, algo tengo. Estamos controlando algunos teléfonos. Te aclaro enseguida, antes de que lo preguntes, que el de Peppe el Cardenal no lo hemos logrado. Está pendiente de todo, tiene miedo hasta de su sombra y casi no sale de casa, por primera vez en diez años no lo han visto por la plaza de San Giuliano Campano exhibiéndose. Pero en cambio tenemos controlados a algunos de sus lugartenientes y ha habido potra. Salvatore Cuomo, al que llaman el Bola, es uno de los importantes entre los hombres de Peppe, le hace los trabajos delicados: relaciones con otros clanes, balance del narcotráfico, si hay que matar a alguien discretamente y sin mucho follón...

—¿Y...? —Lopresti estaba impaciente.

—Que hace un par de horas ha llamado a su jefe y han hablado de cosas interesantes.

Morganti se levantó de su puesto para dejar sitio a su compañero, cogió otra silla también para Corrieri y conectó dos auriculares al ordenador. En la pantalla una larga lista de *targets:* los objetivos, o mejor, los números interceptados, indicados con las últimas tres cifras, número de las llamadas efectuadas, duración y también el texto de los SMS enviados y recibidos.

—Salvatore está convencido de que su móvil es seguro. Tras los hechos del cementerio casi todos los hombres de Notari se han deshecho de los viejos aparatos, pero por suerte hemos interceptado al eslavo que debía proveerles de nuevas tarjetas y bajo la amenaza de una acusación por «asociación mafiosa ex 416bis» ha decidido echarnos una mano. También estoy seguro de que hace tres días que ese ha vuelto a Albania bajo otro nombre —añadió Morganti.

—¿Y el Cardenal? —preguntó Corrieri.

El compañero volvió a negar con la cabeza.

—Él no. Os lo dije. Usará el teléfono de cualquiera no censado, de cualquier nonagenario que ni sabe que tiene un móvil. Hay quienes se brindan a realizar estas cosas, aunque no se lo pidan, solo por mostrarse serviciales con el *boss,* y esos resultan imposibles de interceptar. Y en cuanto al entorno, peor todavía, Notari vive en un auténtico búnker. Puertas y cristales blindados, cámaras de vigilancia a la entrada, vista a todos los rincones de la calle y seguro que tiene hasta una galería subterránea o cámara secreta. Entrar para pincharle el teléfono es imposible.

Morganti seleccionó uno de los *targets* y dio a «enviar». De los auriculares llegó un murmullo mezclado con los ruidos del teléfono.

—Diga.

—Sí, Don Giuseppe. Soy Salvatore.

—¿*Guaglio'*, podemos hablar?

—Sí, *Zi*. El teléfono es nuevo.

—Entonces dime.

—*Zi*, los dos *guaglioni* todavía siguen en el hospital, pero están mejor. En el parte médico pone que han tenido un accidente con la escúter, pero salta a la vista que les han atizado. En todo caso se van a mejorar, a Cosimo le tienen que poner los dientes y...

—¡Bola, me importan un carajo esos dos *guaglioni*, quiero saber dónde está Michele Impasible!

—Pues eso, Don *Giuse'*, es un problema. Los vigías lo perdieron de vista al salir de casa. Sabía que lo teníamos localizado y se metió en el mercadillo del Rione Berlingeri, y entre tanta gente..., nada, se esfumó.

—Qué coj...

—Pero hay novedades. Hay un medio lelo, un chico llamado Pepè, que vende droga para nosotros, parece que Michele lo conocía, y entonces, para demostrar la basura de tipo que es, lo ha molido a palos y le ha quitado todo. Dinero, droga y coche. Y se ha marchado.

—¿Y a dónde?

—Nadie lo sabe, *Zi*. Pero he hecho mis averiguaciones y un amigo que todavía está dentro me ha dicho que Michele tiene sus contactos. Seguro que en Roma y en Milán, y por la zona de Génova, también.

—¿Quién?

—Gente con quien ha estado en el talego, con quien ha compartido mesa.

—¿Pero no estaba en la celda con Pinochet?

—Sí, pero cuando Don Ciro murió lo cambiaron de celda, y al parecer, antes de estar con él, se había movido mucho y tenía sus contactos. Y además algunos de los nuestros que están allá en Liano me han dicho que Michele buscaba la dirección de un abogado.

—¿Un abogado?

—Sí, un tal..., espera, *Zi*, que me lo he apuntado..., el abogado Umberto De Marco.

—Lo conozco, es un yonqui, no creía que estuviera vivo todavía. Pero podría ser una solución.

—¿Qué tengo que hacer, *Zi*?

—Manda a alguien donde ese Pepè. Tenemos que estar seguros de que nos lo ha dicho todo. Que hable. ¿Comprendido?

—Comprendido, *Zi*. ¿Y yo?

—Tú te vas a Milán a ver a ese abogado. Y, sobre todo, antes de irte advierte a los calabreses, no quiero follones, no quiero que nadie diga luego que no se les ha advertido, el canalla del Impasible está creando ya demasiados problemas.

—*Zi*, perdona si me tomo la libertad, pero ¿no es demasiada molestia? No ha podido ser Michele el que ha armado el follón del cementerio. Cuando mataron a Mariscal todavía estaba dentro, y la noche que ahorcaron a Bebè estaba en su casa y nosotros le vigilábamos.

—*Guaglio'*, no digas gilipolleces. No se trata de molestia. Sabes mejor que yo que las casas tienen agujeros que nadie imagina, y, si alguien como Michele quiere salir sin que le vean cuatro lelos como vosotros, sale y ya está. Y además, *guaglio'*, recuerda que uno de los nombres en el camposanto es el mío y yo no tengo la más mínima intención de dejarme matar. ¿Ha quedado claro?

—Perdona, *Zi*, yo pensaba que...

—¡Tú no tienes que pensar un carajo! ¡Tú lo que debes hacer es seguirle y se acabó! Si te digo que tenéis que encontrar a

Michele Impasible, lo tenéis que encontrar y se acabó. Tú no sabes nada de toda esta historia ni tienes por qué saberlo. ¡Obedeces y se acabó!

—Obedezco, *Zi*.

—... muy bien, *guaglio'*, y no hagas que me cabree. ¿Y los Surace?

—Están donde nuestros amigos al sur de Roma, *Zi*, han dicho que están bien y que de momento prefieren no volver.

—Ya, esos tenían miedo de pequeños, imagínate ahora. Dirán que es para introducirse en los mercados de abastos, entre patatas y berenjenas, fingiendo que es para controlar la distribución de nuestra droga, pero en realidad están cagados y esperando a que yo resuelva este follón. Que encuentre yo a Michele Vigilante.

—Entonces, *Zi*, ¿qué hago?

—Haz lo que te he dicho. Manda a alguien al chico al que ha atizado Michele. Tenemos que estar seguros de que lo ha contado todo. Pero, ojo, que sea un trabajo limpio, sin armar bulla, que la gente empieza a hablar y no estamos quedando precisamente muy bien. La gente empieza a pensar que no sabemos qué peces pescar y, de seguir así, nos van a perder el respeto. Y si nos pierden el respeto, lo perdemos todo. Tú, en cambio, te vas a Milán. Te marchas esta misma noche. Y manda a alguien a los hermanos Surace. Tienen que regresar, se tienen que dejar ver por aquí, la gente no debe pensar que han huido. Deben ver que somos nosotros quienes seguimos al mando, que nosotros no le tememos a nadie. Y mucho menos al Destripamuertos. ¿Me has comprendido?

—Todo claro, *Zi*.

La llamada se interrumpía ahí. Corrieri y Lopresti se quedaron mirando el monitor en silencio. La lista de *targets* indicaba que aquella era la última llamada de Giuseppe Notari.

Morganti sonrió y sacó otro cigarrillo.

—No sé qué pensáis vosotros —dijo—, pero no paran de hablar de respeto, de dejarse ver... Están cagados. El Cardenal el primero. —Su voz llegaba atenuada por los auriculares. Lopresti se los quitó para responder.

—Vosotros, ¿cómo estáis procediendo?

—Como de costumbre. Seguimos con las interceptaciones. Hemos empezado a interesarnos por el abogado, los compañeros de Milán ya nos han confirmado que se trata de una buena pieza: drogodependiente y seguramente también traficante. Uno que se ha arruinado la vida solito y ha terminado de mala manera. Desde esta noche tiene el apartamento vigilado.

—¿Y el Bola? — preguntó Corrieri.

—Le hemos puesto un dispositivo GPS debajo del coche y estamos esperando a que salga hacia Milán. Cuando llegue donde el abogado tenemos que estar atentos para que no se lo cargue; por lo demás, esperemos que Vigilante asome por alguna parte.

—Pero si ni siquiera sabemos si tiene que ver con esta historia... —objetó Corrieri.

Morganti le miró mal, con el cigarrillo apagado colgando de los labios y el encendedor en la mano. Casi desmoralizado.

—Colega, ¿cómo coño razonas tú? ¿Tienes ganas de broma? Cuánto más se remueve esta mierda, más aparece el nombre de Michele Impasible. Primero los *guaglioni* machacados, luego el camello asaltado, y después la fuga. No te olvides de que todo comenzó poco antes de que saliera de la cárcel. Puede que no fuera él quien matara a esos dos, pero seguro que sabe quién ha sido. Y sabe qué cojones está sucediendo.

—¿Y qué me dices de ese traficante del que hablaban, ese Pepè? —intervino Lopresti para desviar la atención de Corrieri.

—Nada. El apodo no nos dice nada y denuncia de robos no ha habido. Pero ¿quién va a denunciar que le han robado la droga con la que está traficando? De todas formas ahora ya es tarde, esperemos solo que los hombres de Notari no se pasen demasiado con él. Si acaso mañana por la mañana nos damos una vuelta por los hospitales, a ver si esta noche han ingresado a alguien con los dientes rotos.

Morganti se encogió de hombros y sus colegas tampoco se hicieron ilusiones. Sabían cómo funcionaban las cosas. Y sabían que para Pepè, quienquiera que fuese, iba a ser una noche mala, si no la última.

—¿Por qué nos has telefoneado? —preguntó seco Lopresti.

—Ante todo para poneros al día sobre los progresos.

—¿Y además?

—Por los Surace.

Corrieri, todavía sentado a la mesa, alzó la vista hacia su compañero.

—Si es cierto que el nombre de Michele Impasible aparece siempre —continuó Morganti—, también es cierto que dos de las lápidas del cementerio son para los hermanos Surace. Y visto que hasta ahora el Destripamuertos nos lleva la delantera, no estaría de más encontrarlos y pegarnos a ellos como garrapatas y capturar a ese apestoso que nos está haciendo quedar como unos imbéciles.

—¿Con qué contáis? —preguntó rápido Lopresti.

—Un informe de los *carabinieri* de Terracina. Nos indica quiénes son los contactos de los clanes del bajo Lazio.

Los Surace son prófugos con delitos menores, cosa de poca monta. Un par de años de talego como máximo, vistos los antecedentes. Y me da que esta vez hasta podría gustarles que los arrestasen. Seguro que el Destripamuertos al talego no llega. —Morganti volvía a sonreír, era evidente que aquella historia le divertía horrores.

Lopresti en cambio se mostraba pensativo; por el momento la situación todavía estaba bajo control, la prensa había destacado la noticia hasta cierto punto, pero de haber más muertos la cosa sería diferente. Podrían empezar a airearse los trapos sucios y, honradamente, no le gustaría que se viera implicado el comisario jefe Taglieri. Era una buena persona y sabía trabajar, pero a veces las presiones son enormes y quien lo paga es el último eslabón de la cadena. El más débil. Y Lopresti solo esperaba no ser él.

—Vale, Morganti, esperamos los papeles. —Lopresti estaba cansado y quería volver a casa, darse una ducha, meterse en la cama y dormir. Solo. Como siempre.

—Mañana mismo te paso el informe. Se lo comunicamos al jefe y os regalamos de corazón la primicia de los hermanos Surace.

—Vaya un regalo de mierda.

—Carmine, cada cual recibe lo que se merece. —Morganti seguía divirtiéndose.

—También tienes razón. *Corrie'*, vamos a largarnos de aquí, que la jornada ha terminado. Tú todavía tienes que hacer la compra para tu mujer y yo calentarme una pizza congelada.

Corrieri se levantó y lo siguió por el pasillo de la jefatura. Estaba silencioso, con el semblante serio y la mirada en las baldosas del suelo. Quizá se había quedado así por la actitud de Morganti, pensó Lopresti. En el fondo era un buen policía; un rajado, pero no mal tío.

—¿Colega, qué te parece? ¿Cómo tenemos que actuar? —dijo para aliviar la tensión.

Corrieri seguía mirando al suelo. Su expresión era dura, contraída, muy diferente de la de poco antes, cuando hablaba por teléfono con su mujer. La voz dulce y melosa había desaparecido, la había sustituido otra bronca y temblorosa de rabia.

—Vamos a detener a los hermanos Surace.

5

La chica gritaba.

Un grito desesperado, de esos que destrozan las cuerdas vocales y queman por dentro. Un grito con todo el aliento que tenía en la garganta, en los pulmones, en todo su maldito cuerpo.

La tenían aplastada contra el suelo. Uno tiraba con fuerza de su pelo castaño, arrancándoselo a mechones, otro le sujetaba las muñecas, otro le abría las piernas. Y Michele estaba allí, entre sus muslos. Reía hasta llorar. Una mano en el pecho para calmarse y la nariz que continuaba sorbiendo. Un aspirador de reflejos incondicionados a la búsqueda de coca.

En su cabeza nevaba. Cuánta nieve. Copos finos que se le metían por las narices, le abrían los ojos hasta que se le salían de las órbitas y luego seguían ascendiendo hasta el cerebro, hasta la sacudida final. Hasta el subidón.

Los otros le arrancaban la blusa a la chica. Tiraban y arrancaban. Tiraban y arrancaban. Y Michele solo podía pensar: *Cuánta droga. Cuánta droga. Cuánta droga.*

Ni siquiera sabía si era por las tetas desnudas de la chica o por la cocaína. Pero le importaba un carajo. Reía. Reía. Reía.

Cuánta droga. Cuánta droga. Cuánta droga.

Gritaba. No conseguían taparle la boca. La puta mordía. Pero él veía estrellas fugaces y un hombre ahorcado colgaba de los barrotes de la ventana. Michele se quitó el cinturón. Una cascada blanca llovió en la garganta de la chica. Gritos sofocados de dolor. Subía el colocón. Cada vez más. Cada vez más. Michele sentía que todo subía.

Rio y se desabrochó los pantalones.

La chica gritaba.

Michele estaba a oscuras.

Flotaba en la oscuridad. Un movimiento lento y sinuoso que lo acunaba suspendido en la nada.

El propofol es un anestésico. El propofol es un agente hipnótico. El propofol tiene un efecto inmediato. Quince segundos y nubla tu conciencia. Quince segundos y el mundo a tu alrededor desaparece. Los médicos y los enfermeros lo llaman «leche de amnesia» o «lechecilla» por su aspecto blanco y denso. Por vía intravenosa llega rápido al cerebro y allí cumple enseguida con su cometido.

La oscuridad era densa y uniforme. Un líquido negro que le llenaba la boca y el corazón atenuándolo todo. Michele lo percibía circular dentro de sí mientras la mente seguía gastándole extrañas faenas.

—*Guaglio'*, ¿dónde está mi libro?

Era la voz de Pinochet que le llamaba desde quién sabía qué lugar y tiempo.

Intentó responder, pero fue inútil. Tenía la boca abierta de par en par e inmóvil, sin sonidos y sin vida. Solo lograba hablarle en su propia cabeza.

No lo sé, Zì, no lo he visto.

—*Miche'*, ¿sabes que debes leer? ¿Que debes instruirte? ¿Que debes salir del talego?

Lo sé, lo sé, Don Ciro. Me lo repite todos los días.

—Aprender cosas es importante. Si aprendes cosas no tienes miedo.

Zì, yo nunca tengo miedo.

—No digas gilipolleces, *guaglio'*, todos tienen miedo. También yo.

—¿Y usted de qué tiene miedo, Don Ciro?

—Ay, *guaglio'*, tengo miedo de mí.

El silencio retumbó dentro de Michele cuando esas palabras atravesaron la oscuridad.

—¿Tú no sabes por qué me llaman Pinochet?

No, Zì, no me acuerdo.

—Haz un esfuerzo, *Miche'*, piensa bien, que seguro que te acuerdas.

Michele vio en el vacío. Vio esquirlas de recuerdos y pensamientos recomponerse ante sus ojos cerrados. Vio una pequeña avioneta, blanca y roja, con las alas oscilando despacio. Volaba a poca velocidad en mar abierto. La puerta trasera se abrió y cayó un cuerpo. Y luego otro y otro y otro más. El avión siguió haciendo vuelos rasantes mientras los cuerpos al caer levantaban salpicaduras y espuma de mar. Alrededor solo el azul del mar y del cielo fundiéndose en el horizonte.

—Lo aprendimos del verdadero Pinochet. El de Chile. Cargábamos a los desgraciados en el avión, atados de manos y brazos, y los tirábamos. Mar adentro, lejos. Volábamos bajo, para que nadie nos descubriera. Casi siempre los tirábamos al mar vivos, que para morir ya tendrían tiempo. Muy pronto ya no conseguían flotar y entonces poco a poco se iban hundiendo hacia el fondo y allí los peces hacían el resto. A algunos, los más simpáticos, los matábamos antes de tirarlos cortándoles el cuello, de manera que se desangraran en el agua. No era gran cosa, pero al menos era rápido. De uno u otro modo, todos empezaban a morir en el avión. A morir de miedo. Sabían lo que les esperaba, gritaban, pateaban, rezaban, los había que se meaban encima..., pero era inútil y además no había necesidad de explicárselo. Era un método simple y limpio, sin la preocupación de cómo hacer desaparecer el cuerpo. Porque, si no hay cuerpo, no hay causa. Si no hay cuerpo, no hay homicidio.

Lo sé, Zì.

—Sé que lo sabes.

La voz de Pinochet se había hecho profunda y tenía un matiz irónico, como si a duras penas lograra contener una carcajada.

Michele siguió viendo el avión que lanzaba hombres a las olas como semillas en un campo arado. Una siembra de cadáveres. Una siembra lista para dar sus frutos.

6

Las imágenes se desvanecieron lentamente y el manto negro comenzó a fluctuar como un mar gélido e indiferente. La mente de Michele aminoró su marcha a la deriva y sintió el suelo bajo la cara. Duro, frío, real. El tosco cemento le arañaba y oprimía la frente.

Tomó conciencia de su cuerpo inerme y de la mordaza que le oprimía el cuello. Todavía sentía la cabeza ofuscada, todo estaba envuelto en una placenta de niebla y oscuridad. Pero las sombras tomaron forma y distinguió a la figura que se movía sobre él.

—Despierta, Michele. Es hora de levantarse, queridito mío.

Las palabras le llegaron de lejos, débiles e irónicas.

Abrió los párpados y vio la débil luz de la sala de los ordenadores filtrarse por la puerta entornada. Era la misma puerta de metal que había visto nada más entrar en la habitación del búlgaro, la cerrada con un pesado candado que había despertado en él una vaga sensación de alarma. Alarma a la que, urgido por su manía de continuar el viaje, se había negado a hacer caso.

Estaba tumbado en posición supina, brazos y piernas todavía dormidos. No lograba moverlos. Mil agujas finas entre piel y sangre, nervios y huesos.

Mika lo empujó con la bota gruesa en el costado y le dio la vuelta con violencia, casi coceándolo. Su cuerpo rodó como una vieja alfombra y vio la sombra amenazante del hombre sobre él, apenas distinguible en la oscuridad de la habitación. Y aun así, a pesar de la confusión de su mente y de la oscuridad, estaba seguro de que se estaba riendo de él. Por otra parte, tenía motivos sobrados: el famoso Michele Impasible se había dejado tangar como el más vulgar de los *guaglioni*.

El búlgaro, con la mano levantada ante el rostro, empuñaba una jeringa. Se volvió complacido hacia la puerta entornada.

—¿Has visto qué poco hace falta? Un pinchacito para dormirlo y otro para despertarlo. Eso es todo, abogado. Y hacemos lo que nos parezca con él. Es una marioneta en nuestras manos. Se lo vendemos a quien queramos. Tú busca comprador, que yo me encargo de tenerlo a raya. Lo importante es mantenerlo vivo, ¿no?

—Sí, tiene que estar vivo. —La voz de Umberto llegó débil desde la otra habitación, pero aun así Michele la reconoció, al tiempo que trataba de aclarar sus pensamientos. Intentaba parar el torbellino que tenía en la cabeza, concentrándose en una sola idea: seguir vivo. Eso ya era un magnífico comienzo.

—Pero si se lo entregamos un poco achacoso no será un problema.

—No lo sé. Creo..., creo que no —titubeó el abogado. Estaba claro que aquella situación lo aterrorizaba.

Ese gilipollas siempre tenía miedo de todo.

Fue un pensamiento rápido e irracional que pasó por la mente de Michele. De repente le hizo sentirse mejor. Si era capaz de pensar esas idioteces quería decir que estaba volviendo en sí. Que empezaba a hacerse una idea de la situación, aunque no le gustara para nada. El búlgaro se acercó. Su sombra oscura llenó los ojos del viejo *boss* confundiéndose con el techo negro de la habitación.

—¿Has oído, Michele? Puedo hacerte daño. Lo importante es que sigas vivo. —Su voz era complaciente, casi excitada—. Y mira por dónde en Chechenia he aprendido un montón de jueguecitos estupendos para hacerte sufrir. No veo el momento de divertirme contigo.

Michele comprendió que aquel cabrón no solo era peligroso, sino que estaba completamente loco.

Lo vio agacharse un poco más sobre él.

—Esto no lo necesitas así que me lo quedo.

Sintió las manos del hombre arrancándole del cuello la cadena de oro que llevaba. Fina, delicada, con un crucifijo colgando. Con un golpe seco la partió desgarrándole la piel, pero Michele tuvo la sensación de que volvía a respirar, como si el aire le afluyese de nuevo a los pulmones. Un estremecimiento de placer que el búlgaro interpretó como dolor.

—Eres delicado, señor Impasible. Espera a que te enseñe mis herramientas y entonces sí que nos vamos a reír. ¿Me has comprendido? Responde, ¿me has comprendido?

Michele fingió sentirse más atontado de lo que estaba, sacudiendo vagamente la cabeza y murmurando palabras sin sentido.

—¿No se habrá quedado tieso? —Era de nuevo el abogado.

—No, tranquilo, solo está sedado. Evidentemente no aguanta el propofol. Mejor así, se portará bien y habrá que darle menos pinchazos.

—¿Por qué, necesitamos más?

—Abogado, ya te lo he dicho: tú encárgate de encontrar un comprador. El que más pague. Esto yo sé cómo hacerlo. En la guerra me ocupaba de los prisioneros, les hacía hablar, gritar, llorar y suplicar. Los mantenía con vida y luego los mataba. Para ellos era Dios. Y también lo seré para este gilipollas.

El abogado permaneció en silencio. Un silencio diáfano, que no permitía réplica y del que no se podía volver atrás. Michele tomó nota del asunto.

El búlgaro se alejó unos momentos dejándolo tirado en el suelo, inmóvil y mudo. Tras un instante algo cayó sobre el suelo de cemento desnudo. Un ruido de plástico y metal resonó entre las paredes cerradas de la habitación.

—¡Y no te me mees en el suelo, o vengo y te arranco las uñas!

La puerta se volvió a cerrar con un estruendo de metal. Luego el chasquido seco del candado. El mundo se cubrió de sombras.

Michele trató de mirar un techo que no alcanzaba a ver. La oscuridad de la estancia era absoluta y sus ojos no tenían ni una rendija de luz. Permaneció allí tirado un tiempo indefinido, tratando de respirar profundamente para oxigenar su mente. Todavía sentía la droga pesándole sobre los párpados, le costaba permanecer despierto. Tenía los brazos atados por delante con bridas de plástico, como las que usan los electricistas o los policías en Estados Unidos, imposibles de quitar. Estaban tan apretadas que le dolían. Sentía un vago hormigueo en los dedos: aunque con dificultad dejaban pasar la sangre. Empezó a moverlos para que no se le durmieran. Las piernas sin embargo las tenía libres, al fin y al cabo no tenía dónde escapar, y lentamente recuperó su control.

Se sentía tranquilo. De una tranquilidad fría, irracional. Como si el asunto no fuera con él. Como si el estar atrapado en aquel sótano, con un búlgaro loco que le quería torturar, no fuera una de las prioridades que tenía que resolver. Había vuelto a una prisión, una pecera que conocía y en la que sabía moverse. Sabía cómo comportarse y sobre todo tenía una ventaja con respecto a sus adversarios: estaba dispuesto a morir para obtener lo que quería.

En la oscuridad volvió a ver de nuevo la cara de Pinochet contándole lo de los hombres lanzados desde el avión, lo del ruido de sus cuerpos al caer en el mar. Su rostro era inexpresivo, una paleta grisácea y sin luz. Le decía aquellas cosas porque había que decirlas, porque tenía que saber, pero no había en su voz jactancia alguna. En la voz de Don Ciro no había quedado ya nada. Su pasado, el poder, la familia, el dinero, la cocaína, la muerte del hijo: todo había desaparecido de aquel rostro y sus palabras resonaban solemnes como en el interior de una catedral, pero en realidad procedían de una cáscara vacía.

Trató de borrar aquella imagen, lo mismo que intentaba apartar el rostro dulce y sonriente de Milena. Pero aquella era otra historia. Una historia que le dejaba sin aliento y que todavía no era capaz de afrontar.

Desechó todos los pensamientos y volvió a concentrarse en su cuerpo. Probó a levantarse. Sintió que las piernas le temblaban, apoyó las manos sobre el suelo de cemento y dobló las rodillas. Advirtió un súbito mareo, sangre y droga fluían al cerebro, luchó consigo mismo para permanecer concentrado y no desplomarse. Dio un par de pasos temblorosos en la oscuridad y chocó con una pared. Un golpe sordo en la cabeza. Pero al menos era un punto de apoyo. Se volvió de espaldas al muro, descargando todo el peso en la pared. Suspiró profundamente. Tenía una sed tremenda y sentía que se iba. Su cuerpo todavía debía eliminar las toxinas que le habían sumido en las tinieblas.

Se movió haciendo eses, con los brazos extendidos hacia delante. Unos pocos pasos más y topó con la pared opuesta. Se volvió de nuevo tratando de reconocer el espacio. Era un cubo de cemento de unos pocos metros. Prácticamente idéntico a la celda donde había pasado los últimos veinte años. No pudo evitar sonreír. Una sonrisa histérica e irreal. Seguía viéndose a sí mismo como un pez en un acuario, nada que te nada chocando contra el cristal. Boqueaba y se debatía sin posibilidad de fuga. Había escapado de Nápoles, la había emprendido a puñetazos con el pasado, por fin estaba listo para continuar el viaje en aquel pozo negro que era el futuro, pero todo había sido inútil. Después de tanta vuelta, había regresado a la prisión de la que había salido.

Su pierna chocó con algo. Se acuclilló con las manos atadas muy rectas. Era un cubo de plástico, uno de esos de albañil con el asa de hierro que usan para trasladar los escombros. Debía de ser, según el búlgaro, el váter. Para utilizar si no quería que le arrancase las uñas. En el cubo había una botella de plástico. La sopesó. Agua. El mínimo garantizado para mantenerlo con vida. Abrió la botella y bebió la mitad de un trago. Sentía la garganta ardiente y seca y aquel líquido fresco era una bendición. Dio un largo suspiro de satisfacción, pero pasado un momento tuvo que hacer un gran esfuerzo para no vomitar. Le subían arcadas del esófago a la boca. Empezó a andar adelante y atrás para despertar los músculos. Probó a tirar de las ligaduras que le oprimían las manos, pero no lograba romperlas.

Bebió de la botella otra vez para reanimarse. De nuevo le vinieron arcadas del estómago, pero las contuvo, tenía que poder retenerlo todo dentro lo más posible. Mantenerse lúcido y concentrado. Preparado y peligroso. Tenía que volver a ser el viejo Michele Impasible.

Puso los ojos en blanco y se metió dos dedos en la garganta.

Eran ya las dos de la madrugada cuando Pierre salió de casa de su amigo. Era una noche de junio, una de esas noches claras de San Petersburgo. Pierre subió a uno de los carruajes de la plaza con la intención de regresar a su residencia. Pero cuanto más se acercaba más imposible le parecía poder conciliar el sueño en aquella noche que más parecía un atardecer o un amanecer. Se veía a lo lejos, por las calles desiertas. De camino, Pierre recordó que en casa de Anatoli Kuraguin debían reunirse aquella noche sus habituales compañeros de juegos, tras lo cual vendría la habitual bacanal que terminaba siempre con una de las diversiones favoritas de Pierre.

Guerra y paz
León Tolstói

4

Se veía a lo lejos, por las calles desiertas

Viernes, 22 de enero de 2016,
San Vicente mártir, condenado a los suplicios más crueles

1

No era que a los hermanos Surace les hubieran importado algo alguna vez las frutas o las verduras, pero tenían que mantener las apariencias, al menos un mínimo, lo estrictamente necesario para impedir que cualquier cretino se pusiese a hacer demasiadas preguntas o a meter la nariz en asuntos que no les concernían.

De modo que Antonio y Ciro de vez en cuando, a eso de la medianoche, hacían una ronda de control por la nave de venta al por mayor. Entre camiones y carretillas elevadoras, manzanas y naranjas, berzas y lechugas. En el fondo, ¿qué puede haber más inocente y saludable que la fruta y la verdura? Dan esa indefinida sensación de bienestar natural, de vuelta a los orígenes, que dibuja una sonrisa en el rostro y deja estúpidamente tranquilo. El hecho de que fuese un método de distribución de cocaína por media Italia era algo, al fin y al cabo, que solo les importaba a ellos y a nadie más.

Incluidos los maderos.

Antonio Surace, llamado el Gordo por sus ciento treinta kilos de carne y grasa, caminaba apático pelando una mandarina mangada de una de las cajas apiladas. Ciro Surace, llamado el Mammà por su devoción filial, caminaba a su lado supervisando en silencio una serie de albaranes de entrega. Su almacén, uno de tantos, estaba desierto. Solo un par de senegaleses, rigurosamente clandestinos, barrían el suelo de cáscaras y fruta podrida con la cabeza baja. Los grandes palés formaban una maraña de pasillos, un laberinto de esquinas y revueltas, y los dos hermanos se movían como los personajes de un videojuego de los años ochenta. Desde el techo, largos neones proyectaban una luz débil e incierta. El aire era frío y húmedo. Era la hora de cerrar, apagarlo todo e irse a dormir. Aquel lugar volvería a cobrar vida pocas horas después, antes del alba, pero obviamente sin su presencia, dado que siempre se levantaban tarde. Los habían acostumbrado así desde pequeños y ahora que ya tenían una edad no era cuestión de cambiar de hábitos.

Ciro sonrió triste mientras supervisaba los últimos documentos. Un destello del pasado. Su madre, Doña Amelia, cuando los despertaba por la mañana con el café con leche. Una caricia en la frente y una palabra cariñosa. Y los dos, aún *guaglioni*, se daban la vuelta en la cama y pedían quedarse un poco más. Ella fingía enfadarse, pero luego les dejaba.

Se detuvo distraídamente mirando un contenedor de basura. Su madre había muerto hacía poco más de un año y él no se había recuperado. Había sido lo más importante de su vida. No lo más, lo único, había sido todo. Los había criado sola después de que mataran a su marido. Siempre la habían tenido cerca, los había espoleado, los había aconsejado, los había amado. Había sido la primera en alegrarse cuando comenzaron a hacer carrera en el clan, su más fiel defensora, y sabían que no la habían decepcionado.

Le habían dado muchas satisfacciones.

Una nueva casa, rica y suntuosa. Joyas, pieles. Pero sobre todo el respeto del barrio. No había *guaglione* que no saludase con devoción a Doña Amelia, que no supiese quién era y qué significaba. Incluso los otros clanes le mostraban respeto. Y ella lo sabía y lo apreciaba.

Pero luego llegó la enfermedad.

Y esa no respeta a nadie.

—*Ci',* ¿qué te pasa?

Apartó la vista del contenedor sucio y miró a su hermano, que le observaba preocupado.

—Nada, *Anto'...*

—¿El Destripamuertos?

—No, mamá.

Antonio sonrió tirando al suelo la media mandarina. Pasó un brazo sobre los hombros de Ciro y recordó que era el hermano mayor.

—Oh, *Ci',* no pienses en cosas tristes. Todavía tenemos tarea y mamá querría que nos centrásemos en el trabajo. ¿Has terminado con los albaranes y las facturas?

—No, todavía no. Pero se me han quitado las ganas.

—Pues déjalo. Que mañana siga el contable. Vámonos a casa, que es tarde y me encuentro fatal. Creo que la mandarina no me ha sentado bien.

Ciro miró sonriendo a su hermano, su tripa prominente y su doble papada.

—Conque la mandarina, ¿eh? —dijo irónico.

—Mmm..., me parece que sí. Es droga dura.

Ambos soltaron una carcajada. Ciro llegó hasta un pequeño despacho hecho de plexiglás y paneles modulares, tiró los folios sobre el escritorio, cogió el chaquetón de piel y volvió junto a su hermano. Los dos se dirigieron a la salida.

—De todas maneras, si vas a pensar en cosas malas, todavía nos queda el engorro de tener que elegir. —Antonio trataba de ser irónico, pero en sus palabras planeaba el miedo.

—¿El Destripamuertos?

Más que una pregunta era una afirmación resignada.

—Ese, pero también el Cardenal nos va a tocar las bolas.

—¿En qué sentido?

—En el sentido de que ese dentro de poco va a querer que volvamos al pueblo a besarle el culo. A que mostremos que le tenemos respeto, así los demás miserables correrán a hacer lo mismo. Uno tras otro. Una larga y ordenada fila de besaculos.

—*Anto'*, me parece que esa mandarina te ha sentado mal de verdad.

—Deja en paz la mandarina. Y piensa en lo que te he dicho. Me he hartado de bajar la testuz delante de Peppe. ¿Te acuerdas de lo cagón que era de *guaglione*?

Ciro asintió sonriendo, su hermano continuó.

—Y ahora se las da de gran *capo* porque tiene un ejército de niñatos que primero disparan y luego se mean. Niños de teta presuntuosos. Solo piensan en la coca y no comprenden nada de negocios, creen que un punto de trapicheo se gestiona como un puesto de pescado. No saben cómo pasa de manos la droga y cambian de una familia a otra según sopla el viento...

—Venga, *Anto'*, que también nosotros a su edad éramos niños de teta presuntuosos.

—¡De eso nada! Nosotros éramos codiciosos, irritables, impacientes, pero nunca presuntuosos. Nosotros sabíamos lo que era el respeto y a quién tenérselo.

Ciro lo miró dubitativo. Él recordaba su juventud de otra manera. Recordaba a todos a los que habían pisado para poder subir cada vez más alto. A los enemigos que habían mandado al cementerio y a los amigos a los que habían traicionado. También ellos habían cambiado de familia, afiliándose a uno u otro clan para ganar siempre más. También ellos habían disparado sin pensar. Pero en cualquier caso no tenía ganas de ponerse a discutir con su hermano. Que quisiera una nueva versión de su juventud no tenía nada de malo, se lo merecía. Ya tenía una edad y desde arriba las cosas parecen diferentes: se confunden, se mezclan y por último se pierden. Todo puede tomar una nueva forma, se plasma y se modela según los deseos, la realidad se convierte en un fardo inútil.

—¿Recuerdas el primer trabajo que hicimos?

Ciro asintió. Claro que recordaba la primera vez que habían matado. No es algo que se olvide. Era un asunto de protección no pagada. Un empresario de la construcción. No era un pez gordo y el dinero tampoco es que fuera mucho, pero montaba mucho follón, se había metido en una asociación contra la usura y andaba haciendo declaraciones en actos públicos y en televisión. Ellos no estaban saliendo muy bien parados y, antes de que a otros también se les ocurrieran ideas extrañas, era mejor cortarlo de raíz. Eran dos *guaglioni* en ascenso, se habían ganado cierta consideración y el clan quería ver si merecían ascender. Los matones fueron solo los dos hermanos y se les concedió máxima libertad de acción: tenían que llevar a cabo el trabajo, si era posible públicamente, para dar ejemplo. Antonio, en parte por carácter y en parte para demostrar que era el mayor, hacía alarde de determinación; Ciro, en cambio, no estaba convencido, y aunque sabía que antes o después llegaría aquel momento, que no podían limitarse a traficar y recaudar la protección eternamente, tenía dudas y no dormía por las noches. Pero por suerte Doña Amelia vino en su ayuda y, con la infinita dulzura que solo una madre puede dar, le explicó que a veces hay cosas que se tienen que hacer y punto. Y así fue. Un trabajo rápido y limpio. Sencillo como todos los trabajos bien realizados.

Lo sorprendieron al volver a casa. Tres disparos. El tercero en la cabeza, zanjando la cuestión. El clan quedó satisfecho y ellos se ganaron el respeto. Fue el primer fiambre, pero no era una actividad que los apasionara, aquello era más bien cosa para Michele Impasible o Gennarino Rizzo, a esos sí que les divertía. A los hermanos en cambio les iba más el tráfico, las relaciones y los negocios.

A lo largo de su carrera habían hecho muchas cosas, sorteando dudas y remordimientos, y siempre con la bendición de mamá. Todas excepto una. Una que Doña Amelia no debería haber sabido nunca y que ahora, después de veinte años, se les venía encima como un disparo por la espalda.

Los Surace se estaban dejando llevar por los recuerdos. Allí, de noche, en la puerta de un almacén de frutas y verduras del bajo Lazio, entre cajones de fruta que escondían uno de los mayores tráficos de cocaína de Italia. Pero era el momento de dejarlo, si querían tener un futuro debían abandonar el pasado.

Antonio lo sabía. Como todo buen hermano mayor, su tarea era dar ejemplo, guiar, aconsejar. Puso una mano sobre el hombro de Ciro, reteniéndolo aún un momento antes de salir al aparcamiento de la zona industrial.

—Verás, *Ci'*, llevo un tiempo pensando en algo. No sé si te va a gustar. Pero hoy por hoy no podemos hacer otra cosa y es la mejor solución.

El otro lo miró confundido.

—Nos tenemos que ir —siguió Antonio—. Abandonarlo todo y dejar este lugar.

Ciro cada vez se mostraba más asombrado.

—¿Y dónde quieres que vayamos? Ya hemos huido hasta aquí.

—Ya, pero aquí es como estar a la vuelta de casa. El Destripamuertos tarda dos horas en llegar hasta aquí, hace su trabajo y se vuelve donde cojones sea. No, *Ci'*, nos tenemos que ir de verdad, desaparecer en serio.

—¿Y Peppe el Cardenal?

—Que él se arregle sus mierdas. Estoy cansado de Peppe. Nosotros nos vamos y si te he visto no me acuerdo. Que con los follones que tiene no va a venir a buscarnos. Y si el Destripamuertos lo encuentra..., problema resuelto, nosotros dentro de unos años podemos volver a casa y a lo mejor ocupamos su lugar. Y quién sabe, puede ocurrir también que al final con todo este follón nos convirtamos nosotros en los nuevos *capi*. ¿Te gusta la idea, eh..., cómo suena? Don Ciro Surace.

Antonio miraba a su hermano con ojos entornados y una media sonrisa. Igual que cuando eran pequeños e iban a mangar cigarrillos al puesto de la plaza. Una sonrisa a la que Ciro no sabía resistirse.

—¿Y dónde querrías irte, *Anto'*?

—¿Y todavía me lo preguntas? Donde tenemos nuestro dinero. En España.

Los hermanos Surace, bien educados por la madre en los principios del ahorro y la previsión, a lo largo de los años habían sisado en cientos de partidas de droga, cada vez que esta cambiaba de manos de un grande a un pequeño proveedor algo de dinero caía siempre en sus bolsillos. Tampoco demasiado, no fueran a descubrirlos, sino lo justo por los riesgos que asumían y por los cabrones, como Peppe el Cardenal, a los que tenían que soportar. También seguían extorsionando, más en recuerdo de los viejos tiempos que por necesidades reales, impuestos honorables que de un modo u otro podían ser restituidos. Porque eso de ir por ahí dando escarmientos ya no les apetecía. Así que, en veinte años de honrada carrera criminal, además de lo realizado en los clanes, habían logrado reunir ingresos extra que habían invertido en el exterior. Una especie de fondo de pensiones para cualquier contingencia, nada excesivo ni demasiado aparente. Un par de restaurantes, un establecimiento de baños, cinco o seis apartamentos y acciones minoritarias en algunas grandes sociedades, serias, fiables. Todo registrado a nombre de un testaferro, obviamente.

Como les había enseñado mamá.

Ciro se quedó pensándolo. La idea de tomarse un descanso no le disgustaba en absoluto, hacía años que trabajaban demasiado y Antonio además tenía ese problemilla del corazón, un poco de reposo no le iba a sentar mal.

—¿Dices que a España? —rumió en voz alta.

—¡A España! Playa, sol, mar y mujeres, y nos volvemos cuando todo haya pasado.

—¿Y si no pasa?

—Si no pasa nos quedamos en España. Seguirá habiendo sol, mar y mujeres. ¿Cuál es el problema?

Los hermanos se dirigieron al aparcamiento dejando el portón blindado de la nave abierto. Faltaba poco para que llegara el primer camión de la mañana, pero además nadie tenía el valor de robarles.

Ciro caminaba delante, con mil pensamientos en la cabeza. Antonio le seguía detrás y sabía que estaba a punto de convencerle. Conocía a su hermano y sabía que ya iba a ceder. Llegaron al Porsche Cayenne con los cristales tintados. No eran unos apasionados de los coches, pero sabían que la imagen y los símbolos contaban, y que también con el coche hay que demostrar quién es el que manda.

Ciro abrió la puerta del conductor. La cabeza baja mirando un punto cualquiera del interior del habitáculo. Permaneció de pie, en silencio. Antonio tenía abierta la puerta del copiloto y miraba a su hermano menor, jamás hubiera hecho nada sin él. Los Surace siempre iban juntos.

Mamá lo hubiera querido así.

Ciro subió la cabeza. En su cara apareció una enorme sonrisa.

Antonio sonrió también. Estaba hecho.

Ciro, cargado de adrenalina, dio con la palma de la mano en el techo.

—¡Vamos a España! —gritó.

Antonio alzó una mano al cielo como un gran torero.

—¡Olé!

El disparo de la carabina hizo estallar el cráneo de Ciro.

Un fragor lejano y mitigado. Una nube de sangre. La cabeza que rebota de lado con violencia. El cuerpo que rueda golpeando contra el vehículo y luego cae silencioso al suelo. Un montón de trapos viejos y cerebro.

Antonio quedó boquiabierto ante el rostro de su hermano hecho pedazos. La sangre saltando a borbotones. La sonrisa congelada en una exclamación de alegría mientras la frente se abría como la cáscara de una nuez.

El segundo disparo lo alcanzó en las piernas. Antonio esperó un instante de más, allí inmóvil de pie aferrado a la puerta. El proyectil de la carabina le destrozó la rodilla derecha. Un disparo perfecto. Cartílagos, huesos y sangre se mezclaron con el aullido de dolor.

Cayó al suelo con sus ciento treinta kilos. Intentó levantarse agarrándose a la puerta para meterse en el habitáculo del coche. Último intento del instinto de conservación. El culo gordo sobresalía mientras intentaba arrastrarse al interior.

Otro disparo más. Esta vez en la rodilla izquierda. Entró por la parte posterior y salió por delante, dejando un agujero negro donde antes había estado el menisco. El grito de Antonio llenó el Porsche y al final su cuerpo obeso resbaló sobre el asfalto. Se tumbó en posición supina tratando de arrastrarse hacia la entrada de la nave; las rodillas deshechas dejaban dos líneas de sangre sobre el asfalto, paralelas y brillantes bajo las luces de las farolas.

Antonio se arrastraba aullando y esperaba un golpe de gracia que no llegaba.

Se acercó a la entrada, a la salvación.

Gritó ronco y desesperado:

—¡'Uaglio', deprisa! ¡Venid aquí!

Dos senegaleses se asomaron al portón con las escobas en la mano. Miraron a su empleador tirado en el suelo. El mismo que siempre les había llamado «perros» y «monos». Uno de los dos fue a acercarse a Antonio, el otro le sujetó por un brazo indicando algo frente a ellos, pasado el aparcamiento, pasado el SUV con las puertas abiertas, pasadas las franjas de sangre que conducían a Antonio.

El hombre avanzaba con paso resuelto. Sin correr. Tranquilo y silencioso. Se había tomado el tiempo necesario para guardar la carabina y se había encaminado a través de la maleza y los campos sin cultivar que rodeaban la zona industrial. Había recorrido los cien metros que lo separaban de sus blancos y ahora entraba en el aparcamiento de la nave. Iba vestido de negro. Los brazos colgando a lo largo de los costados y en la mano derecha una pistola. Una Beretta. Una semiautomática de corto retroceso.

Quince cartuchos de calibre 9 milímetros Parabellum.

Antonio, entre el dolor y el miedo, sintió los pasos tras de sí y se volvió revolcándose por el suelo como un cerdo, las piernas inertes y sin vida.

—¿Quién eres tú? ¿Qué quieres de mí? ¿De dónde sales?

El hombre vestido de negro permaneció en silencio, mirándolo desde arriba.

—¡Te pago! ¡Te pago! ¡Te doy todo lo que quieras! ¡Detente, te lo ruego! ¡Te lo ruego!

El hombre levantó el brazo recto, alineando alza y mira, apuntando a la cabeza del mayor de los hermanos Surace.

—¡Oh, *mamma* mía! ¡Oh, *mamma* mía! ¡Socorro, *mamma!*

El hombre de negro sonrió.

—Tienes razón, la familia es importante. La familia lo es todo —dijo con voz ronca.

El disparo de pistola resonó en el aparcamiento. El proyectil se clavó entre los ojos de Antonio y su cabeza cayó al suelo con violencia y ruido de huesos rotos.

El hombre volvió a disparar. Dos disparos al corazón. Luego levantó la vista hacia los dos senegaleses que lo miraban demudados. No dijo nada. No hizo nada. Se volvió en silencio y se fue andando entre la maleza y los campos sin cultivar que rodeaban la zona industrial.

Los negros miraron el cuerpo en el suelo. Volvieron al almacén, cogieron sus cosas y desaparecieron para siempre.

2

El verdadero nombre de Mika era Andréi, o mejor, Andréi Vasílievich Volkov, y evidentemente no era búlgaro. Había nacido a principios de los años setenta en lo que había sido la Unión Soviética. En la ciudad de Novosibirsk, en el Distrito federal de Siberia, entre el hielo silencioso del invierno ruso y las industrias metalúrgicas que proveían a un continente entero. Su padre le había llamado Andréi en honor al príncipe Andréi Nikolaévich Bolkonski, su personaje favorito de *Guerra y paz*. Había sido un individuo complejo y contradictorio, cautivado, a su pesar, por el regio pasado zarista, pero devotamente fiel a los dogmas del Partido Comunista, y así le había dado el nombre de un hombre fascinante e inteligente, que presa de la cruel seducción de la guerra había abandonado a su mujer encinta para irse a combatir contra las tropas de Napoleón Bonaparte, lo que le llevaría a vivir un largo camino de elevación espiritual, que lo conduciría, a través de la desilusión y el amor correspondido por la joven Natasha, a encontrarse a sí mismo en un nuevo campo de batalla.

Andréi, alias Mika, no era un príncipe, no había abandonado a ninguna mujer encinta y sobre todo no había combatido en Austerlitz contra el emperador francés, sino mucho más sencillamente en Chechenia, entre cuerpos torturados y atados con alambre de espino y fosas comunes excavadas con el buldócer. Él no había experimentado ninguna iluminación, ninguna llamada espiritual o camino de redención. Solo había comprendido que lo que hacía le gustaba. Había descubierto el gusto por la sangre, el sutil goce del sufrimiento del otro, la orgullosa omnipotencia de decidir sobre la vida y la muerte. A partir de esta nueva conciencia, el paso hasta convertirse en mercenario había sido muy corto. Desertó del ejército, cambió de nombre y bandera y se ofreció al mejor postor. Había combatido en todas partes donde hubiera guerra, en África y Oriente Medio, en los Balcanes, y luego de nuevo en Chechenia, en la segunda guerra de independencia, pero esta vez en la parte de los chechenos, que le pagaban en dólares por matar a sus hermanos rusos. El asunto no suponía un problema. Ya no.

Andréi nunca había dejado de pensar con nostalgia en los gloriosos tiempos de la guerra y la batalla, incluso ahora que habían pasado los años y se había tenido que moderar. Demasiados enemigos y un pasado abultado le habían hecho comprender que tenía que dejar que las aguas se calmaran antes de volver a combatir. Por eso había decidido establecerse en Italia. Había pasado unos años por el talego, aunque por nada importante. Luego se había lanzado a los nuevos negocios, de pequeños fraudes a falsificación de documentos, tráfico de drogas y tráfico de armas al por menor. La nueva vida no le satisfacía, se sentía desperdiciado, como un gran artista obligado a hacer de pintor de brocha gorda. Aquello era lo que le había deparado la vida y tenía que aceptarlo, al menos por el momento, pero no le impedía mantenerse en forma.

En lugar de un puto pintor de brocha gorda, él era un genio renacentista de la tortura, un profeta del sufrimiento.

Andréi sonrió, divertido por sus pensamientos infantiles. Miró alrededor la penumbra de la habitación, los ordenadores encendidos y los aparatos de vídeo. Aquel se había convertido ahora en su refugio del mundo exterior, de los fantasmas armados del pasado, pero también de las figuras grises del presente. Odiaba a aquellas personas: empleados, comerciantes, amas de casa, obreros, dependientes. Todos idénticos a sí mismos, con vidas iguales, pensamientos iguales, casas, coches, hijos, perros iguales. Todos repetidos hasta el infinito, como reflejo de un túnel de espejos. Sonrientes o lastimeros, felices o tristes, siempre eran inexorablemente falsos. Fantoches de cartón piedra, con una existencia lineal y simple. Un largo hilo recto tendido desde el nacimiento hasta la muerte, sin recodos, sin nudos, sin sentir el sabor de la sangre y la batalla, sin estar vivos. Su vida, por el contrario, había sido un ovillo inextricable. Un amasijo informe de odio, miedo, goce, violencia. Y, en el fondo, aunque encerrado en aquella mierda de refugio, sabía que la amaba.

Se sirvió un vaso de vodka. Del bueno, no la porquería que había endiñado el día anterior al abogado y a su amigo. Total, ellos no eran rusos y no iban a apreciar la diferencia. Se lo bebió con gusto, chascando los labios.

Se acordó de Impasible, el napolitano. Él era diferente, no un personaje gris. Era como él, un combatiente. Alguien que había probado el gusto de la sangre. Se había dado cuenta enseguida, lo había olido. Tenía los ojos negros sin expresión, como un pozo donde puede desaparecer un cadáver.

Lo que hacía todo aquello precioso. Por fin un adversario digno de él.

Andréi se sirvió otro vaso y abrió uno de los armarios metálicos del refugio. Sacó un bulto de tela tosca, verde militar. Lo dejó sobre una de las mesas y se sirvió otro trago paladeando el momento; luego aflojó las cintas con que estaba atado. Lo extendió sobre la mesa con una mezcla de estupor y sensualidad. Sonreía, sus ojos brillaban.

Era feliz.

Los instrumentos brillaron a la luz tenue de la penumbra. Hojas afiladas y acero reluciente. Los conservaba como un tesoro, como una reliquia de los años pasados. De tanto en tanto, cuando era presa de la nostalgia, volvía a jugar con ellos, los acariciaba con melancolía, pasando las yemas de los dedos por el borde afilado de la hoja, poniéndoselos con pasión en la garganta. Imaginando, recordando. En ocasiones se había cortado. Sin dolor. Soltando una gota, un fino reguero de sangre que daba sentido a aquellos instrumentos tan amados.

Los miró con deseo. Hojas curvadas y rectas, dentadas y lisas. Muchas habían sido robadas en las salas de operación de los campos de batalla, otras habían sido adquiridas por puro deleite. Andréi se demoraba en escoger, gozando en la espera como un amante atento que se emplea con pasión en los preliminares. Otro trago de vodka y una amplia sonrisa. Había elegido.

Un instrumento particular. Afilado y curvo. Pequeño y manejable. Ideal para intervenir con precisión. Ya lo había usado hacía poco tiempo, nada más llegar a Italia, con una prostituta de no recordaba qué país. Una espléndida experiencia que le había reportado grandes satisfacciones. La chica había acabado en un vertedero a las afueras de la ciudad. Pero luego, desgraciadamente, había tenido que renunciar a aquellos pasatiempos, demasiado arriesgados en tiempos de paz.

Ahora tenía curiosidad por descubrir nuevas aplicaciones y usos para aquel instrumento. Lo mismo se inventaba algo. A fin de cuentas, ¿no era un artista? Y un artista siempre sabe improvisar, experimentar, crear.

Por ejemplo, si tenían que entregar a Michele a unos compradores, en ninguna parte estaba escrito que tuviera que conservar los ojos.

Preparó una nueva jeringuilla de propofol, aunque luego lo desechó. Si lo sedaba, acababa para él toda la diversión. Recuperó la llave del cuarto de los juegos. Se dio cuenta a su pesar de que estaba excitado, sentía bajo los pantalones la dura presión de una fuerte erección. Sonrió.

El amor no se gobierna.

Quitó el candado y abrió la pesada puerta de metal. Una lengua de luz penetró en la estancia.

Michele estaba tumbado en el suelo. La espalda contra el pavimento, las piernas estiradas y los brazos sobre la cabeza. La boca cerrada, el mentón cubierto de baba y de sangre. No daba señales de vida.

Andréi se preocupó, evidentemente debía de sufrir algún tipo de intolerancia al propofol. El ruso hizo una mueca.

Comprobó las ligaduras que le ataban las muñecas y luego le puso una mano en la garganta para comprobar el pulso. Estaba vivo. Su inversión estaba asegurada.

Se permitió una sonrisa, aferró con fuerza el instrumento de acero. Hubiera sido necesario despertarlo para poderse divertir. No sabía bien por dónde comenzar. Solo en otra ocasión había sacado los ojos, pero había sido en el campo de batalla y lo había hecho deprisa utilizando un viejo cuchillo deforme. Ahora era diferente, tenía el instrumento adecuado y todo el tiempo que quisiera.

Se sentó a horcajadas sobre el estómago de Michele. El prisionero gimió. El ruso consideró que se trataba de una posición decididamente inconveniente, pero el asunto no le incomodaba, empuñó de nuevo el instrumento y se tocó entre las piernas. Su erección parecía haber aumentado. Luego, después de jugar, tendría que ocuparse de ella.

Levantó uno de los párpados de Michele, vio el blanco de los ojos y las pupilas negras e inmóviles. Todavía estaba inconsciente. Decidió comenzar de igual modo, el dolor lo despertaría.

Se inclinó sobre Michele. Casi rozándole la cara, respiración contra respiración.

Acercó la hoja curva...

Las pupilas de Michele se movieron. Lo contemplaron en la penumbra. Ambos hombres se miraron. Michele sonrió. Algo brillaba atrapado entre sus dientes. Una cuchilla.

Los brazos del prisionero saltaron de repente. Atados con las bridas, agarraron la nuca del ruso en un violento abrazo.

Michele tiró hacia abajo de su enemigo aplastándolo contra sí. El brazo armado quedó atrapado entre los dos cuerpos. Michele fue rápido. El cuerpo dispuesto y cargado. Un muelle a presión que por fin podía liberar toda su agresividad. El ruso se había dejado coger desprevenido, el deseo y la presunción le habían hecho vulnerable. Trató de soltarse, pero era inútil. Todo sucedió demasiado rápido.

Michele le bajó la cabeza con rabia, apretó más aún los dientes y posó un beso cruel en uno de los ojos del ruso.

La cuchilla cortó lo que se podía cortar: párpado, pupila, los labios de Michele y el orgullo de Andréi.

El dolor fue desgarrador. El ruso empezó a aullar con la cabeza sujeta por una mordaza y el hierro lacerándole la carne. Michele meneaba con fuerza la cabeza. Quería asegurarse de que estaba haciendo daño. Sentía la sangre del ruso empaparle la boca y el mentón.

Movió el cuerpo de lado. Escupió la cuchilla en un coágulo de saliva y sangre. Se arrastró rápido hacia la salida de la habitación. El ruso se llevó las manos a la cara. La sangre le manaba entre los dedos. El dolor se había apoderado de cada parte de su cuerpo. Michele salió tratando de cerrar la puerta. El ruso se levantó aullando y se lanzó contra él. La puerta se abrió de par en par con estruendo. Michele perdió el equilibrio en la sala de los ordenadores. El ruso cayó al suelo de rodillas. Michele le dio una patada en la cara, se volvió, vio la tosca tela militar verde y el brillo de las hojas afiladas. Se hizo con una y logró cortarse las ligaduras.

El ruso otra vez de pie avanzó hacia Michele. Medio rostro cubierto de sangre. Todavía empuñaba en las manos la cuchilla curva. Michele había agarrado un bisturí y estaba dispuesto a jugársela hasta el final.

Se miraron un momento. Estudiándose en silencio. Eran conscientes de que uno de los dos no saldría vivo de allí. Michele estaba dispuesto a morir o matar. Lo estaba desde hacía mucho tiempo, desde una noche en que la muerte lo había despertado en el silencio de su catre en la cárcel. Andréi no contemplaba esa idea, solo quería vengarse, matarlo, hacerle sufrir. Sentía lo que le quedaba de ojo latir como una masa informe de dolor que le martilleaba el cerebro. Estaba enloqueciendo. Ya no le importaba el dinero, los clientes del abogado podían irse a la mierda. Solo quería venganza, como únicamente un soldado ruso puede quererla.

Comenzaron a moverse en círculos. Brazos extendidos y la mirada fija en el adversario. Michele trataba de desplazarse hacia el lado derecho de Andréi, puesto que su adversario tenía menor visión por el ojo herido. El ruso se movía a saltos. Demasiado dolor, demasiada rabia. Asestó el primer mandoble sin mirar y sin miedo. Michele lo esquivó de pura suerte. Vio la hoja lanzar un tímido reflejo al rozarle la cara. Intentó una estocada. Solo un amago para evaluar los reflejos del adversario. Andréi se movió rápido, la adrenalina era el titiritero que tiraba de sus hilos.

Michele probó una estocada más decidida. Vio al ruso balancearse retrocediendo y trató de aprovecharse. Se movió rápido hacia delante descubriendo su guardia y entendió demasiado tarde que era una trampa. La hoja curva del mercenario le penetró rápida en el antebrazo. Un cuchillazo seco, semejante a un latigazo que te abre un tajo. Michele apretó con fuerza el bisturí. Logró no perder el arma a pesar de que el dolor le estallaba en el cerebro. Retrocedió rápido y vio una mueca en el rostro desfigurado de Andréi. La lucha con el cuchillo era su gran pasión, solo por detrás de la tortura, fruto de su juventud en el ejército ruso.

Ahora estaban a la par.

Michele sentía cómo le temblaba el brazo. La hoja había entrado profundamente y él se taponaba la herida con la otra mano, moviéndose torpe alrededor del ruso. Por un instante se vio a sí mismo con los ojos de la mente: entregado a un sanguinario cuerpo a cuerpo con un sádico militar del Este, en el centro de una estancia entre ordenadores y cables, en un sótano bajo las calles de Milán, después de por fin salir del talego. Se le escapó una carcajada histérica, alucinada.

Andréi no comprendió. Pero ante la duda atacó de nuevo. Un golpe rápido y preciso en el rostro. Michele se apartó con un segundo de demora. Sintió un leve ardor en la mejilla y enseguida correrle la sangre por la cara. Solo un arañazo, pero suficiente para tomar nota de que el ruso era demasiado para él.

Entendió que si quería salir de aquella situación tenía que estar dispuesto a sacrificar algo de sí. Tomar conciencia de ello no lo alteró demasiado, en el fondo sabía de sobra que todo tenía un precio y que tendría que pagarlo cada día de su vida. Se movió torpe y sin coordinación, llevando el hombro izquierdo hacia delante, en un desmañado intento de ataque. El ruso lo esquivó con facilidad, fluido y armonioso, desentendido de su herida, avanzó a la izquierda, hacia el hombro descubierto de Michele, y atacó.

Un golpe feroz, intencionado. La hoja curva se hundió en el hombro con facilidad. Se clavó profundo, cortando tejidos y músculos. El dolor le sacudió de inmediato. Michele aulló.

Había sacrificado algo de sí. Había pagado su precio.

El brazo se le dobló como un muelle y se agarró a la muñeca del ruso. Pero en vez de oponerse y buscar alejarse de aquella hoja que se hundía, se aferró a ella con fuerza tirando hacia sí, haciendo penetrar el acero templado aún más a fondo. Andréi no tuvo tiempo de asombrarse, se había inclinado hacia el adversario y esperaba su resistencia, no su apoyo. Se echó hacia atrás instintivamente, aumentando la distancia del cuerpo a cuerpo y descubriéndose.

Los golpes de Michele fueron inmediatos, de abajo arriba, directos al vientre de Andréi. Sintió el bisturí hundirse con facilidad en el estómago del ruso. Impasible se movió histérico y rabioso. Uno. Dos. Tres golpes. Cada vez más hondos, todos en el vientre. El ruso no tuvo tiempo de gritar, las palabras se le morían en la garganta, solo un sollozo se abrió paso entre sus labios. Pero no era dolor, era sorpresa, puede que admiración. Hasta la cuarta estocada no logró parar el brazo de Michele, pero ya era inútil. El bisturí había excavado, cortado, lacerado. Sentía los músculos abdominales contraerse en espasmos incontrolados y un calor desconocido subirle por el estómago.

La mano izquierda de Michele tenía sujeta la muñeca del ruso a la altura de su hombro, con una hoja de acero profundamente clavada. Su muñeca derecha estaba sujeta por Andréi. Estaban enganchados el uno al otro, en un macabro ballet, pero Michele sabía que no iba a durar, los golpes se habían dado a conciencia y pronto todo habría terminado. La resistencia del ruso se hizo cada vez más débil. Michele sintió la presa del ruso hacerse más suave y no vaciló. Dio un tirón liberando la muñeca y hundió de nuevo el bisturí. Entró fácil, pero esta vez no echó hacia atrás el brazo, tiró hacia arriba rasgando carne y ropa.

Andréi puso los ojos en blanco y abrió de par en par la boca, pero tampoco en aquel momento gritó. Soltó la presa del hombro de Michele dejando caer el brazo. Las piernas se le doblaron y el cuerpo se desplomó. Se plegó sobre sí mismo en posición fetal, mientras un charco de sangre se extendía en el suelo. Impasible sentía el pecho jadear frenético. Suspiró profundamente mirando a su enemigo.

Dolor. Miedo. Adrenalina. Sangre. Un torbellino incomprensible en su interior.

El ruso jadeaba cada vez más lento. Se sujetaba el estómago desgarrado tratando de parar la hemorragia, pero la sangre se le escurría entre los dedos y cada vez estaba más pálido. Michele se miró el hombro herido. Se apoyó en una de las mesas, agarró la hoja curva que todavía tenía clavada dentro y con cautela se la sacó. Otra vez el dolor reventándole en la cabeza. Tuvo miedo de desmayarse. Tenía que permanecer lúcido. Vio la botella de vodka abierta sobre un escritorio. La cogió por el cuello. Le dio un largo sorbo. Sintió las heridas de la boca arderle al contacto con el líquido.

Mejor, así se desinfectarían.

Se acercó al ruso en el suelo sujetándose el brazo herido, pero sin soltar el bisturí.

—La cadenita.

Tenía la voz débil.

El ruso alzó la cabeza. Le faltaba el aliento y tenía la mirada perdida. El dolor le había arrasado definitivamente.

Michele se acercó todavía más.

—¡La cadena! ¿Dónde cojones has puesto mi cadena?

El ruso murmuró algo incomprensible.

—*'Uaglio'*, si quieres que te mate deprisa tienes que decirme dónde está la cadena.

Ambos sabían que con aquellas heridas el ruso moriría, pero que lo haría al cabo de mucho rato. Iba a ser una muerte larga y dolorosa. Michele le proponía un fin rápido sin más sufrimientos. Un intercambio equitativo.

Andréi lo sabía y aceptó el acuerdo.

—Escritorio... seg... segundo cajón.

Simple y previsible.

Michele hurgó y encontró lo que buscaba. Se la metió en el bolsillo.

Volvió hasta Andréi, se inclinó y sin vacilar le cortó la garganta. Un tajo rápido y profundo, mientras el ruso le miraba. Un borboteo de la boca totalmente abierta. La sangre seguía extendiéndose sobre las baldosas gastadas.

Andréi murió a los pocos segundos.

Michele estaba cansado, débil, herido. Dejó caer al suelo el bisturí, que resonó en la estancia. Metió una mano en el bolsillo y sacó la cadenita. Se la puso ante el rostro. Fina y delicada, parecía el cabello de un ángel. En cambio, su mano estaba cubierta de sangre, un guante rojo y brillante.

Sonrió y volvió a suspirar.

Ahora solo tenía que esperar a su amigo el abogado.

3

El abogado De Marco estaba de buen humor. Era una mañana espléndida, el sol pálido y el aire frío hacían todo menos miserable: el barrio, las calles, las caras. Por primera vez desde hacía mucho tiempo se sentía bien. Caminaba rápido tratando de reprimir las ganas de dar saltitos. Las residuales dudas morales, si es que las había sentido, habían desaparecido ante el desayuno: un café sin azúcar y tres rayas de colombiana purísima. Lo mejor de lo mejor, que le había pasado a crédito uno de sus camellos de confianza, un albanés con la cara marcada que lo había mirado dudoso. Pero esta vez el abogado había exhibido la sonrisa de las grandes ocasiones, la de los viejos buenos tiempos, y le había asegurado que pronto, o mejor, prontísimo iba a saldar todas sus deudas, las viejas y las nuevas. El albanés había decidido creerle. Total, si no pagaba le iba a romper las piernas. Pero el abogado parecía seguro de lo que decía, como si llevase en el bolsillo el boleto premiado de la lotería. Un boleto que llevaba el nombre de Michele Vigilante.

Llegó al portal de su socio con una expresión obtusa estampada en la cara. Dio tres timbrazos rítmicos, para dar cauce a la euforia que le había provocado la coca. Entró silbando con alegría. Superó las barreras: puerta, reja y portal blindado. Entró en la estancia subterránea con el cerebro todavía embotado por la droga y la sonrisa estampada en los labios.

—¿Mika?

Miró a su alrededor excitado, sorbiéndose la nariz y frotándose las manos. La habitación estaba aún más oscura de lo habitual, muchos monitores estaban apagados.

—Mika, ¿dónde te has escondido? Tengo grandes novedades. Mejor de lo que esperábamos.

Amagó un par de pasos inciertos. En la sombra vio una mancha oscura en el suelo. Sangre. Un pensamiento le recorrió la mente. ¿Qué carajo ha liado este búlgaro de mierda? *Como se le haya ido la mano y lo haya matado, adiós dinero.*

Se movió rápido y alterado, adiós sonrisa, preocupado por su inversión. La mancha de sangre seguía por detrás de uno de los escritorios, ancha y brillante como una autopista. Demasiada sangre, decididamente demasiada. Maldito búlgaro del car...

El búlgaro estaba allí, tirado en el suelo, congelado en su última agonía. Se sujetaba el abdomen desgarrado. La boca abierta y la garganta rebanada.

Entre la coca y la adrenalina el cerebro del abogado se cortocircuitó. Veía la escena, pero no la comprendía, como si los ojos se negaran a conectarse con el cerebro. Era como mirar un cuadro, uno de esos colgados en las iglesias en que se representa el sacrificio de los mártires. Solo puedes contemplarlos con frío interés y tranquila admiración.

—¡Bienvenido de nuevo, abogado!

Umberto se volvió lentamente. Era inútil escapar.

El primer golpe con la botella de vodka le alcanzó en la sien. Se sorprendió. No le dolió. No mucho. La botella no se rompió como en las películas. Era vidrio grueso, material de calidad. Solo un ruido sordo y una sensación de sacudida al movérsele la cabeza de lado.

El segundo golpe ni siquiera lo sintió. Solo percibió que las rodillas se le doblaban y caía al suelo desnudo. Vio la sombra de Michele alzando el brazo para el tercer golpe y luego nada más.

Impasible dejó la botella en el escritorio y estiró el brazo sacudiéndolo ligeramente para soltar los músculos. Se sentía entumecido y cansado, había perdido mucha sangre. El otro brazo era un cúmulo de dolor latiente que le retumbaba en la cabeza y le enervaba. Mientras esperaba al abogado se había desinfectado la herida con media botella de vodka y había logrado ponerse una suerte de vendaje con la camiseta del ruso cortada en tiras. En conjunto no era nada del otro mundo como cura médica, la herida se iba a infectar seguro, pero al menos había dejado de sangrar y la venda apretada le había devuelto un mínimo de movilidad. Valoró la idea de otro trago de vodka, pero lo descartó. Tenía droga en el cuerpo y tenía que tratar de permanecer lo más lúcido posible. Todavía tenía muchas cosas que hacer.

Arrastró al abogado hasta la pared y le puso sentado. La espalda contra la pared y la cabeza gacha. Le ató las manos con una de las bridas de Andréi. Se apoyó sobre uno de los escritorios y gozó por un instante de la paz y el silencio de aquella habitación.

Nadie había podido oír los gritos.

Umberto De Marco, letrado de renombre, abogado defensor de la Corte de Casación y yonqui sin remisión, volvió en sí en unos minutos. Movió lento la cabeza, balanceándola al ritmo de una música que solo oía él. Abrió los ojos agitando los párpados para enfocar en la penumbra.

—Hola, *Umbe'* —dijo tranquilo Michele.

El hombre tomó conciencia de la situación. No se lo podía creer, no le parecía posible que toda la suerte se le fuera a la mierda tan rápidamente. De los cielos a los infiernos. Una vez más. Otra vez el inútil viaje que había hecho toda su vida.

—Hola, Michele. —Se sentía extraño. Tranquilo y resignado.

—¿Quieres decirme cómo cojones se te ha pasado por la mente? —En su voz había una verdadera curiosidad.

El abogado no respondió. Tenía montones de justificaciones en la cabeza, montones de motivos y excusas preparadas, pero sabía que él ya se las conocía todas, así que se limitó a encogerse de hombros frunciendo los labios. Volvió la mirada hacia su compadre con el vientre abierto en el suelo, luego miró ante sí. Ahora era él quien tenía una pregunta. Una pregunta que no hizo, que quedó suspendida en el aire.

—La cuchilla de tu maquinilla —respondió Michele—. La desmonté y me la metí en la boca.

El abogado le miraba en silencio. Seguía sin comprender.

—Lo aprendí en la cárcel, *Umbe'*. Los marroquíes se la colocan entre las encías y la mejilla para que no se las encuentren y la usan dentro como arma. Si tienes cuidado consigues no cortarte. Algunos las envuelven con papel y se las tragan, una manera como otra cualquiera de que te lleven al hospital. Yo, después de la que me liasteis tú y tu amigo, me arriesgué a tragármela. Tuve que meterme dos dedos en la garganta para expulsarla, y créeme que duele.

Umberto miró el cuerpo del ruso, pero permaneció en silencio.

—Es verdad, a él le ha dolido más que a mí...

No era una ocurrencia. Tampoco una ironía. Solo una fría constatación.

—¿Cuánto te había prometido Peppe el Cardenal?

El abogado puso los ojos en blanco. No era la pregunta que se esperaba, pero tras un segundo de vacilación decidió contestar.

—Mucho.

—¿Dinero o droga?

—Ambas cosas.

—Siempre has sido codicioso. Te hubiera bastado con lo que te daba yo —dijo Michele bajando del escritorio. Se acercó a su examigo mirándole fijamente a los ojos y le registró los bolsillos de los pantalones. Encontró las llaves de su casa y las de un Mercedes. Seguramente con los plazos vencidos y próximo al embargo.

—¿Dónde está aparcado?

—Junto a la gasolinera.

Michele asintió, volvió al escritorio tocándose el brazo herido y empezó a trastear con los juguetes del ruso.

El abogado apoyó la cabeza en la pared esperando en silencio. Se había visto reflejado en los ojos de Michele y había comprendido que había vuelto a ser el de antaño. Inútil pedirle clemencia o perdón. Ya había decidido cuál sería su destino y quizá no le disgustara tanto: se había acabado, de un modo o de otro, se había acabado. Nunca más llantos ni recriminaciones. Nunca más los síndromes de abstinencia ni el frenesí de ponerse, los asuntos de dinero, las súplicas a los camellos, los compromisos consigo mismo, las falsas excusas para su conciencia muerta y sepultada. Nunca más.

De pronto se sintió ligero. No tenía familia, no tenía futuro, no tenía nada, y la sorprendente consideración de que iba a acabarse todo en aquel momento le hizo sonreír. Puede que Michele todavía fuera su boleto premiado de la lotería.

Impasible se volvió empuñando el mismo bisturí con que había matado al ruso. Quería ser coherente. El abogado cerró los ojos conteniendo la respiración, percibió la sombra de su amigo que se acercaba y se inclinaba sobre él. Le puso una mano en la frente sujetándole contra la pared.

Apretó los dientes preparándose para el dolor.

Y el dolor llegó. Desgarrador y sorprendente. Cruel e inesperado.

Michele le estaba cortando una oreja.

El abogado comenzó a aullar y a soltarse. No era eso lo que había esperado.

Michele siguió con su trabajo, aunque no estaba particularmente satisfecho. Umberto no paraba de moverse y el corte no era exacto ni limpio. El ruso hubiera sabido hacerlo mucho mejor, descanse en paz.

Michele terminó lo que había empezado tirando la oreja cortada en mitad de la habitación. El abogado seguía aullando y llorando. La sangre le corría por el cuello y le caía por la camisa inmaculada. Empezó a boquear en tanto las oleadas de dolor se iban atenuando. La herida latía y un calor desconocido le subía a la cabeza. Miró a su amigo con los ojos turbios y la mente confusa.

El hombre frente a él tiró el bisturí al suelo.

—Hay un solo motivo por el que todavía estás vivo. Tienes que ir a casa de Peppe el Cardenal y decirle que no se moleste tanto en buscarme, porque en cuanto haya terminado lo que tengo que hacer seré yo quien le busque. ¿Me has comprendido?

El abogado se sentía a punto de desmayarse. Los ojos se le cerraban.

Michele se inclinó sobre él. Le agarró la cara con fuerza apretando los dedos sobre la herida en carne viva. Quería estar seguro de que recibía el mensaje. El abogado puso los ojos en blanco ante tanto dolor.

Michele le habló despacio.

—¿Me has comprendido? ¡Seré yo quien vaya a buscarlo! Siempre que no llegue antes el Destripamuertos. Digamos que estamos haciendo una competición y que el primer premio es su cabeza. —Luego sonrió; en el fondo, aquella sombra oscura que le había reservado una lápida en el cementerio empezaba a gustarle.

Umberto asintió, y en los ojos del otro no vio odio sino algo mucho más cruel, conmiseración.

Impasible se volvió y sin añadir nada más salió de aquella habitación cerrando el portal tras él.

El abogado se desmayó en la penumbra.

4

El inspector Lopresti había decidido que lo mejor que podía hacer en aquel preciso momento era mirarse los zapatos en silencio y esperar a que pasase el broncazo. Y, como él, también los otros habían optado por la misma sabia estrategia. Hacía casi media hora que el jefe, el comisario jefe Taglieri, se estaba desahogando salvajemente... Antes o después se cansaría de chillar.

La noticia del asesinato de los hermanos Surace había llegado rápida e implacable como los cajones de fruta de su almacén. Los camioneros que tenían que cargarlos y marcharse al reparto eran quienes habían encontrado los cadáveres. Descargadores y mozos, que habían llegado antes de abrir, se habían limitado a verificar que tendrían que buscarse otro trabajo y en nada habían desaparecido entre la maleza que rodeaba el aparcamiento. Eran inmigrantes clandestinos y trabajadores ilegales, ninguno quería problemas. Alguien sin embargo había meado sobre los cadáveres, por darse un capricho.

La Científica aún estaba con las diligencias, pero la autoridad competente ya había contactado con el comisario jefe Taglieri con una llamada de madrugada que le había arrancado de su atormentado sueño. En realidad, nadie había puesto en duda la paternidad de los hechos. Todo el mundo tenía en mente el asunto de las siete lápidas de San Giuliano Campano.

Vigilancias y escuchas desgraciadamente habían resultado inútiles y quien tenía que actuar lo había hecho con la más absoluta tranquilidad. Algo rápido y limpio, pero en cualquier caso de gran efecto. Había poco que inventar; el Sepulturero, como lo llamaban los periódicos, o el Destripamuertos, como lo llamaban todos los demás en los bares y callejones, tenía cierto gusto por el teatro: Vittoriano el Mariscal, muerto rezando ante su propia tumba; Bebè colgado de la lámpara de su casa...

El inspector reprimió la leve sonrisa incipiente de sus labios. No quería que el comisario jefe Taglieri lo notase y dirigiese su rabia contra él.

—... como si no bastase —seguía gritando—, los periódicos lo están jaleando. —Cogió un fajo de diarios y los tiró sobre la mesa—. ¡Y es más! Como el mundo está lleno de gilipollas, esta mañana alguien ha abierto una página en Facebook dedicada al Sepulturero y en menos de tres horas ha tenido más de treinta mil *likes,* y no os cuento los que la han compartido y los comentarios... ¡Solo de pensarlo se me abren las carnes!

Todo el mundo miraba al suelo. Nadie quería ser quien hablara el primero ni tampoco tenían nada que decir. Habían pasado cuatro días y seguían con las manos vacías. Un fárrago de cotilleos, falsas pistas e indicios de poca monta. Nada concreto, nada con lo que poder iniciar una investigación seria.

El jefe de la Móvil se acercó a la ventana escrutando desconsolado el paisaje. Viejos edificios, coches aparcados en la acerca, tráfico congestionado, farolas que empezaban a encenderse y cuatro árboles desnudos y enfermizos. Sintió aumentar su dolor de cabeza. Se apretó con fuerza el tabique nasal tratando de recuperar la concentración. Se había saltado la comida y ahora empezaba a sentirse débil, pero no era momento de descansar. Había convocado aquella reunión de urgencia por un motivo preciso y quería estar seguro de que sus hombres recibían el mensaje.

—Intentemos hacer balance de la situación —dijo sin volverse, sin dejar de mirar el ir y venir de los coches y lamentando haber rechazado el puesto de secretario del ayuntamiento por el concurso para comisario de policía—. ¿Qué sitios quedan libres en el cementerio?

Cozzolino, que al igual que los demás no había logrado concluir nada de aquella investigación, tomó fuerzas y habló.

—Quedan Peppe el Cardenal, Gennaro Rizzo y... Michele Vigilante.

El comisario jefe asintió.

—Exacto. Peppe está escondido en su casa, no se mueve, y lo mismo sus hombres, que están tranquilos y a cubierto. Ha llegado el momento de llamarlo a jefatura, aunque sabemos que vendrá con su habitual cara de pobre inocente perseguido. Me repetirá por enésima vez que él no es más que un pequeño empresario, casi un indigente, devoto de la Virgen de Pompeya, y que no tiene nada que ver con este feo asunto. Tiempo perdido, pero vamos a probar. En cuanto a Gennaro Rizzo, esperamos un informe de la Interpol, pero será la misma historia de siempre en los últimos años... «No se tienen noticias del nombre mencionado. A día de hoy se desconoce su paradero...». En cuanto a Michele Vigilante, la cosa es diferente. Tenemos novedades.

Lopresti lanzó una mirada a Corrieri. Vigilante era tarea suya. Su colega se encogió de hombros dando a entender que no sabía nada.

—Hoy ha sido un día de grandes novedades. Además de los fusilazos a los hermanos Surace, hace poco me han llamado de Milán para darme la alegre noticia de que se ha encontrado el cuerpo destripado y degollado de un fulano del Este de Europa.

Los hombres de Taglieri se miraron en silencio. Seguían sin comprender.

—Todavía no he recibido toda la documentación ni los informes del caso, pero en los bajos de un edificio se ha encontrado el cadáver de un sujeto con antecedentes penales. Un tal Mika Stojanov, con toda seguridad un nombre falso sobre el que están trabajando los compañeros de Milán. Pero, en cualquier caso, se trataba de un sujeto peligroso, implicado en tráficos diversos, desde documentación falsa a contrabando de armas. Alguien del edificio oyó gritos y llamó al 112, cuando los *carabinieri* llegaron al lugar encontraron rastros de sangre en el portal y en el pasillo que llevaba al sótano. Los bomberos tuvieron que forzar la puerta blindada y... el lugar parecía un matadero. El cadáver estaba destrozado. Han tomado huellas y restos de sangre de varias personas. Entre ellos los de Michele Vigilante.

Taglieri se volvió, mostrando una expresión seria y tensa.

—¿Qué noticias tenemos de las interceptaciones? —preguntó después de una breve pausa.

Le tocó responder a Morganti.

—Sabíamos que Vigilante tenía conexiones en la ciudad. Un abogado, alguien al que conocía de antes de entrar en la cárcel, un tal De Marco...

—Encontradlo.

Morganti asintió.

—Dos de vosotros os vais a Milán —continuó el jefe—. Dais apoyo a los compañeros, pero vuestro único objetivo será encontrar a Michele Vigilante. Me importa un carajo si en el momento del primer homicidio estaba en el talego. En todo este teatro de títeres es uno de los actores principales y lo quiero de nuevo entre rejas, que ya estaba muy acostumbrado y no le va a impresionar.

Lopresti estaba dispuesto a ganar puntos jugando fuera de casa. Era momento de redimirse, tenía que hacer que se olvidara cuanto antes el hecho de que hubieran matado a los hermanos Surace justo cuando estaban a punto de cogerlos. Pero en el momento de ofrecerse, ya casi a punto de levantar la mano, encontró la mirada de su compañero Corrieri que le miraba con expresión de súplica. Le quedó claro que él, próximo a jubilarse y con el único deseo de estar en casa con su mujercita, no tenía ganas de embarcarse en esa historia. Lopresti titubeó. Corrieri era el típico rajado, un aburrido tocacojones y un vago, pero en el fondo, tuvo que admitir, también era una buena persona.

El jefe lo miraba esperando una respuesta obvia que tardaba en llegar.

—¿Entonces?

Lopresti estaba a punto de ceder.

—Vamos mi compañero Annunziati y yo. Lopresti ha tenido problemas con la cuestión de Michele Vigilante, puede que convenga una perspectiva nueva...

El que había hablado había sido Morganti, ansioso por brillar ante los ojos de Taglieri.

El jefe a su pesar asintió y Morganti se volvió hacia Lopresti sonriendo. Una sonrisa irónica y cortante. Pretendía hacerle quedar como el cretino que además de haber permitido que mataran a los hermanos Surace había perdido a Michele Impasible.

El inspector se quedó sorprendido, se tragó el sapo y tomó nota mentalmente del comportamiento de cabrón de su compañero.

Annunziati en cambio mantenía la mirada fija al frente. Una estatua de sal. Estaba claro que se estaba esforzando por permanecer inmutable y no reírse en su cara. Esos dos desgraciados debían de haber decidido hacía tiempo aquel golpe bajo. Evidentemente sus pasados éxitos y su relación privilegiada con Taglieri habían provocado bastantes dolores de estómago, más de lo que se pudiera imaginar. Bueno era saberlo. Ahora tenía claro de quién podía fiarse y de quién no.

Temperamental e instintivo, pero también leal y correcto, Lopresti se sintió algo culpable por haber pensado mal de Corrieri en el pasado, cuando era mejor que muchos otros. Falsos amigos que mueven el rabo a tu alrededor cuando las cosas te van bien pero que en realidad están siempre dispuestos a quitarte la silla.

—En cualquier caso, comisario, si se me permite —fue el mismo Corrieri quien intervino, con su voz suave y obsequiosa—, hay otras novedades sobre Vigilante.

En un segundo todas las miradas se concentraron en él. También Morganti y Annunziati vieron de pronto entibiarse su triunfo.

El jefe de la Móvil se mostró escéptico.

—¿Cuáles?

—Lopresti y yo hemos tenido ocasión de intercambiar pareceres con algunos compañeros de Antidroga, obviamente respetando al máximo el secreto de la investigación. Nos han confirmado que al menos cinco de los nombres presentes en las lápidas, es decir, Vigilante, Rizzo, los Surace y Giuseppe Notari, o si se prefiere, Peppe el Cardenal, en el pasado habían colaborado todos en ciertas actividades ilícitas, entre otras la introducción y tenencia con fines de tráfico de grandes cantidades de estupefacientes. No sería de extrañar que también los otros dos nombres hayan tenido algún papel activo en los diversos tráficos.

Lopresti logró con dificultad ocultar su estupor tras una expresión absorta y meditabunda, como de alguien que comprendía las profundas implicaciones de la cuestión. En realidad, él no había hablado con nadie y de aquella comunicación no sabía nada en absoluto. Pero le sorprendió la dialéctica de Corrieri, que era más clara y pulida que un atestado de la policía judicial, y sobre todo disfrutó viendo que los dos gilipollas de Annunziati y Morganti se quedaban helados.

El jefe, por su parte, sintió que el dolor de cabeza aumentaba sin remisión y las venas de las sienes le latían frenéticamente.

—¿Y me queréis explicar por qué hasta ahora no sabíamos nada? ¿No lo habéis investigado?

—Claro que lo hemos hecho —explicó Corrieri—, pero se trataba de antecedentes muy antiguos. De hace veinte años, antes de que Vigilante entrase en prisión, y luego...

—¿Y luego? —le apremió Taglieri.

—... y luego los archivos fueron borrados.

La frase quedó flotando en la estancia, entre los calendarios de la policía colgados en las paredes y la foto del presidente de la República mirándolos desde lo alto. Las palabras se agigantaron, se volvieron pesadas y opresivas.

—¿Cómo que «borrados»?

—Alguien se metió en el sistema y borró los archivos de aquel período. Solo dejaron los más recientes. Sobre cada uno de los siete sujetos.

—¿Y los expedientes en papel?

—También han desaparecido.

El comisario jefe Taglieri volvió a apretarse el tabique nasal entornando los ojos.

—Deja que lo entienda. Alguien entró y lo borró todo..., pero para acceder al banco de datos ¿no es necesario introducir una contraseña? Y cada vez que se accede ¿no quedan registrados en la máquina la hora, la fecha y el usuario que utiliza el sistema?

—Sí, exacto —confirmó Corrieri con un hilo de voz.

—¿Y entonces se puede saber quién ha sido el que ha entrado y ha montado este follón?

Corrieri estaba en un aprieto y Lopresti seguía en silencio, muerto de vergüenza.

El jefe empezó a perder la paciencia.

—¡Inspector, dígame inmediatamente quién es el que ha entrado en el sistema!

—Benedetti. El usuario y la contraseña son los del subcomisario Angelo Benedetti. La entrada al sistema y el borrado de los archivos sucedieron el lunes, poco después del homicidio de Vittoriano Esposito.

Benedetti era una persona tranquila, padre de familia y apasionado del tiro al plato. Había entrado en la policía a mediados de los años ochenta, había estado en los destinos más candentes: Campania, Calabria, Sicilia. Él iba siempre donde se le necesitaba, sin protestar y con una sonrisa en los labios. Era respetuoso con sus superiores y amable con los compañeros, preciso y puntual, seguro y de confianza, un policía de la vieja escuela. Alguien con quien era imposible no estar de acuerdo. Todas magníficas cualidades. Menos una.

Estaba muerto.

Fulminado por un infarto hacía tres semanas, justo mientras participaba en un torneo de tiro al plato.

Todos los que se encontraban en la sala habían asistido a su funeral y aportado los habituales diez euros para la corona de flores. Cozzolino había estado incluso entre los que habían llevado a hombros el féretro cubierto con la bandera tricolor.

El jefe no dijo nada. Volvió a la mesa y se dejó caer pesadamente sobre el sillón de polipiel. Nadie se atrevía a respirar. Disero y Cozzolino solo querían estar lejos, Morganti y Annunziati ya no veían motivos para regocijarse, Corrieri y Lopresti ya no buscaban ningún reconocimiento por su trabajo.

Todos habían comprendido lo que estaba sucediendo. Aunque ninguno quería creérselo.

En la comisaría había un topo.

5

Hola, preciosa.

La voz de Michele volvía estridente de su pasado. Una voz joven y alegre que atravesaba los últimos veinte años para volver a golpearlo. Una voz suave y cortante, con un claro deje de maldad.

Con ella, la imagen de una chica. El rostro era un óvalo indefinido, un contorno disgregado y trémulo. Los colores cálidos, difuminados, como en esas viejas películas caseras amarilleadas por el tiempo.

Era hermosa. Muy hermosa. El cabello castaño largo suelto sobre los hombros. Los ojos oscuros y profundos. La piel del rostro lisa y blanca, como de porcelana, los pómulos salientes, pronunciados. La boca carnosa y poderosa. Debía de ser una maravilla cuando sonreía. Pero en aquel momento no sonreía en absoluto. Miraba recelosa a aquel chico frente a ella.

¿Nos conocemos?

Claro. Tú eres Milena, la chica de Franco.

Sí.

No recordaba haberlo visto nunca, como tampoco recordaba al otro joven que se acercaba cruzando la calle.

Soy Michele y este es mi amigo Gennaro. Franco nos pidió que viniéramos a buscarte para llevarte en coche.

No me hace falta, gracias. Tengo moto. Y Franco lo sabe.

El tono de ella era tirante. Aquellos dos no le gustaban, al igual que no le gustaba el coche con el motor en marcha a sus espaldas.

Michele sonrió. Una sonrisa de depredador, bajo dos ojos negros que seguían clavados en la muchacha.

Franco sabe muchas cosas. Pero apuesto a que algunas se le olvidan. Así que vamos, que se nos hace tarde.

Michele la cogió del codo haciendo el gesto de acompañarla. Ella se soltó con violencia. Pura rabia.

Pero ¿de dónde habéis salido? Dejadme en paz, que os monto un escándalo que no os podéis ni imaginar. Empiezo a chillar y baja medio barrio.

Michele se rio. La cocaína le había pegado a base de bien. Le estaba subiendo y le estaba afectando. Se pasó la lengua por los labios y las encías. Los sentía medio dormidos, pero estaba bien así. Además, aquella chica le gustaba. Tenía huevos.

Gennaro Rizzo, a su lado, miraba a izquierda y derecha, vigilando que no viniese nadie a joder. A Michele en cambio se la resbalaba, solo tenía ojos para la chica: para las ondas del pelo que le caían y se rizaban sobre los hombros, para la cazadora vaquera desteñida y ceñida, para la bufanda de lana violeta... y para la cadenita de oro del cuello, fina y delicada, con un pequeño crucifijo colgando, como el cabello de un ángel.

Michele inclinó ligeramente la cabeza a un lado. Luego su mano saltó rápida aferrando la garganta de Milena. De la boca de ella salió un grito ahogado, sus ojos se abrieron de par en par, de miedo. Los dedos del hombre la apretaban con fuerza, se le hundían en la carne, las uñas le arañaban la piel. La muchacha se aferró al brazo que le estaba cortando la respiración en un inútil intento por soltarse.

Gennaro se les acercó en silencio. Se aproximó de costado y le soltó a Milena un puñetazo en pleno estómago. La muchacha se dobló como un junco. Las rodillas cedieron, pero él la sujetó rápido por el pelo, agarrándola con fuerza.

Eh, señorita, no. No te caigas al suelo, que luego hay que recogerte. Lo que tienes que hacer es seguirnos en silencio, sin tocar los cojones. ¿Está claro?

Milena tenía la cara completamente roja. Del rabillo del ojo le caían dos lágrimas. Tenía las venas del cuello hinchadas.

Miche', *suelta, si no esta revienta.*

Pero Impasible no oía las palabras de su compadre, era un manojo de nervios. Sujetaba su presa con el brazo rígido de espasmo. Los músculos del antebrazo comenzaron a temblar. Notaba la cadenita de la muchacha enganchada entre los dedos. Sentía la viscosidad de la sangre en la mano.

Miche', *suelta, que se está ahogando.* ¡Miche', *suelta!*

Gennaro Rizzo lo sacudió. Él aflojó los dedos lo mínimo indispensable para dejar respirar a la muchacha. El aire le llegó a los pulmones como una especie de remolino. El pecho subió desbocado, antes de que Michele volviese a apretarle la garganta.

Has oído a mi amigo, ¿no? Ahora vienes con nosotros sin rechistar.

La muchacha no hablaba. No podía. El miedo y el dolor le habían nublado la mente y cerrado la boca. Puede que todavía esperara que la dejaran en paz, que la dejaran marcharse con la moto, que la dejaran volver con su Franco. Pero aquellos dos no tenían la más mínima intención de dejarlo, no habían hecho más que empezar y querían ponerse manos a la obra, y allí en medio de la calle era demasiado arriesgado.

Gennaro hizo un gesto hacia el coche, que se acercó despacio. Al volante iba Bebè, sin tripa y todavía con todo el pelo, años antes de que alguien le colgara de la lámpara de su casa. Detrás los hermanos Surace, con caras jóvenes y ávidas. Bajaron del coche todavía en marcha y se subieron a toda prisa a la moto de Milena, la arrancaron con un golpe de pedal y se la llevaron lejos por los callejones del barrio. Seguro que para quemarla en cualquier descampado.

Michele y Gennaro arrastraron a la muchacha hasta el coche y se montaron en los asientos de atrás sujetándola inmóvil en el medio. Bebè los miró por el espejo retrovisor.

¿Todo en orden, Miche'?

Claro, guaglio'. Todo en orden. Solo falta que ese gilipollas se mueva.

De detrás de una esquina llegó corriendo el vigía del grupo. El que había dado vía libre a la operación. Un joven, imberbe y timorato Giuseppe Notari, que todavía no se había convertido en Peppe el Cardenal. Entró delante y cerró a toda prisa la puerta del copiloto.

¡Vamos, vamos!

¡No, espera!

El tono de Michele no admitía réplica y Bebè se detuvo en seco antes de meter la primera y darle gas. Impasible sacó la cabeza por la ventanilla mirando hacia arriba. Hacia los balcones y las ventanas de los edificios, pero no vio a nadie. Ni gritos ni nada de medio barrio bajando a la calle. Solo se oyó el ruido de una persiana cerrándose: alguien había decidido que era mejor ocuparse de sus propios asuntos.

Michele le hizo una señal a Bebè y el coche arrancó rápido.

La muchacha respiraba con dificultad, tenía profundas marcas en el cuello. La sangre le había manchado la cadenita y el borde de la camiseta. Lloraba en silencio. Se dobló sobre el asiento, todavía sintiendo que se ahogaba.

Gennaro sonreía satisfecho y Michele miraba fuera del vehículo. Notaba una extraña sensación: a él también empezaba a faltarle el aire. Los efectos de la cocaína se estaban desvaneciendo, había comenzado la fase de bajón y necesitaba volver a esnifar. Abrió ligeramente la ventanilla, pero la situación no mejoró, es más, los sollozos de Milena se le metían en la cabeza y le martilleaban el cerebro. Inspiró para llenarse los pulmones, mientras el coche desaparecía entre los callejones.

Otra misión cumplida.

6

El abogado De Marco estaba hasta arriba.

Tirado en el sofá de polipiel, seguía embadurnando de sangre los raídos cojines bordados de ganchillo. Miraba extasiado las luces de la araña que temblaban y se fragmentaban ante sus ojos, encerradas en bombillas de vidrio, entre pesadas lágrimas de fino cristal que lanzaban reflejos multicolores. Las contemplaba con una sonrisa alelada siguiendo cada fulgor como si fuesen montones de maravillosos arcoíris que habían de conducirlo al tesoro. Pero allí de tesoros y cofres llenos de monedas de oro no había ni rastro; solo un aire viciado, denso, estancado. A su alrededor se movían unos hombres de modales bruscos e impacientes.

La decoración de la habitación se había quedado estancada en los ochenta. Un pesado aparador de madera atiborrado de horribles adornos, una sucesión de bomboneras y marcos de plata de gente probablemente muerta hacía un siglo. A la entrada del salón, una pareja de ancianos aguardaba en silencio, uno junto al otro como perros abandonados. Marido y mujer con la cabeza baja, perfectamente conscientes de que en su casa no tenían derecho a hablar. Alguien los acompañó a la cocina sin muchos miramientos. Debían quedarse allí esperando, tomarse un café y no molestar.

Umberto tenía únicamente una vaga percepción de lo que estaba sucediendo. En el lugar donde se encontraba le habían endiñado dos inyecciones en el brazo, entre los otros agujeros, viejos y nuevos. Después de la primera el dolor se había atenuado, lo sentía lejano y sordo como las oleadas de la resaca. Después de la segunda su cabeza había empezado a flotar, las luces de la araña se habían vuelto relucientes y las voces alrededor confusas. No había logrado identificar de qué droga se trataba, pero era buena y quería más.

Junto al sofá, de un perchero de latón colgaba una bolsa llena de líquido transparente. Siguió con la mirada turbia el tubito que terminaba en su vena. Gota a gota. Luego vio una sombra inclinarse hacia él y una voz que le llegaba de lejos.

—Abogado, ¿me oyes? Soy yo, Giovanni. Ahora el doctor te va a coser, pero tienes que decirme dónde está Impasible, y me lo vas a decir ahora. ¿Me has comprendido?

Asintió, al tiempo que su mente comenzaba a nublarse. La imagen de Michele cortándole la oreja con el bisturí del búlgaro le volvió de pronto a la cabeza provocándole un estremecimiento de frío. Se sentía débil y confundido debido a la sangre perdida y por las magníficas drogas que le habían enchufado en vena, pero con todo reconoció la voz de Giovanni Treccape.

La voz de su hombre. El que según sus planes iba a cubrirle de dinero. Y sin embargo...

Umberto sonreía mientras un presunto médico trataba de suturarle la herida de cualquier manera.

—Abogado, ¿me oyes? ¿Has entendido? ¿Pero de qué te ríes?

Treccape empezaba a perder la paciencia.

—De nada, Giovanni, de nada. Pensaba en cuando te llamé... Cogí el móvil y me lo puse en la oreja... ¡solo que la oreja no estaba! —Y volvió a reírse. Una carcajada histérica, aguda, poco natural. Aquel hombre estaba a punto de hacerse pedazos.

—Abogado, Michele. ¿Dónde está Michele Impasible?

Pero él seguía carcajeándose mientras el médico cosía la carne lacerada con amplios y repetidos movimientos.

—No lo sé. A mí me dijo que quería documentos para irse a España.

—Mmm... A España. ¿Y dónde?

Esta vez De Marco no respondió. Ni sabía ni quería. Su único deseo era dejarse llevar de una vez para siempre. Aquella droga era estupenda.

Treccape estaba evaluando seriamente la idea de arrancarle la otra oreja para hacerle hablar cuando el timbre de la puerta lo distrajo de sus afectuosos propósitos.

Don Aldo entró en la habitación con el pelo engominado, recuerdo de juventud, bien fijo en la cabeza, y la chaqueta oscura perfectamente abotonada. Avanzó con paso lento, ayudándose con el bastón, acompañado por un par de jóvenes. Treccape se sorprendió al verlo. No sucedía todos los días que un hombre de su rango se ocupase personalmente de aquellas cosas, y era casi imposible que Don Aldo abandonase su oficina-bar, donde decidía la suerte de su organización. Pero el caso era que ahora se encontraba frente a él y contemplaba con cara de asco a aquella larva sonriente que una vez había sido un abogado de renombre.

Giovanni se acercó inclinando la cabeza en señal de respeto. Don Aldo le puso una mano paternal en el hombro.

—¿Entonces?

—Dice que quería ir a España. Puede que para escapar del Sepulturero y alejarse de su plaza en el cementerio.

Don Aldo adoptó una expresión de duda.

—¿Tú crees? —le preguntó a su hombre de confianza.

—No lo sé. Fugarse no es su estilo, pero tantos años de prisión pueden cambiar a una persona.

—No a Michele Impasible. No hasta ese punto.

Giovanni debió admitir para sus adentros que Don Aldo tenía razón. Como siempre.

—Entonces, ¿qué tenemos que hacer?

—Nosotros, nada. La organización ni sabe ni debe saber. No nos mezclamos en asuntos de otros.

Giovanni estaba en un lío, quería actuar, hacer algo, aquellos eran asuntos que lo incumbían y de qué modo. No podía permanecer quieto esperando. Iba a protestar, siempre con el debido respeto, pero Don Aldo se anticipó a sus palabras.

—Si luego quieres tomarte unos días de vacaciones y reunirte con nuestro amigo, sobre todo para asegurarte de que está bien y no ha recibido una visita de su pasado..., un pasado que acaba de salir del talego y al que le gusta cortar orejas..., bueno, eso ya es asunto tuyo, del todo personal, y nadie va a pedirte cuentas. Ni ahora ni nunca.

El mensaje era claro. Sin más necesidad de explicaciones ni interpretaciones.

—Pero el abogado ha hablado de España y...

—Tú, *Giova'*, haz lo que yo te digo.

Don Aldo no había alzado la voz, no había necesidad. Se limitaba a mirar a su hombre directamente a los ojos. Giovanni Treccape hizo una reverencia, su futuro dependía de las palabras del *boss,* y si hablaba quería decir que sabía. Debía confiar y obedecer.

—¿Y con este qué hacemos?

El anciano jefe miró con desprecio al hombre tumbado en el sofá, que se había desvanecido entre los fogonazos de dolor y el sopor pesado de la anestesia.

—Se ha convertido en un problema. No es uno de los nuestros, sabe mucho y habla demasiado. Si Michele le ha dejado vivo es porque quería mandar un mensaje a alguien. Enseguida vendrán a buscarlo: la policía, los hombres de Peppe el Cardenal, el Destripamuertos o quizá el mismo Michele, que querrá ajustarle las cuentas. Te repito, es un problema y los problemas hay que resolverlos.

Giovanni se lo esperaba. En el mismo momento en que había visto entrar a Don Aldo había comprendido que para el abogado era el final. El jefe nunca se dejaba ver por quien no estaba afiliado. Su nombre era conocido pero su cara era un misterio para todos los que no pertenecían a la organización. Si se la había mostrado a aquella mierda de abogado solo quería decir una cosa.

—Si tanto le gusta la droga —añadió el Don—, dádsela entonces. Y, por favor, que sea de la buena.

No añadió más. Se puso el sombrero en la cabeza, se volvió y fue saliendo a paso lento, apoyándose en el bastón y escoltado por sus dos silenciosos acompañantes.

Giovanni suspiró. No tenía muchas ganas de tomarse vacaciones, que además no eran de verdad vacaciones, pero no podía negarse. Por otro lado, había que solucionar la cuestión de De Marco, aunque al menos eso era sencillo: un chute de heroína mal cortada y el cuerpo de aquel yonqui abandonado en un vertedero. Otra muerte trágica más por sobredosis. Dos líneas en la crónica local y tan amigos.

7

Michele había encontrado el coche del abogado exactamente donde debía estar y se sorprendió al pensar cuánto se parecía a su propietario: viejo, abollado y sucio. Reliquia de un pasado de prestigio ahora muerto y sepultado.

Antes de ponerse al volante había vuelto al apartamento-estudio, asqueado por aquel olor nauseabundo a incienso y a droga que se te pegaba encima. Había estado a punto de dejarse llevar, de tirarse en un rincón y dejarse vencer por el dolor, pero había sido solo un momento, una débil fisura en su determinación. Se sentía como si mil hilos lo movieran, obligándolo a seguir, a ir hacia delante pese a todo. Adelante en su futuro e inexorablemente atrás en su pasado.

Se había mojado la cara mirándose en el espejo sobre el lavabo, tres largos suspiros para coger fuerzas, luego lo había puesto todo patas arriba, total aquel apartamento no podía quedar peor de como estaba. Recuperado el dinero y algunas medicinas caducadas, había improvisado un vendaje en el hombro utilizando un par de sábanas. Sangre seca y carne latiendo, decididamente no era un bonito espectáculo. Rasgó una tira de algodón y apretó los dos bordes hasta donde el dolor se lo permitió. Masculló entre dientes, pero tiró fuerte.

Entre Milán y Génova hay unos ciento sesenta kilómetros, un par de horas de viaje respetando los límites de velocidad y permitiéndolo el tráfico, pero Michele empleó el doble de tiempo: la herida del hombro, la pérdida de sangre y las drogas que seguían nublándole la mente lo habían ralentizado, obligándolo a pararse para recuperar el aliento, buscando un último atisbo de lucidez. Sentía la cabeza pesada y, a pesar del frío, sudaba. Ante sus ojos habían empezado a flotar extraños puntitos blancos, entre el parabrisas y la lengua de asfalto de la autopista. Adrenalina y cigarrillos eran lo único que le mantenía aún en pie. Pero no sabía por cuánto tiempo, necesitaba ayuda.

Había oscurecido y las luces de las farolas se fragmentaban en la oscuridad. En cada cartel tenía que parar para distinguir lo que ponía. El resplandor de los coches con los que se cruzaba lo cegaba, reluciente y doloroso como sus recuerdos.

Reluciente y peligroso como la sonrisa de Olban.

Olban era un gitano eslavo de nombre impronunciable, que por comodidad se hacía llamar Giorgio. Por comodidad suya y de aquellos a los que zurraba, de aquellos a los que vendía droga y de las mujeres que tenía en la calle.

Cuando se conocieron era el único recluso gitano en la sección de Alta Seguridad y eso solo quería decir una cosa: le habían encasquetado el artículo 74 del Convenio Único sobre estupefacientes. El 73 era el de tráfico y venta, y más o menos les caía a todos los que trapicheaban con droga. El 74 era algo diferente, significaba ser promotor y organizador de asociación criminal dedicada a la venta, pero sobre todo significaba una pena mínima de veinte años. A Olban le habían pillado con ochenta kilos de cocaína escondida en el asiento trasero de su Mercedes de gitano, y se había ganado cierto respeto por parte de los demás detenidos cuando se había sabido que a los *carabinieri* que lo habían detenido y arrestado les había hecho poner en el atestado que la droga era «para consumo personal». Al magistrado no le había agradado su sentido del humor y no había tenido reparos en mandarle a la sección de Alta Seguridad.

Olban, alias Giorgio, era un bloque de musculatura tonificada a punto de estallar, venas hinchadas, dientes de oro y maldad de baja estofa. Pero tenía esa sonrisa... Una sonrisa amplia y luminosa, que brillaba como un anuncio de neón en su cutis aceitunado y contrastaba con sus ojos pequeños e inquietos. Su rostro era un inestable equilibrio de ferocidad y astucia que provocaba sudores fríos en todo el mundo.

En Michele Impasible, no.

Entre ambos nunca había habido problemas, la sección era amplia, más de cien internos, y tenían la posibilidad de ignorarse. El italiano no lo consideraba digno ni de respeto ni de atención; Olban lo sabía y hacía como si nada. No era estúpido y nada más entrar en el talego le habían llegado comentarios del otro recluso; había entendido al vuelo que meterse con él era meterse con la cárcel al completo, pero que sobre todo significaba tener que enfrentarse a él. El gitano se vanagloriaba de tener el instinto de un cazador y justo ese instinto le había avisado de que Michele Vigilante no era una presa para él.

Pero en cambio sí lo eran muchos otros. Por ejemplo, Imed, un tunecino de aire perdido al que acababan de pillar en una redada antidroga. Ojos asustados como un animal en el matadero y la suerte de que su primer encuentro en el talego fuera con el tolerante Olban, que por no saber ni leer ni escribir lo había limpiado de todo cuanto tenía: ropa, tabaco y algo de comida. Imed, calladito, no había protestado, se había quedado inmóvil como un poste de la luz, había tragado y se había marchado a la sala de socialización, caminando rígido bañado en sudor y tensión. Pero al gitano tan dócil sumisión le disgustaba. Quería sus cosas, pero también quería divertirse y que todos se enteraran de quién era Giorgio Olban. Estaba harto de los otros internos de la sección que le miraban con desprecio porque era gitano y no pertenecía al crimen organizado. Él venía de lugares que ellos ni siquiera podían imaginar en sus peores pesadillas y había hecho cosas que, con sus caras de niños creciditos, no hubieran tenido cojones de hacer.

Y en mitad de aquel sentimiento de revancha el pobre Imed era alguien perfectamente sacrificable. Olban lo siguió a la sala de socialización con paso seco y nervioso, los puños controlando la rabia.

—¿A dónde coño vas, Marruecos?

La voz era un rugido.

Imed se volvió con la cara despavorida y las palmas de las manos abiertas. No quería ni peleas ni problemas con nadie. Pero lo que él quisiera no tenía importancia. En ese momento era la presa que Olban había escogido.

A su alrededor estaban todos los que contaban algo en la sección, también Michele, frente a la ventana, fumando su cigarrillo sin participar en las conversaciones de los demás.

—Espera. Yo no querer...

El primer bofetón lo alcanzó en plena cara y resonó fuerte en la pequeña estancia de cemento armado. Más teatro que otra cosa, pero el ruido era señal de humillación.

Uno sonrió, otros se volvieron interrumpiendo la partida de cartas. Por fin una distracción.

El segundo golpe llegó mientras el gitano avanzaba decidido y el tunecino retrocedía tratando de protegerse el rostro con los débiles brazos.

Olban miró a su alrededor. Estaba satisfecho. Tenía la atención de los demás. Ya podía comenzar su espectáculo.

La mano abierta se convirtió en un puño de nudillos tatuados. Con él apuntó a las costillas para romperlas, luego al hígado para dejarle sin aliento. Imed se dobló, casi desmayado, pero Olban lo agarró por el cuello enderezándolo y golpeándolo contra la pared. Con la izquierda le sujetaba bien alta la cabeza dejando salir toda su maldad y la derecha la hundía en el estómago una, dos, tres veces.

Hubo palmas para marcar el tiempo y silbidos satisfechos. Michele en cambio se había hartado. Se había hartado desde el primer bofetón y no tenía ganas de asistir a las fanfarronadas de un gitano. Tiró el cigarrillo en mitad de la estancia, para hacer comprender que le parecía una cabronada, y se abrió paso entre los gritos de júbilo de sus compañeros.

Estaba saliendo de la sala de socialización cuando detrás de él explotó el silencio. De repente, inesperadamente, había llenado las paredes, pintadas de un turquesa desteñido, y la cabeza cansada de Michele, que se volvió con curiosidad y vio al tunecino tirado en el centro de la habitación presa de convulsiones. Los ojos vueltos eran una mancha blanca en el rostro oscuro, la boca apretada, un fino hilo de baba.

Todos lo miraron sin aliento. Nadie sabía qué había que hacer, eso no formaba parte de su diversión.

Olban se quedó petrificado, inseguro, pero fue solo un instante. Tenía que ganarse el respeto que merecía.

—¿Qué haces, gilipollas? ¡Levántate!

Luego empezó a dar patadas a aquel cuerpo que temblaba cada vez más fuerte. Gritó incomprensibles insultos en romaní y lo forró a golpes. La cabeza de Imed empezó a moverse de pronto hacia atrás golpeando repetidamente el suelo. Ruidos sordos que se perdían entre los insultos. La sangre se mezcló con la baba entre los dientes que rechinaban por la presión.

Algo no iba bien.

Michele volvió rápido sobre sus pasos. Apartó de un empujón a Olban, que se le quedó mirando con los ojos abiertos de par en par.

—¿Pero qué coj...?

—¡Rápido, llamad a un guardia!

Volvió la espalda al gitano sin dignarse a mirarlo. Uno de los chicos más jóvenes, que hasta un momento antes aplaudía y jaleaba, se levantó rápido para cumplir la orden del *Zio*. Salió de la sala y corrió hacia la sección.

Pero al voluntarioso matón no le había complacido su intromisión. Espoleado por la adrenalina del combate y la estupidez se abalanzó sobre Michele, lo agarró con fuerza por los hombros tratando de desplazarlo.

En aquel preciso instante tres internos se pusieron de pie tirando al suelo las sillas de plástico. Eran de clanes rivales al de Michele, fuera se hubieran matado sin muchos miramientos, pero allí dentro tenían que convivir por fuerza, y el hecho de que un gitano se permitiese poner las manos sobre alguien como Impasible era algo absolutamente intolerable para cualquiera.

Michele seguía sin mirarlo siquiera. Para él Olban nunca había existido y seguía sin existir. Los otros internos eran de distinta opinión, así que lo agarraron golpeándolo con fuerza contra la pared, inmovilizado como un Cristo en la cruz mientras seguía insultando.

—¿Qué te ha pasado, Michele Impasible? ¿Te han convertido en un buen gamuza? —gritó Olban lleno de rabia.

Michele sintió un escalofrío por la espalda.

Muchos años atrás, a los internos que trabajaban se les entregaban unos pantalones marrones que parecían de piel de gamuza. Desde entonces en el código del talego «gamuza» designaba el concepto de presidiario, pero en el sentido más peyorativo posible. Un insulto gravísimo. Al igual que lo era tildar a un policía penitenciario de «gamuza»: significaba que estaba de parte de los internos.

Michele se acercó con absoluta calma al gitano que seguía forcejeando. Le hizo una caricia en la cara acompañada de una amigable cachetada en la mejilla y luego le agarró por el cuello. Con el pulgar y el índice empezó a comprimirle la carótida. Los gritos se ahogaron en dolor. Michele fue apretando cada vez más para hacerlo callar. Se acercó a su oreja para susurrarle dulces palabritas.

—Si este revienta y alguien se va de la lengua con los guardias y a ti te cae la perpetua, a mí me importa un pijo. Pero si a todos nosotros nos acusan de connivencia nos trasladan a tomar por culo. Y a mí terminar en los Alpes friulanos o perdido en Cerdeña porque tú quieras hacerte el chulo como que no me va. Este lugar de mierda es mi casa y aquí quiero quedarme. ¿Me has comprendido? Si me has comprendido di que sí con tu cabecita de gilipollas.

Olban no podía respirar, tenía la cara morada y las venas del cuello a punto de estallar, pero con todo logró asentir débilmente.

Michele aflojó su presa al oír el ruido de las pisadas de las botas corriendo por el corredor.

—¿Qué sucede aquí? —La voz era fuerte y preventivamente cabreada. En el talego todo lo que se salga de la rutina, sea bueno o malo, es casi siempre un problema. Michele, sin siquiera volverse, reconoció al inspector general de Vigilancia Penitenciaria.

—Nada, inspector. El marroquí de pronto se ha sentido mal y se ha caído al suelo. Ha empezado a temblar y a echar baba. No sabemos qué le ha pasado y hemos llamado rápido.

Michele habló con voz tranquila y clara sin dejar de mirar a los ojos a Olban, porque quería seguir con su discurso hecho de miradas. El gitano recuperaba más o menos la respiración y permanecía en silencio pegado a la pared.

—Todos vosotros fuera de aquí, volved a las celdas. Cabo, llame a la enfermería, que vengan inmediatamente. —El inspector había comprendido enseguida que algo no iba bien, pero ahora sus prioridades eran otras. Se desabrochó el cinturón del uniforme y se inclinó tratando de meterlo entre las mandíbulas apretadas del interno—. ¿No habéis oído lo que he dicho? ¡Todos fuera! —volvió a rugir.

Michele se alejó despacio de Olban. El gitano sonrió, con su sonrisa resplandeciente y peligrosa.

—No termina aquí —susurró bajito.

—Cuenta con que no —fue la respuesta de Michele mientras se volvía para ir a la celda.

Imed el tunecino se salvó.

Nadie habló porque no había nada que decir. Michele y el resto no fueron trasladados, y Olban se libró de una cadena perpetua por homicidio. Radio Talego había difundido la noticia de que el muchacho, arrestado solo pocas horas antes, todavía tenía en el estómago un par de bolas de heroína. Se había guardado de decírselo a nadie, seguro de poder recuperarlas en la taza del váter y utilizarlas después como moneda de cambio en la cárcel. Pero la fraternal acogida de Giorgio Olban y la reacción derivada de los golpazos en el estómago habían roto las bolas y la droga había pasado a la circulación de la sangre, absorbida como una esponja por las paredes del estómago. Un yonqui de largo recorrido y probada experiencia había pontificado que el único motivo por el que habían salvado al muchacho era porque se trataba de heroína, por eso había dado tiempo a llamar a los sanitarios; si hubiese estado trufado de cocaína habría sido inútil, el corazón se habría acelerado hasta estallar y el muchacho habría terminado en una caja de zinc.

Incluso a Michele, a pesar de su reserva, se le había escapado algún comentario de satisfacción por el peligro esquivado, y sobre todo por la nueva amistad que le iba a alegrar su permanencia en el mundo del talego. El siempre cortés y amable Giorgio Olban.

El coche del abogado había comenzado a hacer un extraño ruido. Un quedo repiqueteo del motor que no prometía nada bueno, pero Michele casi había llegado a su destino y no podía detenerse. Sentía la cabeza pesada y los párpados que inexorablemente buscaban cerrarse. El dolor en el hombro se había convertido en un latido regular y casi se había acostumbrado a él; probablemente era lo único que le mantenía despierto.

En la oscuridad de la noche veía la degradación de la periferia aumentar metro a metro. Campos abandonados y maleza, frigoríficos rotos y sofás hundidos, neumáticos quemados e inmundicia. Casi, casi, era como haber vuelto a casa. Conducía lento, aferrando el volante y tratando de no pasarse el giro a la derecha que le habían indicado en un bar de bastante mala fama donde ni siquiera alguien como él habría levantado sospechas. Vio la última farola del bulevar, que irradiaba su luz intermitente. Giró y menos de un kilómetro después había llegado a su destino. Apagó el motor y abrió la puerta. El aire frío le envolvió, pero no le alivió. Un ligero picor en el rostro le dio un atisbo de lucidez. Se incorporó lento, los brazos apoyados en la puerta. Logró avanzar un paso tras otro, trémulos e inciertos.

Una sombra se movió hacia él, rápida y huidiza. Michele bajó la mirada y lo vio: era un niño de piel oscura y ojos negros, vestido con harapos y zapatillas de gimnasia rotas. Tenía una mano en la boca y lo miraba con curiosidad. Michele buscó en su interior una sonrisa, pero no la encontró, y antes de que hubiera podido hacer nada el niño había desaparecido. Siguió caminando con las piernas débiles, moviéndose como un autómata, la cabeza baja y la visión borrosa. Violentos escalofríos le recorrieron el esqueleto. Tenía apenas una vaga percepción de lo que le rodeaba: la tierra batida bajo sus pies, un mosaico de charcos y fango, arena y porquería, las sombras escuadradas de las caravanas, de los fuegos encendidos, el ronquido de los generadores, las mujeres de largos cabellos negros. A su alrededor se aproximaban otras sombras, grandes y robustas, amenazantes y silenciosas. Se pusieron a su alrededor.

Una voz se alzó entre las sombras.

—Mira a quién tenemos aquí. Al gamuza.

8

Las siluetas de aquellos hombres eran manchas líquidas que le daban vueltas en la cabeza. Michele se tambaleó. Pasos inconexos e inciertos. Estaba a punto de caerse.

Un apretón enérgico lo sujetó. Dos manos tatuadas, las mismas que habían apaleado al joven Imed, lo sujetaron con fuerza.

—Amigo mío, eres la última persona en el mundo que hubiera creído que me iba a encontrar —susurró Giorgio Olban.

Las palabras que siguieron las gritó en una lengua incomprensible, musical y gutural. Órdenes que lograron su objetivo. Otras manos sostuvieron a Michele, que trató de avisar del dolor de su hombro herido a través de un bramido, pero sin éxito. A su alrededor se había creado una confusión calmada, una aglomeración de voces y ojos que lo arrastraron por todo el campamento. Sentía sus piernas moverse sobre la tierra batida y la cabeza oscilar como un péndulo. Vio el contorno de una caravana hacerse cada vez más nítido ante él.

Entraron. La luz de las bombillas desnudas, alimentadas por el generador, hirió sus ojos, pero evitó que se desmayara. Lo acomodaron sobre una cama sin hacer y alguien le sujetó la cabeza levantada mientras le acercaban un recipiente a los labios. Bebió con avidez. No se había dado cuenta de que tenía la garganta completamente seca y recibió el agua como un alivio inesperado que le devolvió una pizca de fuerza. Luego fue el turno de un líquido perfumado y fuerte, una especie de grapa que le sacudió el cerebro haciéndole poner los ojos en blanco.

Por fin vio el interior de la caravana. Los muebles reparados, recogidos de la basura, los cables eléctricos que corrían por el techo, la bombona de gas bajo los hornillos.

Alguien le abrió la chaqueta dejando al aire la camisa manchada de sangre coagulada. El improvisado vendaje había cedido. Una anciana con el rostro surcado por profundas arrugas y largos pendientes de oro que oscilaban en la penumbra se inclinó sobre él. Meneó la cabeza murmurando algo; la única palabra que Michele entendió fue «hospital». Sus manos saltaron como muelles y se agarraron a los brazos de Olban. El mensaje estaba claro, no era preciso más explicaciones.

—¿Te atreves a moverte desde aquí? ¿Podrás? —le preguntó el gitano.

Michele asintió con un suspiro de dolor.

—Perfecto. Dame tiempo para organizarme y te llevo a un sitio tranquilo. Un sitio seguro.

—Tengo que ir a ver a...

—Espera. Ahora no. —Olban miró a su alrededor, en la caravana había demasiadas personas y él había aprendido a no fiarse de nadie, ni siquiera de su propia familia—. Tienes que descansar. Me lo cuentas todo después. —Le sonrió de nuevo. Luego se enganchó al móvil, una llamada tras otra todas seguidas mientras con el rabillo del ojo vigilaba al viejo compañero de talego.

Pocos minutos después, cuando Michele estaba a punto de ceder al cansancio y dormirse, sintió unos brazos que lo sacudían y con cuidado lo sacaban de la cama sin hacer.

Abrió los ojos y vio a Olban mirándole. A su lado otro Olban, más joven y fuerte, sin arrugas en el rostro, pero con la misma sonrisa.

—Es uno de mis hijos. Viene con nosotros.

Michele se dejó levantar. Los dos hombres lo sacaron fuera en brazos.

—El coche. Tenemos que hacer desaparecer el coche.

—Eso no es ningún problema —respondió Olban padre—. Ya se encargan mis otros hijos. En dos horas está desmontado pieza por pieza, o en todo caso lo embarcamos para Albania. No te preocupes, esta noche mismo ya no existe.

Mientras se alejaban por el camino del campamento, una voz tras ellos empezó a gritar. Palabras cargadas de rabia. Olban respondió tranquilo y sereno, otra vez en incomprensible lengua romaní.

—Mi mujer —le explicó luego a Michele—. No quiere que salga esta noche.

El último chillido desgarró la noche del campamento, retumbando en la cabeza de Michele.

—*Tallent i cacri!*

—¿Qué significa?

—Que te salga un cáncer.

—Delicada...

Olban suspiró y le dirigió una mirada divertida a Michele.

—Me ama.

Lo apoyaron en el asiento posterior de un Mercedes. Uno de ellos. Blanco, relumbrante, perfectamente conservado, al contrario que las caravanas.

Michele se tumbó, destrozado por el dolor y el cansancio. Se esforzaba en permanecer despierto pero el lento avanzar del coche lo acunaba arrastrándolo hacia el sueño. Por la ventanilla veía las luces de las farolas que se sucedían a lo largo de una avenida que no conocía, que jamás había visto. Comprendió que estaban yendo hacia la ciudad. Los dos Olban sentados delante seguían hablando. El chico tenía un tono preocupado y cada tanto lanzaba miradas a Michele, pero el padre estaba tranquilo, sabía exactamente lo que tenía que hacer.

Giorgio había apretado el timbre con rabia, no tenía ni ganas ni tiempo de esperar. Una sombra había abierto la puerta huyendo rápidamente hacia el baño.

Michele ya lograba caminar sin que la cabeza le diera demasiadas vueltas, pero, con todo, los dos gitanos lo sostenían y lo escoltaban.

El apartamento era pequeño y limpio. Habitación y cocina, dotadas de los mínimos indispensables. Lo acomodaron sobre una cama de matrimonio ordenada y aséptica. Un robusto armario cubierto de espejos le devolvía el reflejo de su cuerpo cansado y herido. Todo en aquella habitación —mesillas, cortinas, armarios— era frío e impersonal, como los salones de exposición de una fábrica de muebles.

—Ya he llamado al médico, enseguida estará aquí —dijo Olban mientras le ayudaba a quitarse la chaqueta del abogado, ahora un harapo maloliente. La camisa se le había pegado a las vendas y al tórax. Con una delicadeza inimaginable, el gitano le desató las tiras de sábana anudadas de mala manera. Instintivamente apartó el rostro sin poder evitar una mueca de repugnancia.

—¿Pero se puede saber cómo cojones te has armado esto?

—Litigando con un abogado.

Olban pensó que si su amigo tenía ganas de bromas entonces las cosas no estaban tan mal.

—Siempre he dicho que son mala gente...

—Necesito ayuda.

—No te preocupes, en unos minutos está aquí.

—No del médico. Necesito ayuda para otra cosa. Tengo que marcharme.

Olban padre hizo un gesto con la cabeza al hijo, que se había quedado de pie a su espalda. El muchacho salió de la habitación sin decir una palabra. Cuanta menos gente supiera, menos gente podría hablar. Una de las reglas fundamentales para poder resistir en su mundo.

Michele trató de levantarse de la cama para mirar al otro a los ojos.

—Necesito pasar la frontera de Francia. Necesito documentos y una pipa limpia.

El gitano no traficaba con armas, las únicas que llevaba siempre encima eran sus manos y su maldad. Pero no iba a tener problemas para encontrar un arma sin registro.

—*Miche'*, documentos no tengo, voy a necesitar algún tiempo para conseguírtelos y no te aseguro que sean perfectos. Puede que te convenga pedírselos a algunas de tus viejas amistades de la cárcel o de los tiempos de Nápoles.

Impasible se miró el hombro, la herida abierta y latiendo.

—Ya lo he hecho.

Olban comprendió que no era cuestión de insistir.

—Bueno, veremos qué puedo hacer. ¿Tienes dinero?

—Eso no es problema.

—Pues ya es algo. Para lo demás solo debes tener un poco de paciencia.

—De eso no tengo, Giorgio. De eso no tengo y tiempo tampoco.

Olban estaba indeciso entre el temor y el deseo de hacer preguntas. Su regla de vida, cuando sentía peste a mierda, era la de ocuparse obstinadamente de sus propios asuntos. Y desde el primer momento que había vuelto a ver a Michele le había quedado claro que iba a traerle complicaciones.

—¿Eres liebre o cazador? —se limitó a preguntar.

Michele apreció la discreción de la pregunta.

—Ambos.

El gitano asintió. En su mente empezó a construir un recinto hecho de estacas y palos y esperaba solo posicionar a *Zio* Michele dentro o fuera del recinto.

—He salido hace poco. Los días —especificó el italiano sin que se lo pidiera—. Y desde que he salido hay alguien que me está buscando, alguien con quien tengo una cuenta pendiente desde hace muchos años y me ha querido reservar una lápida en el cementerio. Por el momento no estoy demasiado interesado en dejarme enterrar... A eso añádele los maderos, algún otro imbécil de mi pueblo, un abogado yonqui y un búlgaro que está muerto...

Olban había oído la historia de las tumbas de San Giuliano Campano, pero prefirió no preguntar más, lo mismo que no quiso saber quién había eliminado al búlgaro. No eran asuntos que tuvieran que interesarle.

—Esa es la liebre. ¿Y el cazador?

—Estoy buscando a una persona. Alguien al que solo debo encontrar yo. —Michele dudó, pero algo le movía a continuar. El dolor y el cansancio lo estaban llevando a un precipicio peligroso. Estaba dispuesto a hablar de más.

Olban comprendió y fue en su ayuda.

—¿Es necesario que yo lo sepa?

Michele se quedó pensándoselo unos momentos.

—Te lo vuelvo a repetir, ¿es necesario que yo lo sepa para poderte ayudar?

—No. No es necesario.

Olban se incorporó satisfecho.

—Perfecto así. Doctor, documentos, pipa limpia y un pasaje para Francia... Y tan amigos.

—Y tan amigos —corroboró Michele.

El sonido del timbre marcó el fin de la conversación. Unos instantes después la puerta de la habitación se abrió y entró el que debía de ser el médico. Un hombrecillo bajo y delgado, con un vistoso emparrado de cabellos grises que llevaba pegado a la cabeza pelada, atravesado de parte a parte. El color mortecino de quien no ve demasiado el sol y la piel del rostro tensa como un pergamino. Unas gafas redondas y aspecto atemorizado. Se movía a saltos, mirando hacia abajo, a las baldosas del suelo.

—Buenas tardes —dijo cargando con una cartera de cuero absolutamente gastada.

—Este es el paciente. —Olban no dio explicaciones y el doctor no las pidió. Sabía cómo comportarse. Se inclinó sobre Michele para examinar la herida abierta y, a juzgar por la expresión de su rostro, lo que vio no le gustó. Rebuscó en la cartera y sacó un frasco de cristal y una jeringuilla.

—Le voy a poner un poco de anestesia. Luego tengo que abrir de nuevo la herida para evaluar posibles daños en los tendones y las articulaciones. Después, desinfectar y suturar. —Seguía con la cabeza baja, sin cruzarse nunca con la mirada del paciente, y se le apreciaba un leve temblor en las manos.

Michele miró a Olban. No estaba muy seguro de dejarse curar por aquel médico, o lo que fuera que fuese. La mirada de su amigo pareció tranquilizarlo.

—Nuestro doctor es muy competente. Un gran cirujano. Aunque no le han sabido apreciar. ¿Verdad? —El gitano acompañó sus palabras con una firme palmada en la espalda esquelética del hombre, que tembló como una rama seca. Sonrió de forma insegura y preparó la jeringuilla.

—Voy a necesitar ayuda con las gasas y las suturas.

—Ningún problema.

Olban abrió la puerta e hizo un gesto con la cabeza. Una orden seca y perentoria. Ruido de tacones acercándose desde la cocina.

—Ayuda al doctor con el vendaje.

Una figura grácil apareció insinuante en la habitación. Una mujer de poco más de veinte años y largos cabellos castaños. Debía de ser la figura huidiza que había abierto la puerta cuando habían llegado. Miraba al suelo, pero Michele vio de todas formas la gruesa capa de maquillaje que le enmarcaba el rostro de niña. Las formas del cuerpo, esbeltas y apenas esbozadas, trataban inútilmente de exhibirse tras una camiseta escotada y una minifalda ceñida, todo en un equilibrio precario sobre los tacones altos.

Michele conocía bien a Olban y sabía reconocer a una puta a primera vista, aunque en aquel caso no había que ser una lumbrera. Enseguida entendió que la chica y el apartamento eran una de las fuentes de lucro de su amigo, junto a la droga y la extorsión. Seguro que se trataba también de una de sus amantes y esto explicaba los gritos histéricos de su legítima consorte.

La chica se acercó al médico, que no permaneció impasible ante la proximidad de aquel cuerpo joven e insinuante. Se subió las gafas, que no paraban de resbalársele por la nariz. Estaba más que nervioso. Sin embargo, en cuanto se puso al trabajo las manos le dejaron de temblar, la mirada se volvió atenta y concentrada y los dedos delgados y finos se movieron seguros. Su timidez había desaparecido y, sin previo aviso, su boca empezó a soltar gilipolleces.

—La herida es muy profunda y se ha infectado... Mi exmujer no habría sabido hacerlo mejor... Hay que poner puntos internos... Mi exmujer se lo llevó todo... Por favor, deme más gasas... Hasta el perro, ¿se da cuenta? El perro... Ahora está casi limpia, aguante un poco más... Y eso que nunca lo quiso, no me extrañaría que lo hubiera abandonado en un autoservicio... Empezamos a suturar... O vendido, vaya usted a saber... Quedan un par de puntos... Pobre animal, pero sobre todo pobre de mí... Ya está, terminado. Le advierto ya de que le va a quedar una cicatriz profunda, tendrá que descansar y tomarse lo que le doy, antiinflamatorios, analgésicos, etcétera; en cuanto a la movilidad del miembro, depende de cómo se recupere, pero no excluyo la necesidad de un poco de fisioterapia, y de todos modos..., nunca se case...

Michele estaba extenuado. Cansancio, dolor, pérdida de sangre y la cháchara del médico sobre su exmujer y el perro lo habían dejado al límite de sus fuerzas. El único consuelo había sido la chica. Silenciosa y triste, había ayudado al doctor rehuyendo todo el tiempo la mirada de Michele, mientras que él se sorprendió mirándola sin poder quitarle los ojos de encima. Había en ella algo familiar, algo que lo había capturado como una mosca en una tela de araña, como el más chorra de los adolescentes se queda prendado con la primera hembra.

En su mente, aquel cuerpo menudo y aquel rostro se sobrepusieron a los fantasmas del pasado, o, mejor dicho, a aquel único fantasma que horadaba su interior... El aspecto, el carácter, la orgullosa fiereza de Milena que él se había divertido en destrozar, aquella sonrisa que no quería nacer en su rostro y entonces él la había transformado en dolor y miedo... Aquel pelo, sí, aquel que le caía suave sobre los hombros rizándose en mil ondas ingobernables...

Fue como si se abriera paso desde el pasado. Desde el momento de su excarcelación una sombra impalpable lo seguía y lo acompañaba allá donde fuera. Todo rodaba y giraba en un inmenso juego de espejos, un reflejo continuo de recuerdos que le hacían confundir realidad y fantasía. Pero esta vez era diferente, esta vez los contornos se hacían más definidos, los colores brillaban con nueva vida y la sombra había empezado a respirar, a moverse a su alrededor. Una vez más. Quizá la última.

El doctor le colocó un vendaje nuevo. Dejó un puñado de medicamentos con textos en chino sobre la mesilla y se volvió a mirar a Olban. El gitano estaba satisfecho, Michele había sido remendado y recosido y tenía mejor cara. Asintió al médico y le indicó a la muchacha que lo acompañara fuera de la habitación. Ahora tocaba pagarle.

Por el espejo del armario Michele la vio arrodillarse ante el hombrecillo que se bajaba frenético los pantalones.

—Era un cirujano famoso. Tuvo algunos problemillas con los estupefacientes. Pero gilipolleces. Más que nada que se los prescribía a sí mismo, falsificaba recetas y cosas así. El follón vino cuando alguien que no debía se le murió en el quirófano. Al final lo expulsaron del colegio. Pero ahora trabaja más que antes.

A Michele no le costaba creérselo y se sorprendió pensando que, junto a su amigo el abogado, habrían hecho una gran pareja. ¿Pero en el fondo quién era él para juzgar? Nadie. Es más, probablemente era la persona menos indicada. Toda vida fluye como agua limpia, y dónde vierta la corriente —océano, mar o alcantarilla— no era asunto suyo.

—El médico ha dicho que tienes que descansar, tomarte las medicinas y cambiarte el vendaje.

—No puedo perder el tiempo.

—Tienes que hacerlo. Entretanto yo te busco lo que te hace falta. Aquí estás seguro y para cualquier cosa que necesites está la chica. Dentro de dos días vendrá a buscarte mi hijo para llevarte a Francia. Yo obviamente estaré lejos de aquí, en algún sitio con montones de testigos donde puedan recordar bien mi cara.

—Entonces me parece que no volveremos a vernos.

—No. Nuestros caminos se separan.

Se estrecharon las manos. Olban le susurró algo en su lengua. Michele estaba seguro de que se trataba de una bendición. Luego el gitano salió de la habitación sin volverse y sin apresurarse a verificar si la chica había terminado de pagar la minuta del médico.

Michele sintió cómo su cuerpo se relajaba. Tras días de continua tensión había llegado el momento de disfrutar de aquella especie de tregua. La anestesia le había hecho olvidar el dolor, la cabeza se había transformado en un pedrusco hundido en la almohada. Los párpados se rindieron a lo inevitable. Perdiendo el sentido de cuanto le rodeaba: la habitación aséptica, la cama sin hacer, su cuerpo cansado y herido reflejado en el espejo.

En el entumecimiento que lo envolvía no la vio.

No vio a la muchacha que lo miraba desde la puerta entornada.

Muda y triste, no lograba apartar los ojos de él.

Los grandes sufrimientos son de tal modo venerables que no hay ejemplo, ni siquiera en los tiempos más desgraciados, en el que el primer impulso de la multitud congregada no sea de simpatía hacia una gran catástrofe. Puede suceder que en un tumulto sean asesinadas muchas personas odiadas, pero es difícil que un desgraciado, en cuanto reo, sea insultado por los hombres que asisten a su sentencia de muerte. Villefort pasó pues en mitad de los asistentes, los guardias, los criados de Palacio, y se alejó, reconocido culpable por su propia confesión pero protegido por su sufrimiento.

El conde de Montecristo
Alejandro Dumas

5

Protegido por su sufrimiento

Sábado, 23 de enero de 2016,
Santa Emerenciana, virgen y mártir

1

El rostro de la Virgen era un óvalo perfecto. Un rostro de alabastro levemente inclinado hacia un lado, buscando con la mirada la rosada figura de su hijo. El Salvador, rodeado de luz divina, alzaba el rollizo bracito de niño impartiendo bendiciones a pastores y viajeros que se inclinaban ante su presencia. Entre ambos aleteaba la luz, difusa y mística, del Espíritu Santo, bajo forma de una aureola dorada.

Giuseppe Notari, para todos Peppe el Cardenal, no lograba apartar los ojos de aquel cuadro, pero lo que lo encadenaba no eran los colores vívidos y cálidos de las pinceladas, los tupidos y mullidos drapeados de las vestiduras de la Virgen o la compuesta plasticidad de las formas, sino la absoluta, consciente devoción de aquellos hombres frente a lo divino.

Y era eso lo que él quería para sí.

Sumisión absoluta.

Había comprendido desde hacía tiempo que fuerza y violencia eran los guardianes ciegos del poder. Siempre dispuestos a dejar que se les escapara de las manos. El poder no podía ser solo impuesto, debía nutrirse de consenso, hundir las propias raíces en el interior del alma de sus afiliados, en el interior de la parte más íntima y oscura de cada cual, para guiarlos en la inquebrantable convicción de que él era el jefe. Solo así le guardarían obediencia.

Echó una última mirada al rostro adorador de los pastores, hizo una rápida señal de la cruz y se levantó de su reclinatorio personal. Había terminado sus meditaciones de la mañana.

La sala estaba envuelta en el tenue claror de los cirios votivos. Encendidos a decenas, creaban rincones de luces y sombras y las llamas danzaban a cada mínimo soplo de aire transformando las formas de la estancia. Un fuerte olor a cera mezclado con incienso flotaba por todas partes.

Giuseppe miró a su alrededor desbordante de orgullo. Estaba rodeado por una infinidad de cuadros, marcos dorados plagados de detalles preciosos, colores degradados por los siglos. Imágenes de santos y ángeles que lo miraban mudos mientras él, complacido, inclinaba la cabeza en señal de falsa humildad. Aquella era su colección personal de arte sacro, su mayor tesoro, una joya de belleza. Había hecho saquear decenas de iglesias para poderla reunir. Capillitas perdidas en pueblos humildes que custodiaban maravillas insospechadas, sin medida de seguridad alguna a no ser una portada maltrecha con un cerrojo herrumbroso. Los muchachos del clan se habían aplicado con celo y habían batido campos y suburbios a la búsqueda de las pinturas para después entregárselas en muestra del debido vasallaje.

Aquella *Virgen con el Niño* era el último presente de sus hombres. El más hermoso. Había merecido el lugar de honor frente al reclinatorio. Giuseppe se acercó a la pintura para poderla admirar una vez más. Alzó el brazo tratando de imitar el gesto de bendecir del Salvador y por un momento fantaseó con que los devotos pintados en el cuadro habían llegado desde quién sabe dónde para postrarse ante él. Se sacudió aquella imagen de la mente y esbozó una débil sonrisa, pensando no obstante que alguien estaba a punto de inclinar la cabeza ante él. Alguien... Michele Impasible.

Para Peppe siempre había sido una espina clavada. Desde niños, desde cuando fingía ser su amigo fiel, desde cuando todavía no era consciente del destino que le esperaba. Michele era un chulo presuntuoso y por eso merecía ser sacrificado en el altar de su poder, el suyo y el de Gennaro Rizzo. Juntos habían prendido la hoguera destinada a quemar a Michele Vigilante, y había sido magnífico.

Unos ruidos metálicos interrumpieron sus pensamientos. Alguien estaba bajando al Sanctasanctórum, el búnker secreto que se extendía bajo tierra mucho más allá del perímetro del edificio que se podía ver a nivel de la calle. Una red de salas y galerías donde se accedía por un garaje custodiado por dos hombres armados y un sistema de videovigilancia. Un muro de cartón piedra discurría sobre unos carriles escondiendo lo que parecía un simple trastero y sin embargo era el acceso a un refugio perfecto, inaccesible y seguro. Ni siquiera el Destripamuertos lograría nunca entrar allí.

En la penumbra Peppe vio avanzar a Salvatore Cuomo, uno de sus hombres más fieles. Fornido y con una calva reluciente, se había ganado el poco lisonjero apodo del Bola, pero al Cardenal le traían sin cuidado las apariencias, había encontrado en él obediencia y capacidad y había querido premiar ambas. Con el tiempo, el Bola había dejado de provocar risas y bromas, gracias al *boss* se había ganado el respeto en el barrio. Respeto que no obstante tenía que seguir ganándose todos los días.

—'*Uaglio*', ¿pero tú no tenías que estar en Milán? —le preguntó el Cardenal.

Salvatore no dudaba de que el Don ya sabía, pero tenía que ser él quien se lo contara. Tragó fuerte buscando valor, los ojos fijos en el suelo de mármol.

—Acabo de volver...

—¿Y qué novedades hay?

—No buenas, *Zio*. No buenas.

Salvatore tuvo la impresión de volver a ser un crío, cuando ante el cura de la parroquia tenía que confesar sus pecados, pero esta vez la penitencia no se limitaría a cuatro avemarías y un padrenuestro.

—Impasible se ha escapado —dijo.

Don Giuseppe no replicó. Inmóvil en el centro de su reino, esperaba.

—Hice como me dijiste tú por teléfono. Les advertí a los calabreses de que estábamos buscando a Michele y de que iba a subir yo a despachar el asunto. Pero cuando llegué al apartamento del abogado me lo encontré vacío y patas arriba, con un emisario de Don Aldo haciendo guardia en el portal.

Por un momento el Cardenal perdió su imperturbabilidad.

—¿Y qué sabían los calabreses del abogado?

—No lo sé, *Zio*. Yo no les había dicho nada. Pero parece que De Marco se dirigió a ellos para venderles a Impasible. Pensaba que lo tenía cogido por las pelotas y quiso joderle con un tío del Este, pero Michele asesinó al eslavo y se escapó montando un cristo. En el barrio había policías por todas partes y no pude hacer nada.

—¿Y el abogado?

—Lo cogieron los calabreses. Traté de decirles que quería hablar con él, pero me dijeron que ni hablar. Y que a ese gusano le quedaba poca vida y entonces...

—¿Y entonces?

—Y entonces me volví, *Zio*. Michele ha desaparecido, nadie sabe dónde se esconde, ni los calabreses. Probablemente el abogado ya está bajo tierra.

El Cardenal sintió subirle la rabia por dentro.

—Hay una cosa que no entiendo, *Zio* —añadió el Bola—. ¿Qué tienen los calabreses contra Michele? ¿Por qué el abogado ha acudido a ellos?

—'*Uaglio*', además de no haber hecho nada a derechas haces demasiadas preguntas. Y además estúpidas, empiezo a pensar que lo mismo te he sobrevalorado y no mereces mi amistad.

Salvatore sintió un escalofrío, aquellas palabras se parecían mucho a una condena y se apresuró a intentar recuperar la estima del *boss*.

—No, disculpa, *Zio*, tienes razón, como siempre. Me olvido de que solo debo hacer lo que tú me digas.

Giuseppe asintió satisfecho recordando los viajeros arrodillados. Hizo un gesto vago y distraído con el brazo, como espantando una mosca, aquella era la señal de que la conversación había terminado y el Bola podía irse. Pero el hombre estaba ansioso por mover el rabo frente a su patrón.

—*Zio*, fuera en la puerta está el *'uagliuncello* de costumbre. ¿Qué hago? ¿Le hago pasar?

—Es verdad, hazlo pasar. ¿No sabes que es lo más importante del día? Antes eras tú quien tenía que esperar fuera y no él.

Cuomo, bamboleando la panza blanda, corrió hacia las escaleras que conducían al piso de arriba y abrió la trampilla en el techo. Un chavalito de no más de doce años bajó los escalones rápido como un gato. Tenía el cabello negro y despeinado, una expresión seria y solemne y los ojos le brillaban de felicidad. Ocuparse de los asuntos de Don Giuseppe Notari era un gran honor; en el barrio ya se había corrido la voz y hasta su madre ahora lo miraba con orgullo y empezaba a tratarlo como a un hombre.

El chico llevaba los brazos extendidos y algo en el hueco de las manos cerradas. Se acercó al *boss*, que lo miraba con indulgencia.

—Ya estoy, Don Giuseppe. Disculpe el retraso.

—No te preocupes, *'uaglio'*, sé que no es culpa tuya. Todo bien, ¿verdad?

—Todo bien, Don Giuseppe. Con usted, siempre.

El chico abrió las palmas de las manos y apareció una cajita de metal, una antigua pitillera de oro y esmalte, finamente labrada, con una flor de lis grabada en el anverso. Don Giuseppe la cogió y le tendió al muchachito un billete verde de cien euros, que él cogió agradecido pero mostrando contención, luego se inclinó rápido a besar el anillo del Cardenal y le dio las gracias. Después, ágil como había entrado, salió del refugio subiendo de dos en dos las escaleras metálicas que llevaban arriba.

Giuseppe Notari quedó gratamente sorprendido por el gesto del muchacho. Muchos años atrás, tras una breve permanencia en la cárcel en que había corrido falsamente la voz de que había experimentado una crisis mística, el populacho ignorante y crédulo le había atribuido el apodo de Cardenal, sinónimo de respeto y poder, además de denotar una relación privilegiada con lo divino. Consciente de los beneficios de semejante creencia, había hecho de todo para alimentar las habladurías y así había nacido su notable y pública devoción. No se perdía ni una misa dominical, sentado en primera fila, hacía donaciones a la Iglesia preocupándose de que todo el mundo lo supiera, y no había procesión que no tuviese estación ante su casa para que él pudiera inclinarse.

Se miró la mano izquierda. En el meñique destacaba un grueso anillo de oro con un rubí rojo en el centro. Lo había visto en un cuadro en la mano de un antiguo purpurado y había decidido agenciarse uno idéntico. El orfebre le había pedido una cifra descabellada, pero él, en lugar de pegarle un tiro en la cabeza por la afrenta, le había pagado el doble a fin de que, por casas y callejas, corriera la voz de su magnificencia. En cualquier caso, unos meses después, esa misma joyería fue atracada, el hombre fue pateado hasta morir y sus propiedades habían terminado en manos del Cardenal.

Giuseppe pensó que el chavalillo prometía. Habría que supervisarle, podía empezar encargándole algunos trabajillos sin importancia. Y luego quién sabía..., lo mismo un día ocupaba el sitio del Bola, que todavía seguía allí con la mirada baja como un perro apaleado. Esas maneras desvalidas y sus fallos empezaban a hartarlo.

—*Salvato'*, ahora te vas todo buenecito a un rincón, que tengo que hacer. Y, para el futuro, recuerda que no quiero oír más excusas ni preguntas estúpidas.

Cuomo se marchó al fondo de la sala y se quedó de pie, quieto como un mendicante, esperando a que el Cardenal terminase con lo que estaba haciendo.

El Don necesitaba que el Bola se quedara allí mirándolo en silencio. Como antes el chavalillo, él era otra marioneta del guiñol que había orquestado con tanto esfuerzo y necesitaba un testigo dispuesto a hablar, a alimentar su imagen. Se volvió hacia el cuadro de la Virgen, abrió la pitillera de oro y sacó fuera el círculo blanco que contenía.

Era una hostia. Una hostia consagrada.

Todos los días el muchachito robaba una de la iglesia de Don Franco. Aquel miserable sacerdote que se había negado a ir a su casa para darle la comunión solo porque era lo que era, olvidándose de quién mandaba de verdad. En aquel momento no podía salir a causa del Sepulturero, tenía que permanecer a cubierto y resolver a su modo la situación. No quería, desde luego, tener el mismo final que aquellos dos hermanos retrasados, los Surace, que en paz descansaran. Así que había resuelto de aquel modo el asunto de la devoción, solo era un secreto para el cura, los demás todos lo sabían y lo apreciaban. Admiraban que ni siquiera frente a la muerte Don Giuseppe el Cardenal hubiera perdido la fe y la devoción. Y si no salía, si seguía atrincherado como una rata, no era solo por miedo, sino porque él era un *capo* y como tal tenía responsabilidades.

Se arrodilló frente a la imagen de la Virgen, se metió la hostia en la boca e hizo sobre el pecho la señal de la cruz.

Amén.

El Bola continuaba al fondo de la estancia, pendiente de no hacer ruido, de no chistar ante aquel canalla, conteniendo a duras penas una mueca que condensaba años de asco, hastío y rencor. Ciertos aires de príncipe de la Iglesia podían engañar como a un chino a las nuevas generaciones de la organización o a algunas viejas chochas de pueblo; pero él recordaba bien cómo era Giuseppe Notari de niño, cuando no pintaba un carajo y se cagaba ante Michele Impasible y Gennaro Rizzo. En cualquier caso, no era asunto suyo, así que más valía cuidarse de no decir ni hacer nada fuera de lugar. No quería problemas, y menos con Peppe.

Volvió a mirarlo con ojos dóciles y obedientes. Lo observó inclinarse en el reclinatorio. Cada vez más y más y más. *Ahora ya estaba exagerando...*

Giuseppe Notari, llamado el Cardenal, venerado y respetado, temido y odiado, cayó al suelo. Se desplomó, plegándose sobre sí mismo, un movimiento lento y fluido, como de un animal encogiéndose. Un lamento ahogado de dolor se extendió por la habitación.

El Bola tuvo un momento de incertidumbre, trastornado por lo que estaba viendo. ¿Formaba parte de la enésima puesta en escena del *capo*?

Hasta no ver el cuerpo sacudido por temblores incontrolados no corrió hacia él.

—*Zio*, ¿qué te pasa? ¡*Zio*, responde!

Le levantó la cabeza, que se movía a saltos. Le vio poner los ojos en blanco, la baba mezclada con sangre fluir de las mandíbulas contraídas. Se estaba mordiendo la lengua y los labios hasta hacerse heridas profundas. Tenía el busto rígido y las piernas coceaban frenéticas.

El Bola permaneció en silencio, fascinado por el espectáculo. En su interior sentía una íntima satisfacción mezclada con miedo y piedad. Probó a llamarlo otra vez, probó a sacudirlo, pero era inútil. Los lamentos aumentaron de intensidad y la sangre le manchó las manos.

Se incorporó de pronto, acordándose por fin de su deber de obediencia. Corrió hacia las escaleras, abrió la trampilla y gritó con todo el aliento que le quedaba.

—¡*'Uaglio'*, una ambulancia! ¡Llamad a una ambulancia! ¡Rápido, rápido, rápido! ¡Don Peppe está mal!

Oyó las voces de los chavales de guardia dando la alarma, bajó de nuevo a la sala y volvió junto al reclinatorio. En la penumbra de aquel subterráneo, entre las luces danzantes de las velas, el cuerpo tembloroso de Giuseppe Notari libraba una batalla invisible. El Bola lo miraba incrédulo, alzó la vista hacia la pintura de la Virgen con el Niño que, imperturbables y mudos, seguían acogiendo la devoción sincera de los viajeros.

Después hizo la señal de la cruz y escapó por las escaleras. Sentado en el último banco de la iglesia había un hombre. Miraba fijamente al vacío ante sí, sin ver el altar al fondo de la nave, sin oír la letanía inmóvil de las mujeres recitando el rosario. Había visto al chiquillo de pelo negro despeinado entrando de soslayo en la sacristía y lo había seguido con la mirada mientras, raudo y silencioso, salía de la iglesia desapareciendo en las callejas del barrio.

Ahora esperaba.

Esperó hasta que el ruido lejano de las sirenas de las ambulancias estuvo cada vez más cerca. En ese momento se levantó del banco de madera, se acercó a una de las pequeñas capillas laterales y encendió una vela como acto de devoción. Luego, a paso lento, se dirigió hacia la entrada, y, cuando estuvo fuera, vio a una pequeña multitud agolparse en la calle, frente a la casa de Don Peppe el Cardenal. Pero no se volvió, no sintió curiosidad ni aminoró la marcha. En silencio desapareció por una de las callejas laterales.

2

El sueño de la razón produce monstruos y la convivencia forzada en la prisión produce extrañas amistades. Michele y Olban, a lo largo de años de compartir talego, se habían ignorado felizmente, por indiferencia el primero y temor reverencial el segundo. Pero la zurra a Imed los había obligado a su pesar a tomar conciencia el uno del otro, a mirarse a los ojos, a desafiarse.

Las palabras cargadas de odio y de rabia retumbaban en los corredores de la sección, amplificadas por las miradas de los otros internos, y la olla de barro de su indiferencia se había agrietado y estaba a punto de hacerse pedazos.

Todos sabían que el italiano no le había perdonado. Los años detrás de las rejas le habían cambiado, quizá le habían serenado, pero el talego no tolera debilidades y él seguía siendo *Zio* Michele. Todos sabían y esperaban el ajuste de cuentas.

A Impasible aquello le cargaba, estaba cansado de tanto cuento de deberes y obligaciones, falsos honores y certezas evanescentes, pero sabía que no podía echarse atrás. Y si debía, más le valía hacerlo cuanto antes y quitárselo de la cabeza. Había pasado solo un día desde la agresión al chaval, pero para él ya era demasiado, tenía prisa por volver a la normalidad, cualquiera que fuese. Instintivamente miró el libro abierto sobre su mesilla, un hombre con mirada decidida lo observaba desde la portada... A veces la venganza es algo necesario.

Se hizo la cama pendiente de dejar las sábanas como a él le gustaban, un rápido afeitado para estar presentable y se encendió un pitillo. El primero del día, un par de caladas mirando el habitual paisaje enmarcado por las rejas: colinas verdes, casas en construcción y vidas que no le pertenecían. Unos instantes de contemplación para decidir qué hacer, después puso el café.

El aroma denso y perfumado llenó la celda mientras él no apartaba los ojos de la cafetera. Se lo sirvió en un vaso de plástico y se lo bebió hirviendo, solo y amargo. Las voces de los otros internos marchándose al patio llenaron la sección. Volvió a escrutar la cafetera sobre el hornillo ya apagado. Se acordó de Pinochet. Le faltaba su serena aceptación de la existencia. Le faltaba su mentor..., pero ya era tarde. Sabía que él no lo habría aprobado, ya no. En todo caso, habría comprendido. Ciertas cosas se deben hacer, sin juicios y sin rémoras. Simplemente hacerlas.

Cogió la cafetera todavía caliente y la enfrió bajo el chorro del grifo. La desenroscó y quitó los posos. Le dio un secado para hacerla menos escurridiza y metió tres dedos por la parte inferior. Dobló la mano colocando el fondo de metal en la palma.

Iba bien. Como siempre.

Se metió la mano en el ancho bolsillo del mono y salió de la celda. Se dirigió a la escalera que llevaba al patio de paseo, sabía dónde encontrar lo que buscaba. Estaba al final de la cola, pero los demás intuyeron todo por su paso ligero y los hombros contraídos, y le dejaron pasar.

Michele enfiló el primer tramo bajando los escalones de dos en dos. Nada. Bajó el segundo. Nada. Tenía que apresurarse antes de que le diera tiempo a asomarse al patio de paseo, donde había vigilancia. Al enfilar el tercer tramo encontró a Olban. Le daba la espalda y estaba hablando con el interno de delante. Este se encontraba girado para mirarle y, al verlo llegar, se echó a un lado con cara aterrorizada. Olban se volvió instintivamente. Un gran error, de haber corrido hacia la salida habría llegado. Michele sacó del bolsillo la mano armada y lanzó el primer golpe hacia la cara del gitano. Pero este reaccionó veloz, además de aterrado, se apartó a un lado y el puño lo pilló de refilón. El borde de la cafetera le abrió un tajo en el pómulo y le empujó la cabeza contra el muro del corredor. Olban trató de escabullirse, pero el segundo golpe lo alcanzó en la boca del estómago. Le cortó la respiración y se quedó sin aire en los pulmones. Michele tenía cintura ágil y se aprovechó. Otro golpe en el costado mientras el gitano lanzaba puñetazos a ciegas. A su alrededor no quedaba nadie. Rápidamente y en silencio todos habían desaparecido. Habían comprendido lo que estaba sucediendo y para ciertas cosas no se necesitan testigos. Algunos se habían ido al patio de paseo a encenderse un cigarrillo y a esperar el resultado de la contienda. Otros habían vuelto a subir a la sección para ver la televisión en sus celdas.

Olban sabía que tenía que perder, se había pasado con *Zio* Michele y los demás internos de Alta Seguridad no le hubieran perdonado otra afrenta. Trató de defenderse, golpear y esquivar, pero lo hizo sin convicción, solo para mantener una pizca de honor. Probó a hacer un poco de teatro. Reaccionar, combatir. Pero estaba torpe e inútil. Esperaba ser golpeado, recibir el justo castigo.

Michele le volvió a golpear en el estómago, Olban se dobló de dolor. Con una rodilla en tierra y la cabeza alzada. Ambos se miraron a los ojos. El italiano preparó la patada y el gitano esperó el impacto. Podía bastar. Habían representado la última escena de aquel mundo suyo cerrado e impenetrable, de aquella institución que los poseía por completo.

Impasible se paró a mirar a su alrededor. No había nadie. Se volvió hacia el otro, que estaba en el suelo. Lo sorteó para acercarse a una de las ventanas de las escaleras. Tiró fuera la parte inferior de la cafetera manchada de sangre y se encaminó hacia su celda.

—Y acuérdate de que me debes una cafetera —le dijo a Olban, que se incorporaba incrédulo.

Pasaron los días y el orden natural de las cosas se restableció. Quien debía ser castigado lo había sido, quien debía demostrar algo lo había hecho y la vida de la sección podía volver a discurrir tranquila, con los horarios marcados y las jerarquías inmutables. Nadie dijo una palabra de nada. Nadie felicitó a Michele, había hecho lo que tenía que hacer. Nadie tomó el pelo a Olban, se había comportado como un hombre... y los demás internos lo habían valorado.

Michele estaba tumbado en su catre. Inmerso en las páginas de un libro, se sentía lejos de aquel lugar, libre de los muros de hormigón, de las rejas azules, de los barrotes de las ventanas, de las llaves de latón. Estaba en otro lugar, en otro tiempo, en vidas que no le pertenecían pero que llenaban la suya, dando un sentido a lo que quizá ya no lo tenía.

Oyó unos pasos acercándose a su celda, pero no les hizo caso, eran lejanos y desconocidos. Los pasos se pararon. Instintivamente alzó los ojos y vio a Olban que con su mole ocupaba la entrada de la celda, los brazos a lo largo de los costados. Ambos se miraron en silencio. El gitano avanzó.

Michele posó el volumen dispuesto a cogerlo por donde le habían interrumpido. Pero el hombre delante de él alzó una mano mostrando una vieja cafetera. Había venido a pagar su deuda. La dejó sobre la mesilla y se giró para salir de la habitación. Michele hizo algo que jamás hubiera imaginado.

—¡Espera!

Olban lo miró con aire interrogativo.

—¿Te hace un café? —dijo Michele bajando del catre.

El gitano tenía una expresión incierta y cautelosa. No se fiaba. No podía ser verdad.

—OK.

Michele cogió la cafetera. No era como las napolitanas, pero daba igual. La desenroscó dándole un rápido enjuagado en el lavabo, cogió el bote de plástico del café y empezó a llenarla. Olban había entrado y se había sentado en una de las banquetas de madera. No sabía qué decir, le había pillado desprevenido y se limitaba a mirar la alta ventana y los barrotes azules.

—Tienes una buena vista desde aquí.

—Sí —admitió Michele encendiendo el hornillo—, aunque antes era mejor. Hasta hace cinco o seis años no había todas esas casas y solo se veían las colinas verdes. Pero qué quieres, el tiempo pasa y las cosas cambian.

El gitano se vio a sí mismo sentado en la celda de *Zio* Michele, hablando del paso del tiempo con un *boss* de su calibre y tuvo que admitir en alto:

—Es verdad, las cosas cambian.

Ninguno de los dos lograba comprender el porqué de aquella situación, pero en aquel momento, en el silencio de la celda, ambos se encontraron mirando al cielo y las nubes al otro lado de los barrotes. No tenían necesidad de decirse otra cosa, de inventar discursos o dar explicaciones. Sus respectivas vidas les importaban un bledo, eran demasiado diferentes como para fingir que tenían algo en común.

El ruido del café subiendo los sacó de sus pensamientos.

—¿Cuánto azúcar? —preguntó Michele.

—Dos, gracias.

El gitano dio el primer sorbo mirando a todas partes en la habitación.

—Tienes muchos libros —dijo.

Michele se limitó a encogerse de hombros, como si fuese algo inevitable a lo que no daba importancia.

—¿Ahora estás leyendo ese? —preguntó Olban señalando al libro que había quedado abierto sobre la cama. En la portada figuraba un dibujo antiguo, el rostro de un hombre que observaba con mirada firme y decidida, algo inquietante.

—Sí —se limitó a responder Michele terminándose el café.

Pero Olban estaba decidido a no soltar su presa. No es que quisiera congraciarse con *Zio* Michele o que se interesara por sus cosas, sino que de pronto quería saber de quién era el rostro que lo estaba mirando.

—¿Qué libro es?

Michele se volvió con curiosidad, no se esperaba más preguntas.

—*El conde de Montecristo.*

—¿Es bonito?

—Mucho. Si quieres, cuando termine te lo presto.

—No sé leer.

Michele pensó que aquello zanjaba definitivamente la conversación. Se volvió para tirar el vaso de plástico vacío.

—¿Pero de qué trata?

Vaya día de sorpresas. Un gitano analfabeto que se interesaba por la literatura.

—¿De verdad te interesa?

—Sí, el de la tapa tiene una cara rara.

—Entonces vamos a necesitar otro café. ¿Te hace?

Olban asintió, sacó un paquete de cigarrillos y le ofreció al anfitrión. Michele lo aceptó y se puso a trastear con el hornillo de gas.

—Es la historia de uno al que meten en el talego siendo inocente.

—Igualito que nosotros —comentó Olban.

Michele sonrió.

—Evidentemente... Pero él logra fugarse, se hace rico y decide vengarse.

—Ahora sí que me gusta. ¿Y luego?

—Más o menos eso es todo.

—¿Cómo que «eso es todo»? ¡Pero si es un ladrillo! ¿Qué más pasa? ¿Y él cómo se llama?

Michele reflexionó sobre la aventura, el odio, el amor, la venganza, el perdón y la sed de redención que rezumaba la obra de Dumas. Tomó aliento y comenzó.

—Se llama Edmundo Dantès, es un marino y ama a la bella Mercedes...

—Como el coche.

—... pero hay uno que lo odia, Danglars, jefe de cargamento del navío, quien organiza un complot para meterlo en la cárcel.

—Pero qué hijo de zorra.

Michele asintió. Un comentario cuanto menos acertado. Puso otro café para el gitano, que entretanto se había encendido un cigarro. Se bebió el suyo, amargo e hirviendo, y se tumbó en el catre encendiéndose otro él. Olban estaba pendiente, totalmente concentrado. Las preguntas flotaban en el aire estancado de la celda. ¿Por qué Danglars lo odiaba? ¿Cómo hace Edmundo para huir? ¿Por qué le llaman conde de Montecristo? ¿Y qué ha sido de la bella Mercedes? Y sobre todo la venganza..., ¿cómo será la venganza?

Michele sonrió fumando relajado. Con el libro en las manos comenzó de nuevo el relato.

Ninguno de los dos volvió a mirar el paisaje al otro lado de las rejas.

3

Desde la ventana de aquel apartamento no se veía nada, ni colinas verdes, ni casas en construcción, ni cielo azul moteado de nubes. Solo edificios todos iguales y grises, cientos de balcones y ventanas como montones de ojos abiertos de par en par.

Michele no había estado nunca antes en Génova, pero aún recordaba alguna cosilla de los negocios de Olban de las largas charlas en la celda, y estaba casi seguro de que se encontraban en la zona de Ca' Nuova, en el antiguo distrito de viviendas protegidas, es más, casi seguro que aquel debía de ser uno de los apartamentos construidos por el ayuntamiento en los años setenta. Comprado u ocupado por Giorgio, poco importaba; junto a la chica era siempre una fuente de ingresos.

Debía de ser pronto por la mañana, el cielo ofrecía una luz fría y lechosa y Michele aún se sentía aturdido, confuso, con la cabeza pesada. De todos modos, estaba mejor. Las curas del médico, los extraños medicamentos chinos y una noche de sueño profundo habían hecho el milagro, el dolor del brazo ya no era un latido obsesivo sino una sorda y controlada molestia. Probó a abrir y cerrar la mano, a mover el brazo. No era para tanto. Nada que no se pudiese soportar.

El resplandor de la mañana apenas iluminaba la habitación y el techo era de un blanco borroso. Una tela blanca sin pasado. Michele decidió que ya no podía seguir más en aquella cama. Todavía estaba vestido con la ropa del abogado, el hombro vendado, las mantas hechas un gurruño a sus pies y un olor a sudor y sangre que le revolvía el estómago. Se incorporó para sentarse. La cabeza le daba vueltas, la habitación se movía. Cerró los ojos tratando de recobrarse, los abrió de nuevo y los muebles volvían a estar en su sitio. Inspiró tres veces, como antes de realizar un gran esfuerzo, y se puso de pie. Apoyó rápido la mano en la pared para no caerse. Una precaución inútil. Las piernas aguantaban y solo tenía mucha sed. Llegó hasta la puerta, la abrió y echó un vistazo a la otra habitación.

Una cocina ordenada y limpia, muebles económicos. Una mesa y un par de sillas, cuatro cacharros secándose en la repisa. Solo un plato y un vaso. Un sofá de dos plazas pegado a la pared de frente; en él, acurrucada bajo una manta y abrazada a un cojín, estaba la chica.

Michele pensó que estaba durmiendo, pero luego vio que dos ojos inquietos lo miraban.

—Agua —se limitó a decir con la voz ronca y pastosa.

Ella abrió más los ojos y se levantó retirándose las mantas. No tenía la gruesa capa de maquillaje de la noche anterior, evidentemente todavía era pronto para su jornada de trabajo. Nada de tacones de vértigo ni minifalda, sino un par de zapatillas y un pijama rosa con algún gracioso muñeco dibujado. Aparentaba menos de veinte todavía.

Abrió corriendo el frigorífico, como si hubiese recibido una de las órdenes de Olban, sacó una botella y cogió un vaso limpio. Michele estaba sorprendido de tanto cuidado, él se hubiera tirado al cuello de la botella y se la hubiera soplado de un sorbo.

Beber fue una bendición, sentía que el cuerpo recuperaba fuerzas, que se limpiaba de aquellos días en la carretera y de las horas de dolor. O al menos durante un momento pudo hacerse la ilusión de que era de verdad así.

La chica lo miraba con una mezcla de curiosidad y temor. El pelo suelto le caía desgreñado sobre los hombros. Seguía siendo precioso, y él no lograba apartar los ojos de aquella mata castaña que le traía recuerdos dolorosos. Trató de desviar la mirada y alejarse del pasado. Pero en aquel momento la muchacha se echó el pelo para atrás, atusándoselo después de haber pasado toda la noche en el sofá. Se lo acarició, se pasó la mano rápido, con una mezcla de timidez y coquetería. Él trató de concentrarse en el vaso vacío.

—Soy Yleana.

—Michele —respondió apoyando el vaso.

—Vengo de Moldavia. Al lado de Rumanía. ¿Lo conoces?

—No —respondió seco. Para él aquellos países eran todos iguales, una fuente casi inagotable de armas y mujeres.

—Eres amigo de Olban. ¿Lo conoces de hace mucho?

—Oye, no tengo ni ganas ni tiempo de conversación. Estoy cansado, tengo hambre, apesto y me duele el hombro. Así que vamos a concentrarnos solo en las cosas que hay que hacer. Lo primero, la ducha. Lo segundo, ropa limpia. ¿OK?

Ella enmudeció. En su vida debía de haberlas pasado de todos los colores, pero por algún motivo no se esperaba aquella respuesta, una auténtica bofetada en plena cara sin motivo. Bajó la mirada con un mohín infantil, el cabello se le movió al asentir obediente.

Michele se daba cuenta de que se había pasado, pero esa era su intención: si la trataba mal, quizá su mente dejara de fantasear. Él era Michele Impasible, tenía que llevar a término su viaje y aquella era solo una prostituta del Este que se lo hacía con un gitano. Tenía que dejar las cosas claras, sobre todo para sí mismo.

—¿Tienes papel film?

La muchacha no respondió. No había comprendido.

—Papel film. Película transparente. La que se pone en las sobras de la comida.

Ella asintió y corrió a cogerlo de un cajón de la cocina. Hacía las cosas sin hablar. Olban la había educado bien, mejor no saber el modo, no era asunto suyo.

—Busca algo limpio para ponerme.

Michele fue al baño dando por descontado que le encontraría algo de ropa de Olban, o cualquier cosa que se hubiera dejado un cliente despistado. Seguramente había tenido docenas entre aquellas paredes. Docenas que se habrían tumbado sobre aquel cuerpo joven, que habrían retozado entre las sábanas con aquel pelo castaño y aquellos ojos atemorizados. Jóvenes, viejos, gordos, delgados, obreros, profesionales, buenos, malos.

Michele cerró la puerta del baño y empezó a desnudarse. Tiró al suelo la ropa del abogado, como una serpiente que muda de piel. Se miró en el espejo del lavabo: tenía el rostro pálido y demacrado, más que cuando estaba en la cárcel, las ojeras cada vez más profundas y la piel de la cara tensa y blanca como la de una calavera. Era obvio que aquella muchacha debía de temerle. Tenía los ojos rojos por el cansancio y los medicamentos, pero las pupilas..., no, seguían siendo negras y profundas. Michele hizo una mueca, su cara no le gustaba, tenía un algo de enfermo, de huidizo.

Envolvió con la película transparente el hombro vendado y la cortó con los dientes fijándola cuidadosamente. Más tarde pensaría en las vendas. Ahora tenía necesidad de agua. Otra agua.

Se metió bajo la ducha. Estaba fría, casi helada. Le sacudieron una sucesión de escalofríos, era eso lo que necesitaba. Lo que había visto en el espejo era un muerto, un cadáver que andaba, respiraba y hablaba. Sin embargo, él deseaba sentirse vivo, al menos un poco más.

Se tomó su tiempo, dejando correr el agua sobre su cuerpo hasta que salió tibia, luego caliente y luego hirviendo. Estaba apoyado en los azulejos de la ducha con los brazos estirados y los ojos fijos en las juntas. Concentrado en desterrar cualquier duda, en no dejarse vencer por el dolor, el cansancio, la muchacha, él mismo.

Se secó, tiró la toalla al suelo y salió desnudo del baño, tenía claro que la muchacha no se iba a escandalizar. Nada que no hubiera visto cientos de veces.

Entretanto Yleana había estado ocupada, había cambiado las sábanas y las mantas de la cama. Ahora ya no era la caseta de un perro. Sobre una silla había un chándal, unos vaqueros y una camiseta violeta de hijo de papá. Había también ropa interior limpia, evidentemente Olban se dejaba ropa de repuesto para cuando iba a ver a su amiguita. Optó por el chándal, tenía ganas de estar cómodo, y la idea de volverse a meter en la cama no le disgustaba para nada. Sueño atrasado le sobraba.

La muchacha entró llevándole un vaso de agua y un puñado de las píldoras dejadas por el médico. Michele no se dignó a mirarla. Cogió las píldoras y ella salió en silencio. Callada y obediente. Perfecto.

Las sábanas estaban frescas y limpias y los medicamentos empezaban a hacerle efecto. Tenía el hombro dolorido por la cuchillada recibida y las manos entumecidas por los puñetazos que había dado. Sentía el cuerpo pesado y embotado pero el contacto con el colchón blando que lo acogía era una sensación fantástica. Por fin se sentía a gusto. Trató de vaciar la mente, de quitarse de encima cualquier pensamiento, duda, remordimiento, para por fin gozar un poco del merecido descanso. Había bajado las persianas y en la semioscuridad de la habitación veía su sombra reflejada en el espejo del armario, tendido inmóvil en la cama, los pies delante, las manos abandonadas a ambos lados. Un cadáver. Un magnífico ejemplo de muerto querido, a la espera de su nueva morada, un elegante ataúd de nogal con el interior de seda bordada, algo de mucha clase, digno de él. Solo faltaban a su alrededor algunos cirios encendidos y un enjambre de parientes plañideros, y el cuadro de su fantasía hubiera estado al completo. Aunque él parientes no tenía. Estaba solo. Y sin embargo se imaginaba un gran funeral.

El funeral que Milena nunca había tenido.

Trató de apartar aquel pensamiento. Estaba agotado, necesitaba descansar y sobre todo aún no tenía fuerzas para recordar. El resultado fue que su mente, impregnada de aquellas medicinas de dudosa procedencia, siguió flotando en un inquieto duermevela donde las imágenes del pasado se perseguían, desordenadas y trémulas, como las escenas de una película muda.

Lo había programado todo. Sabía qué hacer.

Vio de nuevo el viejo caserío donde habían llevado a Milena después de haberla raptado. Estaba casi en ruinas, aislado, decrépito. Había sido la casa de un pobre desgraciado que soñaba con criar búfalas para hacer mozzarella, pero que no quería pagar la protección, así que alguien le había envenenado a los animales y quemado los establos y él, que era pobre y pobre se quedó, huyó a Alemania a trabajar de obrero.

Habían dejado a la muchacha, atada y vendada, en un viejo colchón que apestaba a meados, encerrada en una de las estancias del caserío, con ventanas atrancadas y paredes desconchadas por la humedad. Los hermanos Surace eran los encargados de vigilar. En pocas palabras, pasaban los días en el sofá roto de la vieja sala de estar esnifando coca y jugando a las cartas, no eran el culmen de la eficiencia ni de la profesionalidad, pero a Michele no le preocupaba. La cosa duraría poco. Franco, el novio de Milena, entendería la lección, volvería de rodillas pidiendo perdón y les devolvería lo que era de ellos. En un arranque de magnanimidad y grandeza Michele imaginaba el momento en que desataría a la muchacha y, con la mirada orgullosa y decidida del *capo*, le diría que podía irse..., que era libre. Probablemente después mataría a Franco, pero esa era otra historia. Un compromiso del que no podía, y en el fondo no quería, sustraerse. Y luego, una vez resuelto lo del traidor, quizá pudiera quedarse con la chica, convertirla en su mujer. Tenía algo que lo removía por dentro, que le hacía fluir la sangre a la cabeza, y no solo. Quizá esa mirada orgullosa, esa sonrisa feliz que había destrozado, ese pelo castaño. Ese pelo castaño...

Michele se revolvió incómodo en la cama, abandonó la posición inmóvil de cadáver y empezó a agitar frenético las piernas. Había empezado a sudar, sentía que las mantas le pesaban como un sudario. Era consciente de dónde se encontraba, de aquella habitación, de aquella cama, pero no lograba salir del pasado.

Las cosas no habían ido como había previsto.

Franco, aquel bastardo traidor, aquel bellaco, *aquel tío mierda,* no había dado señales de vida. Había desaparecido, se había escondido quién sabía dónde, ayudado por quién sabía quién. De lo que les pertenecía a ellos no había ni rastro y se habían quedado allí como cuatro estúpidos, mientras la gente empezaba a hablar.

Las noticias viajan veloces y las malas tienen un carril preferente. Lo que debía haber sido su afirmación, su hacerse fuertes y poderosos, se estaba volviendo su ruina. En los bares, en las calles, en los barrios, la gente, la que contaba algo, empezaba a murmurar, hablaba *sottovoce* y... se reía. Se reía de ellos.

Cuatro 'uaglioni *que se habían dejado joder.*

Milena se quedó donde estaba. Sobre aquel viejo colchón tirado en el suelo que apestaba a meados. Los días pasaron y todo se volvía complicado. Su rabia y su maldad crecían. Al volver al viejo caserío encontró a los hermanos Surace con aire insólitamente satisfecho, fumando, bebiendo y esnifando coca, sin quejarse por que los hubieran dejado allí día y noche, vigilando a la prisionera. Ella seguía con la venda en los ojos y los brazos atados a la espalda, en el cuello el moratón azulado de la mano de Michele, en la cara señales profundas de nuevas magulladuras. Sangre seca y coagulada en la boca y la nariz. Los rizos del pelo un montón de greñas sucias. Un cubo y una botella de agua a sus pies. Tenía la ropa descolocada y los pantalones desabrochados. Michele miró a los hermanos Surace formulándoles sin palabras la pregunta.

Ambos sonrieron cohibidos, asegurándole que no lo habían hecho... todavía. Que solo le habían echado un vistazo para ver qué tal estaba. Y debía creerlos, estaba realmente buena. Puede que alguna caricia le hicieran, lo justo para mantenerla a raya.

Michele señaló la sangre seca de la cara. Estaba cabreado. Con ellos, con el bastardo de Franco, con aquella situación de mierda que no se resolvía. Pero no dijo nada. No era el momento de discusiones, tenían que permanecer unidos. Y si ellos se querían divertir un poco con aquella pobrecilla, pues que lo hicieran, no era asunto suyo. Pero alguien tenía que pagarlo. Pagarlo muy caro.

Michele quería alejar aquellas imágenes. Empezó a sacudir la cabeza sobre la almohada. Cada vez más fuerte, hundiéndola más a cada instante, mientras la respiración se le volvía afanosa y un lamento profundo salía a golpes de su garganta. La chica de Olban abrió la puerta preocupada y se quedó mirándolo en la penumbra.

Ahora sí que tenía problemas.

La noticia había llegado rápido a su destino. Sin juegos de palabras, sin medias sonrisas. Solemne y directa como una condena a muerte. «Los calabreses querían el dinero». Su dinero. No habían añadido nada más, no hacía falta. Michele y los otros no tenían aquel dinero y Franco había desaparecido con el cargamento de droga. Evaporado en la nada importándole un carajo su novia. De modo que lo único que el gran Impasible tenía en las manos era una chica maltratada y sometida, mientras el plazo del pago se acercaba. Probó a recurrir a quienes estaban por encima de él, pero fue inútil. La iniciativa y la arrogancia solo gustan cuando llevan a buen fin; un joven presuntuoso que se equivoca no le gusta a nadie. Las palmadas en la espalda y las grandes sonrisas que veía un joven en ascenso, un nuevo *boss* poderoso, se transformaron de pronto en silencios y miradas huidizas de quienes no querían tener nada que ver con él. No podían arriesgarse a comprometer los negocios entre las dos organizaciones a causa de un solo hombre. Un hombre era sacrificable y a nadie le supondría un problema. De modo que aquella podía ser una lección para quien se creía ya grande mientras que en realidad era solo un *’uaglione* demasiado sobrado. Pero también en aquel caso, también en aquel momento, nadie tuvo el valor de decírselo directamente a la cara a Michele..., le seguían teniendo miedo. Un animal herido muerde sin piedad.

Y eso se sentía él, un león desangrándose lentamente. Había comprendido demasiado bien lo que estaba sucediendo y no veía la salida. Todo su castillo de naipes, orgullo y poder, estaba cayéndose miserablemente y él buscaba satisfacción, buscaba a alguien con el que desfogar su rabia incontrolable. Encontró a una muchacha humillada y sometida tumbada en un viejo colchón maloliente.

Michele se agarraba a la sábana. Apretaba con fuerza los puños, pero ni siquiera el dolor del hombro lo apartaba de aquellas imágenes. Los lamentos se hicieron cada vez más profundos e intensos. La estancia en torno a él había desaparecido y no reparó en la muchacha que en el umbral empezó a desnudarse.

Tenía demasiada rabia en el cuerpo.
  Rabia y mucho más. Eran días en que tomaba anfetaminas para mantenerse despierto, para encontrar una solución que no existía. Todos le habían vuelto la espalda y la cocaína había sido su respuesta. Mucha. Demasiada. Estaba acelerado, y los otros con él. Seguían ciegamente al *capo* y en aquellas circunstancias tampoco se iban a echar para atrás. En el viejo caserío el miedo y la tensión habían dejado paso a la euforia y al delirio de la omnipotencia, fruto del polvo blanco. Incluso Peppe el Cardenal, que se cagaba hasta de su propia sombra, se había puesto chulo y gritaba colérico imaginando las posibles torturas que iba a infligirle al miserable de Franco. Los otros reían y asentían satisfechos. *Así se hablaba.* Y cada vez más rápido se inclinaban sobre la mesa del cuarto de estar y hacían desaparecer una tras otra las rayas de coca que los hermanos Surace habían alineado como soldaditos. Una larga fila interminable, perfecta, precisa, como les había enseñado su mamá. Hasta Giovanni Morra, apodado Bebè, y Vittoriano el Mariscal se habían sentido fuertes, aunque no pintaran un carajo y no se les permitiera decir una palabra. Droga y miedo habían hecho el milagro y los habían transformado en lo que no eran.

Michele, hundido en el viejo sofá, reía divertido. Le parecía estar en el zoo frente a un montón de monos amaestrados. No lograba controlarse, se le iba la cabeza y todo giraba a su alrededor. Imágenes, sonidos, colores, amplificados y obsesivos, y decidió dejarse llevar, soltar las bridas y dejarse caer en el pozo oscuro de la inconsciencia. Sin frenos, sin pensar, sin buscar soluciones a lo que se había vuelto más grande que él. Vio a Gennaro Rizzo que le miraba divertido. Era el único que contaba algo, el único amigo verdadero que tenía entre aquellos cuatro tarados, el único que podía decirle que se equivocaba, el único que tenía cojones para hacerlo. Pero Gennaro no dijo nada, se reía con él y gritaba con los demás. Gennaro reía, Gennaro aplaudía, Gennaro estaba con él. Como siempre.

Yleana estaba desnuda. Sus ropas estaban caídas a sus pies. Miraba a Michele que seguía retorciéndose en la cama. Suave y flexible se metió bajo las mantas acercando su cuerpo joven a la angustia de él.

Los Surace tenían razón. Milena estaba buena.
Necesitaban desfogarse. Desfogarse de la rabia, la excitación del miedo, la euforia de la droga. La idea había sido de los hermanos, que seguro que ya habían probado el plato del día, la habían tenido al alcance de la mano durante demasiado tiempo como para haberse resistido de verdad. Los demás habían acogido con entusiasmo la propuesta, a Michele le importaba un carajo y además tenía a su lado a Gennaro, que asentía convencido. Que así fuera. Si todo iba

a irse al infierno, más valía divertirse. Además, no podían sacarla de allí viva, hubieran sido el hazmerreír.

Milena gritaba desesperada. Gritos feroces, dañinos, de los que destrozan las cuerdas vocales y queman por dentro. Los Surace la tenían aplastada contra el suelo mientras el cobarde de Peppe le arrancaba el pelo por el solo gusto de hacerle daño. Giovanni y Vittoriano hicieron trizas la blusa dejando al aire una piel inmaculada. Gennaro le incitaba..., él era el jefe, debía ser el primero. Michele se reía, sentía la coca subiéndole. Cada vez más arriba, hasta el cerebro, hasta el último atisbo de lucidez que se apagó con los gritos de la muchacha.

Michele sintió las manos de Yleana, que le acariciaban dulcemente tratando de calmarlo. Cálidas y suaves le recorrían el pecho. Oyó una voz que le susurraba palabras incomprensibles en una lengua desconocida, se agarró con todas sus fuerzas a aquella voz que lo arrastraba fuera de sus recuerdos. Y se sintió agradecido.

Abrió los ojos y en la penumbra de aquella desolación vio el rostro de Yleana inclinado sobre él. Y luego los ojos de Milena gritando su dolor. Los rostros de las muchachas se superpusieron. Una, dos, tres veces. Hasta que solo quedó el presente y los ojos tristes y asustados de la muchacha del Este. Percibió el calor de su desnudez, el tacto leve y decidido de las manos, quedó suspendido entre dos tiempos, entre dos lugares, mientras trataba de recuperar el control sobre sí mismo.

Se le acercó al oído.

—Chsss..., regalo de Olban.

Por un momento Michele vio la cara del gitano, con su sonrisa resplandeciente y maliciosa que se confundía y cambiaba, transformándose en la carcajada vulgar de Gennaro Rizzo incitándolo. Gritándole que era el *capo,* que debía ser el primero, y luego todos los demás.

Impasible empezó a temblar. Dolor, cansancio, miedo. No quería olvidar. No podía olvidar.

Se volvió de pronto soltándose de aquel abrazo. Le dio la espalda y no pudo ver la mirada de estupor de Yleana.

No era así como hubieran debido suceder las cosas. Nunca antes le había pasado. La mujer, acostumbrada a la sórdida rutina de sus clientes, no sabía qué hacer. Lo estrechó por detrás sintiendo a aquel cuerpo desconocido temblar ante sus fantasmas. Lo sujetó mientras él trataba aún de soltarse. Hasta que el temblor pasó. Hasta que el pasado no se desvaneció en el presente.

Entonces Michele lentamente se volvió, el calor de aquel cuerpo inocente estaba deshaciendo su hielo. Inseguro y confundido le devolvió el abrazo y allí siguieron, en un triste apartamento iluminado por la luz tenue del día. Tratando de derrotar a sus soledades.

Inmóviles. Envueltos el uno en la otra.

4

Lopresti conducía como un autómata, movimientos mecánicos y mirada fija al otro lado del parabrisas. Tenía solo una vaga percepción de lo que le rodeaba. El tráfico congestionado en la carretera de circunvalación, la luz fría del cielo nublado y las palabras amortiguadas de su compañero

al lado. Pero estas ya no le molestaban, se habían convertido en una apacible música de fondo. Cualquiera que fuera
esta vez el tema de conversación —la pensión, la mujer, los
compañeros, la pesca—, él se limitaba a asentir dándole la razón a lo que decía, aunque seguía resbalándole como la lluvia sobre un impermeable. No es que no apreciara la compañía de Corrieri, qué va; al contrario de lo que hubiera
podido imaginar al principio de aquella movida, se encontraba bien con él. Su calma, el que fuera un gris y metódico
burócrata, su inmutable cotidianidad hecha de horarios fijos,
llamadas a casa, preocupaciones sencillas habían servido de
contrapunto a su vehemencia, su desordenada vida hecha
de añoranzas y remordimientos, le habían ayudado a tener
una perspectiva distinta, una visión nueva de sí mismo, del
pasado y, por qué no, del futuro. Con él se sentía extrañamente tranquilo, de algún modo sosegado, aunque fuera en
una investigación como aquella que no le estaba llevando a
ninguna parte.

El inspector volvió a asentir a algo que no había escu-
chado y se puso las gafas de sol, modelo cojonudo de telefilm,
pero no era para darse importancia, como en jefatura delante de las empleadas próximas a la jubilación. Era por culpa
de aquella luz blanca y dañina, un mar lechoso que se filtraba a través de las nubes y le dañaba los ojos y la cabeza.
Aquella mañana se había despertado con un dolor sordo que
le latía en un rincón perdido del cerebro, se había sentado en
la cama destrozado, con la cabeza entre las manos y ante los
ojos el vago recuerdo, la impalpable imagen, del rostro de
Martina.

Sonriente y feliz, como tal vez nunca había llegado a
estarlo junto a él.

Se había sentido embargado por una amargura desconocida, dolorosa y al tiempo hermosísima, a la que sin embargo no podía abandonarse. Tras la fachada orgullosa y segura que ostentaba con todos estaba intentando reconstruir su vida paso a paso. Un frágil castillo de naipes que podía derrumbarse de un momento a otro, en el que aquellos ojos luminosos podían ser un terremoto que lo arrastrara de nuevo a las drogas y el alcohol, y entonces, otra vez más, debía separarse de ella. Se pasó la mano por la cara, en un vano intento por ahuyentar la última imagen de aquel sueño que seguía escapándosele, y se había metido bajo la ducha con un monstruoso dolor de cabeza. Ni siquiera la continua letanía de las palabras de su compañero lograban mitigar aquel dolor, ni sus omnipresentes referencias a su querida mujer podían quitarle aquel sordo martillear en las sienes. Es más, la aparición, otra vez, del recuerdo de Martina desde el pasado tenía que ver justamente con Corrieri y su idílica vida familiar. Con aquel amor incondicional que duraba desde hacía casi cincuenta años y que él, ahora estaba dispuesto a admitirlo, envidiaba.

Decidió que, entre la luz molesta, el compañero charlatán y la migraña, un cigarrillo era un premio que se merecía. Bajó un poco la ventanilla mientras encendía el mechero.

—¿Pero qué haces, abrir? —le espetó Corrieri.

—Sí, claro, por el humo. ¿Por qué?

—Soy de naturaleza enfermiza. Me soplan un poco y ya he cogido una bronquitis.

—Perfecto, así te pones malo y te quedas unos días en casa con tu mujercita.

Corrieri se quedó pensando, como si la ocurrencia fuera una opción posible en la que nunca había reparado.

—Aumentemos el riesgo. ¿Quieres uno? —preguntó Lopresti ofreciendo el paquete a su compañero.

—Pero qué dices... Hace veinte años que lo dejé. Ya sabes lo que pasa, a mi mujer le molestaba y al final... De todos modos es malo.

—¿Pero tú haces siempre lo que ella te dice? —preguntó el inspector sin malicia. Solo sentía curiosidad por sus dinámicas familiares, pero por su silencio percibió que el otro lo había interpretado mal—. No me hagas caso, es una pregunta estúpida. Volvamos a lo nuestro, ¿qué me estabas diciendo antes de que pusiera tu vida en peligro bajando la ventanilla? —Acompañó sus palabras con una sonrisa sincera.

—Reflexionaba en voz alta sobre el hecho de que Annunziati y Morganti son dos capullos.

—Es verdad, ya ves que cuando te lo propones dices cosas muy atinadas.

Corrieri soltó una carcajada y siguió hablando:

—No sé por qué ni tampoco me interesa, pero la tienen tomada contigo. Si no, no se explica su salida delante de Taglieri para hacernos quedar como dos cretinos.

—Perdona, pero ¿por qué justo conmigo? ¿No podría ser que fuera contigo? —Lopresti sabía perfectamente que era imposible.

—¡De qué y de cuándo! Tú eres el niño mimado de la prefectura, yo solo soy el rajado, el enchufado que ha hecho carrera regalando mozzarella de búfala y que dentro de nada se jubila sin pena ni gloria. Yo ni pincho ni corto.

Lopresti se quedó en silencio, tanta honestidad le había impactado.

—¿Qué pensabas —siguió Corrieri con amargura—, que no sabía lo que se dice de mí? ¿Que nunca había advertido las medias sonrisas ni los ojos en blanco de los compañeros cuando me conocen? Créeme, puedo ser un cobarde, pero no un estúpido.

—De eso ya me he dado cuenta. —El reconocimiento de Lopresti fue inmediato. Corrieri lo apreció.

—Solo he escogido una opción diferente a la de muchos otros. Una opción que pone en primer plano a la familia. Para mí la familia lo es todo.

—Te entiendo. —Carmine estaba siendo sincero. Le sorprendía a sí mismo, pero estaba siendo sincero.

Corrieri asintió frotándose las manos. Empezaba a tener frío, pero evitó protestar. El inspector tenía derecho a fumarse su cigarrillo y a él un poco de aire fresco no le iba a sentar mal.

El coche salió de la carretera de circunvalación y se adentró en el caótico tráfico de la ciudad, entre aparcamientos en triple fila y escúteres con tres a bordo sin casco. Todo normal. Aparte del silencio que se había hecho dentro del coche. Corrieri había enmudecido, como si estuviese reflexionando sobre sus propias palabras, y también Lopresti decidió no romper aquella tranquilidad, aquella extraña complicidad que tanto se parecía a una amistad.

Se detuvieron en el primero de una larga serie de semáforos. Lopresti tiró el cigarrillo por la ventanilla, las brasas habían llegado al filtro y empezaban a escocerle los dedos. Fue a cerrar.

—Deja abierto, un poco de aire es agradable.

—Vaya, nos hemos vuelto temerarios...

Corrieri hizo una mueca.

—No, es que me ayuda a pensar mejor. Me despeja la cabeza y me hace reflexionar sobre cosas extrañas.

—¿Como qué?

—Como que Annunziati y Morganti nos llamaron por lo de las escuchas a Peppe el Cardenal y nos hicieron ir sobre la pista de los Surace justo a tiempo para cargarnos encima los dos asesinatos. A nosotros nos han hecho hacer un ridículo espantoso y a ellos les ha faltado tiempo para irse a Milán en busca de Michele Vigilante.

—¿Y qué?

—Pues no lo sé, pero nunca he creído mucho en las coincidencias y las sincronías no me gustan. El caso pasa a nosotros y de repente el Destripamuertos entra en acción. Me parece de lo más extraño.

Lopresti se volvió a mirar a su colega con ojos atónitos y la voz en tensión.

—¿Estás pensando en el topo que hay en la jefatura?

Corrieri pareció reflexionar.

—No creo. No los creo capaces de hacer una cosa semejante. Sería demasiado incluso para ellos. Pero, en cualquier caso, nunca se puede decir. Y, si fuese así, explicaría por qué vamos siempre un paso por detrás del Sepulturero.

—¿Y entonces qué propones? ¿Se lo decimos al comisario jefe Taglieri?

—¿Y qué le decimos? ¿Que somos dos gafes que en cuanto damos con alguien lo matan de inmediato? No, no podemos ir al jefe. No todavía, sin tener nada concreto.

—¿No todavía? ¿En qué sentido? —Lopresti aminoró la marcha y se encendió otro cigarrillo, el asunto empezaba a ponerse interesante.

—Como buen rajado a salvo en las oficinas conozco un poco a la gente. Ya sabes cómo es, a fuerza de regalar mozzarella... Y también conozco al encargado del servicio de nóminas y cotizaciones de la jefatura, y casualmente me encontré con el expediente de Morganti, y también casualmente me fijé en la filial del Crédito Cooperativo a través de la que le pagan el sueldo, y...

—¿Y también casualmente...?

—Exacto. También casualmente... —Corrieri sonrió— conozco a un tipo en ese banco que podría darnos una idea de la situación económica de nuestro querido colega. De modo informal, solo por encima, al menos para saber cómo anda de dinero, deudas, seguros, posibles ingresos irregulares y demás. Sin indagar, solo por hacernos una idea.

—Solo por hacernos una idea —repitió Lopresti pensativo.

—Sí. ¿Qué me dices? —Corrieri lo miraba ansioso, con el rostro en tensión, no sabía si había ido demasiado lejos.

—Digo que cada vez me gustas más. Con permiso de tu mujer, obviamente.

El rostro de Corrieri se relajó y mostró una amplia sonrisa.

—Tranquilo, no es celosa. Y ahora sube la ventanilla.

—Se notan los achaques de la edad, eh...

— No, es que hemos llegado.

—Ah, coñ...

Lopresti viró de pronto, metió la marcha y detuvo el coche delante de una de las entradas del hospital.

La fachada era solemne. Blanca y roja, con grandes columnas que daban una sensación de poderío y control. Evitaron la entrada de urgencias, aunque desde allí había acceso directo a los pabellones, porque la idea de permanecer atrapados en aquella barahúnda de camillas abandonadas, goteros y viejos olvidados no los cautivaba.

Disponían de poco tiempo y tenían que espabilarse.

La noticia del ingreso en urgencias de Peppe el Cardenal había llegado a la comisaría a través de una avalancha de voces, confidencias e indiscreciones, hasta el propio Lopresti había recibido una llamada telefónica de un atento Genny B preocupado especialmente en demostrar que no se había olvidado de la promesa de darles novedades. A pesar de que, como en aquel caso, se tratara de una noticia que cinco minutos después de que saliera la ambulancia de casa de Peppe ya conocía todo el mundo. Pero daba igual, Genny había hecho la llamada y él a su pesar se lo había agradecido, poniendo especial atención en utilizar un tono de voz frío.

Entraron por la puerta principal fingiendo no reconocer a un agente de la División de Investigaciones Generales y Operaciones Especiales, que les devolvió el favor fingiendo que seguía leyendo el periódico deportivo, pero sin perder nunca de vista la puerta de acceso principal.

Los pasillos del hospital eran de un desvaído celeste muy de los años setenta y el intrincado laberinto de pabellones viejos y nuevos no ayudaba a encontrar lo que buscaban, esto es, los servicios de anestesiología y reanimación y cuidados intensivos. Lopresti estaba a punto de pedir información a un guardia jurado de aire cansado y aburrido cuando Corrieri le agarró por el antebrazo y, con una señal de la cabeza, le indicó el rápido cortejo de recaderos cargados de flores que avanzaban raudos por el pasillo a su derecha.

En un instante se entendieron y se sumaron a la perfumada procesión.

El vestíbulo de cuidados intensivos era un espectáculo surrealista. Una decena de ancianas congregadas en un rincón en sillas desparejadas recitaban una letanía de lamentos con los ojos bajos y rosarios bien a la vista. Hombres de mediana edad con la cabeza inclinada apretaban pañuelos blancos y se intercambiaban palmadas recíprocas de consuelo, meneando la cabeza casi fundidos en sagrado dolor. Los ganapanes se agolpaban en la puerta cerrada del servicio solo para ser rechazados por los inflexibles enfermeros que remachaban que únicamente podían pasar de la puerta los familiares, en horario de visita y de dos en dos. Los recaderos desconsolados dejaban las flores en el suelo junto a la puerta, que ya se estaba transformando en un parterre artificial cargado de un perfume intenso y dulzón. Alguien había encendido entre las flores un par de lamparillas rojas y en medio de un montón de rosas destacaba una foto enmarcada de Peppe el Cardenal.

Ya se había levantado el altarcillo pagano y la liturgia había comenzado. Todos querían dejarse ver, rivalizar en las muestras de dolor y duelo, en busca de la magnanimidad del *Zio*.

Lopresti había visto de todo a lo largo de su carrera: procesiones dirigidas ante la casa de los *bosses*, jarrones lanzados desde los balcones durante los arrestos, besos y abrazos al afiliado que se llevaban esposado, *selfies* con el prófugo, gente golpeada a muerte que se obstinaba en decir que había sido un accidente. Pero aquella escena de sufrimiento colectivo le resultaba nueva. Por un momento tuvo el impulso de dejarse llevar, gritar como un loco, emprenderla a patadas con aquellas flores hediondas y echar a todo el mundo. Pero su compañero, que en pocos días había aprendido a conocerlo, le puso una mano en el hombro. Un apretón fuerte y decidido, necesario para hacerle entrar en razón. Estaban allí por un motivo preciso.

Avanzaron hasta el centro del vestíbulo. Se sentían observados. No querían que se supiera que eran policías. Sintieron el murmurar de las mujeres entre un avemaría y otro.

Corrieri miró el retrato de Peppe rodeado de rosas y lamparillas, lo vio sonriente y magnánimo, con la mirada compasiva de una estampa, y pensó en toda la gente a la que había matado con sus manos, a la que había ordenado disparar, a la que había suministrado una jeringa hasta los topes, a la que había sumido en la desesperación, a la que había hecho desaparecer en el silencio más ensordecedor.

Esta vez fue Lopresti quien le llamó al orden, un ligero golpe en el codo para hacerle comprender que habían encontrado a su hombre.

Salvatore Cuomo, apodado el Bola, los miraba desde una esquina del amplio vestíbulo, de pie junto a un joven mazas con cuello de toro y estúpida mirada bovina. Se dirigieron a él, el joven dio un paso adelante amenazador, pero el Bola lo detuvo. No había necesidad de bronca en aquel momento.

Lopresti miró a su alrededor y vio que había otros muchachotes meritorios del clan de Peppe que controlaban las esquinas del vestíbulo y el acceso a los distintos corredores de la sección. Un servicio de vigilancia atento y discreto, que también permitía continuar con aquella payasada. Ningún médico ni enfermero habría tenido el valor de obligarles a desmontar el tenderete.

El Bola fue a su encuentro, con gesto en la cara de artificial y profundo dolor. Con aire contrito susurró:

—Buenos días. Perdonen el atrevimiento, pero es un momento de recogimiento para parientes y amigos.

Lopresti sonrió, inclinó la cabeza susurrando también él.

—*Boli'*, esto es un hospital público y, si no quieres que os echemos a la calle a patadas en el culo, es mejor que no te hagas demasiado el señor.

El Bola asintió manteniendo la expresión solemne. Los demás habían seguido con su actividad de llanto y oración y, aunque no lograban oír lo que se estaba diciendo, no perdían detalle del encuentro.

—Estaría bien que encontráramos un sitio tranquilo para hablar —intervino Corrieri.

—Me parece una idea estupenda. Por aquí. —Salvatore Cuomo los condujo como el más desenvuelto y formal de los anfitriones. Era consciente de tener todos los ojos sobre él y también de que ponerse a la cabeza, más que nunca en aquel momento, era fundamental. Abrió sin llamar la puerta de la sala de enfermeros, dentro había dos mujeres que tomaban café y buscaban un momento de tranquilidad en el caos de su trabajo. El Bola hizo un gesto con la cabeza y las mujeres salieron sin decir una palabra, llevándose consigo el café.

Salvatore cerró la puerta y se volvió hacia los policías.

—¿Se puede saber qué cojones quieren?

Lopresti sonrió.

—Oh, ahora sí que te reconozco, *Boli'*.

—¿Quién ha envenenado a Peppe el Cardenal? —intervino perentorio Corrieri, que empezaba a estar bastante harto de aquella comedia y quería irse pronto a casa.

—¿Pero qué veneno ni qué ocho cuartos...? Don Peppe ha sufrido un desmayo. Una cosa de nada. Pero la gente le quiere y se ha producido una pequeña aglomeración.

—Sí, claro. ¡Y Cicciolina es virgen! *Boli'*, no nos tomes por gilipollas, sabemos que el Cardenal tiene un lugar reservado en el cementerio. Puede que se haya librado por un pelo, pero, si quieres que siga vivo, tienes que decirnos algo que nos sirva.

Salvatore Cuomo no respondió. Miraba a un punto indefinido a la espalda de Lopresti.

—Si es que quieres que siga viviendo —puntualizó Corrieri con voz persuasiva.

El hombre del clan sacudió la cabeza como si hubiese recibido una bofetada en la cara, como si le hubiesen leído en su interior.

—Claro que quiero que siga vivo. Yo le tengo apego a Don Peppe, le debo todo, es un gran hombre. —Fue una defensa de oficio pronunciada con tono débil.

—Estamos seguros —siguió Corrieri—, pero si todo el mundo supiese que has hecho de todo para salvarlo, para detener al Destripamuertos, hasta hablar con los maderos, entonces la gente sabría que tú también eres un gran hombre, en cualquier caso al final de la historia tú saldrías ganando. Si Peppe se salva, te estará en deuda. Si en cambio, Dios no lo quiera, va a ocupar su plaza en el cementerio, ¿quién sino tú, el hombre fiel y devoto, el amigo sincero y honesto, podría ocupar su puesto? *Boli'*, tienes que entenderme, no se trata de hacer de soplón y hablar con los maderos, se trata de querer el bien de tu jefe. Y seguro que todos sabrán de tu sacrificio.

Lopresti estaba atónito, estuvo a punto de aplaudir a su compañero. En aquel momento comprendió por fin las palabras del comisario jefe Taglieri cuando le había impuesto trabajar con Corrieri, y de nuevo volvió a sentirse un estúpido.

El Bola por su parte, en principio hostil y perplejo, había asentido con decisión al final de la parrafada. *Aquel madero sabía lo que se hacía. Sabía hacer su trabajo.* Suspiró como si se preparara para un gran sacrificio, aunque inevitable.

—¿Qué quieren saber?

—Dónde está Michele Impasible. Y cuál es la relación entre él y Peppe el Cardenal —contestó rápido Lopresti.

—¿Y qué tiene que ver Michele?

—*Bolì*, venga, ¿empezamos de nuevo? Esta historia comenzó poco antes de que Michele saliera de la cárcel. Sabemos que ha huido a Milán y que tú acabas de volver de allí. Así que empieza a hablar y déjate de historias. Y además, acuérdate, como dice mi compañero, lo haces por Peppe.

Salvatore estaba satisfecho. Ahora los dos policías le habían dado la seguridad que quería.

—Si supiera dónde está Michele Impasible seguramente no me encontraría aquí hablando con ustedes, sino que me estaría encargando de devolverle su alma al Padre Eterno. —Acompañó la frase con una veloz señal de la cruz con beso final.

Los policías se miraron, el razonamiento era impecable, y honradamente no esperaban obtener mucha información en aquel sentido, pero en cualquier caso había que intentarlo.

—¿Impasible y el Cardenal? —preguntó tranquilamente Corrieri.

—Don Peppe y Michele crecieron juntos de *guaglioni*. Empezaron haciendo los primeros trabajitos en el barrio. Al principio por su cuenta y luego dentro del sistema, entrando en el clan. Y tuvieron una carrera veloz, en particular Michele.

—Y con ellos estaban también Vittoriano Esposito, Giovanni Morra, los hermanos Surace y Gennaro Rizzo. Todos los de las lápidas.

—Exacto. Habían subido desde San Giuliano Campano y se habían abierto camino juntos. Y, cuando ya no eran unos niños, también siguieron haciendo negocios juntos.

—¿Qué tipo de negocios?

—Al principio un poco de todo. Resolvían algunos problemas, como «regalar zapatos» a alguien que se lo merecía, convencer a otro de que no protestara. Luego empezaron con la droga, pero no tráfico a pequeña escala, eso se lo dejaban a otros, a gente como yo. Ellos apuntaban más alto, no tenían paciencia y querían subir deprisa.

Lopresti y Corrieri sabían que con «regalar zapatos» el Bola se refería a asesinatos por encargo, ejecuciones con miras a restablecer las jerarquías entre los clanes y mantener el orden, pero dejaron pasar por alto aquella información, estaban centrados en los otros negocios del grupo y no querían interrumpir aquella interesante charla.

—Intentaron actuar por su cuenta y se hicieron cargo de un gran cargamento de cocaína. Un asunto a lo grande, directamente de Sudamérica. Tenían un acuerdo con otro clan, gente que como ellos estaba haciendo carrera deprisa. Ellos suministraban la droga a un precio razonable, los otros se encargaban del tráfico pagando una cifra enorme y cediendo un par de puntos de venta. En pocas palabras, se estaban haciendo su propio clan, dinero, territorio, droga y armas, lo tendrían todo. Pero después las cosas se complicaron.

—¿En qué sentido?

—En el sentido de que la droga llegó, pero el dinero no. El otro clan no pagó la mercancía y ellos se encontraron sin droga y sin dinero, y a los calabreses no les gustó.

—¿Y ahora qué pintan aquí los calabreses? —preguntó Lopresti.

El Bola lo miró cómo si acabara de decir la mayor de las chorradas.

—Inspector, pero ¿usted en qué trabaja? ¿No sabe que sin la cobertura de los calabreses algunos cargamentos de droga no se mueven? Los colombianos siempre quieren que al menos un calabrés haga de fiador. Único responsable del negocio.

—¿Y cómo lograron cuatro 'uaglioni que les ayudara la 'ndrangheta?

—Por Michele. Fue él. Conocía a alguien de no sé qué sitio que se fiaba. Uno que creía que aquel muchachito se iba a convertir en un capo y que podrían hacer grandes negocios juntos. Pero luego le jodieron, como a todos.

—¿Y qué sucedió después?

—¿Y qué quiere que sucediera? Que se armó la de Dios. Cuando se dieron cuenta de que la droga había desaparecido y que el dinero no estaba, Michele, Don Peppe y los demás entraron en pánico. Alguien habló, contó el asunto y la idea de crearse un territorio propio, y los otros clanes no se lo tomaron a bien. Los calabreses amenazaron con interrumpir todos los cargamentos si no les daban compensaciones. Y al final la tuvieron.

—¿Qué sucedió?

—El pequeño clan que les había jodido la droga fue exterminado.

—¿Y por qué no se supo nada?

—Porque se hizo con discreción. Los calabreses querían eso: satisfacción, pero sin alboroto, porque no es bueno para los negocios. Los otros clanes se coaligaron para resolver el problema. Una cosa hecha deprisa, una decena de homicidios en una semana. Todos ellos fueron apresados y llevados a un lugar tranquilo y preestablecido. Hicieron desaparecer los cuerpos, pero antes fotografiaron a los cadáveres. Fotos con las polaroid, que enviaron a los calabreses para asegurar que se habían restablecido las normas.

Los policías empezaban a ver una luz en aquella oscuridad.

—¿Y a Michele y los demás?

—Los habían engañado. Querían hacer carrera, pero no habían robado la droga de otros. El grupo entero dijo que había sido una idea de Michele. Suya y nada más. Y así los calabreses sabrían con quién tendrían que emprenderla, pero, justo cuando estaban listos los zapatos para Michele, alguien se fue de la lengua con los maderos sobre una cuestión de hacía algún tiempo, un *guaglione* estúpido al que Michele había disparado en un depósito abandonado. Así fue arrestado y encarcelado, y, al final, también tuvo suerte. De algún modo, en vista de que él ya no estaba disponible, la emprendieron con el hermano, le clavaron una jeringa en el brazo y lo dejaron en una alcantarilla para que se muriera. No es que fuese una gran pérdida, ya era un yonqui desahuciado, y antes o después se hubiera matado solo.

—O sea que detrás de esta historia, detrás de las lápidas del cementerio, ¿están los calabreses que quieren terminar el trabajo que no pudieron concluir hace veinte años? —preguntó Lopresti.

—Eso no lo sé. Aunque me parece extraño. Es verdad que son rencorosos, pero ha pasado demasiado tiempo..., y después de la movida fueron compensados por los demás clanes que habían tomado el control de los puntos de trapicheo de los miserables asesinados. Y luego este follón, las lápidas, la puesta en escena, los periódicos hablando de ello..., no es su estilo. Estos líos no son buenos para los negocios.

—¿Y tú cómo sabes estas cosas? —preguntó Corrieri seco.

Al Bola pareció irritarle la pregunta.

—Lo sé porque no acabo de llegar. No soy el último de los cojones. Y lo sé porque los dos tarados de los hermanos Surace, que en paz descansen, no sabían guardar un secreto, y porque...

—¿Por qué?

—Se jactaban de haber sido ellos quienes habían clavado la jeringa en el brazo del hermano de Michele por orden de los calabreses.

Lopresti trató de asimilar aquella nueva información, de encajar la enésima pieza en un mosaico que no terminaba de componerse. ¿Quizá Michele se había enterado de quién había matado a su hermano? ¿Quizá quería vengarse de sus antiguos compañeros? ¿Quizá los calabreses habían decidido cerrar el círculo? ¿Quizá tras el Sepulturero se escondía todavía algo, algo que seguía moviéndose entre pasado y presente, verdad y mentira?

—¿Y qué ha sido de Gennaro Rizzo? —preguntó, mientras con la mente daba vueltas a mil consideraciones.

—¡Quién sabe! Hace ya diez años que no lo ve nadie. Lo mismo está muerto, o se ha ido a América. No lo sé seguro. Pero quizá la única persona que puede saberlo es justo Don Peppe, que el Señor lo proteja. —El Bola exhibió otra señal de la cruz con beso final. Se estaba convirtiendo en un profesional.

—¿Qué más te contaron los Surace de este asunto? —insistió Corrieri desentendiéndose de la suerte de Gennaro Rizzo, al que con un poco de suerte lo mismo lo habían matado hacía ya diez años.

—Nada importante.

—¿Cómo puedes decir nada importante? Tiene que haber algo más. —Corrieri estaba perdiendo la paciencia.

—No hay nada. Y punto. Es todo lo que sé. De quién pueda ser el Destripamuertos no tengo la menor idea, y, honradamente, tampoco lo quiero saber, solo estoy contento de que mi nombre no esté en esas putas lápidas. Pero si lo quieren pillar, tienen que buscarlo en aquella historia de hace veinte años. No sé más, y hasta aquí todo lo que tenía que decirles.

Corrieri estaba nervioso. Su perenne calma tan apreciada por su colega Lopresti se había esfumado. El viejo rajado de la oficina era un manojo de nervios, su rostro había adquirido un peligroso tono color rojo fuego. Ni siquiera se dio cuenta de la llamada que recibió su compañero, estaba demasiado concentrado en Salvatore Bola. Le miraba a los ojos, a ver quién bajaba antes la mirada.

Lopresti se retiró a un rincón de la habitación para responder al teléfono. Mientras los otros dos se observaban amenazantes, él escuchó atentamente todo lo que le decían, murmuró un par de rápidos monosílabos y cortó la comunicación. Se volvió a los otros y...

—*Boli'*... Vete a tomar por culo con tus amigos. Hemos terminado.

—¿Pero cómo? —dijo Corrieri.

—Tenemos que irnos —se excusó Lopresti.

—Bueno, pues entonces, mis mejores deseos. Y por favor, sobre esa cuestión, lo de que he hecho de todo por Don Peppe, ¿estamos de acuerdo?

—*No problem, Boli'*.

El hombre le midió con mirada torva.

—Inspector, ustedes ven demasiada televisión. —Se giró y salió rápido de la habitación para volver a su carnaval de devociones hecho de flores marchitas y lamparillas de cementerio.

—¿Pero qué te ha dado? —preguntó Corrieri mientras las venas del cuello le volvían a la normalidad.

—No, ¿qué te ha dado a ti? Parecías un loco. Primero te haces el diplomático, que con la charla te lo camelas como quieres, luego te pones a hacerte el duro, que por momentos parecía que la ibas a emprender a porrazos. Amigo, tenemos que ponernos de acuerdo sobre quién hace de poli bueno y quién de malo, porque empiezo a no entender una mierda.

Corrieri bufó con una media sonrisa y se pasó la mano por la cara sudada.

—Tienes razón, perdóname. Es que me he dado cuenta de que no nos lo había contado todo, y que uno así me joda no lo aguanto, me desquicia los nervios.

—¿Te desquicia los nervios? Querido colega, ganas puntos a cada momento que paso contigo. En todo caso, creo que lo que nos ha dicho es bastante, hay que informar al jefe y tenemos que espabilarnos. Hay mucho que hacer.

—¿La llamada?

—¡Tenemos una pista!

Corrieri se quedó boquiabierto esperando explicaciones.

—El comisario jefe Taglieri envió una orden interna al comandante de la cárcel para averiguar con quién socializaba en la celda nuestro Impasible en los últimos tiempos, y por el registro que llevan las secciones resultó que pasaba mucho tiempo con un gitano, un tal Olban. Un tipo que vive en un campamento nómada en la zona de Génova.

—¿Y qué?

—Que nos vamos a Génova, compañero. La pista de Milán está abrasada y a Annunziati y a Morganti les han dado por el culo.

Corrieri se quedó pensativo. La rabia y la tensión de unos momentos antes se habían esfumado y ahora parecía un saco vacío a punto de desinflarse.

—Bueno, ¿y qué te pasa ahora?

—Nada, pensaba en mi mujer. Tengo que avisar en casa. Así como así, no sé si puedo.

—Nada de peros. ¡Ahora es nuestro momento!

Corrieri asintió a duras penas. Trató de esbozar una sonrisa, pero solo consiguió poner una mueca triste. Lopresti no sabía qué hacer, estaba luchando entre mostrar empatía o mandarlo a la mierda. Trató de cambiar de conversación.

—¿Y con la promesa hecha al Bola de hacer correr la voz cómo lo hacemos?

Corrieri se puso rígido como si hubiera recibido un latigazo.

—Lo hacemos arrestando a ese gilipollas lo antes posible.

Domingo, 24 de enero de 2016,
San Francisco

5

Michele tenía hambre. El dolor y el cansancio habían desaparecido dejándolo confuso y vacío. Se levantó de la cama deslizándose fuera de las sábanas arrugadas. Sintió el suelo frío bajo sus pies. Un escalofrío que le hizo suspirar. Le gustaba el frío, le gustaba la piel de gallina que se le ponía por todo el cuerpo. Cualquier cosa con tal de sentirse vivo.

Fue a la cocina y abrió al azar cajones y armarios. Rebanadas de pan de molde integral, galletas integrales, pan integral..., todo integral. Qué cojones, se comía mejor en el talego. Se rindió y le dio un mordisco a una rebanada de pan de aspecto chicloso. Bocado a bocado se fue dando cuenta del hambre que tenía. En aquel viaje comer no había sido una prioridad y su cuerpo, entre heridas y privaciones, había estado a punto de sucumbir. Pero al final había resistido, todavía estaba vivo. Sintió un arrebato de orgullo abrirse camino en su interior, entre mordisco y mordisco. Terminó la primera rebanada y de seguido le hincó el diente a la segunda. Miró el reloj colgado en la pared, la esfera era una imagen estilizada del *skyline* de Nueva York, mil luces y rascacielos, sobre los que se movían las agujas recordando que el tiempo pasaba y que tenía que espabilarse. Era casi la hora de comer y todavía tenía que...

—¿Pero qué haces medio desnudo? Vas a coger frío —le dijo Yleana con voz aguda.

Había aparecido en el umbral de la cocina y se acariciaba el largo cabello castaño. Se había vuelto a poner el pijama con los estrafalarios muñecos y las zapatillas azules. Michele tuvo una fugaz visión de su cuerpo, de aquel abrazo prolongado y dulce que lo había arrancado del dolor. De esa noche transcurrida como nunca hubiera imaginado, durmiendo entre sus brazos, aferrados el uno a la otra como náufragos. Como pecios de sus propias vidas.

La observó con mirada alucinada, sin comprender si era real o no. Ella no le hizo caso y se acercó alegre.

—Ve a ponerte algo, yo mientras preparo café.

Se puso a su lado, al menos veinte centímetros más baja que él, y empezó a trastear con la cafetera y el grifo, mostrando una falsa indiferencia por aquel desconocido que la estaba escrutando. Michele se enderezó tirando a un rincón el trozo de pan que sobraba y se dispuso a volver a la habitación, pero ella fue más rápida. Se arrimó pegándose a él, apresándole las caderas con las manos, y poniéndose de puntillas le dio un beso en los labios. Rápido, inmediato. Una cosa de niños, con leve sabor a melocotón. Luego sonrió y volvió a llenar la cafetera.

Michele no reaccionó, no sabía qué decir, era todo demasiado alejado de su vida para que pudiera ser verdad. Demasiado distante de los últimos veinte años, de los registros, del reparto de comida, de las horas libres en el patio. Demasiado diferente del futuro que había imaginado tumbado en el catre, perdido en las manchas de moho del techo.

Entró en la habitación para vestirse y, mientras lo hacía, volvió a mirarse en la gran luna del armario. Un hombre como tantos otros vistiéndose con calma un domingo por la mañana, después de haber dormido con su compañera, mientras se hace el café y llega la hora de comer. Luego la charla, el partido en televisión, sacar a pasear el perro, los pagos de la hipoteca, lavar el coche...

Hizo una mueca. Él no era un hombre normal, no lo había sido nunca y seguro que ahora tampoco lo iba a ser. Y la que preparaba el café canturreando no era su compañera, sino solo la puta de Olban. Se puso el jersey con rabia y se pasó las manos por la cabeza rapada.

Estaba cabreado. La duda trae debilidad y él tenía que estar fuerte. Nada de incertidumbres.

Volvió a la cocina con gesto resuelto y expresión dura. Yleana fingió no darse cuenta, había servido café en dos tazas blancas y verdes con motivos geométricos de una porcelana inmaculada. Debía de ser el juego de las grandes ocasiones, el que sacaba con los clientes más generosos. Michele se sentó a la mesa y bebió con ímpetu.

—Cuidado, está caliente.

Se había inclinado sobre la mesa para detenerle el brazo. Sus rostros estaban próximos y Michele vio que estaba realmente preocupada por él.

—¿Te has quemado? ¿Quieres agua fría?

Impasible se sintió vacilar, de nuevo la realidad se le hizo trizas. El café hirviendo le había quemado, pero no se había dado cuenta, de pronto se sentía frágil como la taza de porcelana.

Negó con la cabeza, mientras una voz en su mente le advertía de que, cuando él entró en el talego, ella todavía no había nacido.

—¿Qué quieres para comer? ¿Te gusta la pasta con setas y aceitunas?

Él se encogió de hombros.

—¿Sabes que desde que te has levantado no has dicho una palabra? Eso no está bien... —Le miraba con los brazos cruzados fingiendo estar enfadada, pero era evidente que entre mohín y mohín le estaba sonriendo.

Michele estaba confuso, por primera vez en muchos años no sabía cómo actuar. Su mundo hecho de reglas y horarios había sido sustituido por una realidad fluida y enormemente impredecible. Estaba convencido de haberle dejado las cosas claras a la chica, la había tratado mal, la había humillado y ofendido. Le había hecho inclinar la cabeza ante él. Ante el *boss*. Pero luego había tenido lugar esa noche entre sudor y medicinas. Esa noche con los gritos de Milena resonando en un rincón remoto de su mente. Esa noche con Yleana rescatándolo de sus recuerdos.

Decidió dejar de pensar y olvidarse de sí mismo.

—No me gustan las setas —se limitó a gruñir.

—¡Vaya! ¡Si hablas! Hablas. —Sonrió, divertida—. Si no te gustan cambiamos. ¿Te gusta la panceta?

—Pero bueno, lo tienes todo integral, el pan, la pasta, las galletas... ¿y me ofreces panceta?

—¡¡¡Sí!!! Pero no se lo diremos a nadie. Será nuestro secreto, ¡de Michele e Yleana! —Se rio.

—De todas formas, sí. Me gusta la panceta, aunque todo depende de cómo hagas la salsa.

—Vale, entonces me echas una mano.

Michele se levantó lentamente de la mesa, como si no estuviese muy seguro de lo que estaba haciendo. Ella en cambio se movía ágil por la cocina, abriendo y cerrando armarios, sacando ollas y sartenes, cucharones y cuchillos. Agarró un delantal verde que estaba colgado en la pared y se lo metió a Michele por la cabeza, luego le echó los brazos al cuello y le volvió a besar. Esta vez él le devolvió el beso. Hondo, profundo, generoso. Cuando se soltaron, ella le acarició la mejilla, marcada por los años y por una barba gris y dura.

—Venga, vamos a hacer la comida, que me muero de hambre.

Se pusieron a cocinar, hombro con hombro, riendo y bromeando. Hablando de todo cuanto se les pasaba por la cabeza.

El reloj de la pared seguía marcando el tiempo.

Ella había cocido la pasta. Él había preparado una salsa magnífica. Como tenía que ser. Comieron uno frente al otro, Yleana que no paraba de hablar, Michele que se sentía flotar. Lejos del pasado y del futuro, encerrado y protegido en una burbuja hermosísima, ligera, resplandeciente, pero frágil, a punto de estallar al menor roce con la realidad. Pero allí, en aquel lugar, en aquel momento, la realidad parecía desvanecerse y él no quería romper la burbuja.

Después de comer, lo llevó a la habitación y le hizo sentarse en la cama y quitarse el jersey. Le retiró con delicadeza el vendaje del hombro, con cuidado para no hacerle daño. Preparó el material de curas dejado por el doctor, gasas limpias, algodón y un frasco de desinfectante. Destapó la herida, los puntos con sangre coagulada se clavaban en la carne macerada, pero tenía un aspecto decididamente mejor que el día anterior. Se arrodilló y empezó a limpiársela. Él cerró los ojos, abandonándose a sus cuidados. A pesar del leve dolor, la sensación fue agradable. Permanecieron en silencio unos minutos, que parecieron eternos. Uno frente al otro, con las mentes flotando, acercándose hasta rozarse. Michele sentía su olor y la suavidad de sus manos sobre la piel. Las palabras de la chica se confundieron en su mente y tuvo que repetirle la pregunta.

—¿Dónde irás cuando te cures?

Michele abrió los ojos y la miró. La chica tenía la cabeza baja, mezcla de temor y vergüenza por haber hecho esa pregunta.

—Tengo cosas que hacer —respondió sin siquiera darse cuenta.

—¿Qué?

—Mejor que no lo sepas. Es mejor para los dos.

—¡Llévame contigo!

Yleana alzó la cabeza mirándolo fijamente. Michele la observó y vio en sus ojos dulzura, tristeza y resignación. Y una desesperada necesidad de encontrar a alguien. De huir, de vivir, de olvidar, de abandonarse por fin.

—Olban es malo, no ayuda a nadie. Si te ha ayudado a ti quiere decir que eres importante, quiere decir que te teme... Si nos vamos juntos, nos dejará en paz.

Michele Impasible sintió que su mundo volvía a tambalearse. Su férrea obsesión, su inquebrantable destino vacilaban. Miró a Yleana y comprendió que se habían encontrado quién sabía por qué absurdo azar de la vida y se estaban aferrando el uno a la otra para resurgir de los escombros de sus vidas.

Eran de verdad dos náufragos, perdidos en aguas profundas.

Pero el mar y la vida no saben de sentimientos. Sube la marea, crecen las olas y te tragan. Y, al final, todo lo que queda es un leve encrespamiento en la piel del agua.

Michele sintió que lo arrastraban. No pensó en nada, se dejó llevar por la corriente. Esta vez fue él quien se acercó a Yleana. La besó suavemente. Una caricia, sin pasión ni deseo. Ella abrió los ojos de par en par preguntándose el sentido de aquel beso. Mientras la burbuja que los había envuelto se desvanecía en la realidad.

El timbre sonó con fuerza. Un sonido prolongado e insistente. Luego dos golpes rápidos seguidos.

Yleana se puso rígida, los ojos esperanzados de hacía unos instantes se hicieron fríos y lejanos. Sabía quién era. Tenía llaves, pero siempre llamaba para evitar molestarla cuando estaba con un cliente.

Se alzó de golpe y se agazapó en un rincón de la habitación como un animal atemorizado. La puerta del apartamento se abrió, pasos rápidos en la cocina y luego el hijo de Olban apareció en el cuarto. El chico sonrió malicioso al ver a Michele con el pecho desnudo y miró fijamente a Yleana, que trataba de hacerse aún más pequeña contra la pared. A Impasible no se le escapó aquella mirada cargada de excitación y comprendió que la muchacha no era divertimento exclusivo de Olban sino también de su hijo. Vio los ojos de ella fijarse en las manos grandes del chico, que se agitaban nerviosas. Evidentemente pegarle era un placer al que era difícil renunciar y contenerse no era en realidad una de las cualidades del joven gitano.

El italiano sintió cómo le invadía un fogonazo de su antigua maldad, del verdadero Michele Impasible, y barría aquel día absurdo hecho de falsa intimidad y fantasías irrealizables. Percibió el aire frío en la piel caliente, la sordidez de aquel apartamento y el miedo. El miedo de Yleana.

Se levantó de la cama. Hizo ostentación de su cuerpo herido, las mandíbulas apretadas, las palabras duras.

—¿Qué cojones haces aquí? No han pasado los dos días y yo no os he llamado.

El joven fingió no oírle. Seguía mirando fijo a la moldava, imaginando con alegría el castigo que le iba a infligir.

—Te he preguntado qué cojones haces aquí —repitió Michele.

Olban hijo se giró insolente, dispuesto a responder en consonancia, pero se quedó sin aliento porque su percepción de peligro fue inmediata. Aquel hombre rapado al cero, con el pecho desnudo, con un hombro macerado y recosido estaba dispuesto a matarlo. Sus ojos eran pozos negros que no dejaban lugar a dudas. Ahora el miedo de Yleana se había vuelto *su* miedo.

—Mi padre me ha dicho que viniera a buscarte —dijo dócil.

—¿Por qué?

—Porque han telefoneado.

—¿Qué cojones significa eso?

—Alguien ha llamado a mi padre y le ha dicho que la policía va a registrar el campamento, y allí te ha visto demasiada gente. Alguien podría hablar y traerlos hasta aquí. Tienes que irte. Rápido.

—¿Quién ha llamado?

—No lo sé y mi padre tampoco. Pero sabían que estabas con nosotros. Él ya se ha marchado y ahora debes irte tú.

Michele se tomó unos instantes para sopesar aquellas palabras. Un instante para poner cada cosa en su justa perspectiva y devolver su vida a los cauces que él había decidido.

—Fuera de aquí. Los dos. Tengo que vestirme.

Hubo un momento de indecisión en el gitano y en Yleana, que no se daba cuenta de lo que estaba sucediendo.

—¡Fuera, rápido! —gritó Michele rabioso.

Ambos salieron en silencio. Se vistió con mucho cuidado para que no se le saltaran los puntos del hombro. Cogió de su vieja ropa ensangrentada el dinero que se había llevado del apartamento del abogado, se quedó con mil euros y el resto lo metió en la caja que había dejado el doctor, cogió los blísteres y metió la caja en el cajón de la mesilla. Quitó la funda a una de las almohadas y metió dentro un jersey limpio, las medicinas y las vendas. Se lavó la cara en el lavabo, suspiró profundamente y salió de la habitación.

El joven Olban lo esperaba listo junto a la puerta, manteniéndose a la debida distancia de Yleana. Aquel chico era menos estúpido de lo previsto, pensó Michele. La moldava estaba sentada a la mesa de la cocina, donde habían comido juntos poco antes. Entrelazaba nerviosa los dedos. Su pequeño sueño de libertad había muerto y no le quedaba otra que resignarse a los palos de los Olban e hincarse de rodillas ante la habitual fila de clientes.

Michele no quería perder tiempo, algunas cosas es mejor hacerlas cuanto antes.

—Podemos irnos —dijo al gitano, que abrió la puerta y comprobó el descansillo.

Se acercó deprisa a Yleana, que, con la cara cárdena y los ojos rojos, se levantó para despedirse.

—Gracias por haberme curado y por darme las medicinas —dijo en voz alta de manera que el gitano lo oyera.

Luego la abrazó, le dio un beso fraternal en la mejilla y le susurró al oído:

—Creo que tú también deberías tomar mis medicinas. Están en el cajón de la mesilla.

Ella estaba confundida.

—¿Me has entendido?

La muchacha asintió haciendo un mohín, tratando de no romper a llorar ni a gritar.

Michele se reunió con el gitano en la puerta, lanzó una rápida mirada a sus espaldas para contemplar su grácil figura y su melena de pelo castaño y por fin se marchó.

Subieron a otro coche. No al habitual Mercedes, sino a uno más discreto. Era un Yaris común gris, aunque por el ruido se veía que el motor estaba trucado. Salieron de Génova en dirección a Savona, en unos instantes Michele perdió la orientación y, honradamente, se la sudaba saber exactamente dónde pudiera encontrarse. Cogieron la autopista y una sucesión infinita de túneles iluminó de luces trémulas el interior del coche.

Impasible cerró los ojos y se recostó en el asiento, necesitaba no pensar en nada. Aunque solo fueran cinco minutos, cinco minutos de no pensar en nada en absoluto.

—Vamos a la frontera con Francia —le dijo el hijo de Olban.

Michele volvió a abrir los ojos resignado a no tener paz, se dio cuenta de que no conocía el nombre del muchacho, pero decidió no preguntárselo. No era necesario saberlo. Y él tenía que limitarse solo a lo necesario. Cortar las ramas secas y todo aquello que le ralentizaba, le pesaba o le distraía de su objetivo. Todo. Cualquier maldita cosa.

—¿Cuánto queda para llegar?

—Dos horas para el sitio que te digo. Cruzamos la frontera, tú te bajas y yo me vuelvo, que como mínimo la policía ahora mismo está destrozando mi campamento buscándote.

Había rencor en las palabras del muchacho, pero a Michele ni le importaba una mierda ni mucho menos le hacía sentirse culpable. Así que el deseo de pegar a aquel capullito que se divertía atemorizando a Yleana volvió a abrirse paso con fuerza en su interior.

—¿Te ha dado algo tu padre para mí?

—En la guantera.

Michele abrió. Estaba envuelta en un paño de cocina. Una pistola, calibre 9, número de registro raspado, culata desgastada y rayada. Daba la impresión de que en vez de haberla usado para disparar lo habían hecho para clavar clavos. Una mierda, pero tenía que aguantarse. Con el pulgar presionó el botón sobre la culata, justo bajo el seguro, y sacó el cargador. Una rápida mirada a través. Lleno. Quince balas. Perfecto. Al menos esto iba bien.

Otra cosa. Junto a la pipa había un sobre de plástico transparente con un billetero de piel artificial. Dentro, un carné de identidad estropeado y gastado, expedido a nombre de un tal Lorenzo Bacchi, empleado de Avellino. Estatura, ojos y color de pelo se correspondían, pero Lorenzo Bacchi no tenía cara.

—¿Y con esto qué cojones quieres que haga?

—La foto te la iban a hacer mañana, cuando ya no tuvieras pinta de cadáver, pero no ha dado tiempo. Tranquilo, no es nada grave. El carné es bueno, original, te haces una foto de carné en Francia, en las máquinas automáticas. En el billetero tienes también los pequeños pernos de cobre que usan los ayuntamientos para fijar las imágenes al papel. Y tienes la película adhesiva para poner sobre la foto. Si te esfuerzas, el trabajito artesanal lo puedes hacer tú mismo. No será de primera, pero para andar por Francia basta y sobra. Y te aconsejo que estropees la foto un poco, si no, parecerá demasiado nueva.

Michele no estaba para nada convencido, pero no tenía elección. Por otra parte, en absoluto lo necesitaba para subir en un avión. Lo del vuelo a España era solo una capullada que se había inventado para distraer al abogado y sus ganas de charla. Su objetivo siempre había sido otro y ahora se estaba acercando.

Envolvió de nuevo la pistola y los documentos en el paño de cocina y lo metió todo en la funda que había cogido en casa de Yleana.

Una vez en Francia tendría que tratar de adecentarse si no quería que la policía le tomara por un mendigo y le pararan cada cinco minutos. Debía ponerse a tono para el gran final.

Se dejó llevar suspirando profundamente y al fin se relajó. La oscuridad lo envolvía todo y tenía algo de tranquilizador, como si no poder ver supusiera una ventaja. Una intangible protección en espera del futuro. El joven encendió la radio y, sin decirlo en voz alta, ambos pasajeros decidieron que no se hablarían más hasta llegar. El coche avanzaba veloz hacia la frontera.

Pronto, pensó. El chirriar del tren, igual que siempre. El olor. El deseo de fumar, de fumar a toda costa. ¡Pero no dormirse! Al otro lado de las ventanillas huían las oscuras siluetas de la ciudad. Desde alguna parte, lejos, la luz de los reflectores registraba el cielo, eran como largos dedos cadavéricos que laceraban el manto azul de la noche... a lo lejos se oían también los disparos de la defensa antiaérea... y aquellas casas mudas, a oscuras, sin luz. ¿Cuándo será «pronto»? Su sangre fluyó y retornó al corazón, circulaba, circulaba, la vida circulaba, y aquel latido del pulso ya no decía otra cosa que: ¡Pronto...! No lograba decir otra cosa, mucho menos pensar: «No quiero morir». Cada vez que pensaba en aquella frase le venía a la mente: «Voy a morir... y pronto...».

El tren llegó puntual
Heinrich Böll

6

Huían las oscuras siluetas de la ciudad

Viernes, 29 de enero de 2016,
San Constancio de Perugia, obispo y mártir

1

El enfermero entró en la habitación con cuidado para no hacer ruido. Una preocupación inútil, porque el hombre tumbado en la cama no podía oírle. Pero toda la prudencia era poca cuando se trataba de aquella gente. Retiró el carrito metálico y las ruedas chirriaron en el suelo de linóleo. En el interior de la habitación había un joven de pie junto a la ventana, inmóvil y silencioso, tenía los brazos cruzados y le seguía con la mirada. El enfermero se llamaba Alessandro, para todos Sandro, y aunque había estado trabajando en el norte durante muchos años, antes de lograr el ansiado traslado cerca de casa, también había crecido allí, entre aquellas calles y callejones, entre los grandes edificios todos iguales y las azoteas donde se traficaba, y sabía quién era aquel paciente con los goteros saliéndole de los brazos y el tubo endotraqueal metido por la garganta. Los hombres de la entrada con el chándal del Nápoles y el bulto de la pistola despejaban cualquier posible duda.

Trató de darse prisa para salir de aquella habitación y poder dedicarse a sus pacientes, a los que no tenían santos en el paraíso ni pecados que expiar. Sandro amaba su trabajo, desde la primera vez que se había visto reflejado en los ojos agradecidos de una anciana que se moría lentamente. Le parecía que su presencia junto a los enfermos daba sentido a toda su vida y eso era más de lo que muchos podían afirmar. Sin duda más de cuanto pudiera alardear el individuo que tenía tumbado ahí delante.

Cambió el gotero sin dejar traslucir en el rostro sus pensamientos. Silencioso y profesional. Quería ser una sombra para aquella gente. Visto y no visto.

Hacía una semana que aquel tipo estaba conectado a las máquinas de cuidados intensivos. Sin que nada cambiase, sin decidirse a irse o a quedarse. A vivir o morir. Durante aquellos días había habido un vaivén de gente mala, policías de paisano, mujeres lacrimosas rezando el rosario y políticos locales que venían a rendirle homenaje. El vestíbulo del servicio todavía estaba lleno de flores marchitas que dejaban un olor rancio, pero al menos habían logrado retirar las lamparillas y el improvisado altar votivo...

Hizo lo que debía en silencio, luego salió de la habitación siempre bajo el ojo avizor del joven de brazos cruzados que parecía una estatua. Fuera, Salvatore Cuomo, que se las daba de gran *capo*, andaba con chulería dando órdenes y sacando pecho. En los últimos días el Bola había experimentado una transformación. Para empezar, ya nadie le llamaba de ese modo, y la actitud de los hombres del Cardenal era diferente, habían empezado a mostrarle respeto. Algunos habían empezado a llamarle Don Salvatore y él había empezado a comportarse en consonancia.

Sandro se había dado cuenta de ello, pero esas cosas no eran asunto suyo, él lo que quería era volver con sus pacientes. Se dirigió al pasillo empujando el carrito con la cabeza gacha. Pero Salvatore Cuomo tenía ganas de hacer algo de teatro.

—'*Uaglio*', ¿cómo evoluciona? —preguntó con voz impostada para que todos le oyeran.

El enfermero se sobresaltó, él pretendía ser invisible.

—No lo sé —respondió inseguro—, tendrá que preguntarle al médico.

—Sí, pero ahora te lo estoy preguntando a ti.

El joven aferró fuertemente la barra de hierro del carrito.

—Las constantes son estables.

El Bola se acarició el mentón como sopesando aquellas palabras.

—Mmm... No te olvides, '*uaglio*', cualquier novedad, cualquier cosa sobre la salud de este grandísimo hombre que es Don Peppe el Cardenal, deberás comunicármela única y exclusivamente a mí. ¿Has comprendido? —El tono era untuoso y melodramático.

—Sí, señor. —Sandro a duras penas ocultó su asco mientras trataba de alejarse. Pero Salvatore le impedía el paso. Bajo y gordo, se había colocado delante, haciéndole frente con su tripón.

—No te he entendido, '*uaglio*'.

Pero Sandro había entendido perfectamente.

—Sí, Don Salvatore —repitió más fuerte.

Ahora podía irse. Ahora que lo habían oído todos.

El Bola se apartó sonriendo.

El joven se fue a ver a sus pacientes sintiéndose una mierda.

El hombre estaba embutido en su sillón preferido. Años y años habían logrado que los cojines y el respaldo adoptaran la forma de su cuerpo, así que acomodarse en ellos era un verdadero placer. El único al que aún podía abandonarse.

Miró a su alrededor. La estancia estaba envuelta en la penumbra, las contraventanas echadas, la puerta cerrada, solo la lámpara a su derecha alumbraba débilmente. Pero no le interesaba. Conocía el lugar. Lo conocía de siempre, lo había amado y odiado al mismo tiempo. En parte como había sucedido con su vida, que había estado encerrada entre aquellas paredes. Todo le hablaba del pasado, de lo que había sido y lo que hubiera podido ser. Pero al final de todo, al final de la feria, él se había quedado allí solo, mirando viejos muebles cubiertos de polvo.

Estiró la mano hacia la mesita de centro y cogió la carta. Doblada en cuatro. La abrió suspirando profundamente. El día que la recibió la había leído y releído mil veces, y ahora tenía la impresión de que las palabras se desvanecían ante sus ojos, que se gastaban cada vez más, hasta por fin desaparecer. Y él con ellas.

Se detuvo en las primeras líneas y empezó a leer en voz baja, moviendo los labios imperceptiblemente: «Tú no me conoces, pero ha llegado el momento de decirte quién soy...».

Continuó leyendo palabra tras palabra, dolor tras dolor. Hasta volver a doblar cuidadosamente la hoja de papel. Hasta volver a hundirse en el sillón. Pero sería por poco tiempo.

Tenía una cita a la que no podía faltar.

2

Michele caminaba a paso ligero pero aquel frío húmedo le penetraba hasta los huesos. Ante la boca se le condensaban nubes de vapor, como bocanadas de una locomotora. Parecía que estuviera fumando. Así que pensó que más valía encenderse un pitillo. Se detuvo en medio de la acera, entre la gente que avanzaba inconsciente y segura a saber hacia dónde, y buscó el paquete en los bolsillos del chaquetón. Lo encendió y aspiró fuerte. Sintió el humo caliente bajar por la garganta y llenarle los pulmones; por un instante consideró la idea de dejar de fumar algún día, pero luego sonrió ante tal estupidez. No iba a cambiar mucho la cosa.

El cielo estaba blanco, de un candor deslumbrante. En aquel amanecer helado estaban cayendo copos de nieve. Los había mirado con curiosidad. No estaba acostumbrado. En su tierra era algo raro, pero allí debía de ser normal, nadie prestaba atención a la nevada y la gente se movía con tranquilidad, como si nada. Sopló el humo caliente en las manos ateridas, se las frotó con fuerza buscando un poco de calor y siguió andando.

Tomó Rudolfstraße hasta el cruce con Hauptstraße. No tenía temor a perderse, la ciudad no era muy grande, las calles principales hacían intersección unas con otras como soldaditos obedientes y él había pasado la tarde anterior estudiando el mapa comprado en la estación del tren. La habitación de hotel que había reservado era minúscula, perfectamente ordenada e incluso demasiado limpia. Le recordaba a la celda, solo faltaban los barrotes en las ventanas y los catres clavados al suelo. Había probado a ver la televisión, pero había sido inútil. No entendía ninguno de los canales y las teletiendas de baterías de cocina y colchones eran las mismas también en alemán. Había preferido ponerse a estudiar el mapa para tratar de no perderse en las calles de la ciudad y tener que pedir indicaciones que no hubiera podido comprender.

Mejor moverse rápido. Mejor no hacerse notar.

Desembocó en Hauptstraße, pasado el Ars Electronica Center, y se dirigió hacia el puente de Los Nibelungos, que cruzaba el Danubio y llevaba al casco viejo de la ciudad. Había leído en el mapa que el Ars Electronica era un museo futurista dedicado a la ciencia y a la realidad virtual y consideró, con notable ingenuidad intelectual, que a él aquellas cosas le importaban un carajo. El río, en cambio, era diferente, tenía un algo de majestuoso y fascinante que lo llevó a detenerse a mitad del puente a contemplarlo.

Se preguntó cuán frío y profundo debía de ser allá abajo. Cuán oscuro el fondo de sus aguas. Se asomó a la barandilla mientras el viento le fustigaba con fuerza y el humo del cigarrillo se deshacía rápido. Tiró la colilla tratando de seguirla con la vista, pero fue inútil. Se perdió en la corriente.

Pasado el puente se encontró en Hauptplatz, la plaza principal de la ciudad. El corazón de Linz.

Tras salir de la cárcel, a cada cual le había contado una cosa diferente: al mierda del abogado, al búlgaro loco, a los gitanos que le habían ayudado. Fuga a España, exilio en Francia, aviones y playas doradas, eso les había dicho, pero su meta real había sido siempre aquella ciudad del norte de Austria, algo distante de la frontera con Alemania. Eminentemente industrial, estaba lejos de los grandes flujos turísticos y era poco conocida por los italianos. Un lugar ordenado y limpio, rico e indiferente. Ideal para gente como él.

Había empleado casi una semana en llegar. El hijo de Olban le había dejado pasados unos cincuenta kilómetros de la frontera de Francia, a las puertas de un pueblo de cuyo nombre un minuto después se había olvidado. El joven tenía prisa por volver, por regresar al campamento nómada para dejarse ver por los maderos que habían registrado las caravanas, como si nunca se hubiera alejado. Sin duda, Michele no le había echado de menos, pero antes de bajarse del coche con sus escasas cosas le había pedido un último favor. Se había quitado del cuello la cadenita de oro que había recuperado pasando por encima del cadáver del búlgaro y la había metido en el viejo billetero que le había proporcionado Olban. Suspiró profundamente y se la entregó al joven.

—Dásela a tu padre. Él sabe lo que tiene que hacer.

El otro se quedó dudando. Para ser más convincente, Michele rebuscó entre sus cosas guardadas en la funda de Yleana, sacó la vieja pistola, y empezó a cargar y descargar la bala en la recámara.

El joven gitano comprendió perfectamente el mensaje y, a fin de cuentas, a él no le costaba nada darle a su padre aquel coño de cadenita. Asintió con la cabeza.

Michele se quedó satisfecho y bajó del Yaris gris sin mirar atrás. Oyó cómo el coche se alejaba a toda velocidad.

Encontró un pésimo hotelito en el que no le hicieron demasiadas preguntas. Al pedirle la documentación, le largó cien euros al tío del mostrador, que los hizo desaparecer sin decir nada. Al día siguiente se fue antes del amanecer, pagó el doble del precio y el conserje no osó hacer comentarios, simplemente se volvió mientras se iba. Reanudó el viaje hacia el este, compró ropa que le daba un aire respetable, se hizo las fotos de carné para la nueva documentación y evitó con esmero transitar por Suiza. El carné de identidad no hubiera pasado los controles de la gendarmería. Se dirigió hacia Alemania y después llegó a Austria.

Debía admitir que la plaza principal de Linz era bonita. Grande y cuadrangular, daba sensación de amplitud. Algunos edificios imponentes y la antigua catedral delimitaban el perímetro y en el centro destacaba una columna retorcida y complicada, en cuya cúspide se recortaban estatuas doradas contra un cielo blanco y frío. Era la columna de la Trinidad, padre, hijo y...

... y volvió a pensar en Don Ciro Pinochet. En los años pasados juntos en su cubo de hormigón, veinte horas al día entre recuentos y controles, registros y horarios rígidamente marcados. El padre de Michele ya había muerto de un disparo cuando había conocido a Pinochet, y al hijo del *boss* lo mataron mientras proseguía su pacífica convivencia. Y se encontraron así: un hijo sin padre y un padre sin hijo.

El talego se convirtió en algo diferente e inesperado. El respeto se convirtió en afecto y Michele, que sentía que no tenía nada que demostrar, se encontró reflejándose en los ojos de aquel anciano que había visto y hecho demasiado. Cosas horribles. Pero, a pesar de su relación, Michele se dio cuenta de que algo le había pasado a Don Ciro tras la muerte de su hijo, nada había vuelto a ser como antes, ni tampoco hubiera podido serlo. Pinochet se había vaciado, se había hecho débil, frágil. Durante muchos años se había aferrado a aquel muchacho que envejecía con él, con quien compartía los días, pero las fuerzas le estaban abandonando y ya no lograba afrontar su pasado ni sus secretos.

Michele recordaba bien aquel día de hacía casi cinco años. El momento preciso en que había cambiado para siempre lo que quedaba de su vida.

Pinochet estaba tumbado en el catre, completamente vestido, mirando las manchas del techo. Michele le había cedido la cama de arriba. Cuestión de respeto.

—*'Uaglio'*, ¿tienes tiempo?

Impasible estaba saliendo de la celda, con una mano agarraba el cierre metálico automatizado. Estaba a punto de irse al patio para estirar un poco las piernas, cuando se detuvo en seco volviéndose hacia su amigo.

—Claro, Don Ciro. ¿Necesita algo?

—Necesito hablarte.

Le dirigió una mirada al policía penitenciario que le estaba abriendo la reja, le sonrió tímidamente para excusarse y este le volvió a encerrar echando doble vuelta a las pesadas llaves.

Michele se sentía de buen humor, acababa de terminar de leer uno de los libros que le había recomendado justo Pinochet y ya estaba pensando en comenzar otro; era un día de sol espléndido, le habían llegado los cigarrillos y tenía en mente para la noche hacer un ragú como el que hacía su madre. En resumen, aquel día el talego no le pesaba, y, si Don Ciro le necesitaba, con gusto renunciaba al paseo.

Volvió atrás sentándose de nuevo en la banqueta de madera, el viejo bajó del catre superior y se sentó en la cama de abajo junto a Michele. Estaban uno frente a otro, como cura y penitente en el acto de la confesión. Pero en aquel momento eran solo pecadores, y ninguna absolución hubiera sido jamás posible.

Sin saber por qué, Michele empezó a notar algo.

—'*Uaglio*', te quiero hacer un regalo —dijo bajito Don Ciro, mirándole profundamente.

—¿Un libro? —preguntó sonriendo. Trataba de aliviar la tensión que percibía en la celda, pero era inútil.

—No, Michele. Te quiero regalar algo mejor. Te quiero regalar la verdad.

—¿En qué sentido, *Zio*? No le estoy entendiendo.

—Entenderás.

Michele estaba confundido, pero permaneció en respetuoso silencio.

—Te voy a contar algunas cosas sobre tu vida.

—Pero, *Zio*, ya me la conozco...

—No, *Miche*', tú no conoces un carajo —lo interrumpió Pinochet—. Cuando llegaste aquí eras un '*uaglione* todo cojones y nada cerebro, pero han pasado muchos años desde entonces y ahora las cosas son diferentes. Tú has crecido, yo he envejecido, y el tiempo se nos escapa.

—Usted no ha envejecido, *Zio*, siempre será Don Ciro Pinochet.

—No me interrumpas, *Miche*', déjame hablar. Cuando llegaste aquí tú sabías perfectamente quién era y qué había hecho, pero lo que no imaginas es que yo también sabía quién eras tú. Conocía el nombre de la gente a la que habías disparado, la sangre que habías derramado, la ambición que te había consumido. Pero sobre todo conocía, y todavía conozco, el nombre de quien te ha jodido la vida.

Michele sintió un estremecimiento recorrerle el cuerpo, subirle por la espalda y transformarse en un leve hormigueo en las manos. El instinto de conservación le advirtió del peligro. Un peligro mucho mayor que un disparo de pistola o una reyerta entre internos. Se removió a disgusto en la dura banqueta, hubiera tenido que levantarse de golpe e irse de allí, bajar las escaleras de la sección hasta el patio, caminar a paso rápido, con fuerza y rabia, para despertar las piernas dormidas, fumar y hablar, mirar el cielo gris al otro lado del muro y no pensar en nada. Nada de talego, nada de días todos iguales, nada de Don Ciro Pinochet..., nada sobre la verdad. Y, sin embargo, se quedó allí, sentado frente a aquel hombre que le miraba como un padre mira a un hijo, y que lentamente lo estaba matando.

Un guardia pasó por el corredor, abrió la mirilla del cierre automatizado y los vio inmóviles, iluminados por la luz del sol que declinaba a través de los barrotes. Volvió a cerrar satisfecho y siguió con la ronda. Otro día igual a los demás.

Otro día más de talego.

El campanilleo de un tranvía invitándolo a apartarse arrancó a Michele de los recuerdos. Pero la conversación con el *Zio* le seguía martilleando en la cabeza desde hacía años, palabra por palabra, secreto tras secreto. Habría podido recitarla como una oración. Un triste rosario que encerraba toda su vida.

La apartó tirando el cigarrillo al suelo y continuó su camino, recto y brillante como aquellas vías. Se dirigió a un café italiano que hacía esquina donde comenzaba la avenida principal de la ciudad. A pesar del frío, había algunas mesas al aire libre desoladamente vacías. Se sentó bajo el cielo blanco. Pocos minutos después llegó una chica joven y bonita de pelo rubio, que le preguntó qué quería en alemán. Ante la duda, Michele se limitó a pronunciar dos palabras universales. Café expreso. Ella murmuró algo y se fue rápido, dejándolo libre para volver mentalmente a su dolor.

Aquel día, después de las palabras de Don Ciro, Michele no volvió a salir de la celda. El horario de patio había terminado y las celdas habían vuelto a cerrarse. Se había tumbado en silencio en la cama a esperar que el tiempo pasase. El sol había huido tras las colinas y la luz era inerte. No se había levantado a encender la luz y la estancia era ya un quieto cúmulo de sombras, de fuera procedían los ruidos de los otros internos y la vida de la cárcel, pero él no los oía. En su cabeza solo oía la voz de Don Ciro, aquella ordenada fila de verdades que había vuelto a atar todos los hilos dispersos de su pasado. Se esforzó en encontrar un indicio, una huella, una esperanza de que aquellas palabras no fueran verdad, que terminaran siendo las fantasías de un pobre viejo *boss* que estaba muriéndose en el talego. Pero no le sirvió de nada: las piezas encajaban todas perfectamente en el mosaico, por fin estaban en su sitio. Imágenes, dudas, sonrisas, silencios, ahora cada cosa asumía un significado claro e inequívoco.

No sabía si querer u odiar a Don Ciro.

Mensaje y mensajero se confundían en sus ojos. Y veía en él culpas que en realidad eran suyas. Decidió no hablar, encerrarse en un obstinado mutismo en la vana ilusión de que algo cambiase.

¿Y ahora qué debo hacer?

Debes decidirlo tú. Yo he hecho lo que debía.

Así había terminado aquel diálogo. Luego Pinochet se había dado la vuelta en el catre, con movimientos lentos por los achaques de la edad.

Michele ya no cocinó el ragú de su madre. Ninguno de los dos cenó, al paso del carrito de la comida el cierre automatizado de la celda había permanecido cerrado y el interno que lo llevaba había seguido con su ronda.

El sueño se abrió paso entre los recuerdos y el rencor y Michele se dejó arrastrar a un inquieto duermevela. En algún lugar remoto de su mente oía los pasos de los policías de guardia, las voces confusas de las televisiones encendidas, las bromas que se gastaban de una a otra celda. Un concierto conocido que iba apagándose con el correr de las horas. Solo el chirriar del catre de arriba seguía interrumpiendo el silencio.

Don Ciro no dormía. O puede que tuviera el sueño inquieto.

Michele intentaba con todo su ser apartar pensamiento y recuerdos, resbalar en la inconsciencia del sueño. Y no movió un músculo cuando oyó chirriar aún con más fuerza la cama de arriba, a Pinochet bajar la escalera a duras penas y cerrar la puerta del baño tras de sí.

Quería dormir. Dormir y no pensar. Solo quería silencio.

Y en aquel silencio un ruido seco. Decidido y perverso. Madera contra cemento. Un ruido cargado de significados que instintivamente empujó a una esquina de su conciencia, pero que inexorablemente primero sonó bajo, luego cada vez más fuerte, hasta que por fin estalló.

La banqueta.

La conciencia de aquello que acababa de suceder sacudió a Michele, que se levantó de la cama lanzándose contra la puerta del baño cerrada y empezó a tirar con fuerza, pero era inútil. Sus gritos ahogaron el ruido de las botas corriendo hacia la sección, no se dio cuenta de que habían abierto la reja de la celda ni de que otras manos se unían a las suyas y tiraban con todas sus fuerzas del maldito picaporte.

De pronto la puerta se abrió y Michele entró.

El cuerpo de Don Ciro Pinochet colgaba ahorcado.

Michele se lanzó a sujetarle por las piernas tratando de subirlo. Inmediatamente, los policías penitenciarios se subieron a la ventana para cortar el nudo. El cuerpo cayó sobre los hombros de Michele. Un hatillo de huesos consumidos por la vejez y los remordimientos. Lo sacaron del baño y lo dejaron tendido en el suelo, Michele permaneció de pie. Inmóvil, la boca totalmente abierta como si le faltara el aire de los pulmones, mientras los guardias, rápidos y decididos, intentaban el masaje cardíaco. Sin darse cuenta, Michele retrocedió hasta apoyar la espalda contra la pared opuesta. Su mundo acababa ahí. No podía escapar más allá de aquellos muros y de aquel hombre tumbado en el suelo. Nuevos pasos presurosos, mientras los gritos de los otros internos se extendían por la sección. Llegaron el médico y los enfermeros con el desfibrilador. Todos en el suelo, todos en torno al cuerpo de Don Ciro. Michele mudo de pie.

Voces excitadas. Descargas eléctricas. Una camilla corriendo hacia la enfermería. Un policía que le conducía fuera, le preguntaba algo, pero él no comprendía lo que le estaba diciendo. Más preguntas, ninguna respuesta. A Michele lo encerraron en una nueva celda, desnuda y fría, se sentó en la banqueta de madera. Idéntica a la que Pinochet había utilizado para colgarse.

Esperó. Pasó un tiempo indefinido. Minutos. Horas. Permaneció allí sin pensar, hasta que el cierre automatizado de la celda se abrió de nuevo. Al otro lado de los barrotes estaba el comandante de la sección, tenía entre los dedos su inseparable medio puro apagado. Se miraron a los ojos y el oficial negó con la cabeza.

Michele asintió.

—Se ha quedado frío. ¿Le traigo otro?

Michele alzó la mirada y vio a un hombre bajo y corpulento con un increíble jersey de lana a retales, las mangas bien bajadas sobre los gruesos antebrazos y un delantal blanco anudado a la cintura. El camarero.

Asintió, tratando de esclarecer su mente. Se sentía como después de despertar de un profundo sueño.

—Me he dado cuenta enseguida de que también eres italiano. Me llamo Giancarlo, y soy el dueño, vengo del Molise. Dios mío, «vengo»... Llevo aquí treinta años, aquí conocí a mi mujer y, qué quieres, al final no se está tan mal, quitando este frío. De vez en cuando bajo al pueblo y...

En diez minutos le había contado ya toda su vida. Michele le escuchó intercalando alguna que otra frase de circunstancias y, en un par de ocasiones, esbozando una falsa sonrisa.

Al final de su breve y articulada autobiografía el hombre agarró la taza y se fue a preparar un nuevo café.

—Giancarlo, disculpa, ¿puedo pedirte un favor?

—Pues claro, para un paisano lo que sea. ¿Qué puedo hacer por ti? —dijo jovial.

Michele le respondió sonriendo:

—Estoy buscando a una persona.

3

Error de sistema: XFS 142.68

El inspector Carmine Lopresti, dando pruebas de su autodominio y de su profesionalidad, gritó una blasfemia, lanzó el portalápices contra la pared y la emprendió a puñetazos con el teclado. Su relación con la tecnología no era precisamente idílica y aquella era la séptima vez que se le colgaba el ordenador en menos de una hora. Suspiró intentando calmarse, estiró los pies bajo el escritorio, se encendió un cigarrillo mandando a tomar por culo la prohibición de fumar, que le pusieran la multa. No estaba hecho para el trabajo de oficina, para las pantallas de Excel, para las hojas de cálculo o como cojones se llamasen. Él estaba hecho para la calle, él era un operativo, dispuesto a mancharse las manos, a arriesgarse, a entrar en el juego para al final ganar, y si no ganaba..., al menos lo había intentado. El papeleo era algo que estaba bien para ese grandísimo pedazo de mierda de Corrieri, ese maldito miserable que primero le había hecho creer que eran un equipo, incluso amigos, y luego se había escaqueado pidiéndose diez días de baja. No uno, diez. Al final, su naturaleza de rajado había ganado la partida y, justo cuando surgía una nueva pista en Génova y tenían la posibilidad de seguirle los pasos a Michele Vigilante, en vez de ofrecerse para la misión, había mandado un certificado médico y se había quedado en casa a esperar la jubilación.

Quien nace redondo no puede morir cuadrado.

Inútil decir que el comisario jefe Taglieri se había cabreado con él, como si el certificado fuese suyo. Había confiado el caso a Cozzolino y Disero y había puesto a Lopresti a despachar correo y coger el teléfono. Al menos esta vez los compañeros habían tenido la cortesía de no darle por el culo, ya era un avance. ¿O un retroceso? Todavía no lo sabía. En cualquier caso, no era algo para chotearse: lo que parecía una pista prometedora había terminado siendo el enésimo salto en el vacío. De las investigaciones y los interrogatorios en el campamento romaní no habían obtenido nada. Ni rastro de Michele Impasible ni de su amigo el gitano. Desaparecidos. Como si nunca hubieran estado allí. Obviamente, nadie había visto nada ni sabía nada. Los gitanos habían gritado maldiciones y amenazas, jurando por los santos y por la vida de sus hijos que no tenían nada que ver, y los compañeros se habían vuelto con las manos vacías. Incluso Annunziati y Morganti ahora mantenían un perfil bajo tratando de no abrasarse en acciones temerarias. Solo Taglieri continuaba impertérrito con su habitual energía, cada vez más flaco y pálido, como si aquel caso fuese algo personal. Una obsesión.

La verdad es que el caso se había empantanado, estaban en un callejón sin salida y, como no se produjera alguna novedad, estaban bien jodidos. Porque el problema era justo ese, que no había novedades. Había pasado una semana sin asesinatos a manos del Sepulturero y la gente empezaba a olvidarse de las siete lápidas. En los periódicos el caso había ido pasando a las páginas de interior, desplazado por las polémicas sobre inmigración, los políticos que habían utilizado recursos electorales para pagarse putas y cocaína... Las cosas habituales. Pero a ellos los había favorecido. Las presiones de las altas esferas habían disminuido, las llamadas telefónicas del fiscal jefe se habían espaciado. Hubiera sido el momento ideal para dedicarse con ahínco a la investigación... de haber habido algo con lo que trabajar.

Lopresti se encontró mirando el portalápices que había estampado contra la pared. Bolis y lapiceros habían rodado por todas partes. Hubiera debido recogerlos, ponerlos en su sitio. Exactamente como su vida. Consideró la idea de pedir un día libre, que jamás le hubieran concedido, cuando su móvil empezó a sonar. Miró con desgana la pantalla y lanzó la enésima blasfemia. Era Genny B.

Lo dejó sonar, pero en vista de que insistía, decidió responder.

—¿Qué coño quieres?

—Eso, justamente. Buenos días lo primero.

—Venga, que no tengo tiempo. Dime qué quieres.

—Nada, nada, no te enfades. ¿Un amigo no puede llamar para ver cómo van las cosas?

—*Genna'*, no me jodas, no tengo buen día. No somos amigos, ya no, y si me llamas seguramente tendrás un motivo, o sea que necesitas algo. La respuesta es una sola, siempre la misma: no. Así que, si no quieres nada más, ahora te vas tranquilamente a tomar por culo.

—¿Sabes que el Bola se está haciendo el chulo?

Ahora, por fin íbamos a la cuestión.

—Pues vaya una sorpresa. ¿Qué te esperabas? A Papa muerto, Papa puesto.

—Sí, pero aquí todavía no ha muerto nadie. Y más que de papas hablamos de cardenales, compréndeme.

Lopresti lo pensó un momento. No había habido todavía funerales, pero la cosa cambiaba poco. Don Peppe estaba en coma, «estacionario», como se dice en el hospital. «A punto, pero no casca», como se dice en la calle. Los médicos seguían sin hacer pronósticos, pero, en cualquier caso, se había creado un vacío de poder y alguien parecía tener prisa por llenarlo.

—Yo no es que sepa nada —siguió Genny—, pero se dice que a alguno le han desaparecido porque intentaba ocupar su lugar.

—¿Desaparecido o disparado? —preguntó Carmine.

—Vete tú a saber. Ni zorra idea.

—Dime algo más.

Genny B se escondió tras una risita de circunstancias.

—¿Y qué quieres que te diga? Son solo rumores. Chismes callejeros. Uno que no se deja encontrar y otro que va pavoneándose.

—Obviamente, tú no sabes nada, ¿verdad? —refunfuñó Lopresti.

—Obviamente.

—Y entonces volvemos a mi pregunta. ¿Qué coño quieres?

—Bueno, verás, yo tenía una especie de acuerdo con Don Peppe sobre ciertas actividades que tenían lugar en mi local. Cuando se necesita un lugar tranquilo y discreto para hablar saben que pueden venir. Entendámonos, nada ilegal o sospechoso, es solo un local para fiestas, reuniones...

—Y bautizos y bodas, claro...

—A cambio de esa hospitalidad —continuó Battiston fingiendo no haber oído la broma— no tenía problemas de seguridad y no necesitaba vigilantes, y todo prácticamente a coste cero.

—En pocas palabras, no pagabas la protección. Vale. Sigue.

—Con Don Peppe estaba claro. Un acuerdo entre caballeros, un apretón de manos y fuera. Pero ahora con el

Bola las cosas han cambiado. Ha llegado y se ha puesto a hacer el padrino. Tiene unas pretensiones nada realistas.

—En pocas palabras, que ahora te toca pagar. Pobrecito. Vuelvo a preguntarte, ¿qué quieres de mí?

—He sabido que en el hospital habéis hablado con el Bola, que con vosotros ha agachado la cabeza. Siempre rumores, te repito, porque si me preguntas quién me lo ha contado por desgracia no me acuerdo. Y entonces me preguntaba..., visto que tienes ese..., digamos, ascendente sobre él, en nombre de los viejos tiempos, ¿no podrías mediar? ¿Qué me dices, eh?

Lopresti se estaba alterando. Hubiera querido ponerse a gritar y estrellar el teléfono contra la pared. Pero era el único que tenía y le hacía falta, y de haber gritado en aquel minúsculo despacho hubiera llegado corriendo media oficina. Decidió ser maduro y profesional y respiró profundamente antes de contestarle a su examigo.

—¡Vete a tomar por culo!

Colgó, con un imperceptible sentimiento de satisfacción abriéndose paso en su interior. Como un nudo que se fuese soltando quitándole un peso del pecho. Esbozó una sonrisa mientras se encendía otro cigarrillo.

El humo caliente y acre que le bajaba por los pulmones hizo que se le agolparan los pensamientos en la mente... Genny debía de ser realmente estúpido si pensaba que iba a convencerle de que le echara una mano. Pero Genny era todo menos estúpido, ¿el hecho de que prestara su local para las reuniones del clan qué quería decir? ¿Y si a fuerza de frecuentar ciertos ambientes había decidido dar el gran salto y entrar en el sistema?

¿Genny B un afiliado? Tampoco sonaba tan absurdo.

¿Y entonces por qué aquella llamada?

Había hablado solo del Bola y del local, pero antes se había referido voluntariamente a un homicidio, insinuando incluso el posible ordenante. ¿Quería ponerle la mosca tras la oreja? ¿Había lanzado un guijarro al estanque esperando que las olas se propagaran y entonces él se pusiese a indagar?

¿Y si el Bola no fuese el único que esperaba la muerte de Peppe el Cardenal? Y con uno en el cementerio y otro en el talego, ¿a quién iría a parar el poder?

Se levantó de la mesa con una vaga sensación de aturdimiento, como si de pronto alguien hubiese encendido la luz en una habitación a oscuras y él se encontrase en un ambiente desconocido, invadido por móviles, cachivaches, falsas pistas y cadáveres asesinados. Recogió móvil, cigarrillos, encendedor y chaquetón, apagó el ordenador apretando con rabia el botón de encendido... *y a tomar por culo la tecnología y el trabajo de oficina.* Él estaba hecho para otras cosas, para mancharse las manos y seguir pistas, y justo eso era lo que iba a hacer.

Se volvió hacia la puerta con la cabeza embotada de pensamientos, pero no le dio tiempo a agarrar el tirador, porque esta se abrió de par en par mostrando la cara satisfecha y sonriente de Morganti. Evidentemente la tregua había terminado y el ridículo que le habían obligado a hacer ante el director ya no les bastaba.

—Hey, ¿dónde vas con tanta prisa? Te he traído un nuevo expediente para revisar, nuevos datos que han entrado y unas llamadas que hay que hacer —dijo dándole una carpeta azul.

—Oye, no me toques tú también las narices, que hoy no es el día y tengo otras cosas que hacer.

—¿Pero qué quieres de mí? El trabajo es el trabajo. Cada cual debe hacer su parte.

—Sí, ¿verdad? Y a mí siempre me toca la mierda. Menudo morro que tenéis, Annunziati y tú, haciéndoos los buenos delante de Taglieri a mi costa. Yo a deslomarme, a dejarme la piel con los confidentes y...

—No irás a hacerte la víctima, colega, porque no es precisamente el caso —explotó Morganti—. Si por una vez tienes que probar tu propia medicina, no es ninguna tragedia.

Lopresti parecía no captarlo, le miró interrogativo.

—Y no finjas que no entiendes. Durante años nos has hecho pasar por tontos, niños grandes incapaces de cumplir con su cometido, sin informadores como es debido. Unos perezosos que solo piensan en escaparse pronto a casa, mientras que tú, el gran madero, estás aquí, día y noche, luchando contra el crimen con tus propias manos. Pues que te jodan. Yo soy feliz de escapar pronto para volver a casa, a mis asuntos. Porque yo tengo una vida y no trato como una mierda a los compañeros. Excepto a ti, pero tú te lo mereces.

Morganti tomó aliento y suspiró aliviado. Soltar el sapo le había sentado bien.

Lopresti estaba confundido. Demasiadas cosas en aquellos últimos días, demasiadas incertidumbres, demasiados recuerdos del pasado. Y ahora Morganti le metía un rapapolvo, echándole en cara lo cabrón que era. Intentó defenderse tímidamente, pero en el fondo sabía que era una causa perdida y que su compañero tenía razón.

—No tiene nada que ver, debíamos trabajar juntos para resolver el caso, como hemos hecho Corrieri y yo. Es verdad que ahora él se ha cogido una baja, pero hasta entonces ha sido leal y se ha esforzado como un loco, además, está a

punto de jubilarse y, si quiere quedarse en casa con su mujercita, está en todo su derecho.

—¿Esa historia de la casa de la pradera con su amada
mujercita es lo que te ha contado él?

—¿Y quién si no? ¿Papá Noel? Entre nosotros se ha
creado una relación de confianza y también de amistad, hablamos mucho —dijo Lopresti orgulloso. Trataba de recuperar puntos.

—Entonces, elige mejor a tus amigos. Porque si no vas
a volver a quedar como un cretino.

—¿Eso qué cojones significa?

Morganti hizo una mueca y negó con la cabeza. Dio un
paso adelante y lanzó el expediente sobre la mesa de su compañero, con la expresión de quien no quiere librar causas
perdidas.

—Significa que la mujer de Corrieri lleva muerta cinco
años —dijo girándose para irse.

4

Don Ciro Pinochet estaba muerto.

Ahorcado. Las piernas rectas rozaban el suelo.

Y Michele se había quedado solo. Una vez más.

Por la noche se lo llevaron a declarar. Respondió a las
preguntas y contó su versión, con mucho cuidado de no
mencionar su última conversación. Seguro que le mandarían
al psicólogo para afrontar el trauma de la pérdida y le iba a
costar mucho trabajo no partirle la cara. Solo quería volver
a su cuarto a dormir, pero la celda tenía que ser sellada. Solo
le permitieron recoger unas pocas cosas antes de trasladarlo.

Un par de prendas de ropa. Cigarrillos, cepillo de dientes, un libro.

El que estaba leyendo Don Ciro.

Se tumbó en el catre y lo hojeó distraídamente. Un libro de bolsillo gastado por el tiempo, con las páginas amarillas y la cubierta cayéndose a pedazos. Leyó un nombre femenino escrito a lápiz en las primeras páginas, una grafía esmerada, de otros tiempos. La antigua propietaria, toda una vida.

Se fijó en la cubierta y puso su atención en el título: *El tren llegó puntual,* de Heinrich Böll. Sí, lo recordaba, Don Ciro le había hablado de él. Era la historia de un soldado alemán que toma un tren y vuelve al frente durante la Segunda Guerra Mundial. Entre la muchedumbre del vagón trata de rezar, pero es imposible entre los olores y los ruidos de aquella multitud anónima que le rodea y le acompaña a la batalla. A Andreas le atormenta la certeza absoluta de que pronto va a morir, pero lo suyo no es miedo sino una profunda inquietud, un malestar interior que le envuelve y le asfixia. Como si lo matara lentamente mientras espera a su verdadera muerte. Una sensación de inacabable dolor que lo acompaña como el chirriar del tren.

Michele empezó a leer. No buscaba respuestas sobre la muerte de Pinochet, sabía que no las había, solo quería olvidar aquella noche que tardaba en irse. Escapar de todo y todos, de aquella habitación, de aquellos corredores, de Don Ciro colgando de los barrotes, de sí mismo. Y lo consiguió. Lo consiguió una vez más. Se hundió en aquellas páginas, en el triste avanzar de aquel vagón, en la quieta conciencia de Andreas y los tormentos de sus compañeros de viaje. Tormentos que se añadieron a los suyos. Su existencia y su rostro se mezclaron con los de Andreas y las interminables llanuras de Ucrania se convirtieron en su vida, ambas monótonas, siempre iguales, sin fin.

Siguió leyendo toda la noche. Amaneció con una luz fría y blancuzca. Las voces de la cárcel tomaron de nuevo posesión de los corredores. Pasó el carrito de la comida para el desayuno, pero el cierre automatizado de la celda permaneció cerrado. Él tumbado inmóvil, hasta la última página.

Solo entonces cerró el libro. Se encontró pensando en las palabras de Don Ciro, una tras otra, una cantinela obsesiva.

Pensó de nuevo en aquella muchacha con la que todo había comenzado.

Milena. Una sonrisa apenas esbozada, su largo cabello castaño cayendo suavemente sobre sus hombros gráciles. Su vida yéndosele entre los dedos.

No tomó una decisión resuelta y consciente. No hubo epifanía interior, ni un instante extraordinario de los que cortan el aliento. Solo el lento fluir de un río, que recodo a recodo se va acercando al mar para verter sus aguas. Así había sido el discurrir de una vida que lo había llevado de los callejones de la ciudad a un poder hecho de nada, hasta el cadáver colgado de un hombre que se había convertido en su padre, hasta aquella celda vacía, hasta aquel solitario y preciso momento.

Solo el discurrir de la vida. Nada más y nada menos.

Se levantó de la cama y se acercó al cierre automatizado.

—¡Jefe! —gritó desde los barrotes.

No hubo respuesta.

—¡Jefe! —De nuevo el grito en el corredor.

Unos pasos pesados se aproximaron.

—Vigilante, ¿eres tú? —le preguntó el policía peniten-ciario al llegar junto a la celda.

—Sí, jefe, soy yo. Tengo que pedirle un favor.

—Dime.

—Necesito papel y pluma.

—*Miche'*, con todo el follón que se ha armado, ¿toda-vía sales con estas? Estate tranquilo, trata de descansar, que también para ti ha sido una noche horrible.

—Jefe, lo necesito de verdad.

El policía se lo pensó un momento. Conocía a Vigilan-te desde hacía más de diez años y no era un tipo que llamara si no era importante.

—¿Tú estás bien? —le preguntó.

Michele se limitó a asentir y el hombre de uniforme pareció satisfecho con aquella respuesta. Se alejó hacia el box de los agentes, en la rotonda que dividía las dos medias sec-ciones de aquella planta de la prisión. Pasados unos minutos regresó. Sin decir una palabra, dejó entre los barrotes de la reja de la celda de Michele un folio cuadriculado, una pluma y un cigarrillo.

Impasible se lo agradeció con un gesto de la cabeza mientas el hombre se marchaba. Lo cogió y se fue a sentar a la mesa junto a la ventana. Encendió el cigarrillo y se puso a mirar el perfil lejano de las colinas. Buscaba palabras que no sabía si conocía, pero lentamente llegaron y se agolparon dentro de él. Trató de convencerse de que siempre podía ha-cer pedazos aquella carta, pero, por encima de todo, tenía la orgullosa consciencia de que no lo iba a hacer.

Así tenía que ser. Así tenía que haber sido siempre. Desde el principio.

Inclinó la cabeza sobre el folio y comenzó a escribir.

—Tú no me conoces, pero ha llegado el momento de decirte quién soy...

5

El frío había aumentado y sobre la ciudad de Linz empezaba de nuevo a nevar.

Asfalto gris cubriéndose de blanco. Dos niños con una cerveza en la mano para sentirse mayores. Una carcajada que se escapaba de la puerta corredera de una tienda de ropa. Una mañana como tantas.

Michele caminaba a paso ligero, sin detenerse a echar inútiles miradas. Su paisano había sido amable y cordial, como solo los emigrantes saben serlo. Indicaciones claras acompañadas de sonrisas y palmadas en la espalda; tampoco era tan grave que pudiera reconocer su cara. Era un precio que sabía que tenía que pagar.

Había dejado atrás la plaza de la Catedral aventurándose entre las calles ordenadas y limpias de la ciudad vieja. Vio el rótulo de lejos. Una exultación de blanco, rojo y verde. Un puñetazo en el ojo. Pizzería Vesuvio.

Dios. Era demasiado incluso para él.

Se sintió transportado a una película de Mario Merola. También tenía la imagen estilizada de un volcán echando humo. Una chica rubia, con un delantal blanco y auriculares, barría apática la entrada del local. Las luces estaban apagadas y el cierre bajado a la mitad.

Se acercó ignorando el incomprensible saludo de la joven, que seguía fingiendo que trabajaba.

El cartel de la puerta indicaba que el local abría a mediodía. En media hora empezarían a llegar los primeros clientes. Lo ideal para él.

Se agachó bajo el cierre y entró. Una sucesión de mesitas con ridículos manteles a cuadros blancos y rojos, trenzas de ajos, garrafas forradas de paja y mandolinas colgadas en las paredes, junto a la foto enmarcada de la Loren y otras horteradas aptas para esos comedores de salchichas.

La sala estaba en penumbra, las mesas ya dispuestas, y un hombre se movía ajetreado entre las sillas. Se volvió distraídamente hacia Michele diciendo algo incomprensible, aunque con un claro acento napolitano. Michele no respondió, se quedó medio oculto tras un limonero artificial que adornaba la entrada. El hombre repitió su mensaje, pero esta vez se detuvo para mirar a la figura desconocida. Decidió dejar el alemán y pasar al italiano.

—Estamos cerrados. Abrimos dentro de media hora.

Michele sonrió en la sombra. Ahora sí que reconocía aquella voz. El hombre estaba diferente, más grueso, echado a perder, con entradas. El paso inclemente de los años.

Evidentemente la libertad sentaba mal.

Pero la voz no. La voz no había cambiado, era exactamente la misma de años antes.

Michele dio un paso adelante para salir de la oscuridad.

Avanzó hacia el centro de la sala para que la luz escasa que se filtraba por las ventanas pudiese alcanzarlo.

—Gracias. *Ma nun teng' appetit'.*

El hombre le miró asombrado y Michele sonrió satisfecho.

Era un auténtico placer volver a encontrarse con su viejo amigo Gennaro Rizzo.

6

Gennaro se quedó inmóvil. Una voz lejana pero límpida, que llegaba de otros tiempos, agrietaba el cristal reluciente de su nueva vida. Sintió un leve hormigueo en la base de la nuca.

—*Miche'*, ¿de verdad eres tú?

Palabras impostadas e inseguras.

Michele asintió dando un paso adelante.

—Pero qué alegría... Y yo que pensaba que te habías olvidado de mí.

Gennaro tomó el control sobre su expresión de asombro y le regaló la más falsa de sus sonrisas. Abrió los brazos como una de las estatuillas del padre Pío que tenía sobre la mesilla y se dispuso a interpretar su papel.

Michele fue rápido. Una mano atrás en la espalda. Los dedos aferrando la culata de la pistola. El brazo saltando hacia delante. Bala en la recámara. La mira apuntando a la cabeza gruesa y calva de Gennaro Rizzo.

—¡Puedes estar tranquilo, *Genna'*, no me he olvidado de nada!

Rizzo todavía sonreía, pero tenía la mirada fría y decidida. Miraba fijo a su antiguo *boss* y al infinito agujero negro de la pistola, que no se apartaba de su cara.

—¿Yo qué te he hecho? Soy tu hermano. ¿Así me tratas después de tantos años? ¡*Miche'*, baja el arma!

Sus palabras eran conciliadoras, pero Rizzo sabía a quién tenía enfrente y continuaba inmóvil, sin siquiera intentar acercarse.

—Pero de qué hermano hablas. Ahora lo sé todo.

—¿Y qué es lo sabes? ¡No hay nada que saber! —La voz de Rizzo se había vuelto decidida. Perversa, como siempre la había recordado.

—¡Sé que me habéis jodido la vida! Tú y ese otro fulano de mierda de Peppe el Cardenal.

—*'Uaglio'*, la vida te la jodiste tú solo. ¿Y ahora qué quieres de mí?

—¡No, *Genna'!* Vas a decirme la verdad.

—Te repito que no sé de qué estás hablando. Baja el arma y vamos a tomarnos algo. Para mí sigues siendo un hermano, aunque te hayas vuelto loco. Esta casa... Mi casa es la tuya. Tu parte en nuestros negocios siempre ha estado esperando para ti.

Un poco más y Gennaro Rizzo le ofrecería hasta el culo. Lo que era señal definitiva de que Michele tenía razón.

—*Genna'*, mira que he hablado con Don Ciro Pinochet.

Aquel nombre ocupó toda la estancia y por un segundo hizo callar a Rizzo. La situación estaba deslizándose rápidamente hacia un plácido mar de mierda.

—¿Y qué? Don Ciro, que en paz descanse, después de que dispararan a su hijo perdió la cabeza y cualquier cosa que te haya contado es una completa gilipollez.

Michele tuvo que hacer un gran esfuerzo para no dispararle ahí mismo en plena cara, y a tomar por culo. Pero no era el momento. Todavía no. Las cosas tenían que suceder exactamente como él quería. Como lo había imaginado miles de veces en los últimos años.

—*Genna'*, no me trates como a un *'uaglioncello*. No tengo ganas ni tiempo. Solo quiero oír la historia de tu boca. Palabra por palabra.

—¿Y luego? —preguntó Rizzo con tono duro.

—Luego te mato y me voy.

Gennaro no se inmutó. Sabía que lo de Michele no era una amenaza, simplemente estaba relatando lo que iba a suceder.

—Y si voy a morir igual, ¿qué puta diferencia hay entre que te cuente la verdad o que no?

—La diferencia está en cómo voy a matarte. —Se acercó a una de las mesas preparadas y cogió un cuchillo para la carne, de hoja larga, dentada y reluciente. Lo alzó, para estar seguro de que el otro comprendía bien.

Gennaro evaluó en silencio las modalidades de vivir y de morir y se decidió por la mejor.

—El plan lo conoces. Era tuyo —comenzó—. Dar el gran salto. Hacernos grandes, importantes. Desbancar a los otros clanes y comprarles la droga directamente a los calabreses, y quizá un día, por qué no, a los colombianos. Distribuir nosotros la droga a las otras familias, las que abren y cierran el grifo, las que ponen el precio a la mercancía. Nada de pequeños puntos de venta, nada de vigías en las azoteas y yonquis en los edificios, solo grandes cargamentos. Camiones, aviones, contenedores y buena vida. Tenías una sola idea: ser los mejores. Y te pusiste a ello. Te movías bien. Las conexiones con los calabreses las conseguiste y la droga también. Un cargamento importante, uno de esos que, si salía bien, te hacía ganarte el respeto. Solo faltaba el dinero. Mucho dinero. Más de cuanto habíamos visto nunca. Pero en el fondo ni siquiera eso era un problema, bastaba esperar a que el comprador empezase a colocar la droga y devolver el importe a los calabreses con intereses. Por otro lado, nosotros solo éramos, como tú decías, intermediarios, garantizábamos la entrega del dinero y la droga. Y los calabreses te quisieron creer, porque

¿quién iba a estar tan loco como para jugársela? Además, tú eras Michele Impasible, el nuevo *boss* emergente, el que nunca tenía ni miedo ni piedad. Una garantía para los negocios. El caballo vencedor, justo por el que hay que apostar.

Las últimas palabras las había soltado con ironía y desprecio, pero Michele no dijo nada, lo único que quería era que Gennaro siguiera relatando. Hasta el final.

—Pero después algo se torció. —El rostro de Rizzo se contrajo en una mueca—. El correo desapareció y con él la droga. El otro clan no pagó y a nosotros nos dieron por el culo. Más a ti que a nosotros, para ser sinceros. Porque en el fondo, en esta historia, siempre estuviste tú y solo tú. Michele, el gran hombre. Y cuando Franco el Suizo, la persona que habría debido cerrar la entrega, se piró con el dinero y la droga, no tuviste una idea mejor que raptar a su chica. Una *'uagliona* que no tenía nada que ver y que no sabía nada, pero que estaba buena —añadió divertido.

—Milena. Se llamaba Milena. —Esta vez Michele lo interrumpió. Fue más fuerte que él. Poner un rostro y un nombre a su pasado.

Rizzo se encogió de hombros, en un gesto claro: le importaba una mierda cómo se llamara la chica.

—Pero al Suizo no se le volvió a ver y nosotros nos encontramos enfangados en la mierda, sin droga, sin dinero, con una tía con la que no sabíamos qué hacer, los calabreses pidiendo compensaciones y los otros clanes riéndose de nosotros. Nuestra vida no valía nada. Felicidades, *Miche'*, realmente un gran plan. —Rizzo simuló un aplauso—. En lugar de hacernos grandes e importantes nos convertimos en el chiste de Nápoles. Y tú, el gran Michele Impasible, eras el jefe de los bufones.

Rizzo calló mirándole fijamente a los ojos. Michele mantuvo la mirada apretando aún más fuerte la pistola, mientras la mano con el cuchillo caía inerme a lo largo del costado.

—Sigue —lo apremió.

—Pero qué sigue ni sigue... Es toda la historia, y además ya la conocías. Lo que hicimos con la chica estoy seguro de que lo recuerdas bien. —Rizzo acompañó aquella frase con una babosa sonrisa de complicidad.

Michele alzó el brazo y clavó el cuchillo en uno de aquellos horribles manteles a cuadros. Luego bajó la pistola apuntando a una de las gruesas piernas de Rizzo. Un mensaje entre amigos, simple y claro. Le dispararía en una pierna y luego le haría cortes en el cuerpo con el cuchillo hasta hacerle escupir la verdad.

Él lo entendió y de pronto se detuvo.

—Espera, espera, espera... Te digo lo que quieres saber. —La blanda papada le vibraba a cada palabra.

Michele mantuvo la pistola apuntando, el dedo en el gatillo dispuesto a disparar.

—¿Me puedo fumar un cigarrillo? —le preguntó Rizzo. Y muy lentamente sacó un paquete de un bolsillo del pantalón. Encendedor, el baile de una llama y una bocanada de humo en el local. Aspiró con fuerza, de nuevo una bocanada de humo, de nuevo el temblor de su papada. La frase le salió de un tirón:

—Franco el Suizo había pagado.

Michele miró al cielo. Lo sabía. Lo sabía desde que Don Ciro le había contado la verdad, pero oírlo de boca de Rizzo era otra cosa. La confirmación de que toda su vida había sido una carrera entre tinieblas, un inútil viaje sin sentido. Y él, antes orgulloso y tenaz, luego inquieto e ingenuo, había seguido corriendo en la oscuridad, subiendo y bajando en su personalísimo tiovivo hecho de nada. Al final, mirando a los ojos de Pinochet, cada cosa había perdido sentido, un sentido que jamás había existido. Todo se había vuelto límpido y brillante, cada recuerdo, cada pensamiento, cada imagen. Un sendero luminoso entre tinieblas. La venganza.

—Tarde, pero había pagado —añadió Rizzo con una nueva bocanada de humo.

—¿P... por qué? —Esta vez fue Michele quien dejó traslucir una vacilación.

Su viejo amigo le miró con expresión de asombro.

—¿De verdad no lo sabes?

—Lo quiero saber de ti.

Gennaro sonrió. Él no se confesaba nunca, ni siquiera con el cura, y hacerlo así, a la luz del día, empezaba a proporcionarle una extraña satisfacción.

—¿De verdad creías que ninguno de los otros clanes se había enterado de lo que estaba sucediendo? ¿Pero qué pensabas, que eras el único genio de los cojones en el mundo? Ya lo sabían todo antes de que llegara la droga de Colombia, pero se quedaron observando para comprender qué querías hacer, para ver si había alguien lo bastante estúpido como para arruinarse contigo. Al final lo encontraron: Franco el Suizo y todos los de su área. Y así aprovecharon para cazar dos pichones de un tiro.

—¿Pero por qué?

—'Uaglio', ¿entonces eres realmente tan estúpido? Bastó hacer desaparecer a Franco con la droga para que tú te fueras a la mierda. 'Nu 'uaglione que quería crecer demasiado fue colocado en su lugar y el clan de Franco que no quería respetar las reglas del juego fue eliminado.

—¿Eliminado?

—¡Pues claro! ¿Crees que se les podía dejar como si nada, después de haberles hecho creer a los calabreses que habían mangado su droga? Fueron asesinándolos uno tras otro, como querían los socios de arriba, sin estridencias para no arruinar los negocios. Obviamente, después de que los calabreses quedaran satisfechos, dinero, droga, territorio, armas y puntos de distribución de Franco y los demás fueron repartidos equitativamente entre todos nosotros.

—¿Nosotros?

—Claro, *Miche'*, ¿y qué pensabas, que te traicionaba gratis? Me cobré los treinta denarios de Judas, como tiene que ser. Peppe el Cardenal y yo matamos a Franco y nos quedamos con la mitad del dinero, los otros clanes con la droga y, una vez quitado de en medio el joven demasiado independiente y de habernos hecho un hueco eliminando a un clan de poca monta, también nosotros obtuvimos nuestra recompensa. Una carrera veloz, cargos y poder, pero todo por el camino debido, siguiendo el orden de las familias, respetando los cargos y la antigüedad. Respetando las reglas, *Miche'*.

—¿Y los otros?

—¿Quiénes? ¿Los cuatro idiotas que te llevaste contigo para sentirte importante? ¿Los Surace, Vittorio el Mariscal y Giovanni Bebè? No, estate tranquilo, aquellos no sabían un carajo, y cuando Franco no pagaba se cagaron encima de miedo. Es verdad que con el paso de los años algo intuyeron, pero ¿qué quieres? Los rumores poco a poco se difunden y hasta los idiotas comprenden. Pero el asunto no fue un problema, tú estabas en el talego y a ellos se les dio un regalito, un poco de droga y asuntos sin importancia. Un hueso para roer, pues perros eran y perros siguieron siendo, siempre dispuestos a mover el rabo detrás de un nuevo amo.

Michele sintió que el brazo que sujetaba la pistola le pesaba, un leve hormigueo en los dedos, un sabor a sangre y metal en la boca. Bajó el brazo todavía con Rizzo a tiro.

—Pero no debes tomártelo a mal, *Miche'*. No fue algo personal, no solo, también fue una cuestión política. Se necesitaba una excusa para atacar al clan de Franco, un pretexto cualquiera, incluso estúpido, que hiciese pensar que se lo había buscado, que todo era culpa suya y que el orden y la justicia quedaban restablecidos. Así nadie haría preguntas, nadie intervendría y todos saldrían ganando salvando las apariencias. Eran negocios más grandes que tú y que yo, *Miche'*. Y nosotros en mitad de aquel engranaje no éramos más que dos granos de arena que amenazaban con bloquear el sistema. Yo lo comprendí a tiempo y me aparté, me convertí también en parte del engranaje, pero tú no lo lograste, seguiste creyendo que eras más importante que el sistema. En realidad, eras solo un buen soldadito combatiendo. Todo corazón y cojones, pero sin cerebro.

Michele pensó en aquel tren que atravesaba en el tiempo exacto las interminables llanuras ucranianas en dirección al frente y volvió a pensar en Andreas yendo directamente a la muerte. Afligido e impotente. La ironía de la situación, la inexplicable cercanía con aquel hombre inexistente, con aquel destino inconsistente pero tan real, le hizo sonreír en la penumbra de aquel salón. Una sonrisa que Rizzo no captó, inmerso en el río impetuoso de sus palabras.

—Había que dar ejemplo. ¿Qué sucedería si a cada *'uagliuncello* se le metiera en la cabeza que puede hacerse las reglas a su modo? Entre los clanes y las áreas de la *cosa nostra* existe un equilibrio. Un equilibrio que hace que las cosas funcionen, que hace avanzar el sistema y los negocios. Y todo lo que amenaza con romper el equilibrio debe ser eliminado. Aunque se llame Michele Impasible.

—¿Engranajes, equilibrio, orden, justicia? *¿Genna'*, desde cuándo te has hecho filósofo? —respondió Michele con desprecio.

—No, *Miche'*, yo no me he hecho filósofo. Siempre he sido igual. Tampoco tú has cambiado. Mucho corazón y muchas pelotas, pero sigues con poco cerebro. —Rizzo sonrió y sacó del paquete otro cigarrillo, esta vez sin pedir permiso. Lo encendió con desenvoltura y tiró el encendedor sobre la mesa. Miró recto frente a él.

—Bueno, me estoy cansando de tanta cháchara. ¿Qué hacemos?

A Michele le sorprendió tanto valor, pero no se dejó impresionar. Alzó otra vez el brazo alineando la mira con la cara sonriente de su viejo amigo. No tenía intención de cambiar de planes. No tenía intención de detenerse. Pero, sobre todo, no había comprendido que las palabras de Rizzo no iban dirigidas a él.

Sintió el frío del cañón de una pistola posarse en su nuca. Un movimiento lento, silencioso. La presión del cañón fue para alertarle de una presencia. Oyó una voz tranquila y profunda a sus espaldas:

—Hola, Michele.

7

Michele lo reconoció al vuelo. Era una parte de su pasado. Respondió sin siquiera volverse.

—Giovanni Treccape. Y yo que pensaba que estabas degollado en cualquier alcantarilla.

—No, *Miche'*, eres tú quien ha pasado veinte años en el talego. Y ahora baja la pistola, si no Gennaro se inquieta y nosotros queremos lo mejor para los amigos. ¿Verdad? Déjala en la mesita, despacio, de lo contrario te vuelo la cabeza y el poco cerebro que te queda vamos a tener que desincrustarlo de la pared de esta pizzería.

Vigilante hizo como le habían dicho. Dejó la pistola junto al cuchillo de carne, que todavía apuntaba al centro de la mesa, con la hoja reluciente de sierra. Un resplandor atrayente en la luz mortecina del local. Michele miraba de frente, a la sonrisa divertida de Rizzo fumando con satisfacción.

—¿Qué sucede, *Miche'*? Te veo sorprendido. Tampoco esta vez has entendido un carajo. Verás —explicó—, a pesar de que Giovanni Treccape era tu contacto con los calabreses, también él comprendió pronto de qué lado debía estar. Sabía que era un error ponerse en medio de los engranajes, porque terminas aplastado. ¿Y esta, te ha gustado? ¿Soy suficiente filósofo para ti?

Michele calló.

—Peppe el Cardenal y yo, como te decía, nos quedamos con la mitad del dinero de Franco, pero la otra mitad se la dimos a nuestro amigo el calabrés. Él también se quedó con los treinta denarios y tú has hecho el papel del pobre Cristo. Pero verás, el problema es que los de arriba no saben exactamente cómo fueron las cosas. Para ellos sigue siendo Franco quien mangó la droga y la pasta, y se les reparó por ello, y el detalle de que Giovanni se quedara con la mitad del dinero podría ponerlo en dificultades. Y nosotros no queremos que los amigos tengan problemas, ¿verdad, *Miche'*? Por eso, en cuanto saliste hay quien ha pensado en ti. Por miedo a que toda la mierda que estaba en el fondo subiera a la superficie. Que el hedor luego se siente desde lejos y resulta molesto. ¿Así que comprendes por qué tenemos que matarte? Sin rencor, pero esta historia dura demasiado y empieza a ser un coñazo. La pregunta que te hago es solo una, y mira que tienes que responderme o si no cojo el cuchillo y te abro como a un cerdo. ¿Quién cojones es ese Destripamuertos que está montando todo este follón?

Michele siguió en silencio, perfectamente concentrado en todo lo que le rodeaba. Rizzo delante, Giovanni Treccape apuntándolo por detrás, su pistola posada en la mesita de al lado.

—Sé que no has sido tú. Cuando mataron al Mariscal todavía estabas en el talego, pero desde que saliste todo parece girar en torno a ti y a esta vieja historia. De los otros me importa una mierda, hace años que estoy aquí cuidando de los negocios con amigos de confianza. —Rizzo hizo un gesto de asentimiento dirigido a la sombra a espaldas de Michele—. Pero qué quieres que haga, me he acostumbrado a dormir tranquilo y así quiero seguir. Tú eres el único que podía encontrarme, el único al que le había confiado que no había nacido en San Giuliano sino en el mismo Linz, cuando el muerto de hambre de mi padre emigró aquí para dejarse patear el culo por cuatro perras. ¿Pero qué quieres? En mi ingenuidad de niño había hablado de más, te conté mi deseo de volver un día como un señor. Ah, en todo caso, para tu información..., además de este restaurante poseo un hotel, la mitad de un centro comercial y una veintena de apartamentos alquilados a inmigrantes tunecinos. Ya ves, *Miche'*, ahora soy yo quien pateo el culo de la gente, y hasta me dan las gracias. Así que ahora comprenderás que necesito saberlo todo sobre el Destripamuertos y si le has contado a alguien más lo de este lugar...

Michele no había abierto la boca. Reflexionaba sobre la situación. La presencia de Giovanni Treccape era un regalo inesperado. Mejor de cuanto habría podido esperar en todas las películas que su imaginación había proyectado en el techo de la celda. Se sentía extrañamente tranquilo. Percibía el lento fluir de su respiración, tranquila, regular. Un lejano hormigueo en la base de la nuca, quizá debido al frío contacto de la pistola, o puede que a una vaga euforia que le estaba creciendo dentro. Al final todo fluía en la dirección justa. Solo tenía que seguir avanzando. Un paso tras otro. Otro más.

—¿Has tenido alguna vez la sensación de ahogarte? —dijo.

Rizzo lo miró alucinado.

—La sensación de que el aire se hace pesado, denso, dañino. Que te llega a la garganta, los pulmones, el estómago, aplastándote lentamente. Que te tira hacia abajo, cada vez más. Y entonces intentas subir, volver a la superficie para respirar, pero en realidad estás siempre ahí, sin agua en la que nadar, sin pozo alguno del que salir. Inmóvil, tratas de comprender lo que te sucede, pero no lo sabes porque lo que ves en el espejo cada mañana ya no eres tú. No te reconoces y tampoco quieres hacerlo. Eres otra persona que se mueve, habla, respira, y no sabes qué queda de ti, el bien o el mal. La parte mejor que llora y sufre o la peor que disfruta del dolor y busca venganza. O puede que queden ambas, pero ahora confundidas, abrazadas, mezcladas. Sin posibilidad de comprender. Comprender si eres un hombre mejor o no. Sin posibilidad de comprender si aún eres un hombre. Y entretanto continúas ahogándote, descendiendo en el agua densa que te llena y te lleva hacia abajo. Al fondo, un fondo oscuro y frío. Estás parado en mitad de tu vida, en el centro de un cuarto de cemento armado, que se hunde inexorable y tú con él.

Michele sintió aflojarse la presión de la pistola en la nuca. Sin dejar de apuntarle, Treccape se situó de lado y dijo:

—¿Pero qué mierdas está diciendo?

—Y yo qué sé, a este el talego le ha sentado mal. ¿Qué te ha sucedido, *Miche'*, has hablado demasiado con el cura de la cárcel? —Rizzo seguía sonriendo, aunque una vaga inquietud crispaba su rostro. Aquel discurso era demasiado extraño.

—¿Has tenido alguna vez la sensación de ahogarte? —preguntó de nuevo Michele, con un tono de voz plano e impersonal.

—¿Otra vez esa gilipollez? No, a mí no me parece que me ahogo, estoy perfectamente y...

—Me alegro por ti —le interrumpió Michele sonriendo.

—¡Bueno, ya me estás cansando! No te hagas el estupendo que tú eres peor que yo. Fuiste tú quien quiso matar a la chica, tú quien decidió cómo hacerlo, tú quien la dejó en manos de esos dos desequilibrados de los hermanos Surace, y, cuando decidiste violarla, estabas tan rayado que ni siquiera te diste cuenta de la sangre ni los morados con que la habían obsequiado. ¿Y recuerdas tu ocurrencia genial? ¿Cómo decías? No hay cuerpo, no hay homicidio. No hay homicidio, no hay investigación. La gozabas mientras la violabas, ¿o no? ¿Te acuerdas de cómo gritaba? Si no llego a dispararle en la boca sigue gritando durante días. Todavía me tendrías que estar agradecido y no venir a romperme los cojones con todas estas mierdas.

Michele sintió un escalofrío. Sí, no había olvidado. La cocaína y el miedo le habían vuelto loco el cerebro, pero los recuerdos todavía eran vívidos y nítidos. La piel blanca de Milena que se volvía roja bajo sus golpes, la ropa desgarrada y ella tratando de protegerse, los ojos implorando piedad, antiguas y nuevas heridas. Los gritos de miedo. Los gritos de dolor. El disparo de pistola resonando en la habitación mientras los Surace reían esquivando las salpicaduras de sangre. El olor a cordita y pólvora del disparo. Su satisfacción al gozarla dentro. La sensación de poder que había experimentado al verla morir.

Recordaba todo. Lo había llevado consigo durante veinte años. Y ahora por fin estaba allí delante de sus ojos.

—Coño, lo que os divertisteis... Me hubiera gustado estar.

Michele se volvió hacia Treccape. El calabrés sonreía. Michele le devolvió la sonrisa y Treccape tuvo miedo, la pistola tembló un instante.

Fue un relámpago. Agarró el cuchillo de encima de la mesa, con la mano libre golpeó el brazo armado del calabrés esquivando la pistola. Le abrazó y le hincó el cuchillo en el ojo izquierdo. La hoja entró fácil, a fondo. El calabrés, cogido por sorpresa, probó inútilmente a soltarse, se le escapó un tiro. Inconsciente deseo de venganza de quien está muriendo. El estruendo se mezcló con los gritos y llenó la estancia. Olor a quemado. Michele sintió un fogonazo de calor en el costado. Una vez más volvían a lacerarle la carne, a verter su sangre.

Hundió el cuchillo hasta el mango y el cuerpo del calabrés cayó al suelo, pesado y desmadejado. Cayó con el arma asomando de la cavidad ocular, la boca abierta de par en par, de donde ya no salían gritos sino un lamento incomprensible. Un borboteo profundo y cavernoso hecho de sangre y baba. Estaba muriendo y las piernas le empezaron a temblar. La punta del cuchillo le había llegado al cerebro.

Michele se volvió sin pensar. Cogió la pistola y disparó a Rizzo. Un disparo a la altura de la rodilla. Su viejo amigo no comprendió lo que le estaba sucediendo. Todo demasiado veloz. Todo demasiado inesperado. La pierna cedió, trató de mantener el equilibrio, un paso atrás, otro más, por fin cayó contra la pared a sus espaldas. Gritó de dolor y miedo llevándose las manos a la herida. Desplazó la mirada alucinada del cuerpo del calabrés que se moría hacia Impasible, que de pie ante él continuaba sonriendo. Una sonrisa loca, enferma. Una sonrisa dedicada a Milena.

—*Miche'*, te doy todo lo que quieras. Me voy para siempre, ¡no me ves más! —Rizzo trataba de salvar la vida lloriqueando, pero sus palabras eran un eco lejano y vago que no alcanzaba a la bestia que tenía enfrente. Como no le alcanzaba el dolor bajo la mancha marrón que se le estaba extendiendo por la camisa.

—*Miche'*, por favor. Tengo familia... Tengo una compañera de aquí y un hijo de diez años. Se llama Davide.

El otro se inclinó sobre él y le metió con fuerza el cañón de la pistola en la boca. Sintió el ruido seco de un incisivo soltándose.

—T... rue... no lo ha...

Una lágrima surcó su rostro.

Michele le hizo una última caricia cortés.

Sonrió.

Luego le disparó en la boca.

Un estruendo amortiguado llenó la estancia. Sangre y cerebro explotaron contra la pared en una pintura deslumbrante.

Limpió la pistola usando uno de aquellos horribles manteles a cuadros. Sin prestar la más mínima atención a los dos cadáveres, miró a su alrededor.

Aquella habitación seguía sin gustarle. Demasiado hortera. Demasiado para alemanes.

Se dirigió hacia la salida. Pasó bajo el cierre medio bajado. La luz de la mañana le hizo guiñar los ojos. El día se había vuelto luminoso. Un sutil y agradable escalofrío le recorrió la espalda. La muchachilla de los auriculares que seguía barriendo alzó la cabeza y le dirigió un ademán de saludo.

Le respondió con la mano y se fue calle adelante.

Ahora podía volver a casa.

Sería un sueño horrible el que se desplegara.
Tú afilas los dientes de una duda venenosa
que me destroza. No puede la verdad
golpear justo el corazón que por ella
más está latiendo, hasta triturarlo.
Horrible es el tormento que padezco,
ha de tener fin. Y de acero es el pecho,
mas impotente recibe con dolor
todos los dardos que el brazo de la duda
sobre él sigue arrojando.
Del hombre, espero la venganza eterna,
la mirada firme la clavará de frente.
Te maldigo, a ti y a tu Dios, y resuelvo
quebrar yo la vara del juicio.

Fausto
Adelbert von Chamisso

7

Del hombre, espero la venganza eterna

Sábado, 30 de enero de 2016,
Santa Martina, mártir

1

Sandro continuaba empujando el carrito de la enfermería, un día tras otro, con la rueda que seguía chirriando sobre el linóleo. Sin embargo, esta vez era diferente. Llevaba las manos agarradas con fuerza a la barra de hierro, los nudillos blancos y contraídos. Tenía la garganta seca, pegada, árida, sin palabras. La espalda, un lago de sudor bajo el uniforme blanco.

Tenía miedo. La galería ante él parecía no terminar jamás y era como si todos se apartaran a su paso, como si supieran. Pero solo era autosugestión, nadie le prestaba atención, únicamente era uno de tantos enfermeros que se deslizaban por los pasillos mientras la vida del hospital discurría con plácida normalidad.

Sandro llegó ante la habitación de Peppe el Cardenal, la puerta estaba cerrada y él se quedó en silencio mirando el picaporte. Volvió a pensar en cómo había cambiado su vida en un instante, cuando el Bola, o sea Don Salvatore Cuomo, había bajado un picaporte igual a ese y había entrado en la sala de enfermería donde él se estaba cambiando.

—Mira, justo te buscaba a ti —había dicho.

Sandro se había vuelto mientras se abrochaba la bata del uniforme.

—Buenos días, Don *Salvato'* —había respondido, sorprendido y preocupado. Su deseo profundo de ser invisible para aquella gente se había hecho trizas—. ¿Qué necesita? —había preguntado inclinando la cabeza, fingiendo alisarse los pantalones.

—Necesito un favor que solo tú me puedes hacer.

Sandro tuvo el primer auténtico escalofrío de miedo de la jornada, consciente de que no iba a poder negarle nada a aquel hombre.

Así que abrió la puerta de la habitación del Cardenal, empujó dentro el carrito y se encontró frente a frente con uno de tantos muchachotes montando guardia ante el cuerpo exánime de su jefe. No hubo ningún intercambio de saludos, como siempre. Parecía que en aquel momento, con Don Peppe en coma, todo era una competición para demostrar quién era más duro o simplemente más cabrón. Después de los primeros días de falsos llantos y forzada conmoción, se había puesto en escena otro teatro, hecho esta vez de feroces disputas, miradas venenosas y palabras hirientes. Sandro no tenía duda de que antes o después a alguien se le iría la mano y acabaría con una bala en la cabeza. Solo el Bola era consciente y estaba seguro de su papel, aunque seguía interpretando la parte del nuevo *boss,* del amigo devoto que seguía a la cabecera del enfermo. Pero la cosa iba para largo, el Cardenal se mostraba estable. Los primeros y más delicados días habían pasado y él continuaba agarrado a la vida con uñas y dientes. Además, los médicos empezaban a esperar que la cosa pudiera mejorar.

Sandro puso el carrito junto a la cama y comenzó a manipular el goteo, quitó una bolsa medio vacía, la puso a contraluz frente al sol que entraba por la ventana y puso una nueva. Se la había entregado poco antes Don Salvatore. Límpida, transparente, con las etiquetas y los membretes del hospital.

—¿No crees que tus padres estarían de acuerdo conmigo? —le había preguntado el *boss*.

Él se había quedado con la boca abierta y el cuerpo congelado.

—¿Cómo dices que se llama tu madre? Ah, sí, Annunziata. Y tu padre, Vincenzo, ¿así, no? Y siempre van a la iglesia de San Rocco, a la misa de las siete, todas las mañanas. Gran cosa, la devoción.

A Sandro le costó trabajo contener las lágrimas.

—¿No estás de acuerdo? —le había apremiado el Bola con voz meliflua. Exigía una respuesta.

—Ssí... —había sido la respuesta del muchacho. Con la cabeza baja como un niño al que regaña la maestra, sin rabia, sin ningunas ganas de gritar o de vengarse. Se sentía vacío. Impotente y vacío. Una vez más su vida no era cosa suya.

—Vale, muy bien. Coge aquí, ya sabes qué hacer.

Sandro hizo todo lo posible para no mirar el rostro pálido y demacrado de Don Peppe el Cardenal. Tenía los ojos fijos en sus manos, todo lo demás no existía.

Solo tenía que repetir gestos conocidos, los mismos gestos simples aprendidos hasta el final de las prácticas. Colgó la bolsa nueva en el soporte de metal, conectó la bomba de infusión y ajustó la ruedecita, regulando la velocidad del goteo que caía por la vía transparente hasta la cánula, en la vena.

Una. Dos. Tres.

Se quedó observando durante algunos instantes. Caían regularmente.

—¿No tienes que hacer nada más?

Era la voz del joven de guardia.

—No, no, he terminado, me voy. Avísenme cuando el gotero se acabe. —Se volvió rápido entornando los ojos, tratando de no ver, pero la imagen de Don Peppe ajado, hundiéndose y desapareciendo en aquella cama se le grabó en la mente. Se aferró de nuevo al carrito, buscó sostén en el contacto con el metal, mientras dentro de sí se sentía dispuesto a dejarlo todo, coger a sus padres e irse lejos de allí. A cualquier parte, pero lejos.

2

Un anillo con un rubí macizo, llamativo, vulgar.

El Bola completó su transformación en Don Salvatore Cuomo sacando la pesada joya del cadáver de Don Peppe y lo volvió a mirar a la luz incierta de la ventana. La piedra brillaba como una joya de sangre escarlata. Sangre fresca. Se lo puso en el dedo con satisfacción, pensando que tenía que acordarse de ir a la iglesia. Misas, procesiones, devociones. Todos debían ver, todos debían comprender. Extendió el brazo para admirarlo una vez más, como una muchacha de quince años que se acaba de hacer las uñas. Finalmente infló el pecho sobre la barriga desbordante.

Una cadenita fina e impalpable como un cabello, ligera, luminosa.

El hombre se pasaba en silencio la cadenita entre los dedos. Entrelazaba lento el fino hilo de oro, jugaba con los eslabones, se la enredaba acariciándola despacio y luego la soltaba dejándolos libres. La habitación estaba envuelta en sombras. Las sombras y las persianas lo habían protegido de la luz del día y ahora fuera lucía el resplandor naranja de las farolas. Había permanecido allí durante horas, gozando de la transformación del tiempo. Pensando en su vida, escuchando su respiración, jugando con aquella cadenita.

Había llegado por correo unos días antes. Un sobre amarillo anónimo, dirección escrita a mano. Dentro del sobre no había carta ni nota. Solo aquella cadenita.

Un mensaje sin palabras, que había esperado durante años.

Permaneció en silencio allí, mirando la oscuridad con la cadenita anudada entre los dedos.

3

El inspector Lopresti había entrado en el despacho del director con la cabeza confusa y los nervios a flor de piel. Se sentía desilusionado y traicionado al mismo tiempo, y estaba seguro de no merecérselo. No esta vez, que se había arriesgado de verdad, que había aceptado colaborar con un compañero y había tratado de comportarse como un amigo.

—¿Cómo es esa historia de que Corrieri es viudo y que se ha pedido diez días de baja dejándome en esta situación? —había gritado casi desde el centro de la habitación.

El comisario jefe Taglieri le miró sin interrumpir la conversación telefónica que estaba teniendo. Siguió unos segundos más, se excusó con su interlocutor y finalmente colgó. Se pasó la mano por el rostro cansado, oprimiendo con fuerza los dedos en el centro de la frente, como queriendo ahuyentar un dolor, una obsesión que no le dejaba en paz.

—Antes de todo, Lopresti, no vuelvas a permitirte entrar sin llamar o sin anunciarte. En segundo lugar, el estado civil de Corrieri no me interesa para nada. Solo sé que ha demostrado ser un válido colaborador, mucho mejor que otros que se dan aires de gran policía y no solucionan nada, demasiado empeñados en creerse no sé quién. ¿Te recuerdan a alguien? —preguntó sarcástico.

El pullazo llegó directa y rápidamente a su destino. El inspector sintió una punzada en el estómago. Pero no era el único que se sentía frustrado y que tenía ganas de desahogarse.

—Corrieri —siguió el comisario jefe—, a punto de jubilarse, ha tenido los huevos de arriesgarse. Me ha pedido repetidamente que le asignara este caso porque quería dejar su contribución antes de marcharse. Después de tantos años en la oficina, de «rajado», como dices tú, quería volver al terreno de juego y terminar su carrera con un caso de los de verdad. Su canto del cisne. Y me parece que no ha ido tan mal, visto que las únicas cosas buenas que habéis logrado se las debes a él.

—Yo no me refería a eso. Yo me refería...

—No me importa nada a lo que te refirieras. El mismo Corrieri, que tan poco te gusta, me pidió que le pusiera de pareja contigo. Me dijo que te apreciaba como hombre y como policía, pero evidentemente se equivocaba de lleno. Sí, es verdad, que también me insinuó que tenía una situación familiar particular y me dijo que tú serías el único que no le harías preguntas y no le darías el coñazo, visto que solo te ocupas de ti mismo y que los compañeros te importan un bledo... Un motivo más para hacer que trabajarais juntos. Me parecía que podía ser la ocasión para que aprendieras algo. Pero ahora entiendo que fue un error... Y si después de estas semanas contigo no ha aguantado más y se ha cogido una baja..., ¡en fin, no sabes cómo lo comprendo!

Lopresti se quedó mudo. Su rabia se había transformado en decepción y ahora solo se sentía muy confuso. No lograba discernir quién tenía razón y quién no. No lograba comprender muchas cosas, aunque un atisbo lejano flameaba ante sus ojos. Una llama tenue, a punto de apagarse, si no lograba aferrarla rápidamente.

—Sin considerar que han llegado aquí a jefatura rumores de ciertas amistades tuyas no precisamente limpias, por así decir. De modo especial un cierto... —El comisario hojeó unos folios esparcidos sobre la mesa. Lopresti ya sabía dónde quería ir a parar—. Sí, eso es —añadió Taglieri cogiendo un folio—, Gennaro Battiston, un sujeto sospechoso de estar en el centro de un ingente tráfico de estupefacientes, desde hace tiempo objeto de seguimiento por la Antidroga. Espero que sean rumores infundados, habladurías, porque, aunque solo una parte responda a la verdad, te aseguro que la cosa no termina aquí.

«Objeto de seguimiento». Las palabras resonaron en la mente de Lopresti. Se imaginó la satisfacción de algunos colegas de las escuchas al transcribir su nombre y enviar un informe privado al director. Si se trataba de escuchas recientes, no importaba, se quedaría en otra reprimenda, pero si eran cosas antiguas, entonces tendría problemas.

—Y para concluir, porque no tengo tiempo que perder contigo, ahora te vas al departamento de Personal y te coges dos semanas de vacaciones. Si no te veo en un tiempo, mucho mejor.

El inspector trató de protestar, pero nada de lo que dijo sirvió.

—Fíate de mí —concluyó Taglieri—, es mejor para ti. No me hagas tomar medidas más severas. Vete a casa y reflexiona. Es una orden más que un consejo.

El inspector se quedó inmóvil en mitad de la estancia, que ahora, después de tantos años de fanatismo, le parecía lo que realmente era, una fría oficina que había tratado de transformar en el centro de su vida. Estaba buscando algo que decir, una palabra, una frase, para encontrarse a sí mismo y no deslizarse a su personal pozo oscuro, pero tenía la mente vacía. Una pared blanca sobre la que rebotaba obsesiva una pelota de tenis; solo sentía el ruido de los rebotes.

El director cogió el teléfono para volver a llamar, haciendo un gesto inequívoco con el brazo. La conversación había terminado.

La encargada de Personal era una mujer corpulenta de peinado vistoso. Perennemente harta por las continuas peticiones de sus colegas, apenas le había mirado desde arriba de su par de gafas de montura violeta. Había verificado los permisos y había comprobado que sí, que efectivamente Lopresti podía cogerse dos semanas, siempre que el director firmase la solicitud.

En menos de un momento, la noticia de que le «habían dado» vacaciones recorrería toda la jefatura. Es más, le extrañaba que su compañera no lo supiera ya y no estuviese riéndose de él en su cara.

—¿A contar desde cuándo? —le preguntó la mujer.

—¿Cómo? —Todavía estaba concentrado recreándose en su humillación.

—Las vacaciones —puntualizó irritada—. Las vacaciones, a contar desde cuándo.

—Ah, sí. Desde mañana.

—Dichoso tú. Ya me gustaría a mí coger dos semanas. Pero no para irme a ningún lado, para estar en casa tranquila, con la familia. No sabes la de cosas que tengo que hacer, tengo a mi hija fuera en la universidad y siempre me está necesitando. «Que si mamá por aquí, que si mamá por allá...». ¿Quieres creer que no sabe ni lavarse un par de bragas? ¿Y cocinar? Que se lo haga yo. Si no fuera por los frascos de conservas que le envío... Salsas y zumos, pepinillos y...

Lopresti no la escuchaba. Continuaba pensando en su fracaso, con un mal disimulado deseo de hacerse daño. Y de ahí le vino la idea. La correcta. La única cosa que podía hacer.

—Perdona, sé que el inspector Corrieri está de baja, ¿verdad?

La mujer puso en pausa su monólogo, observándolo de nuevo por encima de sus gafas. Ser interrumpida le molestaba y no tenía ganas de ocultarlo.

—Se trata de información reservada. Cuestiones de privacidad —dijo con una sonrisa hosca.

—Ya, pero no quiero saber qué le pasa. Solo sé que está de baja, y como le debo un montón de favores de cuando estaba en la oficina, pensaba hacerle llegar, no sé, unas flores, o una nota para desearle que se mejore. Ya sabes, para corresponderle, un detalle, es una persona tan legal. —Lopresti fue el primero en sorprenderse por su parrafada.

Su colega se enterneció de inmediato. Se notaba que tenía buena disposición. Si no con él, al menos hacia Corrieri.

—Sí, es verdad. Es una gran persona. Buena y desafortunada.

—Sí, lo sé. La mujer —se apresuró a decir Lopresti para fingir que era un amigo solícito.

—Ah, si solo fuese eso...

El inspector la miró confuso.

—La hija —añadió ella como si aquella palabra encerrase un mundo entero. Alzó melodramática la ceja con la evidente satisfacción de quien comunica una mala noticia.

¿Y ahora de dónde diablos salía esa hija?

Lopresti logró reprimir una blasfemia. No podía hacer ver que no sabía una mierda de la vida de su compañero. Ni de que tuviera una hija. Fingió preocuparse.

—¿Qué le ha pasado? ¿Está mal? No me preocupes.

—No, qué mal ni qué ocho cuartos... Aunque, no lo sé seguro. Bueno, nadie lo sabe.

—¿Saber qué? No te entiendo.

—Que se escapó de casa. Un buen día cogió y se fue con el novio. Un majadero que ni te cuento. Corrieri se dejó la vida intentando apartarla de él. Pero la chica, en lugar de dejar a ese delincuente, dejó a los padres. Como si fueran perfectos extraños, como si ya no contaran nada. No la volvieron a ver. La mujer de nuestro compañero no se recuperó. Enfermó y, si quieres saber mi opinión, si la madre está muerta es por culpa de esa desgraciada de hija. Él parecía un perro apaleado, que te lo digo yo. La hija del policía que se escapa con un delincuente... ¡No sabes qué bochorno! Nunca habló de ello con nadie. Dejó todas sus antiguas funciones e hizo que le trasladasen a la oficina a esperar la jubilación.

Lopresti se quedó boquiabierto. Fingió una expresión del tipo ¿qué se le va a hacer? Cosas de la vida.

Se alejó unos pasos, con el permiso de las vacaciones en la mano, sin saber a ciencia cierta qué hacer ni dónde ir. Se sentía como un boxeador sonado y no estaba seguro de si lograría terminar en pie aquel asalto. Puede que fuera la ocasión de volver a casa, emborracharse y reflexionar. Eso, reflexionar, como le había aconsejado el comisario jefe Taglieri.

Se alejó un poco más.

—¡¿Compañero?!

La mujer le hizo volver a la realidad.

—¿Sí? —respondió mecánicamente.

—Olvidas esto —dijo extendiendo un brazo, con sonrisa maliciosa.

Lopresti cogió el folio. Lo leyó una y otra vez hasta grabar en su mente lo que ponía y salir de aquel estado de estupor.

Era una dirección, escrita con grafía infantil y juguetona. Solo le faltaban corazoncitos y estrellitas.

Era la dirección de Corrieri.

Lopresti conducía como un endemoniado, mientras las sienes le martilleaban con un dolor sordo y hondo. Fumaba un cigarrillo tras otro, jodiéndose la garganta abrasada, la boca pastosa por el aire irrespirable del interior y la ceniza que no dejaba de tirar sobre las alfombrillas.

Estaba de vacaciones desde hacía un par de horas y, por fin, a fuerza de reflexionar, se había dado cuenta de que aquella investigación de mierda le estaba arruinando. Le traía extraños pensamientos sobre su vida, sobre el pasado, sobre Martina, sobre los errores que había cometido y sobre los que todavía iba a cometer, y, sobre todo, le estaba quemando la carrera. En menos de un instante, había pasado de superpolicía a bufón de la jefatura. Un bufón que hasta un mindundi de los cojones como Corrieri se sentía con derecho a joder.

Sin contar su último planchazo con el jefe, cuyo incalculable alcance todavía no había empezado a calibrar.

El inspector Carmine Lopresti se sentía humillado y ofendido y ahora buscaba la revancha.

La casa de Corrieri estaba en una edificación gris y anónima. Un edificio de seis pisos en la periferia. Un residuo de la época del cemento de los años ochenta, que en sus inicios debía de parecer casi bonito con las paredes nuevas y limpias, muchas parejas jóvenes y, seguramente, un jardín interior. Pero ahora las grietas se habían ensanchado, las paredes limpias eran un pálido recuerdo y el jardín se había convertido en un acerico para las jeringuillas.

Lopresti bajó como un rayo del coche, dejándolo en mitad de la calle; en aquel barrio se podía hacer y él no tenía ni tiempo ni paciencia para buscar un sitio.

Alguien se había estado divirtiendo quemando con un encendedor los nombres y los rótulos del telefonillo pero algunos todavía eran legibles.

Fam. Corrieri. Tercer piso, interior 2.

Se pegó al timbre, tratando de desahogar su frustración.

Nada. Ninguna respuesta. Ningún signo de vida.

Probó una vez más, con la rabia aumentándole a cada segundo.

Pero tiene que estar ahí. Me imagino que este gilipollas no va a salir estando de baja. Se caga si viene la visita de la inspección.

Pero nada.

Lopresti sintió que una ventana se cerraba sobre él. Dio un paso atrás, doblando la cabeza.

El miserable debía de haberlo visto. Por eso no abría.

No hay problema. ¿Quieres jugar al gato y al ratón? De acuerdo.

Apretó con la mano abierta todos los botones que pudo. A los pocos segundos un par de voces sin ganas respondieron.

—¿Sí?

—¿Quién es?

—¡Policía! Brigada Móvil. Se trata de una situación de emergencia, abran el portal —dijo con voz firme.

Silencio.

Llamó de nuevo.

—Soy el inspector Lopresti y esto es una operación policial. ¡Abran!

Bueno, peor que así no podían irle las cosas.

Silencio. Después un zumbido eléctrico. Un breve clic y el portal se entreabrió unos centímetros.

Se coló en el interior, lanzándose a las escaleras. El ascensor, con solo mirarlo, parecía una trampa mortal y él tenía necesidad de descargar las energías reprimidas.

Tercer piso, interior 2. Una puerta anónima, idéntica a las demás.

Aporreó de nuevo el timbre y luego con los puños en la puerta.

—¡Abre, Corrieri! Soy yo, Carmine. Abre inmediatamente esta puta puerta.

Todavía nada. Por fin, un leve clic a sus espaldas.

Se volvió con dificultades para respirar y la cara enrojecida. Una mano todavía llamando a la puerta cerrada.

En la puerta a sus espaldas asomó una figura encorvada. Una mujer anciana, de piel arrugada y reseca, moño de pelo blanco brillante, una larga bata que le llegaba a los pies y unas zapatillas que habían visto mejores días.

—¿Es usted el inspector Lopresti?

Carmine la miró atónito. No tanto porque conociera su nombre sino por el tono de voz. Una voz fresca y cristalina como la de una adolescente. Asintió sin querer.

La mujer se acercó doblada con un lento arrastrar de pasos. Se rebuscó en uno de los bolsillos de la bata y sacó un manojo de llaves.

—Me dijo que cuando viniera le diera las llaves.

Lopresti cogió el manojo que la mujer le ofrecía. No sabía qué decir, aquella situación estaba volviéndose surrealista.

La mujer se acercó un poco más y le miró desde la poca estatura de su cuerpo reseco. Tenía los ojos clarísimos, azules. Esbozó una sonrisa que se abrió paso entre las arrugas del rostro. El inspector se sintió liberado, la rabia se le desvaneció como por encanto.

—Es una gran persona —dijo la señora posándole una mano en el pecho, casi una caricia, antes de volverse a su casa.

Otra vez estaba solo.

Abrió con el manojo de llaves que tenía en las manos.

¿Pero qué cojones le había dado a su compañero?

Abrió y entró. Un olor rancio a moho y aire viciado le hirió las fosas nasales. Instintivamente se cubrió la boca y la nariz. Avanzó dejándose la puerta entreabierta a sus espaldas. El piso estaba todo a oscuras. Encontró a tientas el interruptor y una luz cálida y débil iluminó el espacio. Por un momento volvió a su infancia, a la casa de su abuela donde pasaba las vacaciones y donde ella, una mujer que había sufrido la guerra y odiaba el derroche, lentamente se fue quedando ciega obstinándose en bordar a la luz de una bombilla.

Se fijó en la araña. Viejas lágrimas de cristal que reflejaban la luz. Suspendidas inmóviles en la entrada. Pasó al cuarto de estar, mirando a su alrededor estupefacto. Nada en aquella casa le recordaba a su compañero, tan preciso y exacto, casi maniático. Por todas partes reinaba el caos. Ropa tirada por el suelo en distintos montones. Platos sucios dejados en cualquier parte. Objetos esparcidos sobre la mesa y el sofá. Una gruesa capa de polvo sobre muebles y suelos y un olor a podredumbre que procedía de la cocina.

Todo estaba fuera de su lugar. Todo parecía haber sido dejado a la buena de Dios y luego olvidado. Todo estaba quieto, sucio, viejo. Las cortinas, cargadas de humedad, estaban corridas protegiendo de la luz del sol y los pasos se amplificaban en el silencio.

El inspector se movía sobrecogido por el estupor, casi como si se tratase de un museo. Prefirió no entrar en la cocina, el hedor era demasiado fuerte, desde la puerta podía ver que todo estaba incrustado de suciedad y grasa. Fue hacia los dormitorios y allí se encontró con la segunda sorpresa de la casa. Estaban limpios. Arreglados y perfumados. El contraste entre el olor a moho de poco antes y aquel denso aroma a flores hacía el aire pesado e irrespirable. No se daba cuenta de que le costaba respirar.

La habitación de matrimonio tenía la cama hecha y las sábanas bien estiradas. Al lado había una habitación individual.

La habitación de una chica.

Libros escolares amontonados sobre la mesa. Un cojín en forma de corazón sobre el edredón. Un par de zapatillas asomando bajo la cama. Un póster de las Spice Girls en la pared y al lado un tablero rosa lleno de fotografías.

Lopresti se acercó a mirarlas. Chicos riéndose. Compañeros de colegio. Una foto en el mar en bañador. Fiestas de cumpleaños. Y en todas, siempre, una chica de sonrisa resplandeciente, de ojos oscuros y profundos y largo cabello castaño largo y sedoso cayéndole sobre los hombros.

El inspector miró la foto del centro del cartón. La chica sonreía en primer plano. Llevaba una cazadora vaquera ceñida y desteñida, echada sobre los hombros una bufanda de lana violeta y al cuello una cadenita de oro, fina y delicada, con un pequeño crucifijo en el medio.

Lopresti volvió a la inmundicia del salón. Cada vez estaba más confundido. Había ido para aclarar las cosas con su colega y puede que pelear. Eso es, seguramente pelear, y ahora ni siquiera sabía qué hacía allí. Qué estaba buscando. Pero Corrieri le había dejado las llaves. Quería que estuviese allí.

Se acercó a una butaca gastada de terciopelo. Debía de ser el sitio preferido de Corrieri, el lugar donde detenerse a reflexionar sobre su vida. Lopresti sintió un escalofrío. Y pensar que creía que era él quien tenía problemas... Sintió un fugaz remordimiento por las discusiones con su compañero.

En el brazo de la butaca había posado un libro. Un volumen de bolsillo de esos chafados y llenos de polvo de todas las casas.

Lo cogió. Adelbert von Chamisso. *Poesías.*

Lo hojeó rápidamente. Un doblez en la esquina de una página le hizo abrir el volumen por un sitio exacto.

> *Sería un sueño horrible el que se desplegara.*
> *Tú afilas los dientes de una duda venenosa*
> *que me destroza. No puede la verdad*
> *golpear justo el corazón que por ella*
> *más está latiendo, hasta triturarlo.*

Lopresti no era un apasionado de la poesía. Desde el final del instituto técnico, los libros que había leído se podían contar con los dedos de la mano. Pero aquellas palabras le llegaron. Tenían una carga emotiva que le turbó. Un fulgor remoto de miedo.

Los versos fluían uno tras otro.

> *Del hombre, espero la venganza eterna,*
> *la mirada firme la clavará de frente.*

El inspector buscó el título del poema... *Fausto.*

Tiró el libro sobre la butaca. Se sentía inquieto. Nervioso. Extenuado, como al final de una larga carrera. Pero ¿le gustaba aquel final? ¿Iba a cortar la cinta o la carrera continuaba? Una larga línea blanca sobre el asfalto que se pierde a lo lejos, pero tú sabes que está allí, y que debes seguir corriendo. Una repentina bajada de tensión lo hizo temblar. Se pasó una mano por la cara. Cerró los ojos para recuperar las fuerzas. Los volvió a abrir y todo seguía todavía igual. Un incomprensible caos sobre el que brillaba la lucecita de un contestador automático.

Era un dinosaurio. Una ruina de los años noventa, que ni siquiera desentonaba un poco en aquel piso, semejante a una triste máquina del tiempo. El numerito rojo marcaba cuatro llamadas. El inspector probó a apretar los botones al azar, visto que estaba allí más valía inmiscuirse hasta el fondo. Que le dieran por culo a la privacidad.

Al segundo intento, una voz femenina rompió el silencio y le hizo sobresaltarse.

«Hola a todos, este es el contestador de la familia Corrieri. No estamos en casa, pero si realmente no podéis prescindir de nosotros, ya sabéis lo que tenéis que hacer, ¿a que sí? ¡Dejad un mensaje después del piiiiiiiii!».

Una segunda voz femenina se añadía en el pitido final, seguido de un alegre ataque de risa.

Era la voz de la mujer y... Él no había cambiado el mensaje del contestador. Habían pasado años desde su muerte y su voz todavía seguía allí.

Lopresti estaba desencajado. Los pensamientos empezaron a darle vueltas en la mente, incontrolables como las bolas de un *pinball* enloquecido, como un montón de esquirlas de cristal.

Comenzaron los mensajes.

«Querida, soy yo. Te he llamado solo para oír tu voz. Te quiero. Hasta luego».

¿Pero qué cojones hacía? ¿Hablaba con la mujer muerta?

«Hola, amor. Oye, no te enfades, pero me temo que hoy salgo un poco más tarde de trabajar. Sabes, estoy con ese compañero nuevo del que te he hablado, Lopresti. Es un buen chico, se da aires de duro, pero se ve que es una buena persona. Pero luego te cuento mejor. Un beso, cachorrita mía».

Lopresti no se dio cuenta de que tenía la boca abierta de par en par en una mueca de estupor, las palabras de Taglieri le cayeron en la cabeza como un pedrusco.

Reflexiona, inspector. ¡Reflexiona!

Sería un sueño horrible el que se desplegara.

«Hola, amor, oye, no me acuerdo. ¿Qué necesitabas de la compra? ¿El pan o la leche? Llámame. Si no, ya te lo digo, compro las dos cosas, que si no la tomas conmigo».

La risa de Corrieri resonó en la habitación. La voz del director canturreaba en la mente del inspector.

Ha pedido repetidamente ser asignado a este caso... ¡Reflexiona, inspector! ¡Reflexiona!

Tú afilas los dientes de una duda venenosa.

Lopresti sintió que se tambaleaba. Se sentó en la vieja butaca de terciopelo y se dobló hacia delante cogiéndose la cabeza con las manos. Justo a tiempo para oír la última llamada.

«Amor, soy yo. —La voz de Corrieri era extrañamente dura—. Esta vez salgo aún más tarde de lo habitual. Pero no tienes que preocuparte, casi he terminado las tareas de las que tenía que ocuparme. Todas aquellas de las que hablamos. Una más, y por fin me marcho a casa. Una más, solo una más y paso a recoger a la niña. Sí, lo sé, es mayor, pero para mí siempre será nuestra niña. Para mí siempre será la pequeña Milena».

Domingo, 31 de enero de 2016,
San Juan Bosco, sacerdote

4

El cielo estaba blanco, deslumbrante, pronto saldría el sol y se teñiría de azul, pero ahora era así, una larga extensión inmaculada, pura.

La verja herrumbrosa chirrió en el silencio de la mañana. Un montón de hierro forjado que nadie cuidaba esperando a que se cayera a pedazos.

Michele entró en el pequeño cementerio de San Giuliano Campano, la grava crujía bajo sus pies y un gato lo miraba colgado entre las lápidas. El frío punzante del amanecer cortaba el rostro, llenaba los pulmones y le hacía sentir vivo, como no le ocurría desde hacía mucho tiempo. Miró en derredor buscando algo.

Recordaba bien aquel cementerio, había estado de niño, con su madre, para visitar a la abuela, que estaba hacinada en un nicho cualquiera de la parte más alta, la más económica, para los pobretones como ellos. Habían pasado muchos años, todo había cambiado, pero aquel recuerdo no le disgustaba, es más, le hacía sonreír.

Caminaba recorriéndolo todo con la mirada. Las lápidas más viejas sobresalían del terreno, con las malas hierbas silvestres brotando entre la piedra. Los nombres de los difuntos habían sido borrados por el tiempo, pero Michele de todos modos trataba de leerlos. Sabía que sus viejos amigos no estaban sepultados allí. Aquel era solo un pequeño cementerio en el campo, para gente sencilla y sin pretensiones, algunas viudas inconsolables, o para hombres y mujeres que habían vivido una vida de existencia sombría. Sus antiguos compañeros no habrían apreciado aquella sencillez y aquel silencio, ellos hubieran querido llamativos mausoleos de mármol negro. Gruesas construcciones de mal gusto atestadas de estatuas chabacanas, de amorcillos alados y letras en oro triunfando sobre la muerte.

Detuvo la mirada sobre una lápida más grande que las demás. La de una pareja. Se habían ido hacía más de cincuenta años, con unos meses de diferencia uno de otra.

Algunas personas no estaban hechas para estar solas.

Pero para otras la soledad era el único destino posible.

Michele advirtió un incipiente arrebato de tristeza, algo que no le era propio, pero no lo apartó, por el contrario, saboreó su sosegada amargura. Habían cambiado muchas cosas, y en primer lugar él.

A sus espaldas, la grava del sendero volvió a crujir. Pasos lentos y cadenciosos. Pesados, exhaustos. Los sintió acercarse, pero no se movió. Sabía quién era, no necesitaba volverse.

Los pasos se detuvieron detrás de él.

Michele dio una última mirada a la lápida de la pareja de enamorados y se volvió.

El inspector Giovanni Corrieri estaba de pie ante él. Grueso, doble mentón y unas gafas redondas enmarcando unos ojos pequeños y negros. Los clavó sobre Michele, sin odio, sin rabia, sin piedad. Los clavó como queriendo detener aquel momento.

—Te imaginaba diferente —dijo Impasible.

Corrieri sonrió perverso, un tajo seco en su rostro grueso.

—Yo no. Conocía tu aspecto. Solo estás más viejo y delgado. Y tu rostro..., tu rostro está gris, enfermo. Parece el de un muerto.

—Los años pasan. Las cosas cambian —dijo suavemente.

—Solo algunas, otras permanecen siempre igual. Ni se borran ni se olvidan.

—Lo sé. Por eso estamos aquí.

Los dos hombres seguían mirándose sin bajar la vista.

—Quiero saber por qué —preguntó el inspector, rompiendo aquel instante de silencio.

—En la carta te escribí el por qué.

—No, lo quiero saber de tu boca.

Michele no habría querido, pero no podía negárselo. Ya no.

—Estábamos furiosos. Éramos jóvenes y furiosos. Lo queríamos todo y rápido. Y cómo tenerlo no nos importaba. Estábamos dispuestos a todo, y matar nunca había sido un problema, deberías saberlo. Deberías conocer a la gente como nosotros.

—¿Pero por qué ella? —Los ojos de Corrieri todavía estaban fijos, pero su voz se estaba quebrando bajo el efecto de la rabia.

—Porque ella no contaba un carajo. Era solo la hembra del tío equivocado. Nos hacía falta él y cualquier medio era bueno. La cogimos a ella, nada más.

—Mi hija —susurró el inspector.

—Podía ser la hija de cualquiera. El asunto no importaba. No teníamos límites ni frenos. Y si alguien tenía que morir, nos importaba una mierda, era un precio de nada que pagábamos con la sonrisa en los labios.

—Mi hija.

—Sí, tu hija, para nosotros era un precio barato. —La voz de Michele se había vuelto seca y dura. Quería que sus palabras llegaran claras y directas, que hicieran daño, lo mismo que le habían hecho daño a él. Sin justificación. Sin redención. Solo la verdad. Cortante y amarga, pero la verdad.

—¿Quién fue? —Corrieri estaba decidido a llegar hasta el final. A la fuente de su dolor.

—Te lo escribí en la carta que te envié desde la cárcel. Te lo puse todo. Los involucrados, qué habían hecho y qué habían ganado. Lo demás ha sido solo obra tuya. Y si estás aquí ahora es porque el gitano te hizo llegar la cadenita de tu hija y tenemos que acabar con toda esta historia.

—¿Por qué ahora? ¿Por qué después de tantos años?

—¿Es que los años te han cambiado algo? ¿Tu hija asesinada ha resucitado con los años? ¿O sigue todo igual? Si ni siquiera tienes un sitio donde llorar en el cementerio... Para nosotros dos el tiempo se detuvo hace veinte años y lo sabes bien. Un bloque de cemento que se hunde. Primero está ahí y no lo ves, luego comienzas a sentir su peso. Algo leve, una vaga molestia. Luego grandes olas cuando sube la marea, una tras otra, inexorables. Los lamentos se vuelven gritos y ese bloque enorme desaparece dentro de ti y no podrás hacer nada para sacarlo de allí, se ha convertido en tu vida. Un tumor maligno que te socava y te consume. No existe operación ni tratamiento. En realidad, hay uno. Uno solo. Y tú sabes cuál es. Yo en cambio estoy demasiado cansado. Cansado de todo, también de hablar contigo.

—¿Por qué has matado a Rizzo?

—Por los mismos motivos por los que tú has eliminado a los demás.

La expresión de Corrieri se volvió dura, sus ojos se estrecharon. Era la primera vez que hablaban de lo que había hecho él.

—Tú nunca lo habrías encontrado —continuó Michele—. Además, entre nosotros había una cuestión personal. Una traición entre hermanos. Otro cáncer que me había crecido dentro.

—¿Y ahora te ha desaparecido? —preguntó Corrieri insolente.

—No. No lo hará hasta el final.

—¿Y mi dolor? ¿Crees que puede desaparecer a pesar de lo que he hecho? He caminado sobre el cadáver de Mariscal, sobre los cuerpos acribillados de los hermanos Surace, sobre el lecho de moribundo de Peppe el Cardenal, solo para estar aquí ahora. Frente a ti. Para recuperar lo que no he tenido. Una vida.

—No sé nada de tu dolor. No me interesa —mintió Michele—. Cada cual tiene sus propios sufrimientos. Si los tienes y no les haces caso, mejor para ti. Si cada día se hacen más hondos, entonces para ti solo queda una salida. Un solo tratamiento. Idéntico al mío. Y ahora acabemos, que no he venido aquí para confesarme.

Corrieri no le hizo caso, volvió a preguntar impertérrito:
—¿Quién fue?

Michele no podía soslayar más aquella pregunta y además en el fondo no quería. Era su momento. Debía vomitar su corazón negro colmado de sangre.

—Yo. Fui yo quien la mató. Empecé a matarla en el mismo momento en que la elegí —dijo con voz fría, mecánica—. La violé y luego utilizamos ácido para hacer desaparecer el cuerpo.

Michele vio temblar a Corrieri ante sus palabras. Su grueso rostro se volvió duro y tenso. Sus piernas temblaron, a punto de ceder. Pero el hombre se rehízo, un estremecimiento y volvió a enderezarse, inmóvil, paralizado.

—Sin cadáver no hay homicidio —siguió Impasible—. Sin homicidio no hay culpables. Y todo desaparece y se olvida.

—No es así y lo sabes. —Corrieri volvía a ser dueño de sí mismo.

—Con los años lo he aprendido en mi propia piel.

—Hasta aquí hemos llegado —sentenció Corrieri.

Michele asintió.

—Haz lo que tengas que hacer, sin más.

Corrieri se llevó una mano a la espalda, sacó la pistola del cinturón y apuntó a Michele. Negra, fría, indiferente a sus existencias.

Ambos hombres permanecieron así, de pie uno frente al otro, separados por el acero bruñido de la pistola.

Michele miraba el agujero oscuro ante sus ojos, el ánima de la bocacha del cañón. Esperaba el disparo. El estruendo, seguido del silencio. Esperaba saber qué se siente al morir.

Pero aquel instante pasó. Ni llamarada amarilla del cañón, ni explosión, ni vacío.

Corrieri mantenía el brazo extendido, pero no lograba apretar el gatillo. Estaba confundido. No entendía a quién tenía realmente enfrente. No entendía quién era Michele Impasible. Era el asesino de su hija y eso le hubiera debido bastar, como con los otros. Sin embargo, esta vez era diferente. Se sentía ligado a él, semejantes..., ambos prisioneros de una vida errada, ambos sumidos en el mismo pozo oscuro de dolor, venganza y violencia. Tenía la impresión de verse a sí mismo reflejado en un espejo deformado. Pero no podía ser. Sacudió la cabeza con fuerza. Así no podía ser. Aquel era el hombre que le había arrebatado a Milena, que había matado el alma de su mujer, llevándola a una lenta agonía, el que había asesinado sin remisión su existencia.

Michele notó su indecisión. Había previsto esa posibilidad, el ser humano es falaz. Había preparado el contragolpe.

Se llevó una mano a la espalda, repitiendo a la perfección el gesto de Corrieri. Sacó la pistola apuntándole con rabia.

Por fin dos disparos.

Dos tiros dictados por el miedo.

Dos tiros en pleno pecho.

Michele sintió el impacto. Fuerte. Letal.

Un paso atrás para atenuar el empellón. Un dolor sordo que se propaga por el cuerpo. El brazo que baja dejando caer al suelo el arma, sin cargador.

Michele mira fijamente a Corrieri. Sonríe ante su expresión de sorpresa. Luego todo gira y rueda. Ante sus ojos pasa un muro de cemento y luego la mirada apunta al cielo. Ha caído al suelo, siente la grava del cementerio. Le cuesta respirar, la garganta se le hace un engrudo con la sangre. El cuerpo se vuelve pesado y pronto se desvanece, el frío lo atenaza, las sensaciones se hacen vagas y lejanas. La conciencia se vuelve lábil, se ahoga suavemente en un mar oscuro y denso.

Pero en el silencio en que se está sumergiendo estalla un tercer estruendo.

El disparo de la pistola con que Corrieri se suicida.

Michele no lo oye. El último atisbo de vida lo concentra en mirar el cielo.

Es azul.

No hay manchas de moho entre grietas de cemento. Solo cielo límpido y azul.

Entró bailando en el cementerio que estaba al aire libre, pero allí los muertos no bailaban, tenían cosas mejores que hacer. La chiquilla quiso sentarse en la tumba de un pobre, donde crecía amarga salvia silvestre, pero para ella no había paz ni reposo y, cuando se dirigió bailando hacia la puerta abierta de la iglesia, vio a un ángel con una larga túnica blanca y con unas alas que le llegaban desde los hombros hasta el suelo; su rostro era serio y severo y en la mano llevaba una espada ancha y resplandeciente.

Las zapatillas rojas
Hans Christian Andersen

8

Entró bailando en el cementerio

1

Tres meses. Noventa días.

Tres meses para que los periódicos dejaran de hablar de ello. Para que los escandalosos titulares desaparecieran de las primeras páginas, para que los programas de la tarde dejaran de regocijarse con lo macabro.

Tres meses para que por fin empezara a olvidarse.

Tres meses, para Pepè. Para reponerse de las heridas y trasladarse con toda su familia a Birmingham. Lavaba platos y suelos y no comprendía una palabra de inglés, pero nadie volvería a maltratarlo bajo los puentes de la carretera de circunvalación. La droga era un recuerdo del pasado. Su madre era feliz, y para su hermano todo era nuevo y fascinante.

Tres meses, para Don Aldo. Para morir de infarto en la mesita desportillada de su habitual bar lleno de moho. En el momento del tránsito a la vida eterna había perdido el control de la vejiga y se había orinado encima. La noticia había corrido entre las familias; y el viejo *boss*, en la muerte, había perdido ese honor tan anhelado en vida.

Tres meses, para Genny B. Para continuar siempre igual. Entre alcohol y cocaína, jovencitas y fiestas privadas. Se miraba al espejo después de ponerse una raya, la piel gris, los ojos hundidos. Se alisaba su largo cabello engominado, forzaba una sonrisa de cadáver, y por un momento..., solo un momento, hubiera querido estar en otro lado, desaparecer..., pero qué diantres, él era Genny B. Su destino era pasarse los últimos restos de coca por las encías y volver a la gran sala inundada de música.

Tres meses, para Umberto De Marco. Para salir de cuidados intensivos, donde había acabado después de que los hombres de Don Aldo le metieran una sobredosis. La oreja se le había infectado y en el hospital se la habían amputado durante el coma. El abogado se había despertado confuso, no había comprendido que había tocado fondo, que no tenía nada ni a nadie. Le dio por reír. Era la ocasión perfecta para comenzar desde el principio.

Tres meses, para el inspector Lopresti. Para entregar su dimisión y abandonar el cuerpo, para encontrar el valor de subir a aquel tren que lo llevaría arriba, a los confines del norte de Italia. Entre montes perdidos, entre gamuzas y cabras, donde le esperaba un trabajo de guarda jurado en un centro comercial, y Martina..., que al final había decidido responder a sus llamadas y creer en sus promesas. Carmine veía correr veloz el paisaje por la ventanilla del tren, a cada kilómetro que se alejaba del pasado se sentía más ligero, casi feliz.

Tres meses. Tres meses para que la puerta del cementerio volviera a abrirse de nuevo.

La muchacha caminaba con paso ligero por el sendero de grava. Miraba a su alrededor confundida. No sabía seguro adónde se dirigía. Había probado a preguntar a un par de personas, pero nadie había querido responderle. Dio vueltas unos instantes, entre un olor a flores marchitas y a gatos vagabundos. Luego, a lo lejos una mujer anciana le hizo una señal. Rápida y temerosa, pero suficiente.

La tumba de Michele Vigilante estaba abajo, en uno de los últimos nichos de la parte nueva del cementerio. Desnudo y frío. Sin flores, ni lamparilla, ni foto. Un nombre grabado de mala manera sobre la lápida de piedra gris.

Le dolía la cara, todavía sentía los golpes del gitano, aunque los cardenales ya estaban desapareciendo. Pero no le importaba, aquella era la última vez que le había pegado. Al final Yleana lo había logrado, había hecho lo que le había dicho Michele: irse muy lejos. Fuera, para siempre, sin que nadie conociera su destino. Sin ella saber qué sería de su futuro.

Una nueva vida que estaba loca por abrazar, conocer, amar.

Se inclinó sobre la tumba de Michele y dejó un ramo de flores. Hizo un leve gesto con la mano, casi una caricia, luego se marchó. Era el momento de desaparecer.

Solo quería irse lejos de allí.

Se encaminó hacia la salida del cementerio, mientras un viento hostil esparcía sus flores sobre la tumba de Michele.

Sobre la séptima lápida.

Agradecimientos

Escribir y publicar un libro es una aventura que no se vive en soledad, así que no puedo no agradecérselo a mis espléndidos compañeros de viaje.

Gracias de todo corazón...

A Stefano Izzo, por todos los preciosos consejos y por haber sido el primero en creer en nosotros. Sus indicaciones y la inmensa paciencia demostrada han enriquecido y mejorado el texto y al escritor.

A mi agente, Laura Grandi, que me guía con firmeza y amabilidad en un mundo nuevo.

A Daniel Cladera, por haber dado, con gracia y decisión, una casa y una familia a una historia que vagaba por mi mente.

A Riccardo Barbagallo, por el compromiso y la profesionalidad en todo lo que hace.

Y, por supuesto, a Sandrone Dazieri, amigo y maestro (sé que te enfadarás por este epíteto) que me ha indicado el camino. A Davide Morosinotto, porque siempre está.

Y también a todos los amigos a los que he molestado continuamente relatándoles las vicisitudes de Michele Vigilante, «Impasible», y con las aventuras de todos mis personajes... Gracias a Italo y Serena, Luigi y Sira, Lorenzo, Teo y Antonio «Sereno» (que a su pesar se ha hallado en las páginas de este libro).

Gracias a mis padres porque me han enseñado a creer en los sueños.

Y, por encima de todo, gracias al pequeño Michelangelo y a mi mujer, Paola, porque ellos han hecho que mis sueños se realizaran.

Y por último gracias a ti, lector, que me has dedicado tu tiempo y me has seguido en este viaje a través de lugares oscuros y crueles.

Gracias a todos.

Índice